KB071003

모리스

모리스

Maurice

E. M. 포스터 장편소설   고정아 옮김

이 책은 실로 꿰매어 제본하는 정통적인 사철 방식으로 만들어졌습니다.
사철 방식으로 제본된 책은 오랫동안 보관해도 손상되지 않습니다.

1913년에 시작해서
1914년에 마침.

더 행복한 날들에 바친다.

제1부

1

이 학교에서는 한 학기에 한 번씩 소풍을 갔고, 거기에는 전체 학생들과 세 명의 교사가 모두 동행했다. 소풍은 대체로 즐거웠기에 모두가 그 일을 고대했고, 소풍을 가서는 성적 따위는 모두 잊고 자유롭게 놀았다. 규율이 흔들리지 않도록 소풍 날짜는 마음이 풀어져도 괜찮은 방학 직전으로 잡혔고, 사실 그것은 학교 소풍이라기보다는 가족 나들이 같았다. 에이브러햄스 교장의 부인이 다른 부인들과 함께 다과를 준비해 와서 어머니처럼 따뜻하게 대해 주었기 때문이다.

이 예비 학교의 교장인 에이브러햄스 선생은 구태의연한 사람이었다. 공부하는 것도 운동하는 것도 좋아하지 않았지만, 어쨌거나 학생들을 잘 먹였고 학생들이 나쁜 행동을 하지 않도록 보살폈다. 그 나머지는 부모들에게 떠넘겼으며, 부모들이 자신에게 일임한 책임에 대해서는 별로 생각하지 않았다. 이 학교를 마친 학생들은 건강한 몸과 뒤떨어진 학력으로 서로 축하하고 축하받으며 퍼블릭 스쿨[1]에 들어가,

1 영국의 중상류층 계급을 위한 사립 고등학교.

무방비 상태의 몸으로 난생처음 세상의 혹독한 공격을 받았다. 이런 변변치 않은 교육을 두고 여러 가지 말을 할 수 있겠지만, 에이브러햄스 선생의 제자들은 인생에 큰 문제가 없었고, 그들 자신이 부모가 되었으며, 때로는 자기 아들을 에이브러햄스 선생에게 보내기도 했다. 부교사인 리드 선생은 좀 더 어리석을 뿐 교장과 같은 유형의 교사인 반면, 주임 교사인 듀시 선생은 학생들에게 자극을 주고 조직에 활기를 불어넣으려고 했다. 교장과 리드 선생은 듀시 선생을 별로 좋아하지 않았지만 그가 필요한 인물이라는 것은 알았다. 듀시 선생은 유능했고, 원칙주의자이면서도 현실과 동떨어지지 않았으며, 문제의 양면을 볼 줄 알았다. 학부모들이나 우둔한 학생들에게는 걸맞지 않았지만, 신입생들에게는 도움이 되었고 때로는 학생들을 지도해서 공부에 뜻을 두게 하기도 했다. 게다가 그는 조직을 이끌어 가는 능력도 가지고 있었다. 에이브러햄스 교장은 겉으로는 자신이 모든 걸 지휘하고 또 리드 선생 쪽을 좋아하는 척했지만, 실제로는 듀시 선생에게 많은 재량권을 주고 그를 학교 운영의 파트너로 여기고 있었다.

듀시 선생은 언제나 무언가를 골똘히 생각했다. 이번에 그 대상은 곧 퍼블릭 스쿨로 떠날 예정인 상급생 홀이었다. 그는 이번 소풍 때 홀과 〈깊은 대화〉를 나눠 봐야겠다고 마음먹었다. 다른 두 교사는 그러면 자신들의 일이 많아지기 때문에 듀시 선생의 계획에 반대했고, 교장은 자신이 이미 홀과 이야기를 했으며 홀도 마지막 소풍 때는 친구들과 어울리고 싶어 할 거라고 말했다. 일리 있는 지적이었지만, 듀시 선생은 옳다고 생각한 일은 반드시 하는 성격이었다. 그래서 빙긋이 웃고 더 이상 아무 말도 하지 않았다. 리드 선생은 듀시 선생이 말하는 〈깊은 대화〉가 어떤 것인지 알았다. 듀시 선생과 만나고 얼마 되지 않았을 때 둘은 어떤 주제를 놓고 교육적 관점에서 토론한 적이 있었다. 리드 선생은 듀시 선생의 의견에 수긍하지 않았다. 그건 〈살얼음〉이라는 게 그의 주장이었다. 교장은 그런 문제를 알지도 못했고 알려고 하지도 않았다. 제자들은 열네 살이 되면 떠나기 때문에, 교장은 제자들이 남성으로 성장했다는 것을 생각하지 못했다. 그가 말하는 〈우리 학생들〉은 뉴기니의 피그미족처럼, 작지만 그 자체로 완성된 어떤 존재였다. 게다가 학생들은 결혼도 하지 않고 죽는 일도 별로 없으니 피그미족보다 훨씬 더 이해하기 쉬웠다. 독신이며 불멸인 자들의 기나긴 행렬이 그의 앞을 지나갔고, 그 무리는 때에 따라 한 번에 스물다섯 명에서 마흔 명에 이르렀다. 「교육서들은 전혀 쓸모가 없어요. 소년들은 교육이란 걸 생각해 내기 전부터 존재했으니 말입니다.」 그러면 진화론을 믿는 듀시 선생은 조용히 웃기만 했다.

이제 학생들에게 가보자.
「선생님, 손 좀 잡아도 되나요? 약속하셨잖아요⋯⋯. 교장 선생님도 양쪽 손이 다 잡혔고, 리드 선생님도⋯⋯ 선생님, 들으셨어요? 저 애는 리드 선생님 손이 세 개인 줄 아나 봐요. ⋯⋯아냐, 난 〈손가락〉이라고 했어. 너 지금 질투하는 거

13

지! 질투!」

「됐다, 이제 그만하자.」

「선생님!」

「난 홀하고 둘이 걷겠다.」

실망에 찬 외침들이 터져 나왔다. 다른 선생들은 소용없다는 걸 알고, 학생들을 불러 모아 언덕 지대를 향해 난 절벽으로 데리고 갔다. 홀은 우쭐해서 듀시 선생 곁으로 냉큼 뛰어왔지만, 선생님 손을 잡기에는 나이가 너무 들었다고 생각했다. 홀은 통통하고 귀여운 소년이었지만 특별히 눈에 띌 정도는 아니었다. 그 점은 그의 아버지를 닮았다. 홀의 아버지는 25년 전 이 학교의 행렬 속을 지나 퍼블릭 스쿨로 사라졌고, 결혼해서 아들 하나와 딸 둘을 둔 뒤 최근에 폐렴으로 죽었다. 그는 선량한 시민이었지만 둔감했다. 듀시 선생은 홀과 산책을 하기 전 미리 이런 사실들을 파악해 두었다.

「홀, 한바탕 설교 들을 거라고 생각하고 있니?」

「모르겠어요, 선생님. 교장 선생님은 저한테 설교를 하시고 『신성한 들판들』이라는 책을 주셨어요. 사모님은 커프스 단추를 주셨고요. 친구들은 2달러짜리 과테말라 우표 세트를 주었어요. 보세요! 앵무새가 기둥에 앉아 있는 거예요.」

「그래, 정말 멋지구나! 교장 선생님께서는 뭐라고 하시던? 네가 비참한 죄인이라고 하셨을 것 같은데.」

소년은 웃었다. 선생의 말이 무슨 뜻인지는 몰라도 우스갯소리인 줄은 알았다. 마음도 편했다. 학교에서 보내는 마지막 날이었기에 잘못을 저질러도 야단맞을 염려가 없었다.

게다가 교장 선생님은 그의 예비 학교 생활이 훌륭했다고 말하지 않았나. 「홀은 우리의 자랑스러운 학생입니다. 서닝턴에 가서도 우리 학교의 명예를 떨칠 것입니다.」 그는 교장 선생님이 어머니에게 보낸 편지의 첫머리를 보았다. 그리고 친구들은 홀에게 용감하다면서 선물 세례를 퍼부었다. 그것은 큰 오해였다. 홀은 용감하지 않았다. 어둠을 무서워했으니까. 하지만 그건 누구도 모르는 사실이었다.

「그래, 교장 선생님이 뭐라고 하시던?」 모래밭에 이르자 듀시 선생이 다시 물었다. 이야기는 길어질 것 같았고, 소년은 친구들과 함께 절벽 위에 올라가고 싶었지만, 어른하고 같이 있을 때는 자신의 바람 따위는 별 소용없다는 걸 알았다.

「저더러 아버지를 닮으라고 하셨어요.」

「다른 말씀은 없었고?」

「어머니 보시기에 부끄러운 일은 하지 말라고 하셨어요. 그러면 누구도 나쁜 길로 빠지지 않는다고요. 그리고 퍼블릭 스쿨은 여기랑 무척 다를 거라고도 하셨어요.」

「어떻게 다른지 말씀해 주시던?」

「온갖 힘든 일들이 있을 거라고 하셨어요. 거긴 세상하고 좀 더 비슷하다고요.」

「세상이 어떻다는 이야기도 해주셨니?」

「아뇨.」

「그럼 네가 물어는 봤니?」

「아뇨.」

「영리하게 행동하지 못했구나, 홀. 뭐든 분명히 알고 넘어

가야지. 교장 선생님하고 나는 너희들의 질문에 대답해 주려고 있는 사람들이란다. 그래, 네가 볼 때 세상이란, 그러니까 어른들의 세상이란 어떤 것 같니?」

「모르겠어요. 전 아직 어려서요.」 홀은 정직하게 대답했다. 「어른들은 배신을 잘하나요?」

듀시 선생은 흥미를 느끼며 홀이 생각하는 배신이 어떤 건지를 물었다. 홀은 어른들은 아이들한테는 잘해 주지만 자기들끼리는 항상 서로 속이지 않느냐고 대답했다. 소년은 어느새 조심스러운 태도에서 벗어나 어린애마냥 두서없이 유쾌하게 떠들고 있었다. 듀시 선생은 소년의 얘기에 귀를 기울이기 위해 모래 위에 앉아 파이프에 불을 붙이고 하늘을 쳐다보았다. 그들이 사는 조그만 해안 마을은 이제 저만치 뒤에 있고, 다른 학생들은 멀찌감치 앞서 있었다. 흐리고 바람 없는 하늘은 해와 구름이 잘 분간되지 않았다.

「어머니하고 같이 살지?」 소년이 자신감을 얻은 것을 보고서 듀시 선생이 아이의 말을 잘랐다.

「네, 선생님.」

「형은 있니?」

「아뇨. 여동생만 둘 있어요. 에이다와 키티요.」

「숙부님들은?」

「없어요.」

「그럼 아는 남자 어른이 별로 없겠구나?」

「집에 마부와 조지라는 심부름꾼이 있지만, 선생님이 말씀하시는 건 신사 분들이죠? 집안일을 하는 하녀도 셋이나 있는데, 너무 게을러서 에이다의 양말도 기워 주지 않아요. 아, 에이다는 제 큰 여동생이에요.」

「넌 지금 몇 살이지?」

「열네 살하고 9개월요.」

「아직 천둥벌거숭이로구나.」 둘은 소리 내어 웃었다. 잠시 후 선생이 말했다. 「내가 너만 했을 때 우리 아버지가 나한테 아주 유익하고 값진 이야기를 해주셨단다.」 그건 거짓말이었다. 듀시 선생의 아버지는 그에게 어떤 이야기도 해주지 않았다. 하지만 자연스럽게 이야기를 꺼내려면 그렇게 말하는 게 편리했다.

「그래요?」

「무슨 이야기였는지 말해 줄까?」

「네.」

「잠시 내가 네 아버지가 되었다 생각하고 이야기를 해보마, 모리스! 이름도 진짜 이름으로 부르고.」 그러고 나서 듀시 선생은 쉽고도 자세하게 성의 신비를 전했다. 태초에 신이 남자와 여자를 창조해서 온 땅에 사람이 가득하도록 했다는 것과 남자와 여자한테 언제 그런 능력이 생기는지에 대한 이야기였다. 「모리스, 넌 이제 남자가 되어 가고 있어. 그래서 이런 이야기를 해주는 거란다. 이런 건 어머니가 말해 줄 수도 없고, 또 너도 어머니나 다른 숙녀들 앞에서 이런 이야기를 하면 안 된다. 그리고 퍼블릭 스쿨에서 다른 학생들이 이런 이야기를 하면, 넌 이미 다 알고 있다고 말해서 입을 다 물게 하렴. 전에 이런 이야기를 들은 적이 있니?」

「아뇨.」

「전혀 못 들었어?」

「네.」

듀시 선생은 파이프를 문 채 일어나서는 평평한 모래땅을 골라 지팡이로 그림을 그렸다.「이걸 보면 쉽게 이해할 수 있을 거다.」듀시 선생은 멍하니 지켜보고 있는 소년에게 말했다. 그것은 소년의 경험과는 아무런 상관이 없었다. 수업을 받는 사람이 자신뿐이었으므로 학생은 당연히 주의를 기울여서 들었고, 그 이야기가 무척 중요하며 자신의 몸과 관련되어 있다는 것도 알았다. 하지만 그게 자신의 일이라고는 생각되지 않았다. 그것은 불가능한 계산처럼 듀시 선생이 붙여 놓자마자 도로 흩어져 버렸다. 선생의 노력은 헛수고였다. 둔감한 두뇌는 깨어날 줄 몰랐다. 육체적 성숙은 시작되었지만 지성은 그렇지 않았고, 성년이란 언제나 그렇듯 혼미한 가운데 살금살금 다가오는 법이다. 그 혼미함을 깨려고 하는 것은 소용없다. 과학적으로든 심정적으로든 그걸 설명하려고 하는 것도 소용이 없다. 소년은 고개를 끄덕이지만 단지 그뿐, 다시 잠 속으로 끌려 들어가서 때가 될 때까지는 좀처럼 깨어나지 못한다.

듀시 선생은 과학으로야 어쨌건 심정적으로는 성의를 다했다. 사실 너무 정성스러웠던 나머지 모리스가 성숙한 감정을 가졌다고 여기고 그가 아무것도 이해하지 못했다는 것도, 아직 얼떨떨한 상태라는 것도 깨닫지 못했다.

「이 모든 건 상당한 번거로운 일이지.」듀시 선생이 말했다. 「하지만 극복해야 할 일이기도 해. 수수께끼로 남겨 두면 안 된단다. 그러고 나면 위대한 것들이 다가오거든. 그건 바로 사랑과 인생이야.」 그는 이미 소년들에게 이런 이야기를 해본 적이 있기 때문에 조금도 막힘이 없었고, 소년들이 물어볼 질문의 종류도 꿰고 있었다. 하지만 모리스는 질문하지 않고 〈네, 알겠어요〉라고만 말했다. 처음에 듀시 선생은 아이가 알아듣지 못한 건 아닌가 싶었다. 그래서 점검을 해보았다. 대답은 만족스러웠다. 소년은 기억력이 좋았고 — 인간이란 교묘한 물건인지라 — 아이는 선생이 들어 올린 횃불을 향해 깜박이는 불빛으로 대응할 줄 아는 거짓된 총기마저 있었다. 마지막에 모리스는 성에 관해 두어 가지 질문을 던졌는데, 아주 핵심적인 질문들이었다. 듀시 선생은 더없이 흐뭇해졌다. 「그렇단다.」 그가 말했다. 「이제는 어리둥절하거나 심란해할 일이 없을 거다.」

사랑과 인생은 아직 남아 있었고, 듀시 선생은 모리스를 데리고 무채색 바닷가를 거닐며 그 주제를 꺼냈다. 그는 이상적인 남성과 금욕으로 단련되는 정결함에 대해 이야기했다. 그는 여인의 아름다움에 대해서도 말했다. 그 자신 약혼녀가 있었기 때문에 아까보다 좀 더 인간적인 모습을 보였다. 튼튼한 안경에 갇힌 두 눈이 반짝였으며 두 볼도 붉게 물들었다. 고결한 여인을 사랑하는 것, 그녀를 보호하고 그녀에게 봉사하는 것, 그것이야말로 인생의 왕관이라고 그는 어린 소년에게 말했다. 「지금은 어렵겠지만 언젠가는 이해하게 될 거다. 그리고 그때가 되면 네게 이런 일을 알려 준 못난 선생을 기억해 주려무나. 세상 모든 것이 서로 어우러져 있단다, 모든 것이. 그리고 하늘에는 하느님이 계시니, 세상 모든 것 질서도 정연하도다. 남자와 여자! 정말로 멋진 일이지!」

「전 결혼 안 할 것 같아요.」 모리스가 말했다.

「10년 뒤 오늘, 우리 부부가 너와 네 아내를 저녁 식사에 초대하마. 어떠냐?」

「선생님도 참!」 모리스는 환하게 웃었다.

「그럼, 약속한 거다!」 어쨌거나 대화를 마무리하기에 좋은 농담이었다. 모리스는 우쭐해져서 결혼에 대해 곰곰 생각하기 시작했다. 그런데 무거운 주제에서 벗어나 편하게 산책을 하는 도중, 갑자기 듀시 선생이 걸음을 멈추고 온 입 안의 이가 다 쑤시는 듯 볼을 감싸 쥐었다. 그러고는 뒤로 돌아서서 길게 뻗은 모래밭을 바라보았다.

「그 흉측한 그림을 안 지웠구나.」 그가 천천히 말했다.

만(灣) 저쪽 끝에서 몇몇 사람이 그들이 지나친 바닷가를 향해 걸어오고 있었다. 그대로 오면 이제 곧 듀시 선생이 그림으로 성을 설명한 장소에 이르게 될 터였다. 그런데 그중에는 부인도 있었다. 듀시 선생은 식은땀을 흘리며 그곳으로 뛰어갔다.

「선생님, 괜찮을 것 같은데요.」 모리스가 소리쳤다. 「지금 쯤이면 밀물에 지워졌을 거예요.」

「다행이구나…… 아아, 큰일 날 뻔했어…… 밀물이 들고 있구나.」

순간, 소년은 선생을 경멸했다. 〈거짓말쟁이.〉 아이는 생

각했다. 〈거짓말쟁이, 겁쟁이, 다 헛소리였어…….〉 그 후 어
둠이 피어올랐다. 시원부터 있었지만 영원하지는 않은 어둠,
고통스러운 여명 앞에 스러질 어둠이.

2

모리스의 어머니는 런던 근처, 소나무에 둘러싸인 안락한 교외 주택에서 살았다. 그곳에서 모리스와 여동생들이 태어났고, 아버지는 날마다 출근하기 위해 그곳을 떠났다가 그곳으로 돌아왔다. 근처에 교회가 들어섰을 때 그들은 그곳을 떠나려고도 했지만, 다른 모든 일에 그랬듯 그런 상황에 금세 익숙해져서 심지어는 그게 편리하다고까지 여기게 되었다. 상점들도 물건을 배달해 주니 홀 부인이 외출해서 가는 곳은 교회뿐이었다. 역도 멀지 않았고 모리스의 여동생들이 다닐 그럭저럭 괜찮은 여학교도 있었다. 온갖 편의 시설이 갖추어져 있으니 그 무엇도 힘들게 구할 필요가 없고, 성공하든 실패하든 별로 차이가 나지 않는 곳이었다.

모리스는 집을 좋아했고, 어머니는 그 집의 수호신이었다. 어머니가 없으면 푹신한 의자도 없고, 음식도 없고, 재미있는 놀이도 없을 것이다. 모리스는 그 모든 걸 마련해 주는 어머니가 고마웠고, 어머니를 사랑했다. 그리고 여동생들도 좋아했다. 모리스가 집에 오자 동생들은 환호성을 지르며 뛰쳐

나와 외투를 벗기고는 하인들이 챙기도록 현관 입구 바닥에
떨구어 놓았다. 식구들의 관심을 한 몸에 받으면서 학교생활
을 떠벌이는 것은 즐거운 일이었다. 과테말라 우표도 찬탄을
받았고『신성한 들판들』과 듀시 선생이 준 홀바인 사진도 마
찬가지였다. 차를 마시고 나자 날이 개었고, 홀 부인은 방수
덧신을 신고 나가 모리스와 뜰을 산책했다. 어머니와 아들은
서로 키스하며 한가로운 대화를 나누었다.

「모리야……..」

「엄마……..」

「이제 우리 모리를 즐겁게 해주어야 할 텐데.」

「조지는 어디 있어요?」

「교장 선생님이 보낸 성적표는 정말 훌륭하더구나. 널 보
면 돌아가신 아버지 생각이 난다고 하시더라……. 이번 방학
에는 너랑 우리, 무얼 하고 지낼까?」

「전 집이 제일 좋아요.」

「귀여운 우리 아기……..」 부인은 전에 없이 깊은 애정을 담
아 모리스를 끌어안았다.

「누구에게나 집만 한 곳이 없지. 그래, 토마토……..」 부인
은 채소들을 하나하나 헤아리는 걸 좋아했다. 「토마토, 무,
브로콜리, 양파……..」

「토마토, 양파, 자주감자, 흰 감자.」 소년도 따라서 읊었다.

「순무 잎……..」

「엄마, 조지는 어디 있어요?」

「지난주에 떠났어.」

「왜요?」

「이제 나이가 너무 많으니까. 하월은 2년마다 아이를 갈아 치운단다.」

「아.」

「순무 잎.」 어머니는 다시 채소로 돌아갔다. 「다시 감자, 근대…… 모리, 할아버지랑 아이다 이모가 부르면 잠깐 다녀 오는 게 어떻겠니? 네가 이번 방학을 재미있게 보냈으면 좋 겠어. 너도 잘했지만 교장 선생님도 참 훌륭하시단다. 아버지 도 그 학교를 다녔고, 또 이제 너는 아버지가 다닌 퍼블릭 스 쿨인 서닝턴에 가서 모든 면에서 아버지와 같이 자라겠지.」

어머니는 울음이 터져 말을 잇지 못했다.

「모리, 아가.」

소년도 눈물을 흘렸다.

「우리 귀염둥이, 왜 그러니?」

「모르겠어요…… 저도 몰라요…….」

「모리스…….」

소년은 고개를 저었다. 어머니는 아들을 즐겁게 해주지 못한 것이 슬퍼서 또 울기 시작했다. 딸들이 뛰어나와서 〈엄 마, 오빠한테 무슨 일 있어요?〉라고 소리쳐 물었다.

「아, 제발.」 모리스가 울부짖었다. 「키티, 저리 가.」

「모리는 너무 피곤해서 그래.」 홀 부인이 말했다. 그녀는 모든 것을 그렇게 설명했다.

「맞아요, 전 너무 피곤해요.」

「네 방에 올라가거라, 모리. 아, 이건 너무 한심하구나.」

「아뇨. 전 괜찮아요.」 모리스는 이를 악물었고, 표면으로 떠올라 가슴을 짓누르던 거대한 슬픔 덩어리는 차츰 가라앉기 시작했다. 슬픔이 가슴 깊은 곳으로 내려가서 천천히 사라지는 게 느껴졌다. 「전 괜찮아요.」 모리스는 눈을 부릅뜬 채 주변을 돌아본 후 눈을 닦았다. 「헬마²를 해야겠어요.」 헬마 판이 다 차려지기도 전에 모리스는 평소의 말투를 되찾았다. 어린애처럼 북받치던 슬픔은 사라졌다.

그는 오빠를 대단하게 여기는 에이다와 대단하지 않게 여기는 키티를 차례로 이기고, 정원으로 나가 마부를 찾았다. 「안녕, 하월? 부인도 잘 있어? 안녕, 하월 부인.」 모리스는 신사 계급의 사람들을 대할 때와는 다른 자못 거만한 목소리로 인사를 했다. 그러고는 본래 목소리로 돌아와 물었다. 「심부름꾼 아이가 새로 왔다며?」

「네, 도련님.」

「조지는 너무 나이가 많아서?」

「아닙니다. 조지가 더 좋은 일자리를 원해서요.」

「그러면 조지가 그만두겠다고 했단 말이야?」

「그렇습니다.」

「어머니 말씀으로는 조지가 나이가 너무 많아서 아저씨가 그만두게 했다던데.」

「아닙니다, 도련님.」

「우리 불쌍한 장작더미들한테는 다행이지 뭐예요.」 하월 부인이 끼어들었다. 모리스와 옛 심부름꾼 아이는 장작더미

2 서양 장기의 일종.

25

를 드나들며 놀았다.

「우리 어머니 장작이지, 당신네 장작이 아니야.」모리스는 그렇게 말하고 집으로 들어갔다. 하월 부부는 마음 상한 듯한 표정을 지었지만, 사실은 그렇지 않았다. 그들은 평생 하인으로 살았기 때문에, 신사란 모름지기 건방져야 한다고 생각했다. 「모리스 도련님은 벌써 사람을 다룰 줄 알아.」그들은 요리사에게 말했다. 「점점 아버님을 닮아 가지 뭐야.」

저녁 식사에 초대된 배리 박사 부부도 같은 생각이었다. 배리 박사는 그들의 친지이자 오랜 이웃으로, 홀 가족에게 약간의 관심을 보였다. 사실 그들 가족에게 깊은 흥미를 느낄 사람은 아무도 없을 것이다. 배리 박사는 대담함이 엿보인다는 이유로 키티를 귀여워했지만 여자애들은 이미 잠자리에 들어 있었다. 그는 나중에 아내에게 모리스도 자는 게 나았을 거라고 말했다. 「그리고 평생 거기서 지내야 돼. 결국 그렇게 되겠지. 제 아비처럼 말이야. 그런 사람들을 어디 쓰겠어?」

나중에 모리스는 잠자리에 들었지만, 그것은 마지못해서였다. 그 방은 언제나 무서웠다. 그는 저녁 내내 남자답게 행동했지만, 어머니와 키스를 하고 헤어지자 금세 옛날 감정이 되살아났다. 문제는 거울이었다. 자기 얼굴이 거울에 비치는 것도 상관없었고, 천장에 자기 그림자가 드리워지는 것도 상관없었지만, 그 그림자가 거울에 비치는 것은 신경에 거슬렸다. 모리스는 촛불을 이리저리 옮겨 보다가 용기를 내서 도로 제자리에 가져다 놓고 공포에 떨었다. 그는 그것이 아무것도 아니라는 걸 잘 알았고, 거기서 어떤 무서운 게 연상되는 것도 아니었다. 하지만 무서웠다. 결국 그는 얼른 촛불을 끄고 침대로 뛰어들었다. 완전히 어두운 게 차라리 나았을 텐데, 이 방은 가로등이 비친다는 또 한 가지 결점이 있었다. 평온한 밤에 커튼을 뚫고 누그러져 들어오는 불빛은 겁나지 않지만, 가끔 가구 위로 해골 같은 얼룩들이 드리워졌다. 그러면 가슴이 사납게 뛰었고, 그는 가족과 하인들이 가까이 있다는 걸 잘 알면서도 무서움을 달래지 못했다.

얼룩들이 작아졌나 보려고 눈을 뜨자 조지 생각이 났다. 가슴속 아득한 곳에서 무언가 꿈틀거렸다. 그는 속삭였다. 「조지, 조지.」 조지는 누구인가? 하찮은 사람이다. 그저 집안 하인이었을 뿐이다. 어머니와 에이다와 키티가 훨씬 더 중요한 사람들이다. 하지만 모리스는 너무 어려서 그런 걸 따질 수 없었다. 그렇게 슬픔에 빠져들었고 어느새 유령들이 모두 사라졌다는 것도 모른 채 그는 잠이 들었다.

3

모리스의 다음 무대는 서닝턴이었다. 모리스는 아무런 관심도 끌지 않고 그 무대를 지나갔다. 겉으로 엄살 떠는 것보다야 나았지만 성적도 별로였고, 운동 실력도 대단치 않았다. 모리스를 알아본 사람들은 그를 좋아했다. 그는 밝고 다정한 얼굴인 데다 사람들의 관심에 호응해 주는 소년이었기 때문이다. 하지만 그런 학생이야 너무 흔했다. 그들은 학교의 척추였고, 그 속의 추골을 하나하나 헤아리기란 불가능하다. 모리스는 평범하게 생활했다. 근신도 받고, 한번은 회초리도 맞았으며, 고전반 소속으로 진급을 거듭해서 6학년에 겨우 매달리는 동안 기숙사 규율부원이 되고 뒤이어 학교 규율부원이 되었으며, 럭비 팀의 주전 선수로도 활동했다. 어설픈 대로 힘과 투지는 있었지만, 크리켓 실력은 신통치 않았다. 신입생 시절 선배들에게 괴로움을 당했고, 나중에는 처량하고 힘없어 보이는 아이들을 괴롭혔지만, 그것은 그가 잔인해서가 아니라 그렇게 하는 게 당연했기 때문이다. 한마디로 모리스는 그저 그런 학교의 그저 그런 학생이었고, 어디서나 희미한 호감만을 남겼을 뿐이다. 「홀? 잠깐, 누굴 말하는 거지? 아, 그래, 생각난다. 괜찮은 아이였지.」

그 모든 것들 뒤에서 그는 혼란을 겪었다. 놀라운 통찰력과 아름다움을 지닌 방식으로 우주를 미화하고 설명하던 어린 시절의 조숙한 영민함은 사라졌다. 〈어린이들과 젖먹이들의 입으로……〉[3] 하지만 16세 소년의 입으로는 아무것도 할 수 없었다. 모리스는 자신이 남성도 여성도 아니었던 때가 있었다는 걸 잊었고, 성숙에 이르자 어린 시절의 감각이 얼마나 순수하고 투명했는지만을 깨달았다. 그는 이제 그 감각들 아래로 깊숙이 빠져들었다. 삶의 그늘진 골짜기로 내려가고 있었기 때문이다. 그 골짜기는 크고 작은 산들 사이에 자리 잡고 있고, 그곳의 안개를 마시지 않고서는 누구도 그곳을 빠져나올 수 없다. 모리스는 다른 소년들보다 더 오래도록 그곳을 더듬더듬 헤매었다.

모든 것이 몽롱하고 불분명할 때, 그와 가장 비슷한 것은 꿈이다. 모리스는 서닝턴 시절에 두 가지 꿈을 꾸었다. 그 꿈들이 그를 알려 줄 것이다.

첫 번째 꿈에서 모리스는 잔뜩 화가 나 있었다. 그는 누군지 알 수 없지만 매우 싫어하는 어떤 상대와 럭비를 하고 있었다. 그가 열심히 뛰는데, 상대가 심부름꾼 소년 조지로 변했다. 하지만 조심하지 않으면 그 싫은 것이 다시 나타날 것이었다. 조지는 벌거벗은 몸으로 장작더미를 넘어 운동장을 뛰어왔다. 「지금 조지가 다른 걸로 변한다면 나는 미쳐 버릴

3 「마태오의 복음서」21장 16절.

거야.」 모리스가 말했다. 그리고 둘이 태클을 하는 순간 그것은 사실이 되었고, 그는 쓰라린 실망감에 잠을 깼다. 모리스는 그게 듀시 선생의 설교와 관련이 있다고는 생각하지 않았고, 두 번째 꿈에 대해서는 더더욱 그랬다. 대신 자신이 병에 걸릴 거라고 생각했고, 나중에는 왠지 자신이 무슨 잘못을 해서 벌로 그런 꿈을 꾸는 거라고 생각했다.

두 번째 꿈은 더 설명하기가 어려웠다. 아무 일도 일어나지 않았다. 보일 듯 말 듯한 얼굴이 있었고, 들릴락 말락 한 목소리가 〈이 사람이 너의 친구다〉라고 말했다. 그러고는 그만이었는데, 그러면서 모리스에게 충만한 아름다움을 채우고 다정함을 가르쳐 주었다. 그런 친구를 위해서라면 그는 기꺼이 죽을 수 있었고, 또 그런 친구라면 자신을 위해 죽게 할 수도 있었다. 둘은 서로를 위해 어떤 희생도 감수하며 세상을 하찮게 여길 것이고, 죽음도 거리도 엇갈림도 둘을 갈라놓을 수 없을 터였다. 〈이 사람은 내 친구〉이기 때문이다. 모리스는 곧 그 친구는 분명히 예수일 거라고 확신하고 스스로를 납득시키려 했다. 하지만 예수는 구레나룻이 있었다. 그렇다면 고전 문학 사전에 나오는 그리스의 신인가? 그쪽이 좀 더 신빙성이 있었지만, 더 신빙성 있는 것은 그냥 보통 남자라는 것이었다. 모리스는 더 이상 그 꿈에 대해 따지지 않기로 했다. 그렇게 나타난 이상 그것은 이미 그의 생활 속에 깊이 들어와 있다는 뜻이었다. 다시는 그를 만날 수 없을 테고 그 목소리도 듣지 못하겠지만, 그 얼굴과 목소리는 그가 아는 어떤 것보다 더 현실적인 것이 되었고, 실제로⋯⋯.

「홀! 또 졸았군! 벌로 백 줄 쓰기 숙제다!」

「선생님…… 아! 절대 여격입니다.」

「또 졸았어. 이미 늦었어.」

……실제로 그것들은 밝은 대낮에 그를 다시 자신들에게로 끌고 가서 커튼을 내리곤 했다. 그러면 모리스는 그 얼굴과 네 마디 말을 다시 빨아들였고, 그런 뒤에는 다정한 기운과 모두에게 친절을 베풀겠다는 열망에 휩싸인 채 깨어났다. 그것은 친구가 바라는 일이었고, 착하게 지내면 친구가 자신을 더 좋아할지도 모르기 때문이었다. 하지만 이 행복에는 어쩐 일인지 고통도 섞여 있었다. 그에게 친구가 한 명도 없다는 것은 그 친구가 있는 것만큼이나 분명했고, 그는 조용한 장소를 찾아가 눈물을 흘리며 모든 걸 백 줄 쓰기 숙제의 탓으로 돌렸다.

이제 모리스의 비밀스러운 삶을 이해할 수 있을 것이다. 그것은 그의 꿈처럼 한편으로는 본능적이었고 한편으로는 관념적이었다.

육체가 성장함과 동시에 그는 음란해졌다. 자신에게 어떤 특별한 저주가 내린 건 아닌가 싶기도 했지만 어쩔 도리가 없었다. 심지어는 성찬례 때도 마음속에 지저분한 생각들이 솟아올랐다. 학교의 분위기는 경건했다. 모리스가 입학하기 직전에 엄청난 추문이 있었기 때문이다. 검은 양들이 쫓겨났으며, 남은 자들은 종일토록 들볶이고 밤에도 감시를 받았다. 그래서 불행인지 다행인지 모리스는 학교 친구들과 경험을 나눌 기회가 거의 없었다. 모리스는 음란한 이야기를 갈망했지만 그런 이야기를 듣는 경우는 드물었고 자신이 직접 하는 경우는 더더욱 없었기 때문에, 그의 외설 행위들은 주로 고독하게 이루어졌다. 먼저 책. 학교 도서관은 염결했다. 하지만 할아버지의 집에서 우연히 무삭제 마르티알리스[4]를 발견했을 때 두 귀를 붉혀 가며 그 속으로 빠져들었다. 다음으로 생각. 온갖 더러운 것들이 그에게 모여들었다. 그리고 행동. 하지만 새로움이 사라지자 쾌락보다는 피로가 느껴져서 그만두었다.

기이한 일이지만 이 모든 것은 몽환 상태에서 일어났다. 모리스는 높은 산봉우리 아래 깊이 팬 그늘진 골짜기에 잠들어 있느라 그런 사실을 몰랐고 학교 친구들 역시 자기처럼 자고 있다는 것도 몰랐다.

그의 삶의 나머지 반쪽은 음란함과는 거리가 멀고도 멀었다. 고학년이 되면서 그는 이런저런 소년을 숭배하기 시작했다. 상대가 선배든 후배든 간에 그 소년 앞에서는 요란하게 웃고 헛소리를 지껄였으며 공부도 하지 못했다. 용기를 내서 친절을 베풀지도 못했고 — 그건 안 될 일이었다 — 찬사를 바치는 일은 더더욱 없었다. 숭배의 대상은 오래지 않아 모리스를 외면했고 그러면 그는 울적해졌다. 하지만 모리스도 복수를 했다. 가끔 다른 소년들이 모리스를 숭배했는데, 그걸 알면 모리스는 그들을 외면했다. 한번은 둘이 서로 숭배한 적이 있었는데 피차 무언지 모르는 것을 갈망했고 결과는

---

4 로마의 시인. 열두 권의 경구 시집으로 유명하며, 동성애와 구강 성교, 자위 등을 다뤄 외설 작가라는 비난을 받았다.

똑같았다. 둘은 며칠 만에 사이가 틀어졌다. 이 혼돈 속에서 나온 것은 그가 애초에 꿈속에서 느낀 아름다움과 다정함의 두 가지 감정이었다. 그것들은 잎은 무성하되 꽃은 필 기미가 없는 식물처럼 해마다 쑥쑥 자랐다. 그러다가 그가 서닝턴을 졸업할 무렵 성장을 멈추었다. 정지, 침묵이 그 복잡한 과정 위에 내려앉았고, 젊음이 소심하게 그를 둘러보기 시작했다.

4

모리스는 열아홉 살이 다 되었다.

그는 우수 학생 시상식 날 연단에 서서, 직접 작성한 그리스어 연설문을 발표했다. 강당에 가득한 것은 학생과 학부모들이었지만, 모리스는 헤이그 회담에 참석해 그 회담의 방식을 비판하는 것 같은 태도였다. 「전쟁을 없애자고 하다니 이 무슨 어처구니없는 일입니까. 뭐라고요? *O andres Europenaici*(오, 유럽의 남성들이여). 군신 아레스는 제우스의 아들이 아니란 말입니까? 게다가 전쟁은 청년의 신체를 건장하게 단련시켜 줍니다. 그것은 진실로 우리와 적들의 차이점입니다.」 그의 그리스어는 형편없었다. 모리스가 상을 받은 건 주제 덕분이었고, 그것도 간신히 탄 것이었다. 심사를 맡은 교사는 모리스가 졸업을 앞둔 성실한 학생인 데다, 케임브리지에 진학할 예정임을 감안해서 점수를 후하게 주었다. 상품으로 받은 책을 케임브리지의 책꽂이에 꽂아 놓으면 광고 효과도 좋을 것 같았다. 그래서 모리스는 우레 같은 박수 속에 그로테가 쓴 『그리스 역사』를 받았다. 어머니 옆 자리로 돌아온 모리스는 자신이 다시 인기를 끌게 되었다는 걸 깨닫고 어리 둥절했다. 박수는 이어졌고, 어느새 갈채의 수준에까지 이르 렀다. 줄 끝에 앉은 에이다와 키티도 빨갛게 상기된 얼굴로 열심히 손바닥을 두드렸다. 함께 졸업하는 몇몇 친구가 〈소 감! 소감!〉이라고 소리쳤다. 그런 일은 예정에 없었기 때문 에 학교 측에 의해 제지되었지만, 교장이 직접 일어나서 몇 마디를 했다. 홀은 서닝턴 사람이고, 서닝턴은 언제나 홀을 그렇게 생각할 거라고. 그 말은 옳았다. 학교가 박수를 친 것 은 모리스가 뛰어나서가 아니라 평균적이기 때문이었다. 학 교는 모리스의 형상 속에서 스스로를 축하할 수 있었다. 사 람들은 나중에 모리스한테 뛰어와서 자못 감상적으로 〈넌 정말 멋진 친구야〉라고 말했고, 〈네가 떠나면 온 학교가 칙 칙해질 거야〉라고 말하는 사람까지 있었다. 식구들도 기쁨 을 함께 나누었다. 지난번 방문 때 모리스는 쌀쌀맞게 굴었 다. 럭비 경기가 끝난 뒤 자신들의 진흙투성이 영웅에게 달 려온 식구들에게 〈미안해요, 어머니. 하지만 어머니하고 동 생들은 따로 가야겠어요〉라고 말했던 것이다. 그때 에이다 는 울고 말았다. 이제 에이다는 학생 회장과 제법 능란하게 대화를 나누고 있었고, 키티는 케이크를 건네받고 있었고, 어머니는 온풍기를 괜히 설치했다는 사감 선생 부인의 말을 듣고 있었다. 모든 사람과 모든 사물이 갑자기 조화를 이루 었다. 이런 게 세상이었던가?

몇 미터 앞에 그들의 이웃인 배리 박사가 있었다. 그는 모 리스와 눈이 마주치자 놀랄 만큼 큰 소리로 외쳤다. 「축하하

네, 모리스. 아주 감동적이었어! 이 찻잔으로 건배를 하지.」
그는 찻잔을 들어 차를 한 모금 들이켰다.「맛은 형편없지만
말이야.」

모리스는 웃음을 터뜨린 뒤 조금 쭈뼛거리며 그에게 다가
갔다. 양심에 걸리는 일이 하나 있었다. 배리 박사가 그 학기
에 새로 입학한 자신의 어린 조카와 잘 지내 달라고 부탁했
는데, 아무것도 하지 않은 것이다. 그건 모리스의 잘못이었
다. 하지만 이제 너무 늦기도 한 데다 자신도 이제 어른이 다
되었으니 용기를 내고 싶었다.

「이제 자네의 다음 승부처는 어디지? 케임브리지?」

「그렇다고들 합니다.」

「그렇다고들 한다고? 그럼 자네 생각은?」

「모르겠습니다.」주인공은 공손하게 대답했다.

「그러면 케임브리지 다음은 뭐지? 증권 거래소?」

「아마 그럴 것 같아요. 일이 잘되면 아버지의 옛 동업자 한
분이 저를 받아 주신다고 했거든요.」

「아버지의 옛 동업자를 통해 취직하면 그다음에는 뭐지?
예쁜 마누라?」

모리스는 다시 웃었다.

「이 기대에 찬 세상에 모리스 3세를 데려다줄 사람은 누구
일까? 그런 뒤에는 늙고 손자를 보고 결국엔 무덤으로 가겠
지. 자네가 말하는 인생길은 그런 거겠지. 내가 생각하는 인
생은 그렇지 않네만.」

「박사님이 생각하는 인생은 어떤데요?」키티가 물었다.

「힘없는 사람을 돕고 그릇된 것을 바로잡는 것이란다.」그가 키티를 건너다보며 말했다.

「그건 우리 모두의 생각이 아닐까요?」사감 교사의 부인이 말하자, 홀 부인도 거기 동조했다.

「아니에요. 저는 늘 그러지는 못합니다. 지금도 조카 디키를 내버려 두고 이 화려한 곳에서 뭉기적거리고 있지 않습니까?」

「디키를 데려와서 제게 인사시켜 주세요.」홀 부인이 말했다.「아이 아버지도 왔나요?」

「어머니!」키티가 조그맣게 속삭였다.

「네. 제 동생은 작년에 죽었지요.」배리 박사가 말했다.「잠깐 잊으신 모양이군요. 모리스의 연설과 달리, 제 동생은 전쟁 덕에 신체가 건강하게 단련되지 않았습니다. 배에 포탄만 맞았으니까요.」

그는 그들 곁을 떠났다.

「왜 저렇게 비꼬아서 말씀하실까?」에이다가 말했다.「질투하시는 건가.」그 말은 맞았다. 한창때 많은 여자들을 사로잡았던 배리 박사는 젊은이들이 계속 존재한다는 사실이 못마땅했다. 가엾은 모리스는 다시 그와 맞닥뜨렸다. 사감 교사 부인과 작별 인사를 나누던 중이었다. 부인은 기품 있는 미인으로 고학년 학생들에게 아주 친절했다. 두 사람은 따뜻하게 악수를 나누었다. 그리고 돌아서던 모리스는 〈아, 그래 모리스 젊은이는 전쟁뿐 아니라 사랑 앞에서도 맥을 못 추는 법이지〉라는 배리 박사의 목소리를 듣고 그의 비웃음 담은 눈길과 마주쳤다.

「박사님, 그게 무슨 말씀인가요?」

「참, 젊은이들이란! 시치미 떼기는. 내 말이 무슨 뜻인지 모르겠다고! 내숭 그만 떨게! 솔직해야 해, 솔직. 아무도 속지 않아. 솔직한 마음이 순수한 마음이야. 의사이자 인생 선배로서 말하는 거야. 여자에게서 태어난 남자는 여자와 함께 해야 해. 그래야 인류가 지속되거든.」

모리스는 사감 교사 부인의 뒷모습을 힐끗 보고는, 격렬한 반발심에 얼굴이 후끈 달아올랐다. 듀시 선생의 그림이 떠올랐기 때문이다. 어떤 편치 않은 감정 — 하지만 슬픔처럼 아름답지는 않은 — 이 마음 표면으로 떠올라, 흉한 모습을 보이고는 가라앉았다. 아직 때가 되지 않았기에 모리스는 그게 정확히 무엇인지 생각해 보지 않았지만 그 조짐만으로도 섬뜩했다. 자신이 그날의 주인공이라는 것도 다 잊고 다시 어린 소년으로 돌아가 그 몽롱한 무채색 바닷가를 걷고 싶어졌다. 배리 박사는 모리스에게 계속 설교를 했고, 친근함의 가면 아래서 그가 던진 많은 말들은 모리스에게 고통을 안겨 주었다.

5

모리스는 학교 친구 중 가장 친한 채프먼과 다른 서닝턴 선배들의 조언에 따라 칼리지를 선택했고, 대학 입학 후 처음 1년 동안은 별달리 낯선 경험이랄 게 없었다. 그는 동문회 사람들과 함께 운동을 하고 차를 마시고 식사를 했으며, 시골 말투와 속어를 고집하고, 저녁 회식 때도 옆 자리에 나란히 앉았으며, 팔짱을 낀 채 거리를 돌아다녔다. 가끔 술에 취해 여성 편력에 관한 허풍도 떨었지만, 그들의 시야는 퍼블릭 스쿨 고학년 시절과 똑같았고, 그들 중 몇몇은 평생을 그렇게 살아갔다. 그들 집단과 다른 학생들 사이에 불화는 없었지만, 지나치게 자기들끼리만 어울림으로써 다른 이들의 외면을 받았고, 그렇다고 그들이 남들을 이끌 만큼 뛰어난 것도 아니었다. 그들은 다른 퍼블릭 스쿨 출신들을 알려는 시도 자체를 하지 않았다. 이 모든 것이 모리스에게는 잘 맞았다. 그는 선천적으로 게을렀다. 그의 문제는 아무것도 해결되지 않았지만 그렇다고 늘어나지도 않았고, 그것만 해도 중요했다. 침묵은 이어졌다. 육체적 욕망으로 인한 괴로움도 줄어들었다. 모리스는 어둠 속을 더듬는 대신 그 안에 꼼짝 않고 서 있었다. 마치 그것이야말로 육체와 영혼이 그 토록 고통스럽게 준비해 온 목표인 것처럼.

2학년이 되자 변화가 생겼다. 그는 칼리지 안으로 거처를 옮겼고, 칼리지는 그를 소화하기 시작했다. 낮 시간은 전과 같이 보냈지만, 밤이 되어 큰 문들이 닫히면 새로운 과정이 시작되었다. 신입생 때 이미 그는 성인 남자들은 특별한 이 유가 없는 한 서로에게 예의를 지킨다는 중요한 사실을 발견 했다. 3학년 학생 몇몇이 모리스의 하숙방을 찾아온 적이 있 었다. 그는 그들이 명판을 깨뜨리고 어머니 사진을 모욕할 거라고 생각했지만, 그런 일이 벌어지지 않자 언젠가 자기도 그들의 명판을 깨뜨리겠다는 생각을 버렸고, 그로써 시간의 낭비를 막았다. 교수들의 태도는 더욱 놀라웠다. 그런 부드 러운 분위기는 모리스가 바라던 것이었다. 그는 잔인하고 무 례한 행동이 즐겁지 않았다. 천성적으로 그에게 맞지 않았 다. 하지만 퍼블릭 스쿨에서는 그런 게 필요했고, 그렇지 않 으면 살아남을 수 없었기 때문에, 대학이라는 더 넓은 전쟁 터에서는 더욱더 그러리라고 짐작했던 것이다.

칼리지에 들어온 후 그는 계속해서 더 많은 것을 발견하 게 되었다. 사람들은 살아 있었다. 지금까지 그는 다른 사람 들도 그 자신이 위장한 것처럼 인습적 도안이 찍힌 판지 조 각들에 불과하다고 생각했지만, 밤에 뜰을 거닐다가 창문 너 머로 누구는 노래하고 누구는 토론하고 또 누구는 책을 읽는 모습들을 보았을 때, 그들도 자신과 비슷한 감정을 가진 인간이라는 것을 부지불식간에 확신하게 되었다. 모리스는 에이브러햄스의 학교를 떠난 이래 솔직하게 살지 않았고, 배리 박사의 설교에도 마음을 바꾸지 않았다. 하지만 남을 속이면서 자신도 속았다는 것, 남들에게 내면이 없는 놈으로 비치기를 바라면서 자신이야말로 남들에게 내면이 없다고 오해했다는 걸 깨달았다. 하지만 그들도 내면이 있었다.「하지만, 주여, 저와 같은 내면은 아니기를.」다른 사람들을 현실적으로 바라보면서 모리스는 겸손해졌고, 죄의식을 품게 되었다. 세상 모든 피조물 가운데 자신만큼 추악한 것은 없을 것이다. 그가 판지 조각인 척 위장하는 것은 당연한 일이었다. 본연의 모습이 드러나면 세상에서 추방당할 테니. 신은 너무나 거대한 존재이므로 별로 걱정되지 않았다. 그가 생각할 수 있는 가장 두려운 비판은 아래층 조이 페더스턴오에게서 듣는 것이었고, 가장 참혹한 지옥은 친구들에게 따돌림을 당하는 것이었다.

이를 깨닫고 얼마 지나지 않아 모리스는 학감인 콘월리스 씨와 점심을 함께 먹게 되었다.

점심 손님은 두 사람이 더 있었는데, 하나는 채프먼이었고 또 하나는 트리니티 칼리지 학사인 데다 학감의 친척이기도 한 리즐리였다. 리즐리는 검은 피부에 키가 크고 젠체하는 인상이었다. 학감이 차례로 세 사람을 소개하자 그는 과장된 몸짓으로 인사했고, 말을 할 때는 —— 거의 시종일관 말을 했는데 —— 강하면서도 남자답지 않은 최상급 형용사들을 썼다. 채프먼은 모리스와 눈이 마주치자 콧구멍을 벌름거려

다른 손님에 대한 불평에 동참해 줄 것을 요청했다. 모리스는 일단 두고 보기로 했다. 남에게 고통을 주는 일이 점점 더 싫어졌고, 리즐리는 곧 미워하게 될 게 분명해 보였지만 지금 당장은 그가 정말로 싫은지도 알 수 없었다. 그래서 채프먼이 혼자 나섰다. 그는 리즐리가 음악 애호가라는 말을 듣고는 〈저는 고상해지는 일에는 관심이 없습니다〉라는 말로 어깃장을 놓기 시작했다.

「저는 관심 있습니다!」

「그런가요? 그럼 제가 실례했군요.」

「자자, 채프먼 군, 자네가 배가 고픈 모양이로군.」 콘월리스 학감은 그렇게 말하고, 오늘 점심은 자못 즐거울 것 같다고 생각했다.

「리즐리 씨는 안 그런 것 같은데요. 하긴 제 품위 없는 이야기에 입맛이 떨어지셨겠죠.」

모두 자리에 앉자, 리즐리는 소리 죽여 웃으며 모리스를 돌아보고 말했다. 「저런 말에는 뭐라고 대답해야 할지 전혀 모르겠어요.」 그는 각 문장마다 한 단어씩 힘주어 발음했다. 「참 난처하네요. 아니라고 할 수도 없고, 그렇다고 할 수도 없고. 도대체 어떻게 해야 할까요?」

「아무 말도 안 하면 되잖아?」 학감이 말했다.

「아무 말도 안 한다고요? 말도 안 돼요. 어떻게 그런 말씀을.」

「여쭤보고 싶은데요, 늘 쉴 새 없이 말씀하시나요?」 채프먼이 물었다.

리즐리는 그렇다고 대답했다.

「피곤하지 않아요?」

「아뇨.」

「다른 사람들이 피곤하다고도 안 하나요?」

「전혀요.」

「이상하군요.」

「지금 내 말 때문에 피곤하다고 말하는 겁니까? 거짓말 마요. 그렇게 즐거운 웃음을 짓고 있으면서 말예요.」

「그렇다 해도 리즐리 씨 때문은 아니에요.」 채프먼이 발끈해서 쏘아붙였다.

모리스와 학감은 웃음을 터뜨렸다.

「또 말문이 막혔네요. 대화란 이렇게나 어려운 거랍니다.」

「보통 사람들보다는 아주 잘하시는 것 같은데요.」 모리스가 말했다. 그는 그때 처음 말을 했고 그의 낮지만 거친 목소리에 리즐리는 흠칫 놀랐다.

「그럴 수밖에요. 그게 내 능력이니까요. 내가 신경 쓰는 건 바로 그것, 대화뿐이에요.」

「진실입니까?」

「내가 말하는 건 모두 진실이에요.」 모리스는 어쩐지 그 말이 사실이라고 느껴졌다. 리즐리는 진실한 사람 같았다. 「그럼 당신은 진실한가요?」

「그런 건 묻지 말아 주세요.」

「그러면 진실해질 때까지 이야기를 해보죠.」

「헛소리들 그만하게.」 학감이 나섰다.

채프먼이 요란스레 웃음을 터뜨렸다.

「이게 헛소리예요?」 리즐리가 모리스에게 물었다. 모리스는 잠시 후 질문의 의도를 간파하고, 행동이 말보다 중요하다고 대답했다.

「둘이 뭐가 다르다는 거죠? 말은 곧 행동이에요. 지금까지이 방에 머문 5분이 두 사람에게 아무 의미 없었다는 겁니까? 예를 들면 나를 만났다는 사실을 아주 잊을 수 있겠습니까?」

채프먼이 꿍얼거렸다.

「채프먼 씨도 잊지 않을 거고, 홀 씨 당신도 그럴 겁니다. 그런데도 행동이 더 중요하다는 말을 들어야 하다니요.」

학감이 두 서닝턴 출신을 거들기로 마음먹고 젊은 사촌에게 말했다. 「기억력이 나쁘구나. 너는 지금 중요한 것과 인상적인 걸 혼동하고 있어. 채프먼과 홀은 당연히 널 만난 사실을 기억할 거야.」

「하지만 이게 커틀릿이란 건 잊겠죠. 당연히.」

「그래도 커틀릿은 학생들한테 이로움을 주지만 너는 그러지 못해.」

「그렇게 모호하게 말하지 마세요!」

「꼭 책 속에 나오는 대화 같네요.」 채프먼이 말했다. 「안그래, 홀?」

「내 말은……」 리즐리가 말했다. 「아, 내가 하려는 말은 너무도 명확해요. 커틀릿은 사람의 무의식적인 삶에 영향을 미치지만 나는 의식적인 삶에 영향을 미치니까, 커틀릿보다는 내가 더 인상적일 뿐 아니라 중요하기도 하다는 거예요. 중

세의 암흑 속에 사는 이 학감님은 두 사람도 그러기를 바라면서 오직 무의식만이, 그저 인간의 일부일 뿐이고 이성으로는 접근할 수도 없는 무의식만이 중요하다고 거짓말을 하고 있어요. 그러면서 날마다 최면제에 빠져서……」

「그만해라.」 학감이 말했다.

「하지만 난 빛의 자녀고……」

「그만하라니까.」 학감은 대화의 방향을 정상적인 궤도로 돌렸다. 리즐리는 쉴 새 없이 자기 이야기만 했지만 이기적인 사람은 아니었다. 그는 끼어들지 않았다. 무관심한 척하지도 않았다. 그들이 어디로 가더라도, 돌고래처럼 기운차게 그들과 동행하며 그들의 행로를 방해하지 않았다. 그것은 유희였지만 그는 진지했다. 그는 다른 이들이 앞으로 나가는 걸 중시하는 만큼이나 앞뒤로 오가는 걸 중시했고 다른 사람들과 함께 있는 걸 좋아했다. 몇 달 전이라면 모리스는 채프먼의 편이 되었겠지만, 지금은 리즐리에게 내면이 있다는 확신이 들면서 앞으로 그를 자주 만나 보는 게 어떨까 하는 생각까지 했다. 식사가 끝난 뒤 리즐리가 계단 밑에서 모리스를 기다렸다가 말을 건넸을 때 그는 기뻤다.

「잘 몰랐겠지만, 우리 사촌 형님은 인간적이지 않았어요.」

「우리한테는 좋은 분이십니다. 내가 아는 건 그게 전부예요.」 채프먼이 성을 내며 말했다. 「더할 나위 없이 유쾌한 분이세요.」

「맞아요. 내시들이 그렇죠.」 리즐리는 그렇게 말하고 가버렸다.

「아니, 그게 무슨······」채프먼은 버럭 소리를 질렀지만 영국인다운 자제력을 발휘해서 뒷말을 삼켰다. 채프먼의 충격은 컸다. 어느 정도라면 봐주겠지만 이건 너무 심하지 않으냐고 그는 모리스에게 말했다. 버릇없고 무례하고 아마 퍼블릭 스쿨도 마치지 못했을 사람이라고 했다. 모리스도 동의했다. 사촌더러 바보 멍청이라고 할 수는 있지만 내시는 지나쳤다. 형편없는 취향! 하지만 어쨌거나 재미있었고, 앞으로는 학감의 호출을 받을 때마다 그에 대해 짓궂고 엉뚱한 생각들이 떠오를 것 같았다.

6

그날 내내, 그리고 이튿날에도 모리스는 어떻게 하면 그 괴짜를 다시 만날 수 있을까 궁리하며 지냈다. 가망은 별로 없었다. 선배를 찾아가기는 싫었고, 둘은 칼리지가 달랐다. 리즐리가 학생 회관에서 유명하다는 말을 듣고는 그의 이야기를 들을 수 있을까 싶어 화요 토론회에 가보았다. 어쩌면 그는 공개적인 자리에서 더 쉽게 이해될 사람인지도 몰랐다. 리즐리하고 친구가 되고 싶다는 매혹은 없었지만, 그가 자신을 도와줄 수 있을지도 모른다는 느낌이 들었다. 물론 어떤 식일지는 분명하지 않았다. 모든 게 막연하기만 했다. 아직도 산들이 모리스 위에 그림자를 드리우고 있었기 때문이다. 정상에서 뛰놀고 있을 리즐리가 도움의 손길을 뻗어 줄지도 몰랐다.

학생 회관에서 허탕을 치자 반발심이 생겼다. 그는 누구의 도움도 원하지 않았다. 자신은 아무 문제 없었다. 게다가 그의 친구들은 리즐리를 견디지 못할 테고, 그는 친구들에게 충실해야 했다. 하지만 반발은 금세 사그라지고 리즐리를 만나고 싶은 욕구는 더욱 커졌다. 리즐리가 워낙 괴짜니, 자신도 괴짜가 되어 학부생의 모든 관례를 깨고 그를 직접 찾아간다면 어떨까? 사람은 〈인간적이어야〉 하고 누구를 찾아가는 것은 인간적인 일이라는 생각에 용기를 얻어, 모리스는 자신도 보헤미안이 되어 리즐리 같은 방식으로 재치 있는 말을 하며 그 방에 들어가기로 결심했다. 〈기대에는 못 미치는 성과일 것 같습니다〉라는 문장이 떠올랐다. 별로 상쾌한 문장은 아니었지만, 리즐리는 모리스에게 자괴감을 줄 만한 사람은 아니었기에, 더 좋은 것이 떠오르지 않는다면 일단 그렇게 해보고 나머지는 운에 맡기기로 했다.

그것은 어느새 모험이 되어 있었기 때문이다. 사람은 모름지기 〈말하고 또 말해야〉 한다는 이 남자는 알 수 없는 방식으로 모리스를 휘저어 놓았다. 어느 날 밤 열시가 되기 직전에, 모리스는 트리니티 칼리지로 살그머니 기어 들어가서 큰 뜰을 서성거리며 출입문이 모두 닫힐 때까지 기다렸다. 고개를 들자 밤하늘이 눈에 들어왔다. 대체로 아름다움에 무관심한 모리스였지만, 〈별들이 장관이네!〉 하고 감탄했다. 게다가 종소리가 사라지고 케임브리지의 온갖 문들이 굳게 닫히고 난 뒤의 분수 소리라니. 그는 트리니티 사람들에 둘러싸여 있었다. 그들은 모두 대단한 지성과 교양의 소유자들이었다. 모리스의 친구들은 트리니티 칼리지를 비웃었지만 그래도 트리니티의 오만한 광채를 무시하거나 명백한 우월성을 무시하지는 못했다. 그는 그들 몰래 미천한 처지로 그곳에, 그곳의 도움을 구하러 왔다. 그 분위기에 그의 재치 있는 문장은 빛을 잃었고, 심장은 격렬하게 뛰었다. 그는 부끄럽고 두려웠다.

리즐리의 방은 짧은 복도 끝에 있었는데, 복도는 장애물이 없어서 불도 밝혀져 있지 않았고, 방문자는 벽을 따라 걷다가 문에 부딪히게 되어 있었다. 모리스는 짐작했던 것보다 빨리 문에 부딪혔다. 우당탕 소리가 났고 그는 〈이런, 젠장!〉이라고 소리를 질렀다. 방문 판자가 덜덜덜 떨렸다.

「들어와요.」 안에서 누가 말했다. 그는 실망감에 맞닥뜨렸다. 목소리의 주인공은 그와 같은 칼리지에 다니는 더럼이었다. 리즐리는 없었다.

「리즐리 보러 온 거야? 안녕, 홀?」

「안녕하세요! 리즐리는 어디 있어요?」

「몰라.」

「아, 별일 아니에요. 갈게요.」

「칼리지로 돌아갈 거야?」 더럼은 고개도 들지 않고 물었다. 그는 무릎을 꿇고 앉아 바닥에 수북이 쌓인 피아놀라[5] 레코드를 들여다보고 있었다.

「그래야겠죠. 리즐리가 없으니까. 별일 아니었어요.」

「기다려, 같이 가자. 비창 교향곡을 찾고 있는 중이야.」

모리스는 리즐리의 방을 훑어보며 이 방에서 무슨 이야기가 오갔을까 생각해 보다가 탁자에 앉아 더럼을 바라보았다. 더럼은 아주 작은 몸집에 꾸밈없는 태도를 지닌 남자로, 모

---

5 기계 조작으로 연주되는 피아노. 구멍으로 음정을 표시한 롤 테이프 레코드가 돌아가면서 음악이 연주된다.

리스가 불쑥 들어가자 평소의 흰 얼굴이 붉게 상기되었다. 칼리지에서 그는 머리가 좋고 까다롭다는 평을 듣고 있었다. 모리스가 그에 관해 들은 이야기라고는 〈외출이 너무 잦다〉는 것뿐이었는데, 이렇게 트리니티에서 만났으니 그 말이 맞는 셈이었다.

「행진곡이 안 보여.」 그가 말했다. 「미안하다.」

「괜찮아요.」

「페더스터노의 피아놀라에 끼워서 들으려고 빌리는 거야.」

「아래층 선배 말이군요.」

「칼리지에 들어온 거야?」

「예, 2학년이니까요.」

「아, 그래. 나는 3학년이야.」

더럼이 오만한 기색 없이 말하자 모리스는 잠시 선배에 대한 예의를 잊었다. 「3학년이 아니라 신입생 같아 보여요.」

「그럴지도 모르지, 하지만 난 벌써 석사가 된 것 같은 느낌이야.」

모리스는 더럼을 가만히 바라보았다.

「리즐리는 대단한 친구야.」

모리스는 대답하지 않았다.

「하지만 조금 지나친 면이 있긴 하지.」

「그래도 선배는 리즐리의 물건을 빌리잖아요.」

더럼은 다시 고개를 들었다. 「그러면 안 돼?」 그가 물었다.

「그냥 농담이었어요.」 모리스는 말하며 탁자에서 일어섰다. 「아직도 못 찾았어요?」

「안 보이네.」

「전 지금 가야겠어요.」 모리스는 서두를 까닭이 없었지만, 가슴이 쿵쿵 뛰는 통에 그렇게 말하지 않을 수 없었다.

「그래, 가.」

모리스가 의도한 건 그게 아니었다. 「뭘 찾는다고요?」 그가 앞으로 다가가며 물었다.

「비창 교향곡에 나오는 행진곡.」

「모르는 곡이네요. 그런 종류의 음악을 좋아하나 봐요.」

「응.」

「난 훌륭한 왈츠 곡이 더 좋아요.」

「나도 그래.」 더럼은 모리스의 눈을 바라보며 말했다. 모리스는 평소 같으면 눈을 돌렸겠지만, 이번에는 꿋꿋이 그 눈길을 받았다. 이내 더럼이 말했다. 「다른 악장은 창가의 레코드 더미에 있을 것 같아. 거길 찾아 봐야겠다. 오래 걸리진 않을 거야.」 모리스는 단호하게 말했다. 「전 가야겠어요.」

「그래, 먼저 가.」

모리스는 풀이 죽어서 혼자 나왔다. 별빛은 흐려져 있고, 밤하늘은 비를 머금고 있었다. 그런데 수위가 정문을 여는 사이 등 뒤에서 빠른 발소리가 들렸다.

「행진곡 찾았어요?」

「아니, 너랑 같이 가는 게 좋을 것 같아서.」

모리스는 몇 걸음을 말없이 걷다가 말했다. 「이리 줘요. 나도 나눠 들고 갈게요.」

「괜찮아. 잘 챙겨 들었어.」

「주세요.」모리스는 거칠게 말하고 더럼의 겨드랑이 밑에서 레코드들을 잡아 뺐다. 다른 말은 오가지 않았다. 칼리지에 도착하자 그들은 곧장 페더스터노의 방으로 갔다. 아직열한시가 안 되었기 때문에 음악을 들을 시간이 조금 있었다. 더럼은 피아놀라 앞에 앉았다. 모리스가 그 곁에 무릎을꿇고 앉았다.

「홀, 네가 예술적 취향이 있는 줄은 몰랐는걸.」방 주인이말했다.

「아니에요. 그냥 궁금해서 왔어요.」

더럼은 피아놀라를 작동시키다가 멈추더니 4분의 5박자로 다시 시작하겠다고 했다.

「왜요?」

「그게 왈츠에 가까우니까.」

「신경 쓰지 마세요. 틀고 싶은 것 틀어요. 자꾸 바꾸면 시간만 낭비돼요.」

하지만 이번에는 모리스의 뜻대로 되지 않았다. 그가 롤러에 손을 대자 더럼이 말했다. 「그러다 찢겠다, 그냥 둬.」그리고 4분의 5박자에 맞추었다.

모리스는 음악에 귀를 기울였다. 꽤 괜찮았다.

「이쪽으로 와.」난로 앞에서 공부하던 페더스터노가 말했다. 「기계에서 되도록 멀리 떨어져 있어야 돼.」

「그래야겠네요. 페더스터노만 괜찮다면, 다시 한번 들려주겠어요?」

「그래, 다시 해봐, 더럼. 아주 유쾌한데.」

그러나 더럼은 거절했다. 그는 고분고분한 사람이 아니었다. 그가 말했다. 「악장은 독립된 악곡이 아냐. 그것만 반복할 수는 없지.」이해하기 힘든 변명이었지만 겉으로는 그럴듯했다. 그는 유쾌함과 거리가 먼 라르고를 연주했고, 열한 시 종이 울리자 페더스터노가 차를 끓였다. 그와 더럼은 우등 졸업 시험 과목이 같아서 줄곧 그 이야기만 했고, 모리스는 가만히 들었다. 흥분은 가라앉지 않았다. 더럼은 똑똑하기만 한 게 아니라 차분하고 정돈된 이성도 있었다. 그는 자신이 공부하고 싶은 것을 알았고, 자신이 약한 부분도, 또 대학이 어디까지 도움을 줄 수 있는지도 알았다. 지도 교수나 강의에 대해 모리스 무리처럼 맹목적인 믿음을 갖고 있지도 않았고, 그렇다고 페더스터노처럼 경멸을 품지도 않았다. 「나이 든 사람한테서는 항상 배울 게 있어. 그 사람이 최신 독일 저작을 읽지 않았다 해도 말이야.」소포클레스에 대해 잠깐 논쟁을 한 뒤 더럼은 무거운 어조로 소포클레스를 무시하는 것은 〈우리 대학생들〉의 겉멋이라며 페더스터노에게 작가보다 작품 속 인물에 주목해서 『아이아스』를 다시 읽어보라고 했다. 그러면 그리스어 문법과 그리스의 생활에 대해 더 많은 걸 배울 수 있을 것이라고.

모리스는 이 모든 게 마음에 들지 않았다. 어쩐지 더럼이 비틀거리는 모습을 보고 싶었다. 페더스터노는 학업 성적도 운동 실력도 뛰어난 데다 신랄한 말투의 달변가였다. 하지만 더럼은 가만히 이야기를 들으면서 거기서 오류를 지적하고 그 나머지만을 인정했다. 온통 오류투성이인 모리스한테는 무슨 희망이 있다는 말인가? 모리스는 격렬한 분노가 치밀었다. 그는 벌떡 일어나서 먼저 가겠다고 인사하고 나왔지만, 금세 자신의 성급한 행동을 후회했다. 그는 기다리기로 했지만, 계단에서 기다리는 건 한심한 것 같아서 계단을 내려가 더럼의 방으로 이어지는 길목에서 기다리기로 했다. 안뜰로 나오니 바로 더럼의 방이 보였다. 그는 주인이 없는 줄 알면서도 문을 두드려 보고, 방문을 열어 난롯불이 타오르는 방 안의 가구와 그림들을 들여다보기도 했다. 그런 뒤 다시 안뜰로 나가 거기 있는 다리 비슷한 것에 올라섰다. 안타깝게도 그것은 진짜 다리가 아니었다. 건축가가 자기 필요에 의해 땅을 살짝 파놓고 그 위에 걸쳐 놓은 것이었다. 거기 서 있으면 사진관에 들어가 있는 것 같았고, 난간이 너무 낮아서 기댈 수도 없었다. 그래도 파이프를 입에 물고 있으니 모리스의 표정은 꽤 자연스러워졌다. 그는 비가 오지 않기를 바랐다.

페더스터노의 방만 빼고 모든 방의 불이 꺼졌다. 열두시 종이 치고도 15분이 더 지났다. 한 시간은 족히 기다린 것 같았다. 얼마 안 있어 계단에서 소리가 나더니 작고 단정한 사람의 형체가 어깨에 긴 웃옷을 두르고 손에 책을 여러 권 든 채 뛰어나왔다. 기다리던 순간이었건만, 모리스는 자기도 모르게 슬금슬금 반대편으로 돌아섰다. 더럼은 모리스의 등 뒤를 지나쳐 자기 방으로 갔다. 기회가 사그라지고 있었다.

「잘 자요.」 모리스가 소리쳤다. 그 기이한 목소리에 두 사람 모두가 놀랐다.

「누구야? 아하, 홀이군. 자기 전에 산책하는 거야?」

「습관이에요. 차 한 잔 더할 생각 없어요?」

「아니, 차 마시긴 좀 늦은 것 같아.」 그러더니 더럼은 약간 시큰둥하게 덧붙였다. 「대신 위스키는 어때?」

「위스키가 있어요?」 모리스가 얼른 되물었다.

「있지. 들어와. 내 방은 여기 1층이야.」

「아, 여기!」 더럼이 불을 켰다. 난롯불은 거의 꺼져 가고 있었다. 더럼은 모리스더러 앉으라고 하고는 탁자에 술잔을 놓았다.

「이만큼이면 됐어?」

「네, 됐어요. 고마워요, 정말 고마워요.」

「소다수도 넣을까?」 더럼이 하품하며 물었다.

「네.」 모리스가 말했다. 오래 머물 수는 없었다. 더럼은 피곤하지만 예의상 모리스를 불러들인 것이었다. 모리스는 술을 마시고 자기 방으로 돌아가서 담배를 수도 없이 태우다가 도로 안뜰로 나왔다.

사방은 완전히 고요했고, 완전히 어두웠다. 모리스는 신성해진 잔디밭을 거닐었다. 아무 소리도 내지 않았지만 가슴은 불타올랐다. 그의 나머지 부분은 조금씩 잠들었다. 그의 가장 허약한 기관인 뇌가 먼저 잠들었고, 몸통이 그 뒤를 따랐고, 두 발이 그를 이끌고 새벽을 피해 계단을 올랐다. 하지만 불붙은 모리스의 가슴은 꺼지지 않았고, 모리스 안에 있는 어떤 것 하나는 마침내 분명해졌다.

이튿날 아침 모리스는 차분해졌다. 어젯밤 자신도 모르게 비에 젖은 탓에 감기에 걸렸기 때문이기도 했고, 늦잠을 자는 바람에 예배와 강의 두 개를 빼먹었기 때문이기도 했다. 도저히 정상적인 생활을 할 수 없었다. 점심을 먹고 나서 럭비복으로 갈아입었다가, 시간이 넉넉한 걸 알고 소파에 몸을 던져 다과 시간이 될 때까지 잤다. 그런데도 배가 고프지 않았다. 함께 차를 마시자는 제의를 뿌리치고 시내로 산책을 나갔다가 증기탕을 보고 목욕을 했다. 덕분에 감기는 나았지만 강의에 또 늦었다. 저녁 회식 시간이 되었을 때 모리스는 서닝턴 동문들을 보고 싶지 않다는 생각이 들었다. 그래서 불참 통보도 하지 않은 채 식사 모임에 빠지고 학생 회관에서 혼자 식사를 했다. 거기서 리즐리를 보았는데, 이제는 그에게 아무런 관심도 없었다. 다시 저녁이 되자 모리스는 놀랍게도 머리가 맑아져서 여섯 시간 동안 해야 할 공부를 세 시간에 끝낼 수 있었다. 그는 평소와 같은 시간에 잠자리에 들었고, 아침이 되자 거뜬한 몸과 가벼운 마음으로 깨어났다. 모리스의 의식 밑에 깊이 잠긴 어떤 본능이 그에게 24시간 동안 더럼도 더럼에 대한 생각도 피할 것을 명령한 것 같았다.

둘은 차츰 자주 만나기 시작했다. 더럼이 모리스를 점심 식사에 초대하면, 모리스도 약간의 시간을 두었다가 더럼을 초대했다. 모리스는 천성에 없는 신중함을 발휘했다. 지금까지 그는 사소한 일에만 신중했지만, 이번에는 큰일 앞에서 신중했다. 그는 정신을 바짝 차렸고, 그해 10월 학기는 전쟁

용어로 표현되어도 좋았다. 그는 까다로운 전장에는 발을 들이지 않았다. 더럼의 강점뿐 아니라 약점도 정탐했다. 그리고 무엇보다도 자신의 능력을 연마했다.

만약 그가 〈도대체 무엇 때문에 이러는 거지?〉라는 자문에 부닥쳤다면, 아마도 〈더럼은 내가 관심이 가는 여러 학생들 중 한 사람이니까〉라고 대답했을 것이다. 하지만 그는 스스로에게 그런 질문을 던지지 않았고, 입과 마음을 닫은 채 앞으로 나아갔을 뿐이다. 하루하루가 모순을 껴안은 채 심연으로 미끄러져 들어갔고, 모리스는 자신이 조금씩 승리를 향해 다가가고 있다는 걸 알았다. 다른 것은 중요하지 않았다. 성적이 향상되고 대인 관계가 좋아졌다고 해도 그것은 부산물일 뿐, 그는 그것에 아무런 노력도 기울이지 않았다. 상승하는 것, 산등성이 위로 손을 뻗어 다른 한 손을 잡는 것, 이것이야말로 그가 태어난 목적이었다. 모리스는 처음 더럼을 만난 날의 기이한 흥분과 이튿날의 불가사의한 회복을 모두 잊었다. 그것은 위로 오른 뒤 걷어차 버린 사다리였다. 다정함이나 감정 같은 것조차 떠올리지 않았다. 더럼에 대한 생각은 여전히 냉정을 유지했다. 더럼이 그를 싫어하지 않는 것은 확실했다. 그는 더 이상 바라지 않았다. 한 번에 하나씩. 모리스는 희망조차 가지지 않았다. 신경 써야 할 일이 산더미인데, 희망은 주의를 흐트러뜨리기 때문이다.

7

다음 학기에 둘은 금세 가까워졌다.

「홀, 방학 때 너한테 편지 쓰려고 했어.」 더럼이 이야기를 꺼냈다.

「그래?」

「그런데 너무 주절주절 늘어져 버렸어. 아주 한심하게 지 냈거든.」

더럼의 목소리가 그다지 심각하지 않아서 모리스가 물었 다. 「무슨 일 있었어? 크리스마스 푸딩에 체하기라도 했어?」

푸딩은 우화적인 의미가 되었다. 더럼은 식구들과 크게 싸웠던 것이다.

「네가 뭐라고 할지 모르겠지만…… 괜찮다면 그 일에 대해 네 생각을 듣고 싶어.」

「괜찮고말고.」 모리스가 대답했다.

「종교 문제로 한바탕했어.」 그때 채프먼이 다가왔다.

「미안하지만 우리끼리 할 이야기가 있거든.」 모리스가 말 했다.

채프먼은 물러갔다.

「그럴 필요 없었는데. 내 헛소리는 언제 들어도 상관없으니까.」더럼은 가볍게 항변했다. 그리고 더욱 진지한 태도로 말을 이었다.

「홀, 내 신앙, 아니 정확히는 불신앙으로 너를 걱정시키고 싶지는 않지만, 상황을 설명하려면 내가 불신자라는 걸 말해야겠어. 난 기독교인이 아니야.」

모리스는 불신앙을 나쁜 일이라고 생각했고, 지난 학기 칼리지 토론회에서 신앙에 회의를 품은 사람은 그런 생각을 혼자서만 간직하는 게 예의라고 발언한 적도 있었다. 하지만 더럼한테는 그것은 어렵고 광범위한 문제라고만 말했다.

「알아. 그것 때문에 싸운 건 아냐. 그 문제는 제쳐 두자.」그는 잠시 불을 들여다보았다. 「문제는 그걸 받아들이는 우리 어머니의 태도였어. 여섯 달 전, 그러니까 여름에 그 사실을 말씀드렸을 때는 무덤덤하셨거든. 늘 그렇듯이 뭐라고 재미없는 농담을 몇 마디 던지고는 그만이었어. 그렇게 끝났던 일이야. 나는 고마웠어. 오랫동안 고민한 일이었으니까. 나는 어릴 때 이미 나한테 더 잘 맞는 걸 발견했고 그 후로 신앙을 버렸는데, 리즐리 무리를 알게 된 후로 그걸 당당하게 밝혀야 할 것 같았어. 너도 그 친구들이 그런 일을 얼마나 중요하게 여기는지 알 거야. 그 친구들한테는 그게 핵심이지. 그래서 내 생각을 밝혔어. 어머니는 이러시더군. 〈그래, 너도 내 나이가 되면 좀 더 현명해질 거다.〉생각할 수 있는 가장 관대한 반응이었고 난 기뻐하며 칼리지로 돌아왔어. 그런데 그게 다시 문제가 된 거야.」

「왜?」

「왜냐고? 크리스마스 때문이었지. 나는 성찬을 받고 싶지 않았어. 그걸 1년에 세 번 받아야 하잖아.」

「그래, 알아. 성체 성사 말이지.」

「크리스마스 때 성찬례가 있었어. 나는 받지 않겠다고 했지. 어머니는 어머니답지 않게 나를 구슬리면서 이번 한 번만 참가해서 자기를 기쁘게 해달라고 했어. 그런데도 내가 고개를 젓자 화를 내면서 내가 성찬례에 참석하지 않으면 내 이름뿐 아니라 어머니 이름에도 먹칠을 하게 된다는 거야. 우리는 지방 지주고, 이웃들은 모두 미개한 자들이거든. 하지만 내가 참을 수 없었던 건 마지막 말이었어. 나더러 사악하다고 하시더군. 그런 말을 여섯 달 전에 했으면 나는 어머니를 존경했을 거야. 그런데 이제 와서! 이제 와서 내가 믿지도 않는 일을 억지로 시키려고 사악함이니 선량함이니 하는 신성한 단어를 끌어들이다니. 나는 내가 모시는 성체는 따로 있다고 했어. 〈제가 어머니나 누나들처럼 하면 제 신들은 저를 죽이려고 할 거예요!〉 내 말이 너무 심했던 것 같긴 해.」

모리스는 잘 이해하지 못하고 물었다. 「그래서 갔어?」

「어딜?」

「교회에.」

더럼은 벌떡 일어났다. 얼굴이 일그러져 있었다. 그러더니 입술을 깨물고 희미한 미소를 지었다.

「아니, 가지 않았어, 홀. 그런 뻔한 걸 묻다니.」

「미안해. 좀 앉아. 기분 나쁘게 하려던 건 아냐. 난 이해가 더딘 편이라서.」

더럼은 모리스의 의자 옆 깔개 위에 쭈그리고 앉았다. 「채프먼이랑 안 지는 오래됐어?」 잠시 후 그가 물었다.

「퍼블릭 스쿨 때부터 지금까지 5년.」

「아.」 더럼은 무언가 생각하는 눈치였다. 「담배 한 개비만 줘. 입에 물려 줘. 고마워.」 모리스는 아까 하던 이야기가 끝난 줄 알았지만, 담배 연기를 한 모금 내뿜은 뒤 더럼이 말을 이었다. 「모리스, 너도 홀어머니에 여자 형제만 둘이라고 했지. 나도 마찬가지야. 그래서 소동이 벌어지는 동안 줄곧 네가 나라면 어떻게 했을까 하고 생각했어.」

「네 어머니랑 우리 어머니는 아주 다를 거야.」

「너희 어머니는 어떠셔?」

「무슨 일에든 소동을 벌이는 일이 없지.」

「그건 네가 어머니가 싫어할 만한 일을 한 적이 없으니까 그런 거 아닐까. 앞으로도 그렇겠지만.」

「아냐, 우리 어머니는 골치 아픈 일은 무엇이든 싫어하셔.」

「그건 모르는 일이야 홀, 특히 여자들은. 난 어머니한테 질렸어. 내가 너한테 도움을 청하는 건 사실 그 문제 때문이야.」

「어머니가 마음을 푸실 거야.」

「그렇겠지. 하지만 나는? 난 여태껏 어머니를 좋아하는 척하면서 살았어. 그러다 이번 소동으로 들통이 난 거지. 더는 이렇게 거짓을 쌓아 가기가 싫었으니까. 난 어머니 성격을 경멸해, 어머니가 역겨워. 이런, 세상 누구도 모르는 일을 너한테 털어놓고 말았구나.」

모리스는 주먹을 쥐고 더럼의 머리를 가볍게 쥐어박았다. 「불운인걸.」그가 나직하게 말했다.

「너희 집은 어떤지 이야기 좀 해줘 봐.」

「별로 할 말이 없어. 그냥 대충 지내.」

「복도 많군.」

「그런가? 모르겠어. 그런데 더럼, 지금 한 말 농담이었어? 아니면 정말로 방학이 그렇게 끔찍했어?」

「지옥이 따로 없었어. 비참한 지옥.」모리스는 주먹을 펴고 더럼의 머리칼을 한 움큼 손에 쥐었다.

「아야, 아파!」더럼이 즐겁게 소리쳤다.

「네 누나들은 성찬례를 두고 뭐라고 그랬어?」

「한 명은 남편이 목사야. 이거 놔, 아파.」

「지옥이 따로 없지?」

「홀, 네가 바보인 줄은 미처 몰랐는걸.」그는 모리스의 손을 잡았다. 「그리고 또 한 명은 아치볼드 런던이라는 향사[6]와 약혼…… 아얏! 으! 그만둬, 안 그러면 가버린다.」그는 모리스의 무릎 사이로 쓰러졌다.

「가겠다면서 왜 안 가?」

「갈 수가 없잖아.」

모리스가 더럼에게 장난을 친 것은 그때가 처음이었다. 종교 이야기, 가족 이야기는 뒤로 밀려났고, 모리스는 더럼

6 *esquire*. 신사에게 붙이는 경칭.

을 난로 앞 깔개에 둘둘 말아서 머리에 휴지통을 뒤집어씌웠다. 페더스터노가 소리를 듣고 달려와 함께 뒤엉켰다. 그 뒤로는 만났다 하면 장난을 쳤고, 더럼은 모리스만큼이나 바보같이 굴었다. 둘은 어디서나 만났고, 만날 때마다 치고받고 하며 친구들까지 끌어들였다. 마침내 더럼이 지쳤다. 그는 모리스보다 몸이 약해서 정말 다칠 때도 있었고, 그의 방 의자들도 부서졌다. 모리스는 금세 변화를 눈치챘다. 그래서 장난을 거두었지만, 그러는 동안 둘은 스스럼없는 사이가 되었다. 둘은 이제 팔짱을 끼거나 어깨동무를 하고 다녔다. 그리고 방에 앉을 때면 거의 매번 똑같은 자세로 모리스는 의자에 앉고 더럼은 그 발치에 앉아 모리스에게 몸을 기댔다. 그들 친구의 세계에서 이것은 전혀 눈길을 끄는 일이 아니었다. 모리스는 더럼의 머리를 쓰다듬기도 했다.

그리고 두 사람의 영역은 넓어졌다. 이번 봄 학기에 모리스는 종교에 대해 진지한 모습을 보였다. 그것은 아주 거짓은 아니었다. 그는 자신이 기독교를 믿는다고 믿었고, 자신에게 익숙한 것이 비난받으면 고통을 느꼈다. 중간 계급 사람들은 그 고통이 신앙인 것처럼 위장했지만, 능동성이 결여된 그것은 신앙이 아니었다. 모리스는 그 때문에 용기가 생기지도 시야가 넓어지지도 않았다. 그것은 평소에는 죽어 있다가 반대 의견에 부딪히면 비로소 살아나서 쓸모없는 신경처럼 통증을 안겨 주는 것이었다. 식구들은 모두 이런 신경을 갖고 있었고 그걸 신성하게 여겼지만, 성서나 기도서나 성사나 기독교 윤리나 그 어떤 영적인 것도 그들에게 살아

63

있지 않았다. 「하지만 어떻게 사람이?」 그 가운데 무엇이라도 공격당하면 그들은 그렇게 탄식하고, 종교 수호 단체들을 후원했다. 모리스의 아버지는 교회와 사회의 한 기둥이 되어 가던 중 죽음을 맞았고, 별다른 일이 없다면 모리스도 그렇게 기둥으로 변모해 갈 것이었다.

하지만 별다른 일이 생겨나고 있었다. 모리스는 더럼에게 깊은 인상을 심어 주고 싶은 강렬한 욕망에 사로잡혔다. 그는 자신이 억센 힘 말고도 가진 게 있다는 걸 보여 주고 싶어서, 그의 아버지라면 신중을 기할 대목에서 자꾸 입을 열고 쉴 새 없이 이야기를 했다. 「넌 내가 아무 생각 없이 사는 줄 알겠지만, 나도 분명히 생각을 해.」 더럼은 아무 대답도 하지 않을 때가 많았고, 그러면 모리스는 더럼을 잃을지도 모른다는 두려움에 사로잡혔다. 누군가에게서 〈네가 더럼한테 즐거움을 주는 동안에는 괜찮을 거야. 하지만 그런 뒤에는 널 떠날걸〉이라는 말도 들었다. 그래서 자신이 신앙심을 내보이면 더럼이 자신을 피하고 싶어 하지 않을까 두렵기도 했다. 하지만 멈출 수가 없었다. 눈길을 끌고픈 욕망이 너무도 간절해서 그는 말하고 또 말했다.

어느 날 더럼이 말했다. 「홀, 도대체 왜 이래?」

「종교는 나한테 중요해.」 모리스가 떠벌였다. 「내가 말을 안 하니까 무심한 줄 아나 본데, 늘 신경 쓰고 있어.」

「그렇다면 저녁 회식 후에 같이 커피나 하자.」

그들은 바로 식당으로 들어갔다. 더럼이 식사 기도문을 읽을 차례였는데, 그의 말투에는 냉소가 서려 있었다. 식사

하는 동안 둘은 서로를 바라보았다. 그들은 서로 다른 식탁에 앉아 있었지만, 모리스는 요령을 피워 더럼이 잘 보이는 자리로 옮겼다. 빵 코스가 끝났다. 그날 저녁 더럼은 굳은 표정으로 옆 사람들과도 말이 없었다. 모리스는 그가 생각에 잠겨 있음을 알았지만, 무슨 생각을 하는지는 알 수 없었다.

「그래, 네가 원하던 이야기를 해볼까.」 더럼이 문을 닫으며 말했다.

모리스는 잠시 차갑게 식었다가 이내 벌겋게 달아올랐다. 그런데 다음 순간 들리는 더럼의 목소리는 삼위일체에 관한 그의 견해를 공격하고 있었다. 모리스는 삼위일체가 중요하다고 생각했지만, 공포의 불길 곁에서 보니 그것은 하찮은 것 같았다. 그는 온몸의 힘을 잃고 이마와 손에 땀을 흘리며 안락의자에 널브러졌다. 더럼은 커피를 준비하느라 왔다 갔다 하면서 말했다. 「네가 싫어할 거라는 거 알지만 네가 자초한 일이야. 내가 언제까지나 참을 거라고 생각하지 마. 나도 이따금 터뜨려야 해.」

「계속해 봐.」 모리스는 목소리를 가다듬고 말했다.

「말하고 싶지 않았어. 나는 사람들의 의견을 존중하고 여간해선 비웃지 않으니까. 하지만 내가 볼 때 너한테는 존중할 만한 의견이란 게 없어. 모두가 한 다리, 아니 열 다리씩 건너서 들은 낡아빠진 이야기야.」

모리스는 기운을 좀 차리고 그건 너무 심한 말이라고 했다.

「넌 항상 말해. 〈깊이 신경 쓴다〉고.」

「무슨 권리로 내가 그러지 않는다고 생각하는 거지?」

「홀, 네가 깊이 신경 쓰는 게 있긴 하지. 하지만 그건 삼위일체는 아니야.」

「그럼 뭐야?」

「럭비.」

모리스는 다시금 충격을 받았다. 손이 떨려서 의자 팔걸이에 커피를 엎질렀다. 「너무하는군.」 그는 자신도 모르게 말했다. 「적어도 내가 신경 쓰는 게 사람들이라고는 말해 줘야 하는 거 아냐?」

더럼은 놀란 표정을 지었지만 다시 말했다. 「어쨌든 넌 삼위일체는 조금도 신경 쓰지 않아.」

「젠장, 빌어먹을 삼위일체.」

더럼이 웃음을 터뜨렸다. 「그래, 바로 그거야. 이제 다음 논점으로 넘어가자.」

「그럴 필요 없어. 난 지금 머리가 지끈거려. 두통이 있다고. 이런 걸로는 아무 소득도 없어. 물론 난 증명하지 못해. 성부, 성자, 성령이 셋이며 하나고, 하나면서 셋이라는 걸 말이야. 하지만 네가 뭐라고 말하건 그건 수백만 명의 사람들에게 아주 중요하고, 우리가 그걸 없앨 수는 없어. 우리는 가슴 깊이 그걸 느껴. 하느님은 선하신 분이고 그게 핵심이야. 그런데 곁길로 들어서는 이유가 뭐지?」

「너는 왜 곁길에 대해 그렇게 깊게 생각하지?」

「뭐?」

더럼은 모리스에게 자신의 소견을 정리해 주었다.

「그건 삼라만상이 일체를 이루고 있기 때문이야.」

「그러니까 삼위일체가 잘못된 거라면 삼라만상도 다 거짓이 되겠군.」

「그건 아냐. 절대로.」

이야기가 제대로 되지 않았다. 하지만 모리스는 정말로 머리가 지끈거렸고 땀도 닦아 내기 무섭게 솟았다.

「내가 설명 못하는 것도 당연하지. 난 럭비에만 신경을 쓰니까.」

더럼이 다가와서 의자 가장자리에 장난스럽게 걸터앉았다.

「조심해. 커피 묻겠다.」

「이런. 묻어 버렸군.」

더럼이 커피를 닦는 동안, 모리스는 문을 열고 안뜰을 내다보았다. 뜰을 지나온 게 몇 년은 된 것 같았다. 그는 더 이상 더럼과 단둘이 있고 싶지 않아서 다른 친구들을 불렀다. 평소와 같이 커피가 따라 나왔다. 하지만 그들이 떠날 때 함께 나가고 싶지도 않았다. 모리스는 다시 삼위일체를 빼어 들고 〈그건 신비야〉라고 주장했다.

「나한테는 전혀 신비하지 않아. 하지만 그렇게 여기는 사람은 존중해.」

모리스는 마음이 불편해져서 투박하고 거무튀튀한 자신의 손을 바라보았다. 자신은 정말로 삼위일체를 신비라고 생각하는가? 견진 성사 때를 빼면 그에 대해 5분이라도 생각해 본 적이 있던가? 다른 사람들이 다녀간 덕에 머릿속이 맑아져서 그는 감정을 가라앉히고 마음을 들여다보았다. 그것은 자신의 손과 닮은 것 같았다. 유용하고 튼튼하고 또 발전의 여지가 많은. 하지만 세련되지 않았고, 신비도 또 그 밖의 숱한 것도 접한 일이 없었다. 마음도 투박하고 거무튀튀했다.

「내 생각은 이래.」 모리스는 잠시 후 선언하듯 말했다. 「난 삼위일체를 믿지 않아. 그 점은 인정해. 하지만 삼라만상이 일체라고 한 말도 틀렸어. 그건 사실이 아니야. 그러니까 삼위일체를 믿지 않는다고 내가 기독교인이 아닌 건 아니야.」

「네가 믿는 건 뭐야?」 더럼이 거침없이 물었다.

「그러니까…… 본질적인 것들이지.」

「이를테면?」

모리스는 낮은 목소리로 대답했다. 「구원.」 교회 밖에서는 그 말을 해본 일이 없기에 짜릿한 감동이 느껴졌다. 하지만 자신은 삼위일체와 마찬가지로 구원에 대해서도 믿음이 없으며, 더럼도 그걸 눈치챌 거라는 걸 깨달았다. 구원은 모리스가 쥔 카드 중 가장 높은 패였지만, 그의 수트가 트럼프가 아니었으므로, 친구는 보잘것없는 두 끝짜리 패로도 그를 잡을 수 있었다.

더럼은 이렇게만 말했다. 「단테는 삼위일체를 믿었어.」 그리고 책장으로 가서 「천국편」의 마지막 대목을 찾았다. 그는 세 개의 무지개 원이 겹쳐져 있고, 그 겹친 부분 사이에 인간의 얼굴이 그림자를 드리우고 있다는 내용을 읽어 주었다. 모리스는 시가 지루했지만 끝부분에 이르러 큰 소리로 물었다. 「그게 누구 얼굴인데?」

「신의 얼굴이지. 그걸 모르겠어?」

「하지만 그 시는 꿈꾼 내용을 쓴 거 아냐?」

홀은 원래 머릿속이 뒤죽박죽이었기에 더럼은 그 말을 굳이 이해하려 하지 않았고, 모리스가 지금 퍼블릭 스쿨 시절에 꾼 꿈과 〈이 사람이 네 친구다〉라고 말한 목소리를 떠올리고 있는 줄도 몰랐다.

「단테는 그걸 꿈이 아니라 각성이라고 말했을 거야.」

「그러면 너는 그런 것들이 옳다고 생각하는 거야?」

「믿음은 언제나 옳은 거야.」 더럼은 책을 도로 꽂으며 대답했다. 「옳은 것이고 또 어김없는 것이기도 해. 누구나 자기 안에 목숨을 바칠 만한 믿음이 있는 법이야. 다만 너의 부모님이나 후견인이 너한테 그런 말을 해주었을 가능성은 없지만. 그런 게 있다면 그게 네 육체와 정신의 일부를 이루지 않겠어? 그걸 보여 줘봐. 구원이니 삼위일체니 하는 상투어들이나 떠벌이지 말고.」

「삼위일체는 포기했어.」

「그럼 구원도 포기해.」

「너는 너무 가혹해.」 모리스가 말했다. 「나도 내가 어리석다는 건 알아. 그건 전혀 새로울 게 없는 일이지. 너한테는 나보다 리즐리 무리가 더 어울릴 테니 그 친구들하고 이야기하는 게 좋을 거야.」

더럼은 곤란한 표정이 되었다. 그는 대꾸할 말을 찾지 못하고, 모리스가 기운 없이 돌아가는 걸 맥없이 바라보았다. 이튿날 그들은 여느 때와 다름없이 만났다. 전날의 일은 다툼이 아니라 갑자기 나타난 오르막길이었으며, 언덕을 지나자 그들의 걸음은 더욱 빨라졌다. 둘은 다시 신학을 이야기했고, 모리스는 구원을 옹호했다. 하지만 그는 졌다. 그는 그리스도의 존재도 그의 선함도 이해할 수 없었고, 만일 그런 사람이 있다면 아주 유감스러울 것 같았다. 기독교에 대한 반감이 점점 커지고 확고해졌다. 열흘 후에 그는 성찬례를 포기했고, 3주 뒤부터는 모든 예배를 빼먹었다. 더럼은 그 속도에 당황했다. 당황한 건 두 사람 다 마찬가지였지만, 모리스는 논쟁에 져서 자신의 모든 의견을 굽혔는데도 실제로는 자신이 승리하고 있으며 지난 학기에 시작한 전투를 계속 수행하고 있다는 기묘한 느낌이 들었다.

더럼은 이제 모리스와 함께 있는 걸 지루해하지 않았기 때문이다. 더럼은 모리스 없이는 못 지냈고, 시도 때도 없이 모리스의 방에 웅크리고 앉아 논쟁에 열을 올렸다. 말수가 적고 변론을 즐기지 않는 그로서는 특이한 일이었다. 그는 모리스의 의견을 공격하면서 〈그건 형편없는 논리야, 홀. 여기 있는 다른 사람들은 모두 제대로 된 의견을 갖고 있어〉라는 이유를 댔다. 그것이 진실의 전부일까? 그의 달라진 태도와 격렬한 우상 파괴 뒤에는 다른 게 있지 않을까? 모리스는 있다고 생각했다. 겉으로는 밀렸지만, 그에게 신앙이란 잃어도 아깝지 않은 체스의 졸 같은 것이었다. 그것을 잡으면서 더럼은 자기 마음을 열어 주었다.

학기 말이 가까워졌을 때 그들은 그보다 훨씬 미묘한 주제에 맞닥뜨렸다. 둘이 함께 듣는 콘월리스 학감의 강독 수업에서 학생 한 명이 조용히 해석을 하는데 학감이 딱딱한 목소리로 〈생략하게. 그리스인들의 입에 담을 수 없는 악덕을 다룬 대목이니까〉라고 말했다. 수업이 끝난 뒤 더럼은 그런 위선자는 특별 연구원 직책을 잃어 마땅하다고 말했다.

모리스는 웃었다.

「난 그걸 순수한 학문적 관점으로 봐. 그리스인들 전부는 아니라도 대부분이 그런 성향을 띠고 있었는데 그걸 생략한 다면 아테네 사회의 대들보를 보지 않는 셈이야.」

「그래?」

「너『향연』읽어 봤어?」

모리스는 고개를 저었고, 마르티알리스를 탐독했다는 말은 덧붙이지 않았다.

「거기 다 나와 있어. 젖먹이한테 고기를 먹일 순 없지만 너도 읽어 봐야 돼. 이번 방학 때 읽어 봐.」

그때 그 이야기는 거기서 끝났지만, 모리스는 이제껏 누구에게도 말한 적이 없는 한 가지 주제에 대해서도 자유를 얻었다. 그는 그런 걸 언급할 수 있다고도 생각한 적이 없었는데, 햇살 가득한 안뜰에서 더럼이 그에 대해 말했을 때 자유의 숨결을 느꼈다.

8

집에 돌아온 모리스는 더럼 이야기를 하고 하고 또 해서, 자신에게 친구가 한 명 있다는 사실을 식구들의 머릿속에 단단히 새겨 넣었다. 에이다는 그 더럼 씨가 자기가 아는 더럼 양의 오빠가 아닐까 생각했고 — 하지만 더럼 양은 무남독녀라 그럴 리가 없었다 — 홀 부인은 컴벌랜드라는 이름의 어떤 교수와 착각했다. 모리스는 기분이 몹시 상했다. 한 가지 강렬한 감정은 다른 강렬한 감정을 불러일으키는 법이라서, 모리스는 여자들에 대한 심대한 노여움을 느꼈다. 지금까지 그와 가족의 관계는 사소하되 안정된 것이었는데, 자신에게 온 세상보다 소중한 친구의 이름을 잘못 부른다는 것은 부당하기 짝이 없는 일로 여겨졌다. 집은 모든 것을 무기력하게 만들었다.

그의 무신론도 마찬가지였다. 아무도 생각했던 것만큼 그일을 크게 받아들이지 않았다. 젊은이다운 미숙함으로 모리스는 어머니를 곁에 불러다 놓고, 자신은 어머니와 여동생들의 종교적 편견을 존중하지만 그의 양심은 더 이상 교회에 나가는 걸 허락하지 않는다고 말했다. 어머니는 그렇다면 매우 불행한 일이라고 말했다.

「어머니께서 속상해하실 줄 알았어요. 하지만 어쩔 수 없어요, 어머니. 제 마음이 그렇게 정해졌으니 논쟁 같은 건 소용없어요.」

「네 아버지는 항상 교회에 다니셨단다.」

「전 아버지가 아니에요.」

「모리, 모리, 무슨 말을 그렇게 하니.」

「그야 맞는 말이네요.」 키티가 예의 건방진 말투로 말했다. 「정말이잖아요, 어머니.」

「키티야. 네가 여기 있다니.」 홀 부인이 소리쳤다. 그녀는 아들을 꾸짖어야 할 것 같았지만 그러고 싶지 않았다. 「우리는 지금 적절하지 않은 이야기를 하고 있었단다. 그리고 키티, 네 말은 틀렸어. 모리스는 아버지를 빼다 박았으니까. 배리 박사도 그렇게 말했잖니.」

「그러고 보니 배리 박사님도 교회에 안 나가잖아요.」 모리스는 두서없이 대화하는 그들 가족의 습관 속으로 들어가면서 말했다.

「배리 박사는 남자 중에서도 아주 똑똑한 분이야.」 홀 부인이 단호하게 말했다. 「거기다 그 부인도 그렇고.」

어머니의 실수에 에이다와 키티가 폭소를 터뜨렸다. 그들은 남자가 된 배리 부인을 생각하며 웃음을 그치지 못했고, 모리스의 무신론은 잊혀졌다. 모리스는 부활절에 성찬례를 하지 않았고, 그 때문에 더럼처럼 한 차례 소동을 겪을 것을 예상했다. 하지만 아무도 신경 쓰지 않았다. 교외 지역에서는 더 이상 누구나 기독교를 믿어야 한다고 생각하지 않았기 때문이다. 모리스는 깊이 실망했고, 이를 통해 사회를 새로운 눈으로 바라보았다. 사회는 스스로 도덕적이고 예민하다고 공언하지만, 정말로 어떤 일에든 마음을 쓰기는 하는 걸까?

모리스는 더럼에게 자주 편지를 썼다. 감정의 미묘한 결들을 표현하려고 애를 쓴 긴 편지들이었다. 더럼은 그런 감정들을 대단치 않게 여겼고 그 사실을 그대로 말했다. 그도 장문의 답장들을 보냈다. 모리스는 그 편지들을 항상 호주머니에 간직하고, 옷을 갈아입으면 편지도 바꿔 넣었으며, 잠을 잘 때는 잠옷에 핀으로 고정시키기까지 했다. 자다가도 깨어서 편지를 더듬었고, 방 안의 가로등 불빛을 보면서 어린 시절 그 불빛을 두려워하던 일을 떠올렸다.

글래디스 올콧의 일화.

올콧은 그들 집에 찾아오는 드문 손님 가운데 한 명이었다. 그녀는 어느 온천 치료원에서 홀 부인과 에이다에게 친절을 베풀었고, 그 후 초대를 받아 그들의 집을 찾아왔다. 그녀는 매력적이었다. 어쨌든 여자들은 그렇게 말했고, 남자 손님들은 이 집 아들은 행운아라고 말했다. 모리스가 웃자 다들 웃었고, 처음에는 데면데면하던 모리스도 차츰 관심을 갖게 되었다.

모리스 자신은 몰랐지만 그는 어느새 매력적인 젊은이가 되어 있었다. 거듭된 운동으로 어색한 행동은 교정되었다.

체격은 컸지만 움직임은 날렵했고, 얼굴도 몸의 예를 따라가는 것 같았다. 홀 부인은 모리스의 콧수염을 두고 〈모리스한테 이득이 될 거야〉라고 말했는데, 그 말은 홀 부인의 생각보다 깊은 의미를 띠고 있었다. 콧수염의 검고 짧은 선은 모리스의 얼굴에 균형감을 실어 주었고, 웃을 때 드러나는 이를 한결 돋보이게 했다. 웃도 잘 어울렸다. 그는 더럼의 조언에 따라 일요일에도 플란넬 바지만을 입었다.

모리스는 올콧에게 미소를 지었다. 그래야 할 것 같았다. 올콧도 화답했다. 모리스는 그녀를 위해 근육도 사용해서 새 사이드카에 그녀를 태우고 나갔다. 그리고 올콧의 발치에 앉았다. 그녀가 담배를 피운다는 걸 알고는 식당에 남아서 함께 담배를 피우자고도 했다. 푸른 연기가 떨리며 피어올라 벽을 이루었다 사라졌고, 모리스의 생각은 연기와 함께 공중을 떠돌다가 환기를 위해 창문을 연 순간 흩어졌다. 올콧이 기뻐하고 가족과 하인들마저 기뻐한다는 걸 알게 되자 모리스는 흥미를 느꼈다. 그래서 한 걸음 더 나가기로 했다.

금방 무언가가 잘못되었다. 모리스는 머릿결이 아름답다는 둥 어쩌고 하며 올콧을 칭찬했다. 그녀는 그를 말리려고 했지만, 둔감한 그는 그녀가 기분 나빠 한다는 걸 몰랐다. 여자들이란 남자가 칭찬하면 언제나 싫은 척하는 법이라고 책에서 읽은 적이 있었다. 그는 그녀의 주변을 맴돌았다. 마지막 날 올콧이 모리스의 사이드카 외출 제안을 사양했지만, 모리스는 남자의 힘으로 강권했다. 올콧은 손님인 까닭에 따라왔고, 그는 자기가 볼 때 낭만적인 어떤 풍경으로 그녀를 데리고 가서 그녀의 작은 손을 잡았다.

올콧이 싫어한 것은 손을 잡혔다는 사실이 아니었다. 다른 남자들도 그런 일을 했고, 모리스도 방법만 알았다면 제대로 했을 것이다. 하지만 뭔가 이상했다. 그의 손길은 불쾌했다. 마치 시체의 손 같았다. 그녀는 벌떡 일어나서 소리쳤다. 「홀 씨, 바보 같은 짓 그만둬요. 제발요. 제가 이런 말을 하는 건 더 바보 같은 짓을 원해서가 아니에요.」

「올콧 양, 아니 글래디스. 기분 나쁘게 할 생각은 꿈에도 없었어요.」 그는 분위기를 망치지 않으려고 애쓰면서 소리쳤다.

「기차를 타고 돌아가겠어요.」 그녀는 눈물을 비치며 말했다. 「말리지 마세요. 정말 미안해요.」 그녀는 그보다 먼저 집에 돌아와서, 두통이 나고 눈에 먼지가 들어갔다고 둘러댔다. 하지만 식구들은 일이 잘못되었음을 눈치챘다.

이 사건만 빼면 방학은 유쾌하게 흘러갔다. 모리스는 교수들 대신 친구의 조언에 따라 책을 읽었고, 두어 가지 면에서 자신이 어른이 되었다는 확신을 굳혔다. 어머니를 부추겨서 오랫동안 정원을 엉망으로 관리해 온 하월 부부를 해고하고, 마차 대신 자동차를 마련했다. 모두가 깊은 인상을 받았고 그건 하월 부부도 마찬가지였다. 모리스는 아버지의 옛 동업자도 찾아갔다. 아버지에게서 사업가적 적성과 얼마간의 돈을 물려받은 그는 케임브리지를 졸업하면 힐 앤드 홀 증권 회사에 수습사원으로 입사하기로 결정되었다. 모리스는 영국이 그를 위해 마련해 둔 작은 구석으로 발을 들여놓고 있었다.

9

지난 학기에 모리스의 정신은 비범한 수준에 이르렀지만, 방학을 거치면서 다시 퍼블릭 스쿨 수준으로 떨어졌다. 그는 다시 무뎌졌고, 남들이 자신에게 기대한다고 여기는 행동으로 복귀했다. 상상력이 없는 사람에게는 위태로운 곡예였다. 그의 마음은 완전히 어둠에 잠기지는 않았지만 자주 흐려졌고, 올콧 양은 떠났지만 그를 그녀에게 이끌던 위선은 남아 있었다. 가족이 가장 큰 원인이었다. 모리스는 아직도 가족이 자신보다 강하고 자신에게 막대한 영향을 끼친다는 걸 몰랐다. 가족과 함께 지낸 석 주 동안 그는 단정함도 예리함도 잃었고, 하나하나의 일들에 있어서는 승리했지만 전체적으로는 패배했다. 그는 생각뿐 아니라 말투까지 어머니나 에이다와 같아진 채 학교로 돌아왔다.

더럼이 돌아오기 전까지 그는 자신의 퇴보를 알아차리지 못했다. 더럼은 몸 상태가 좋지 않아 며칠 늦게 돌아왔다. 전보다 더 창백해진 그의 얼굴이 문틈으로 보이자, 모리스는 일순 절망감에 사로잡혀 지난 학기 두 사람이 서 있던 지점을 떠올리고 서로 치고받던 전투를 재개해 보려고 했다. 하지만 그는 느슨해져 있었고 어떤 행동도 두려웠다. 모리스의 가장 한심한 면이 표면으로 떠올라 기쁨보다 안락을 주장했다.

「안녕, 친구.」 그가 어색하게 말했다.

더럼은 아무 말 없이 슥 들어왔다.

「무슨 일 있어?」

「아냐.」 모리스는 자신이 둔감해졌음을 깨달았다. 지난 학기라면 이런 말없는 행동을 이해했을 것이다.

「어쨌든, 일단 앉아.」

더럼은 모리스와 조금 떨어진 곳의 바닥에 앉았다. 오후도 기울어 가고 있었다. 5월 학기의 소리들과 꽃향기가 창문으로 흘러 들어와서 모리스에게 말했다. 〈넌 우리를 누릴 자격이 없어.〉 그는 자신이 절반 이상 죽어 있고, 이방인이며, 아테네에 온 시골뜨기임을 깨달았다. 그는 이곳에 있을 자격도 이런 친구와 함께 있을 자격도 없었다.

「있잖아, 더럼.」

더럼이 다가왔다. 모리스는 한 손을 내밀었고 더럼이 자기 손에 살며시 머리를 기대는 것을 느꼈다. 그는 무슨 말을 하려고 했는지 잊었다. 소리들과 꽃향기가 〈너는 우리야. 우리는 젊음이야〉라고 속삭였다. 그는 부드러운 손길로 더럼의 머리카락을 쓰다듬고 그의 두뇌를 어루만지기라도 할 듯 머리카락 속으로 손가락을 집어넣었다.

「더럼, 잘 지냈어?」

「넌?」

「난 별로.」

「편지에는 잘 지낸다고 했잖아.」

「잘 지내지 못했어.」

자기 목소리에 깃든 진실에 그는 몸을 떨었다. 「한심한 방학이었는데 그런 줄도 몰랐어.」 그리고 이런 깨달음이 얼마나 오래갈지 자문해 보았다. 안개가 다시 내려올 것이 확실하다고 느껴지자, 그는 서글픈 한숨을 내쉬고 더럼의 머리를 끌어당겨서 그것이 명확한 삶의 부적이라도 되는 듯 자기 무릎에 갖다 댔다. 머리는 거기 머물렀고, 모리스는 다정함을 표현할 새로운 방법을 발견했다. 그는 더럼의 머리를 관자놀이에서 목 부분까지 천천히 쓰다듬었다. 그런 뒤 손을 거두어 늘어뜨리고 가만히 한숨을 쉬었다.

「홀.」

모리스는 더럼을 보았다.

「무슨 문제 있니?」

모리스는 다시 더럼을 어루만지고 손을 거두었다. 자신에게 친구가 있는 건지 없는 건지 모르겠다는 생각이 들었다.

「그 여자랑 관계되는 일이야?」

「아니.」

「그 여자를 좋아한다고 썼잖아.」

「안 좋아했어. 지금도 안 좋아하고.」

한숨이 더욱 깊어졌다. 그것은 목구멍에서 그르렁거리다 신음으로 변했다. 그는 고개를 뒤로 젖혔다. 무릎을 누르는 더럼의 무게도, 자신의 어지러운 고뇌를 쳐다보는 더럼의 눈길도 의식되지 않았다. 그는 입과 눈을 찌푸리고 천장을 응시한 채, 인간은 하늘의 도움을 받지 못하고 고통과 외로움을 느끼게끔 창조된 존재라는 생각에 잠겨 들었다.

이번에는 더럼이 손을 뻗어 그의 머리카락을 쓰다듬었다. 둘은 서로를 끌어안았다. 그러고는 곧 바닥으로 미끄러져 두 가슴을 맞대고 머리를 서로의 어깨에 댔다. 둘의 뺨이 맞닿은 순간 누군가 안뜰에서 〈홀!〉 하고 불렀다. 모리스는 대답했다. 그는 다른 사람이 부르면 언제나 대답하는 버릇이 있었다. 둘은 허겁지겁 일어났고, 더럼은 얼굴을 팔에 묻은 채 벽난로 선반에 기댔다. 불청객들이 요란스레 계단을 올라왔다. 그들은 차를 마시고 싶다고 했다. 모리스는 차가 있는 곳을 가르쳐 주었고, 그들의 대화에 휩쓸려 들어가서 친구가 떠나는 것도 몰랐다. 모리스는 두 사람의 대화 자체는 평범했지만 너무 감상적으로 흘렀다고 생각하며, 다음에 만날 때를 대비해서 가벼운 태도를 준비했다.

다음 만남은 곧 이루어졌다. 저녁 회식 후 모리스가 친구 대여섯 명과 함께 극장에 가려고 하는데 더럼이 그를 불렀다.

「너도 방학 때 『향연』 읽었다는 거 알아.」 더럼이 낮은 목소리로 말했다.

모리스는 왠지 불안해졌다.

「그러니까 너도 이해할 거야. 내가 더 말 안 해도.」

「무슨 소리야?」

더럼은 더 참지 못했다. 주변에 사람들이 가득했지만, 그는 짙푸르게 타오르는 두 눈으로 모리스에게 속삭였다. 「널 사랑해.」

모리스는 경악했다. 그가 지닌 교외 거주자의 영혼이 밑바닥까지 충격을 받아 〈무슨 잠꼬대야!〉 하고 소리부터 질렀다. 생각할 겨를도 없이 말들이 튀어나왔다. 「더럼, 넌 영국인이야. 나도 그렇고. 무슨 잠꼬대야. 기분 나쁘지는 않아. 진심으로 한 말이 아닐 테니까. 하지만 너도 알다시피 그건 가장 철저한 금기고, 학교 요람에도 가장 사악한 죄로 나와 있어. 그러니까 다시 입에 담지도 마. 더럼! 그런 황당한 생각은……..」

그러나 친구는 더 이상 한마디도 하지 않고 안뜰을 지나 사라졌고, 그의 방문이 덜컹 닫히는 소리가 봄의 소리들 사이로 들려왔다.

10

모리스처럼 천성이 느린 사람은 겉으로는 둔감해 보인다. 무언가를 느끼는 데 시간이 걸리기 때문이다. 이런 자들의 특성은 좋건 나쁘건 새로운 일은 없다고 생각하며, 침입자에게는 저항부터 하고 본다는 것이다. 하지만 한번 받아들인 것에 대해서는 매우 강렬한 감각을 느끼며, 사랑의 감각은 특히나 깊다. 시간만 주어지면 그것도 희열을 느끼고 나누어 줄 수 있다. 시간만 주어지면 지옥의 심장부까지 내려갈 수 있다. 그렇기 때문에 모리스의 고뇌도 약간의 후회로 시작되었다. 잠 못 이루는 밤들과 외로운 낮들은 그 고뇌를 키워서 극도의 광증으로 몰아넣었고, 그것은 그를 소진시켰다. 고뇌는 내면으로 파고들어 육체와 영혼이 함께 뻗어 나오는 뿌리, 그러니까 지금껏 그가 덮어 감추도록 훈련받은 〈나〉에까지 가닿았고, 마침내 그걸 일깨운 뒤 갑절의 힘을 얻어 초인적으로 자라났다. 그것은 또한 기쁨일 수 있었기 때문이다. 그로 인해 모리스 내부에 새로운 세계가 열렸고, 그는 광막한 폐허에 서서 자신이 진정한 열락과 진정한 영혼의 교류를 잃었음을 깨달았다.

모리스와 더럼은 이틀 동안 서로 얘기를 나누지 않았다. 더럼은 그보다 오랫동안 모리스를 피하려고 했지만, 어느덧 둘은 친구들이 거의 같아져 있어서 만나지 않을 도리가 없었다. 이에 대비해서 그는 모리스에게 아무 일도 없던 것처럼 행동하는 게 모두에게 불편하지 않을 거라는 냉담한 쪽지를 보냈다. 그리고 이렇게 덧붙였다. 〈내 건강하지 못한 성향을 누구한테도 언급하지 말아 주었으면 좋겠어. 그 말을 들었을 때 네가 보여 준 분별 있는 태도로 봐서 꼭 그렇게 해줄 거라고 믿는다.〉 모리스는 답신하지 않았지만, 그 쪽지를 방학 때 받은 편지들 속에 넣어 두었다가 나중에 함께 태워 버렸다.

모리스는 그것이 고뇌의 절정이라고 생각했다. 하지만 그는 어떤 진정한 현실에도 부닥친 적이 없었듯이 진정한 고통에도 풋내기였다. 아직 둘이서만 만난 적은 없었다. 이틀째 날 오후, 둘은 함께 복식 테니스 경기를 하게 되었고, 고통은 몸을 지지는 듯했다. 모리스는 서 있는 것도 눈을 뜨고 있는 것도 힘들었다. 더럼의 서비스를 받으면 그 충격에 팔이 부들부들 떨렸다. 다음에는 둘이 한 팀이 되었다. 어쩌다 둘이 부딪치면, 더럼은 움찔하면서도 애써 예전처럼 웃어 보였다.

게다가 칼리지로 돌아가려고 보니, 아무래도 더럼이 모리스의 사이드카를 타는 게 편리하겠다는 결론이 나왔다. 그는 아무런 불평 없이 사이드카에 올랐다. 이틀 동안 잠을 설친 모리스는 어지럼증이 났고, 샛길로 들어가자 전속력으로 사이드카를 몰았다. 여자들이 가득 탄 사륜마차가 앞에 있었다. 모리스는 마차를 향해 돌진하다가, 여자들의 비명 소리에 브레이크를 밟아 간신히 사고를 면했다. 더럼은 아무 말이 없었다. 그는 쪽지에 적은 대로 주변에 사람들이 있을 때만 말을 했다. 그 밖에는 아무런 대화도 접촉도 없었다.

그날 저녁 모리스는 평소처럼 잠자리에 들었다. 그런데 베개에 머리를 누이는 순간 눈물이 솟아올랐다. 그는 질겁했다. 남자가 울다니! 페더스터노가 들을 수도 있었다. 그는 이불을 뒤집어쓰고 숨죽여 흐느끼다가 시트에 키스를 하며 침대 위를 뒹굴었다. 그런 뒤 벽에 머리를 찧고 그릇들을 깨부쉈다. 누군가 계단을 올라왔다. 그는 이내 동작을 멈추고 발소리가 사라질 때까지 기다렸다. 촛불을 켜보니 찢어진 잠옷과 떨리는 팔다리가 말이 아니었다. 멈출 수 없어서 계속 울었지만 참을 수 없는 격통의 순간은 지나갔고, 그는 다시 침대를 정돈하고 자리에 누웠다. 아침에 눈을 떠보니 사환이 깨진 그릇을 치우고 있었다. 사환이 왜 들어와 있는지 의아했다. 무슨 눈치를 채지는 않았나 싶기도 했지만, 그는 다시 잠이 들었다. 깨어나 보니 방바닥에 편지들이 놓여 있었다. 한 통은 할아버지 그레이스 씨한테서 온 것으로 모리스의 성년 생일 파티 준비 이야기를 하고 있었고, 또 한 통은 어느 교수 부인의 점심 초대 편지였고(〈더럼 씨도 오니까 쑥스러워하지 않아도 돼요〉), 다른 한 통은 에이다의 편지로 글래디스 올콧 이야기를 하고 있었다. 모리스는 다시 잠에 빠져들었다.

광기가 누구에게나 도움이 되는 건 아니지만, 모리스의

광기는 결국 구름을 몰아내는 천둥 번개였다. 그 폭풍은 그의 생각대로 사흘 동안 빚어진 게 아니라 6년 동안 형성된 것이었다. 폭풍은 누구의 눈도 꿰뚫어볼 수 없는 어두컴컴한 곳에서 태동되었고, 그의 환경이 그것을 계속 키웠다. 마침내 폭풍이 몰아쳤지만 그는 죽지 않았다. 찬란한 낮이 그를 둘러쌌고, 그는 자신의 젊음에 그늘을 드리우던 산줄기 위에 올라서서 그것을 보았다.

거의 하루가 다 가도록 그는 떠나온 골짜기를 내려다보듯 눈을 뜨고 앉아 있었다. 모든 것이 뚜렷했다. 지금껏 그는 거짓말을 했다. 그의 표현에 따르자면 그것은 〈거짓을 양식으로 삼은〉 것이었다. 거짓의 양식은 소년기에는 자연스러운 것이지만, 그는 그것을 탐욕스럽게 먹었다. 그가 가장 먼저 한 결심은 앞으로는 더욱 조심해야겠다는 것이었다. 그는 반듯하게 살기로 했지만, 그건 다른 누구를 위해서가 아니라 자신의 선택을 위해서였다. 그는 자신도 속이지 않기로 했다. 그리고 앞으로는 — 이것이 시금석이었는데 — 남성에게만 끌리는 마음을 두고 여자를 좋아하는 척하지 않기로 했다. 그는 남자를 사랑했고, 예전에도 항상 그랬다. 남자를 끌어안고 싶었고 자기 존재를 그들과 융합시키기를 열망했다. 이제 자신의 사랑에 응답해 준 남자를 잃어버리고서 그는 그 사실을 인정했다.

11

이런 혼란을 겪은 뒤에 모리스는 남자가 되었다. 인간을 평가하는 일이 가능하다면 지금까지 그는 남의 애정을 받을 가치가 없었고, 인습에 찌들어 있었고, 옹졸했으며, 자신에게 거짓되었기에 남들에게도 거짓되었다. 그러던 그가 이제 가장 고귀한 능력을 갖게 되었다. 소년 시절을 관통한 이상주의와 야수성이 마침내 결합해서 사랑을 엮어 냈다. 아무도 그런 사랑을 원하지 않을지 모르지만 그것을 부끄러워할 수는 없었다. 그게 바로 〈그〉였기 때문이다. 그것은 육체도 아니고 영혼도 아니고 육체와 영혼의 결합도 아닌, 두 가지 모두를 통해서 움직이는 〈그〉였다. 고통은 남아 있었지만, 한편으로는 승리감도 느껴졌다. 고통은 그에게 세상의 심판 뒤에 감추어진 은신처를 일러 주었고, 그는 그곳으로 물러날 수 있었다.

아직도 알아야 할 게 많았고, 그가 자기 존재의 몇몇 심연을 탐색하는 데도 오랜 세월이 흘렀다. 그것만으로도 혹독했다. 하지만 그는 방법을 알아냈고, 이제는 모래 위의 낙서에 눈을 돌리지 않았다. 이토록 늦게야 힘이 아닌 행복에 눈뜬 그는 집은 잃었으나 군장은 그대로 갖춘 전사 같은 준엄한 기쁨을 느낄 수 있었다.

학기가 지나는 동안 그는 더럼에게 이야기를 하기로 마음 먹었다. 그에게 말은 높은 가치를 갖고 있었다. 그것을 너무나 늦게 깨달았다. 말로 해결할 수 있는데 왜 고통을 자초하고 친구에게 고통을 준단 말인가? 그는 상상 속에서 이렇게 말했다. 〈네가 날 사랑하듯이 나도 널 사랑해.〉 그러면 더럼은 대답한다. 〈그래? 그렇다면 용서할게.〉 젊은이의 열정에 찬 심정 속에서 그런 대화는 가능할 것 같았지만, 어째서인지 그것이 기쁨으로 이어질 거라는 생각은 들지 않았다. 그는 서너 번 시도를 했지만 용기가 부족하고 더럼이 곁을 주지 않아 번번이 실패했다. 더럼의 방에 가보면 문이 닫혀 있거나 다른 사람들이 함께 있었다. 모리스가 들어가면 더럼은 다른 손님들이 나갈 때 함께 나갔다. 식사에 초대해도 오지 않았고, 테니스 코트까지 태워다 주겠다고 해도 거절했다. 어쩌다 안뜰에서 마주치면 더럼은 무언가 잊고 온 것처럼 모리스의 곁을 휙 지나가거나 반대쪽으로 가버렸다. 그는 친구들이 아무런 변화도 눈치채지 못하는 게 놀라웠으나, 대학생들의 관찰력이란 보잘것없는 법이다. 자신들 내부만 들여다보아도 발견할 게 너무나 많기 때문이다. 정작 더럼이 홀이라는 학생과 밀월을 끝냈다고 말한 사람은 어떤 교수였다.

그는 둘이 함께 속한 한 토론회의 모임이 끝난 뒤에 기회를 잡았다. 더럼은 우등 졸업 시험을 이유로 모임을 그만두겠다고 하고, 그전에 사람들을 모두 자기 방으로 불러서 마지막으로 대접을 하기로 했다. 더럼다운 행동이었다. 그는 신세지는 것을 싫어했다. 모리스도 거기 가서 저녁 내내 지루하게 앉아 있었다. 더럼을 비롯해 모두가 신선한 공기 속으로 몰려 나갔을 때도, 모리스는 혼자 남아서 자신이 그곳을 처음 찾았던 밤을 떠올리며 과거란 정말로 돌아올 수 없는 것인가 하는 생각에 잠겼다.

더럼이 돌아왔지만, 처음에는 모리스를 알아보지도 못했다. 그러더니 그를 완전히 무시하고 잠잘 준비를 했다.

「정말 냉혹하구나.」 모리스가 말했다. 「너는 정신이 밝지 못한 게 어떤 건지 몰라. 그러니까 이렇게 냉혹한 거야.」

더럼은 듣지 않겠다는 듯 고개를 저었다. 얼굴에 병색이 가득해서 모리스는 그를 붙들고 싶다는 격렬한 욕망을 느꼈다.

「피하지만 말고 나한테 말할 기회를 좀 줘. 너하고 깊은 논의를 하고 싶을 뿐이야.」

「논의는 저녁 내내 했잖아.」

「난 『향연』에 대해 말하는 거야. 고대 그리스인들 같은.」

「홀, 바보 같은 소리 하지 마. 너랑 둘이 있는 것만으로도 나한테 상처가 된다는 걸 모르니? 그 문제는 다시 꺼내지 마. 끝난 일이야. 다 끝났어.」 더럼은 옆방으로 들어가서 옷을 갈아입었다. 「무례한 줄은 알지만 어쩔 수 없어. 그 일이 있고 석 주 동안 내 마음은 만신창이가 되었어.」

「나도 그랬어.」 모리스가 소리쳤다.

「바보 같은 녀석.」

「더럼, 난 지금 지옥에 있어.」

「곧 벗어나게 될 거야. 그건 혐오의 지옥일 뿐이니까. 넌 한 번도 부끄러운 짓을 하지 않아서 진짜 지옥이 어떤 건지 몰라.」

모리스는 고통의 소리를 질렀다. 더럼은 가차없이 그들 사이에 가로놓인 문을 닫으며 말했다. 「좋아, 원한다면 논의하지. 뭐가 문제야? 넌 무언가 사과하려는 모양인데, 왜? 네 행동을 보면 마치 네가 날 괴롭히기라도 한 것 같아. 네가 뭘 잘못했지? 넌 처음부터 끝까지 빈틈없이 반듯했어.」

모리스가 항변했지만 소용없었다.

「너무도 반듯해서 난 너의 평범한 우정을 오해했지. 네가 나한테 아주 다정하게 대했을 때, 특히 내가 학교로 돌아왔던 날…… 난 그게 뭔가 다른 것인 줄 알았어. 말로 다 할 수 없을 만큼 미안해. 난 역시 책과 음악 밖으로 걸어 나올 권리가 없었어. 널 만나기 전까지 난 그렇게 살았거든. 사과든 뭐든 내게서 아무것도 받고 싶지 않겠지만, 흘, 진심으로 사과한다. 네게 모욕감을 준 일은 영원토록 나를 슬프게 할 거야.」

더럼의 목소리는 연약했지만 또렷했고, 얼굴은 칼날과도 같았다. 모리스는 사랑에 대한 쓸모없는 말들을 날렸다.

「이제 됐어. 빨리 결혼하고 잊어버려.」

「더럼, 널 사랑해.」

더럼은 쓴웃음을 지었다.

「정말이야. 전부터 계속.」

「안녕히, 잘 가.」

「내 말 들어 봐. 이 말을 하려고 왔어. 나도 너하고 똑같이…… 예전부터 그리스인들 같았어. 내가 모르고 있었을 뿐이야.」

「좀 더 설명해 봐.」

갑자기 말문이 막혔다. 그는 질문받지 않았을 때만 이야기할 수 있었다.

「홀, 그건 억지야.」더럼은 손을 들었다. 모리스가 소리를 질렀기 때문이다.「날 위로해 주다니 넌 정말 반듯한 친구야. 하지만 거기에는 한계가 있어. 내가 그대로 받아들일 수 없는 두어 가지 한계가.」

「억지 쓰는 거 아냐.」

「애초에 그런 말을 꺼내는 게 아니었어. 그러니 제발 가줘. 다행스러운 건 내가 떨어진 곳이 네 손아귀 안이었다는 거야. 다른 사람이었다면 학감이나 경찰에 신고했을 테니까.」

「지옥에나 가버려. 네가 갈 곳은 거기야.」모리스는 소리치고서 안뜰로 달려 나갔고, 등 뒤로 다시 한번 쾅 하고 문이 닫혔다. 그는 이글거리는 분노를 안고 예의 다리 위에 섰다. 더럼을 만난 첫날 밤처럼 하늘은 흐린 별빛 아래 보슬비를 뿌렸다. 그는 더럼이 자신과는 다른 고통 속에 석 주를 보냈다는 사실을 인정하지 못했고, 한 사람이 분비한 독이 다른 사람에게는 다르게 작용한다는 것도 인정하지 못했다. 그는 친구가 마지막으로 본 모습과 다르다는 것에 분개했다. 열두 시를 알리는 종이 울리고 한시, 두시가 되어도, 그는 여전히 무슨 말을 할지 궁리하고 있었다. 하지만 이제는 할 말도 없고 말할 방법도 찾을 수 없었다.

그러다 야성과 분노와 비에 혼곤히 젖은 모리스는 첫 새벽의 희미한 깜박임 속에서 더럼 방의 창문을 보았다. 그러자 심장이 사납게 뛰며 그의 온몸을 부서져라 흔들었다. 심장이 소리쳤다. 〈넌 사랑하고 있고 사랑받고 있어.〉 그는 안뜰을 둘러보았다. 심장은 계속 소리쳤다. 〈넌 튼튼하지만 그는 약하고 외로워.〉 그리고 심장은 의지를 이겼다. 그는 자신이 하려고 하는 일이 두렵기도 했지만, 일단 창살을 붙들고 뛰어올랐다.

「모리스…….」

그가 방 안에 들어섰을 때, 잠자는 친구의 입에서 그의 이름이 새어 나왔다. 그의 심장에서 격렬함이 온데간데없이 사라지고, 상상도 한 적 없는 순수함이 그 자리를 채웠다. 친구가 그를 부르고 있었다. 모리스는 잠시 망연하게 서 있었다. 그리고 새로운 감정이 할 말을 일깨워 주자, 베개에 부드럽게 손을 대고 대답했다. 「클라이브!」

제2부

12

소년 시절 클라이브는 혼란에 시달리지는 않았다. 그가
지닌 진실한 정신과 옳고 그름에 대한 날카로운 감각은 대신
그에게 자신이 저주를 받았다는 결론을 안겨 주었다. 신심이
깊었던 그는 신께 다가가고 싶었고 신을 기쁘게 하려는 강렬
한 열망이 있었지만, 자신에게는 그 밖의 또 다른 열망이 있
다는 걸 이른 나이에 깨달았고, 그것은 분명히 소돔에서 비
롯된 것이었다. 그는 그것이 무엇인지 의심하지 않았다. 모
리스보다 치밀한 그의 정서는 야수성과 이상으로 분열하지
않았고, 그 둘 사이에 다리를 놓으려고 세월을 허송하지도
않았다. 그는 그 〈분지의 도시〉를 멸망시킨 충동을 지니고
있었다. 그것이 육욕으로 이어지지는 않았지만, 왜 모든 기
독교인 가운데 하필 자신이 그런 벌을 받게 된 건지 알 수가
없었다.

처음에 그는 신이 자신을 시험하는 것이라 여기고, 불경
한 일을 저지르지 않으면 욥처럼 보상을 받게 될 거라고 생
각했다. 그래서 머리를 낮추고 금식하고 마음이 끌리는 이들

을 애써 멀리했다. 열여섯 살 되던 해는 격통의 연속이었다. 그는 아무와도 말을 하지 않았고, 결국 몸이 쇠약해져 학교를 그만두어야 했다. 요양을 하던 중 그는 자신의 휠체어 옆을 지나가던 사촌을 사랑하게 되었다. 사촌은 젊은 유부남이었다. 가망 없는 사랑이었고, 그는 다시 저주를 느꼈다.

이런 공포는 모리스에게도 찾아왔지만 희미했다. 클라이브에게 그것은 명확하고 지속적이었으며 성찬례 때라고 다르지 않았다. 그는 부정함을 제어할 고삐는 쥐고 있었지만, 그것을 착각하지는 않았다. 육체는 통제할 수 있었지만, 더러워진 영혼이 기도를 어지럽혔다.

언제나 우등생이었던 소년은 책을 가까이 했고, 성서가 일으킨 공포를 플라톤이 가라앉혔다. 처음 『파이드로스』를 읽었을 때의 감동은 결코 잊을 수 없었다. 그 책에는 그의 병이 다른 많은 열정과 마찬가지로 좋은 쪽으로든 나쁜 쪽으로든 나아갈 수 있는 것으로 아름답고 차분하게 묘사되어 있었다. 거기에는 방탕함을 부르는 것도 없었다. 그는 처음에는 자신의 행운을 믿을 수 없었다. 필경 무슨 오해가 있을 것이며, 자신과 플라톤은 서로 다른 것을 생각하는 거라고 여겼다. 그러나 곧 그 온건한 이교도가 진실로 자신을 이해하며, 성서에 반대한다기보다 그 옆을 미끄러져 지나가면서 삶의 새로운 지침이 되어 준다는 사실을 알게 되었다. 〈내가 가진 것을 최대한 발휘〉하기 위한 지침. 그것을 짓뭉개지 않고, 그것이 다른 어떤 것이기를 헛되이 바라지도 않고, 다만 신과 인간 모두를 거스르지 않는 방식으로 계발하기 위한.

하지만 그는 결국 기독교를 거부할 수밖에 없었다. 이상적 자아가 아니라 현실적 자아에 근거해서 행동하는 사람들은 결국 그렇게 될 수밖에 없다. 게다가 클라이브의 기질과 그 종교 사이에는 오랜 불화가 있었다. 그 어떤 명석한 두뇌의 소유자라도 그 둘을 결합시킬 수 없다. 그 기질은 율법의 문구를 인용하자면 〈기독교인들은 입에도 담지 말아야 할 것〉이고, 그런 기질을 가진 이는 모두 예수 탄신일 아침에 죽었다는 전설도 있었다. 클라이브는 이것을 한탄했다. 그는 법률가이자 지방 지주로서 점잖고 유능한 삶을 영위한 이들의 자손이었고, 자신도 그 전통에서 벗어나고 싶지 않았다. 그는 기독교와 자신이 약간이나마 타협할 지점이 있기를 바라며 성서 속에서 근거를 찾아보았다. 다윗과 요나단[7]이 있었다. 심지어는 〈예수가 사랑한 제자〉도 있었다. 하지만 교회의 해석은 그와는 적대적이었다. 그는 성서를 무력하게 만들지 않고는 그 안에서 영혼의 안식을 찾을 수 없었고, 그래서 해가 갈수록 고전의 세계로 더욱 깊이 물러났다.

열여덟 살 무렵 클라이브는 보기 드물게 성숙해 있었고, 자기 통제력도 강해서 매력을 느끼는 사람 누구와도 친근하게 지낼 수 있었다. 조화가 금욕주의의 뒤를 이었다. 케임브리지에서 그는 다른 학생들에 대한 따뜻한 애정을 키웠고, 잿빛이던 그의 삶은 조금씩 섬세한 색조로 물들어 갔다. 그는 신중하고도 분별 있게 앞으로 나아갔지만, 사소한 것들에

7 『구약 성서』의 인물들로, 〈어느 여인의 사랑도 따를 수 없는〉 우정을 나누었다고 한다.

까지 신중을 기하지는 않았다. 그는 옳다고 생각하면 얼마든지 더 멀리 나아갈 준비가 되어 있었다.

2학년 때 그는 자신과 〈성향이 같은〉 리즐리를 만났다. 리즐리는 클라이브에게 그 비밀을 상당히 자유롭게 밝혔지만, 그는 같은 방식으로 응답하지 않았고, 리즐리 무리를 좋아하지도 않았다. 하지만 고무되기는 했다. 자신과 같은 부류가 있다는 사실이 기뻤고, 그들의 솔직함에 힘을 얻어 자신의 불가지론을 어머니에게 털어놓았다. 그 이상은 말할 수 없었다. 더럼 부인은 세속적인 여인이었기에 아들을 별로 나무라지 않았다. 문제가 생긴 건 크리스마스 때였다. 더럼가는 교구에서 유일한 신사 계급이라서 성찬례도 따로 했다. 온 마을 사람이 지켜보는 가운데 클라이브 없이 딸들만 데리고 긴 발판 한복판에 무릎을 꿇을 생각을 하니 부인의 가슴은 수치심에 찢어졌고 분노로 불타올랐다. 결국 어머니와 아들은 다 투었다. 클라이브는 생기도 아량도 없고 오직 공허할 뿐인 어머니의 진면목을 보았으며, 환멸 속에서 자신도 모르게 홀의 모습을 생생하게 떠올리고 있었다.

홀, 그는 자신이 좋아하는 너댓 명가량의 남자들 가운데 한 명일 뿐이었다. 물론 그도 클라이브와 마찬가지로 홀어머니에 여자 형제만 둘이었지만, 그것만으로 둘 사이의 유대감을 설명하기에는 클라이브의 두뇌가 너무나 냉철했다. 그는 자신이 생각하던 것보다 더 홀을 좋아하는 게 분명했고, 그건 최소한 사랑이라고 부를 수 있는 감정이었다. 그래서 둘이 다시 만나자마자 그는 솟구치는 감정에 휘말려 친밀한 관계로 빠져들게 된 것이다.

　그 남자는 부르주아였고 세련미도 없고 어리석었다. 마음을 터놓을 상대로는 최악이었다. 하지만 더럼은 집에서 일어난 문제를 그에게 이야기했고, 그가 채프먼을 무시하고 돌려보낸 일에 정도 이상으로 감격했다. 홀이 장난을 치기 시작하자 클라이브는 매혹되었다. 다른 사람들은 그를 점잖은 사람으로 여겨 거리를 두었지만, 그는 튼튼하고 잘생긴 청년에게 이리저리 휘둘리는 것이 좋았다. 홀이 자신의 머리를 쓰다듬었을 때도 기뻤다. 두 사람의 얼굴이 아련해졌고, 그가 뒤로 기대서 홀의 플란넬 바지에 뺨을 대자 따뜻함이 몸속을 뚫고 지나갔다. 그는 이런 일들에 미혹당하지 않았다. 그는 자신이 받아들이는 쾌감이 어떤 종류인지 알았고, 누구에게도 해가 되지 않는다는 확신 속에 그것을 정직하게 받아들였다. 홀은 여자만을 좋아하는 남자였다. 그것은 누구라도 한눈에 알 수 있었다.

　학기가 끝날 무렵, 그는 홀의 얼굴에 독특하고 아름다운 표정이 떠오른 것을 알아챘다. 그 표정은 가끔씩 보일 뿐이었지만, 미묘하고도 깊었다. 그가 처음 그 표정을 알아챈 것은 홀과 신학을 두고 툭탁거릴 때였다. 다정하고 상냥하고 또 그 못지않게 자연스러운 표정이었지만, 그 안에는 그가 지금껏 친구에게서 보지 못했던 뻔뻔함과 비슷한 어떤 것이 섞여 있었다. 확실하진 않았지만 그는 그것이 마음에 들었다. 그들이 갑자기 만나거나 침묵이 이어질 때 그 표정은 다시 나타났다. 그것은 지성의 건너편에서 그에게 손짓을 하면

서 〈괜찮아, 네가 똑똑한 건 다 알아. 그래도 이리 와!〉라고
말했다. 그 표정에 계속 마음이 쓰여서 그는 머리와 혀를 바
삐 움직이면서도 그것이 언제 나타날지를 지켜보았고, 마침
내 그게 나타나면 마음속으로 이렇게 대답했다. 〈그래, 갈게.
미처 몰랐어.〉

〈넌 이제 피할 수 없어. 반드시 와야 해.〉

〈나도 피하고 싶지 않아.〉

〈그럼 와.〉

그는 갔다. 모든 장애물들을 다 걷어치웠지만, 단번에 그
러지는 못했다. 그가 기거하는 집은 하루아침에 파괴될 수
있는 곳이 아니었기 때문이다. 학기 내내, 그리고 그 후의 편
지들을 통해서 그는 길을 명확하게 만들었다. 홀이 자신을
사랑한다는 확신이 들자, 그는 자기 사랑의 족쇄를 풀었다.
지금까지 사랑은 유희였고, 육체와 정신의 순간적인 쾌락이
었다. 하지만 이제 그런 사랑은 경멸스럽기 짝이 없었다. 사
랑은 조화롭고 거대한 것이었다. 그는 그 안에 자기 존재의
풍성함과 위엄을 함께 쏟아 넣었고, 그의 균형 잡힌 영혼 안
에서 그 두 가지는 하나였다. 클라이브에게 자기 비하 따위
는 존재하지 않았다. 그는 자신의 가치를 알았고, 사랑 없이
인생을 보내리라 예상했을 때도 자기 자신보다는 환경을 탓
했다. 홀은 매력적이고 아름답지만 뻐기지 않았다. 다음 학
기에 둘은 대등하게 만날 것이다.

하지만 그는 책 속의 말을 너무도 신봉한 나머지 그것이
다른 사람들에게는 당황스러울 수도 있다는 걸 잊고 말았다.

그가 육체를 믿었다면 재앙은 없었겠지만, 그는 둘의 사랑을 과거에 연결시키는 방법으로 현재에 연결시켰고, 그럼으로써 친구의 마음속에 인습과 율법에 대한 두려움을 불러일으켰다. 그는 이런 것을 전혀 깨닫지 못했다. 홀이 말한 것은 진심일 것이다. 그렇지 않다면 왜 그런 말을 했겠는가? 홀은 그를 혐오했고, 그렇다고 말했다.「무슨 잠꼬대야.」그 말은 어떤 욕설보다 깊은 상처를 주며, 며칠 동안 그의 귓전을 울렸다. 홀은 건강하고 정상적인 영국 남자이며, 그동안 벌어진 일들을 조금도 눈치채지 못한 것이다.

고통도 크고 치욕도 컸지만, 그보다 더 나쁜 일이 일어났다. 클라이브는 사랑하는 이와 너무도 깊이 하나가 되어 있던 탓에 자신을 혐오하기 시작했다. 그의 인생철학이 모두 무너지고, 그 폐허에서 죄의식이 다시 태어나 복도를 기어 다녔다. 홀은 말했다. 그것은 범죄라고, 그것을 알아야 한다고. 그는 저주받았다. 그는 다시는 젊은 남자와 친구가 될 수 없을 것이다. 결국 상대를 타락시키고 말 테니. 그는 홀이 기독교 신앙을 잃게 하고 그의 순수함까지 해치려 하지 않았던가?

그렇게 석 주가 지나는 사이 클라이브는 거대한 변화를 겪으면서 어떤 말도 소용없는 처지가 되었고, 그때 홀, 그 착하고 어수룩한 아이가 그를 위로하겠다며 찾아와 부질없이 애를 쓰다가 결국 화를 내며 돌아간 것이다.「지옥에나 가버려, 네가 갈 곳은 거기야.」더없이 진실한 말이었지만, 사랑하는 이한테서 듣기는 가혹했다. 클라이브는 더욱 깊은 나락으로 떨어졌다. 그의 삶은 산산조각이 났고, 그에게는 그것을 다시 모아 세우고 악을 털어 낼 내면의 힘이 남아 있지 않았다. 그의 결론은 〈바보 같은 녀석! 난 그 녀석을 사랑했던 게 아냐. 그저 내 오염된 마음이 만들어 낸 이미지를 사랑했던 거지. 신이시여, 내게서 이 짐을 거두어 주시길〉이었다.

하지만 그 이미지가 잠자는 그에게 찾아왔고, 그에게 그 이름을 속삭이게 했다.

「모리스……」

「클라이브……」

「훝!」 클라이브는 잠에서 깨어나 소리쳤다. 몸 위에 온기가 느껴졌다. 「모리스, 모리스, 모리스…… 아, 모리스……」

「알아.」

「모리스, 사랑해.」

「나도.」

둘은 자신들도 모르게 서로에게 키스했다. 그런 뒤 모리스는 올 때처럼 창문을 넘어 사라졌다.

13

「아침 강의를 벌써 두 개나 빼먹었네.」 모리스가 잠옷 차림으로 아침 식사를 하며 말했다.

「다 제껴. 외출 금지밖에 더 시키겠어?」

「같이 사이드카 타고 나갈까?」

「좋아, 멀리 가자.」 클라이브가 담뱃불을 붙이며 말했다. 「이런 날씨에 케임브리지에 처박혀 있을 순 없지. 당장 밖으로 나가 아주 먼 곳에 가서 수영하자. 네가 운전하는 동안 나는 공부하고 말이야.」 그러다 그는 말을 멈추고 〈이런, 젠장!〉이라고 내뱉었다. 계단에서 발소리가 났기 때문이다. 조이 페더스터노가 안으로 고개를 디밀고 오후에 자기랑 테니스 칠 사람 없느냐고 물었다. 모리스가 자기가 치겠다고 했다.

「모리스! 뭐하러 그랬어, 바보같이!」

「그래야 얼른 떠나지. 클라이브, 20분 후에 차고에서 만나자. 네 그 고약한 책들을 가져오고 조이한테서 물안경도 빌려. 난 옷을 갈아입어야겠어. 도시락도 준비해 와.」

「대신 말을 타는 건 어떨까?」

「너무 느려.」

그들은 약속한 대로 만났다. 조이가 방에 없었기 때문에 물안경은 쉽게 구할 수 있었다. 하지만 지저스 레인을 걸어가는데 학감이 큰 소리로 그들을 불렀다.

「홀, 아까 수업이 있지 않았던가?」

「늦잠을 잤습니다.」 모리스가 경멸스러운 어조로 소리쳤다.

「홀! 홀! 교수가 말하는데 멈춰 서지도 않나?」

모리스는 〈말해 봐야 소용없어〉라고 말하며 계속 갔다.

「없고말고.」

그들은 나는 듯이 다리를 건너 일리 로(路)에 들어섰다. 모리스가 말했다. 「우리는 지금 지옥으로 간다.」 사이드카는 힘이 좋았고, 모리스는 본래 무모한 기질을 타고났다. 차가 펄쩍 뛰어 소택지로 돌진해 들어가자 둥근 하늘이 뒤로 쭉쭉 물러났다. 둘은 먼지구름이 되고 악취가 되고 굉음이 되었지만, 그들이 호흡하는 공기는 맑았고 그들 귀에 들리는 소음이라고는 길게 꼬리를 끄는 바람의 함성뿐이었다. 그들은 누구도 안중에 없었고, 아예 인간 세상 밖에 있는 듯했다. 죽음이 찾아온다 해도 까마득한 지평선을 향해 달려가는 그들의 행로를 막지는 못했을 것이다. 탑 하나와 마을 하나 — 예전에 일리라고 불리던 — 가 그들 뒤에 있었고, 앞에는 똑같은 하늘이 이제 바다를 예고하듯 희미한 색조를 띠었다. 다시 〈우회전〉, 그리고 〈좌회전〉, 〈우회전〉하다 보니 방향 감각이 완전히 사라졌다. 사이드카 바퀴에 구멍이 나서 땅을 긁는 소리가 났다. 모리스는 얼른 알아차리지 못했다. 그런데 그의 두 다리 사이에서 자갈 수천 개가 한꺼번에 부딪치는 것처럼 요란한 소리가 났다. 사고는 일어나지 않았지만, 기계가 검은 들판 가운데 멈춰 서버렸다. 종달새의 노래가 들리고, 뒤따라오던 먼지의 꼬리가 천천히 가라앉았다. 이제 둘뿐이었다.

「점심 먹자.」클라이브가 말했다.

둘은 풀 덮인 제방에 앉아 점심을 먹었다. 앞쪽에서는 둑에 갇힌 물의 미세한 움직임 속에 끝없이 늘어선 버드나무들의 모습이 비쳤다. 이런 풍경을 창조해 낸 인간의 모습은 어느 곳에도 보이지 않았다. 점심을 먹은 다음 클라이브는 공부를 해야겠다고 생각했다. 그는 책을 폈지만 10분 만에 잠이 들었다. 모리스는 물가에서 담배를 피웠다. 농부의 짐마차가 나타나자 그곳이 어디인지 물어봐야겠다고 생각했다. 하지만 그는 아무 말도 하지 않았고, 농부도 그를 못 본 것 같았다. 클라이브가 잠에서 깼을 때는 세시가 넘어 있었다. 그는 〈이제 차를 마셔야겠는걸〉이라고 말했다.

「좋아, 저 고물을 고칠 수 있겠어?」

「고칠 수 있지. 뭐가 끼인 거 아냐?」 그는 하품을 하고서 사이드카로 내려갔다. 「아니, 못 고치겠는걸. 모리스 너는?」

「나도 못해.」

둘은 뺨을 맞대고 웃었다. 이런 사고가 너무도 우습게 느껴졌다. 게다가 할아버지의 선물인데! 그것은 8월에 있을 모리스의 성년 생일 선물이었다. 클라이브가 말했다. 「사이드카를 두고 걸어가면 어떨까?」

「좋아. 누가 망가뜨리기야 하겠어? 외투랑 물건들도 안에 둔 채로 가자. 조이의 물안경도.」

「내 책들은 어떡하지?」

「그것들도 두고 가.」

「저녁 회식 후에 필요하게 되지 않을까?」

「글쎄, 그건 모르겠는걸. 차 마시는 게 저녁 회식보다 중요해. 논리적으로 생각해 보면 결론은 — 그런데 왜 웃는 거지? — 이 강둑을 따라서 죽 내려가면 언젠가는 술집이 나온다는 거야.」

「그리고 그 술집은 이 강물로 맥주를 희석한다지?」

모리스가 클라이브의 갈빗대를 툭 쳤고, 그 뒤로 10분 동안 둘은 장난을 치며 나무들 사이를 뛰어다녔다. 웃느라고 말도 할 수 없었다. 그러다 다시 생각에 잠겨 함께 서 있다가, 찔레 덤불 뒤에 사이드카를 숨기고 출발했다. 클라이브는 노트를 들고 왔지만 소용없게 되어 버렸다. 그들이 따라 걷던 둑이 두 갈래로 갈라졌기 때문이다.

「물속으로 걸어가야겠는걸.」 그가 말했다. 「돌아서 가면 아무 데도 못 가. 모리스, 남쪽을 향해 직선으로 가야 돼.」

「알았어.」

그날 누가 무얼 제안하느냐는 중요하지 않았다. 상대가 무슨 말을 하든 고개를 끄덕였으니까. 클라이브는 신발과 양말을 벗고 바지를 걷어 올렸다. 그리고 갈색 물속에 발을 내딛더니 곧 사라졌다가 헤엄치며 나타났다.

「아주 깊어! 모리스, 미처 몰랐어! 너도 몰랐지?」 클라이 브가 둑 위로 기어오르며 소리쳤다.

모리스가 소리쳤다. 「난 헤엄칠 거야.」 그는 그렇게 했고, 클라이브가 그의 옷을 챙겨 들었다. 햇살은 더욱 밝게 빛났다. 얼마 안 가서 농장이 나타났다.

농장 여자는 쌀쌀맞고 불친절했지만, 그들은 나중에 그녀를 두고 〈정말 멋진 여자〉라고 말했다. 그녀는 결국 그들에게 차를 내주었고, 클라이브가 부엌 난롯가에서 몸을 말리게 해주었다. 그러고 나서 〈돈은 알아서 달라〉고 했다가 생각보다 많은 돈을 받게 되자 꿍얼거렸다. 하지만 아무것도 그들의 들뜬 마음을 방해하지 못했다. 그들은 모든 걸 변화시켰다.

「안녕히 계세요, 잘 쉬다 갑니다.」 클라이브가 말했다. 「그리고 이 댁 남자 분이 저희 사이드카를 발견하시면요, 아, 사이드카 있는 곳을 설명하기가 어렵네요. 어쨌든 제 친구 명함을 드릴게요. 저희를 도와주시고 싶으면 이 명함을 사이드카에 묶어서 가까운 역에 가져다주세요. 잘은 모르지만 아마 그렇게 하면 될 거예요. 역장이 저희한테 전보를 칠 테니까요.」

기차역까지는 5마일이었다. 역에 도착했을 때 이미 해가 기울었고, 그들은 저녁 회식이 끝난 뒤에야 케임브리지에 돌아왔다. 하루를 마감하는 그 시간은 완벽했다. 기차는 무슨 일인지 만원이었고, 덕분에 둘은 바짝 붙어 앉아서 왁자한 소음 아래서 조용히 이야기하며 미소를 주고받았다. 둘은 헤어질 때도 평소와 같았다. 어느 쪽도 특별한 말을 하고픈 충동을 느끼지 않았다. 온 하루가 평범했다. 하지만 그것은 그들 누구도 이전까지 누려 본 적 없는 날이었고, 이후로도 다시 누리지 못할 날이었다.

14

학감은 모리스를 퇴학시켰다.

콘월리스 씨는 엄격한 학감이 아니었고 지금껏 모리스의 품행이 특별히 나빴던 것도 아니지만, 모리스가 너무도 뻔뻔하게 규율을 위반했기 때문에 그냥 넘어갈 수 없었다. 「내가 부르는데도 왜 그냥 갔나, 홀?」 홀은 아무 대답도 하지 않았고, 잘못했다는 표정조차 짓지 않았다. 그의 두 눈은 분노로 끓어올랐고, 콘월리스는 불쾌감에 사로잡힌 상태에서도 자신이 한 명의 남자와 맞서고 있다는 걸 알았다. 그는 무감각하면서도 냉혹한 태도로 그동안의 일을 추측했다.

「어제 자네는 예배와 내 강독 수업을 비롯해서 네 개의 수업과 저녁 회식에 모두 불참했네. 전에도 비슷한 일을 한 적이 있지. 그 무례했던 행동은 덧붙일 필요도 없고. 그렇지 않은가? 대답 안 할 텐가? 집에 내려가서 어머니께 사유를 말씀드리게. 어쨌거나 나도 따로 연락드리겠네. 반성문을 써내지 않으면, 10월에 재입학을 허락하지 않을 테니 알아서 하게. 열두시 기차로 내려가게.」

「알았습니다.」

콘월리스는 손짓으로 모리스를 내보냈다.

더럼에게는 어떤 처벌도 내려지지 않았다. 그는 우등 졸업 시험 때문에 수업을 면제받은 상태였고, 설령 그가 다소 태만했더라도 학감은 문제 삼지 않았을 것이다. 동급생 중 가장 뛰어난 고전학도로서, 더럼은 특별 대우를 받았다. 그가 더 이상 홀 때문에 정신이 흐트러지지 않게 된다면 그것도 좋은 일이었다. 콘월리스는 예전부터 항상 그런 우정을 의심했다. 성품과 취향이 판이한 남자들이 친밀해진다는 건 자연스러운 일이 아니다. 청소년 시기와 달리 대학에서는 그런 게 공식적인 문제가 되지는 않지만, 교수들은 적당히 감시자 역할을 했고, 연애 사건은 손쓸 수 있을 때 싹을 잘라 놓는 게 마땅하다고 생각했다.

클라이브는 모리스가 짐 싸는 것을 거들고 그를 배웅했다. 아직도 격렬한 감정에 휩싸여 있는 친구를 자극할까 봐 말을 아꼈지만, 그의 마음도 무겁기 짝이 없었다. 그는 마지막 학기를 보내고 있었다. 어머니는 그가 4학년을 다니는 걸 허락하지 않을 테고, 그것은 그가 다시는 모리스와 케임브리지에서 만날 수 없다는 것을 의미했다. 그들의 사랑은 케임브리지에서, 특히 서로의 방에서 피어난 것이기에, 다른 곳에서 만난다는 것은 쉽게 상상이 되지 않았다. 그는 모리스가 학감에게 뻣뻣하게 굴지 않기를 바랐지만 너무 늦어 버렸고, 또 사이드카도 잃고 싶지 않았다. 그 사이드카는 강렬했던 순간들 — 테니스 코트에서의 고통, 어제의 환희 같은 — 과

연결되어 있었다. 사이드카를 타면 한 덩어리가 되어 움직이기 때문에 그 안에서 그들은 그 어느 곳에서보다 서로에게 가까워진 느낌이었다. 사이드카는 어느새 독자적인 생명체가 되었고, 둘은 그 안에서 만나 플라톤이 가르친 합일을 깨달았다. 그것은 이제 사라졌고, 기차가 두 사람의 손과 손을 갈라놓으며 사라진 뒤 그는 무너지는 가슴을 안고 자기 방으로 돌아가서 열렬한 절망의 편지를 휘갈겼다.

　모리스는 다음 날 아침 편지를 받았다. 그것은 식구들이 벌이기 시작한 일을 완성시켰고, 그는 난생처음으로 세상을 향해 분노를 터뜨렸다.

15

「전 반성문 못 써요. 어머니. 반성할 게 없다고 어젯밤에 말
씀드렸잖아요. 모두가 강의를 빼먹는 마당에 나만 퇴학시킨
건 부당한 일이에요. 완전히 악의로 그런 거라고요. 아무한테
나 한번 물어보세요. 에이다, 눈물 짜지 말고 커피나 따라.」

에이다는 흐느꼈다. 「오빠 때문에 엄마가 속상해하시잖
아. 어쩌면 그렇게 매정하고 잔인할 수 있어?」

「일부러 이러는 건 아니야. 그리고 이게 매정한 거라고도
생각하지 않아. 나도 아버지처럼 한심한 학위 따위 집어치우
고 곧장 사업에 뛰어들 거야. 그게 뭐가 문제지?」

「그건 네 아버지를 생각한 태도가 아니야.」홀 부인이 말
했다. 「네 아버지는 사람들을 불쾌하게 한 일이 한 번도 없었
으니까. 아, 모리, 애야. 우리가 얼마나 케임브리지를 고대했
는지 아니?」

「이렇게 울고불고 하는 건 잘못이에요.」분위기를 바꾸고
싶은 열망에 사로잡힌 키티가 소리쳤다. 「그러면 오빠는 자
기가 대단한 줄 착각할 뿐이라고요. 실제로는 전혀 그렇지

않은데 말예요. 우리가 신경 안 쓰고 가만두면 당장 학감한
테 반성문을 써보낼걸요.」

「그럴 리 없어. 쓸데없는 짓이야.」 모리스가 단호한 어조
로 말했다.

「그걸 어떻게 알아?」

「어린 계집애들은 당연히 모르지.」

「그렇지 않아!」

모리스는 키티에게 눈길을 돌렸다. 하지만 키티는 자기가
어른인 줄 착각하는 어떤 남자애들보다는 자신이 훨씬 아는
게 많다고만 말했다. 그 말은 앞뒤가 맞지 않았고, 모리스의
마음속에 잠깐 솟았던 경외감 섞인 두려움도 사라졌다. 아
니, 그는 절대 반성할 수 없었다. 잘못한 게 없는데 잘못했다
고 말할 수 없었다. 그것은 오랜만에 맛보는 정직의 맛이었
고, 정직은 피와 같았다. 절대 굽히지 않으리라는 결심 속에
서 그는 아무것도에도 타협하지 않고 세상을 살아갈 수 있으
며, 자신과 클라이브에게 굴복하지 않는 것은 모조리 무시할
수 있다고까지 생각했다. 클라이브의 편지를 받고 그는 미칠
듯한 심정이 되었다. 의심할 여지 없이 자신은 어리석다. 현
명한 연인이라면 반성문을 쓰고 돌아가 친구를 위로할 테니
까. 하지만 그 어리석음은 정열의 속성 — 작은 것을 구하느
니 아예 포기하고 마는 — 이기도 했다.

식구들은 계속 말하고 계속 울었다. 마침내 모리스는 자리
에서 일어나서 〈이런 상태에서는 식사 못 하겠네요〉라고 말
한 뒤 정원으로 나갔다. 어머니가 쟁반을 들고 따라 나왔다.

그토록 부드러운 어머니의 태도에 모리스는 화가 났다. 사랑은 이 억센 청년을 발전시켰기 때문이다. 토스트를 갖고 와서 부드러운 말을 건네는 것쯤이야 부인에게는 아무 일도 아니었다. 그저 아들도 그렇게 부드러워졌으면 싶을 뿐이었다.

부인은 자신이 아들의 말을 제대로 이해했는지 알고 싶었다. 그녀는 〈정말로 반성문을 쓰지 않을 거니? 할아버지께서 뭐라고 말씀하실까?〉라고 말하다가, 할아버지의 생일 선물이 잉글랜드 동부의 숲길에 버려져 있다는 걸 알게 되었다. 부인의 걱정은 더욱 커졌다. 선물을 잃는 것은 학위를 잃는 것보다 더 현실적으로 느껴졌기 때문이다. 딸들도 걱정했다. 부인과 두 딸은 아침 내내 사이드카를 애도했고, 모리스는 전과 다름없이 식구들을 입을 다물게 하거나 말소리가 들리지 않을 곳으로 보내 버릴 수 있었지만, 그들의 고분고분한 태도가 지난 부활절 방학 때처럼 자신을 무기력하게 만들지도 모른다는 느낌이 들었다.

오후에 모리스는 가슴이 무너져 내렸다. 클라이브와 함께한 시간이 겨우 하루였다는 사실을 깨달은 것이다! 게다가 그 하루조차 서로의 품에 안겨 있지 못하고 바보들처럼 이리저리 뛰어다니며 보내지 않았나! 그 덕에 그 하루가 완벽했다는 걸 모리스는 알지 못했다. 그는 아직 너무 어려서 접촉을 위한 접촉이 얼마나 무의미한지 몰랐다. 친구가 절제했다 해도 그는 정열을 과도하게 발산했을 것이다. 훗날 그의 사랑이 두 번째 힘을 얻게 되었을 때 모리스는 비로소 당시 운명이 자신에게 베푼 호의를 깨달았다. 어둠 속에서 나눈 한

번의 포옹, 빛과 바람 속에 보낸 그 긴 하루는 한쪽이 없으면 나머지도 소용없는 한 쌍의 기둥이었다. 그리고 지금 그가 겪고 있는 이 모든 이별의 고통은 사랑의 파괴자가 아니라 완성자였다.

그는 클라이브에게 답장을 쓰려고 했다. 하지만 자신의 말이 거짓으로 들리면 어쩌나 겁이 났다. 저녁에 그는 〈모리스! 사랑해〉라고만 적힌 또 한 통의 편지를 받았다. 그도 〈클라이브, 사랑해〉라고 답장했다. 그다음부터 그들은 날마다 편지를 주고받았고, 의도와 무관하게 서로의 가슴에 새로운 이미지들을 창조했다. 편지는 침묵보다 왜곡의 속도가 빠르다. 무언가 문제가 있다는 두려움에 사로잡힌 클라이브는 시험 직전에 시간을 내서 모리스를 만나러 왔다. 둘은 함께 점심 식사를 했다. 점심은 형편없었다. 둘 다 지쳐 있었고, 레스토랑은 하필 상대방의 말소리도 잘 들리지 않을 만큼 시끄러운 곳이었다. 「즐겁지 않은 식사였어.」 헤어지면서 클라이브가 말했다. 모리스는 다행스러웠다. 그는 내내 즐거운 척 했고, 그러느라 더욱 괴로웠던 것이다. 둘은 편지에는 사실만 적고, 또 급한 일이 있을 때만 편지하기로 약속했다. 정서적 긴장이 누그러지자, 생각보다 뇌막염에 가까이 다가가 있던 모리스는 며칠 동안 꿈도 없이 깊이 잤고, 덕분에 완쾌되었다. 하지만 일상은 여전히 지지부진했다.

집안에서 모리스의 위치는 어정쩡했다. 홀 부인은 누가 자기 대신 모리스의 위치를 결정해 주었으면 좋겠다고 생각했다. 겉모습을 보면 그는 이미 어른이고, 지난 부활절에는 하월 부부를 해고하기도 했다. 하지만 반대로 보면 케임브리지에서 퇴학당한 데다 아직 스물한 살도 되지 않았다. 집에서 모리스는 어떤 위치일까? 부인은 키티의 부추김을 받아 자신의 권위를 세워 보려고 했지만, 모리스는 아주 놀랍다는 표정을 짓더니 이어서 화만 벌컥 냈다. 홀 부인은 흔들렸고, 아들을 사랑하면서도 현명치 못하게 배리 박사에게 도움을 구하고 말았다. 모리스는 어느 날 저녁 그의 집으로 찾아와 달라는 요청을 받았다.

「모리스, 학업은 잘 돼가나? 기대했던 것과는 많이 다르지?」

모리스는 아직도 그 이웃이 두려웠다.

「정확히 말하자면 어머니가 기대했던 것과 다른 거겠지만.」

「누구의 기대와도 달랐죠.」 모리스는 자기 손을 보며 대꾸했다.

배리 박사가 말을 이었다. 「다 잘된 일이야. 대학 학위로 뭘 하겠어? 처음부터 그건 중간 계급을 위한 게 아니었어. 자네가 목사라든가 변호사, 교육자가 되려는 것도 아닐 테고, 또 지주 계급도 아니지 않은가. 순전히 시간 낭비지. 당장 일에 뛰어들게. 학감을 모욕한 건 잘한 일이야. 자네는 도시에 있어야 해. 자네 어머니는…….」 그는 말을 멈추고 시거에 불을 붙였지만, 청년에게는 아무것도 권하지 않았다. 「자네 어머니는 이런 걸 이해 못해. 그러니까 자네가 반성하지 않는다고 걱정하는 거지. 내가 볼 때 이런 일은 당연한 거야. 자네는 어울리지 않는 환경에 들어갔지만, 적절하게도 거기서 얼른 빠져나올 기회를 잡은 거니까.」

「무슨 말씀이시죠, 박사님?」

「아, 모르겠나? 지주 계급이라면 자신의 고약한 행동을 본능적으로 반성할 거라는 말일세. 자네의 전통은 그런 게 아니지.」

「전 지금 가봐야겠습니다.」 모리스는 나름대로 위엄 있게 말했다.

「그래, 그러는 게 좋겠군. 눈치챘기를 바라네만, 즐거운 시간을 보내자고 초대한 게 아니었어.」

「박사님은 솔직하게 말씀해 주셨어요. 저도 언젠가 그렇게 할 겁니다. 저도 그러고 싶어요.」

그 말에 박사는 화를 버럭 냈다. 「모리스, 어떻게 네가 감히 어머니를 괴롭힐 수 있는 거냐? 회초리라도 맞아야 정신을 차리겠니? 철딱서니 없는 것 같으니! 용서를 빌지는 못할망정 으스대기나 하고! 난 전부 다 알고 있다. 네 어머니가 눈물 가득한 얼굴로 찾아와서 나더러 말 좀 해달라고 부탁하더구나. 네 어머니와 두 여동생은 내가 아끼는 이웃이야. 그리고 나는 여자의 청은 거절하지 않는 사람이지. 말대답은 사양하겠다. 솔직한 말이건 뭐건 변명 따위는 듣고 싶지 않아. 너는 기사도의 수치야. 도대체 세상이 어떻게 되려는 건지 모르겠어. 세상이 어떻게 되려는 건지……. 너한테 완전히 실망이다.」

모리스는 마침내 밖으로 나와 이마를 닦았다. 그도 약간은 부끄러웠다. 어머니한테 거칠게 군 것도, 그가 지닌 속물 근성이 아픈 곳을 찔렸다는 것도 알았다. 하지만 어쩐지 되돌아가거나 행로를 바꿀 수는 없었다. 궤도 밖으로 튀어나오고 보니, 그렇게 영원히 밖에 있어야 할 것 같았다. 〈기사도의 수치.〉 그는 그 비난에 대해 생각해 보았다. 만일 모리스가 그 사이드카에 여자를 태우고 가다가 학감의 명령을 무시했다면, 배리 박사가 모리스한테 반성하라고 했을까? 그러지 않았을 것이다. 그는 이런 식으로 힘들게 생각의 행렬을 따라갔다. 그의 두뇌는 여전히 둔했다. 하지만 그는 머리를 써야 했다. 오고 가는 많은 말과 견해들이 번역을 거치지 않고는 이해되지 않았기 때문이다.

어머니는 부끄러운 얼굴로 아들을 맞았다. 모리스와 마찬가지로 그녀 역시 자신이 직접 아들을 나무랐어야 했다고 생각했다. 모리스는 이제 어른이 되었구나 하고 부인은 키티에게 하소연했다. 아이들은 품을 떠나는 법이지. 참 슬픈 일이야. 키티는 오빠가 아직도 어린애라고 주장했다. 하지만 식구들은 배리 박사를 만난 뒤로 모리스의 입과 눈과 목소리에 어떤 변화가 일어난 것을 느꼈다.

16

더럼가는 윌트셔와 서머셋주의 경계에 인접한 시골에 살
았다. 유서 깊은 가문은 아니지만 4대에 걸쳐 지주였고, 그
영향력이 현재까지 이어졌다. 클라이브의 4대 종조부는 조
지 4세 시절 수석 재판관이었고, 그는 펜지라는 따뜻한 둥지
를 마련했다. 그 둥지는 지금 위태롭게 흔들거렸다. 백 년의
세월이 재산을 축내는 동안 부유한 신부를 맞아들이지 못한
탓에, 저택에도 소유지에도 아직 퇴락까지는 아니라 해도 그
를 예고하는 듯한 기미가 도드라져 있었다.

저택은 숲 가운데 있었다. 사라진 산울타리 자국이 경계
를 짓고 있는 영지는 사방으로 넓게 뻗어서 말들과 올더니
젖소들에게 빛과 공기와 초지를 선사해 주었다. 그 너머로
나무들이 시작되었는데, 대부분이 공유지를 착복한 에드윈
경이 심은 것이었다. 영지는 출입구가 둘이었다. 위쪽 출입
구는 마을로 통하고, 다른 하나는 역으로 이어지는 황톳길로
나 있었다. 옛날에는 역이 없었고, 역에서 이어지는 길은 볼
품도 없는 데다 저택 뒤편으로 통해 있어서 앞날을 생각 못

하는 영국의 특징을 그대로 보여 주고 있었다.

모리스는 저녁 때 도착했다. 그는 버밍엄의 외할아버지 댁에서 미적지근한 성년 축하 파티를 하고 곧장 이곳으로 왔다. 떳떳하지 못한 처지에서도 그는 여러 개의 선물을 받았는데, 주는 이나 받는 이나 열의가 없었다. 이전까지 그는 스물한 살이 되기를 몹시 고대했다. 키티는 성년이 되어도 기쁘지 않은 건 그가 형편없는 일을 저질렀기 때문이라고 말했다. 그 말을 듣고 모리스는 키티의 귀를 다정하게 꼬집고 그녀에게 키스했지만, 키티는 아주 기분 나빠 했다. 「오빠는 분별이라곤 눈곱만큼도 없어.」 그녀가 쏘아붙이자 그는 웃었다.

친척들과 티파티로 법석이던 앨프리스턴 가든스와 펜지 사이에는 엄청난 거리가 있었다. 지방 명문가들은 지성을 갖춘 경우에도 뭔가 예측할 수 없는 면이 있어서 모리스는 어느 시골 저택을 가도 조심스러웠다. 물론 클라이브가 마중을 나와서 함께 마차에 타기는 했지만, 마차에는 모리스와 같은 기차로 온 십생크스 부인도 동승했다. 십생크스 부인은 대동한 하녀에게 자신의 짐과 모리스의 짐을 승합 마차에 싣고 따라오게 했고, 모리스는 자신도 하인을 데려와야 했나 싶었다. 정문 수위실은 어린 소녀가 지키고 있었다. 십생크스 부인은 모든 이가 자신에게 무릎과 윗몸을 굽히는 깍듯한 인사를 하기를 원했다. 부인이 그 말을 할 때 클라이브가 모리스의 발을 밟았는데, 실수였는지 어쩐지 알 수 없었다. 모리스가 제대로 아는 것은 아무것도 없었다. 저택이 가까워지자 모리스는 집 뒤쪽을 앞쪽으로 착각하고 문을 열어 주려고 했다. 십샌크스 부인이 〈아, 어쨌든 황송하군요〉라고 말했고, 게다가 저택에는 문을 열어 주는 집사도 있었다.

아주 쓴 차가 그들을 기다리고 있었고, 더럼 부인은 이쪽 잔에 차를 따르면서 저쪽 잔을 바라보았다. 사람들이 여기저기 서 있었는데, 하나같이 당당한 행색이거나 아니면 거기 온 어떤 당당한 이유가 있는 것 같았다. 모두가 무슨 일인가를 하거나 시키고 있었다. 더럼 양은 모리스한테서 내일 관세법 개정을 위한 모임에 참가하겠다는 약속을 받아 냈다. 두 사람은 정치적 입장이 같았다. 하지만 더럼 양이 모리스를 동지로 삼고 〈어머니, 홀 씨는 아주 건전해요〉라고 말했을 때 모리스는 별로 기분이 좋지 않았다. 그 집에 와 있는 친척 웨스턴 소령은 그에게 케임브리지에 대해 물어볼 것이다. 군인들은 퇴학당한 사람을 싫어할까? 지난번 레스토랑에서보다도 더 나쁜 상황이었다. 어쨌거나 그때는 클라이브도 함께 괴로워했으니까.

「피파야, 홀 씨가 어느 방에 묵을지 일러 드렸니?」

「블루 룸이에요, 엄마.」

「벽난로가 없는 방이야.」 클라이브가 소리쳤다. 「모리스한테 가르쳐 줘.」 그는 손님들을 배웅하고 있었다.

더럼 양은 모리스를 집사에게 넘겼다. 두 사람은 구석 계단으로 올라갔다. 모리스는 오른쪽의 중앙 계단을 보고 자신이 홀대받고 있는 건가 하는 생각을 했다. 방은 작았고 가구들은 싸구려였다. 밖이 내다보이지도 않았다. 무릎을 꿇고 앉아 짐을 풀다 보니, 문득 서닝턴 시절로 돌아온 듯한 기분이 들어서 펜지에 있는 동안 가져온 옷을 모두 입어 보이기로 작정했다. 이곳 사람들에게 촌스러운 사람으로 보일 수는 없었다. 그도 누구 못지않게 멋쟁이였다. 그런데 이런 결론에 막 도달한 순간 클라이브가 등 뒤로 햇살을 가득 받으며 뛰어 들어왔다. 「모리스, 내 키스를 받아 줘.」 그리고 그는 키스했다.

「아니 어디서…… 저 문이 어디로 연결되는 거지?」

「우리 서재.」 그는 얼굴 가득 홍분과 기쁨을 드러내며 웃었다.

「아하, 그래서……」

「모리스! 모리스! 네가 정말 왔구나. 여기 내 곁으로 말이야. 우리 집은 이제 전과는 다른 곳이 될 거야. 결국 나도 여길 사랑하게 될 테고.」

「나도 오게 돼서 기뻐.」 모리스는 목이 메었다. 밀려드는 기쁨에 현기증이 날 지경이었다.

「짐 마저 풀어. 내가 일부러 이 방으로 정했어. 이 계단 위에는 우리뿐이거든. 최대한 칼리지처럼 꾸며 놓은 거야.」

「그보다 더 좋아.」

「그렇게 될 거야.」

복도로 통하는 문에서 노크 소리가 났다. 모리스는 깜짝 놀랐지만, 클라이브는 그의 어깨에 걸터앉은 채 무심하게 〈들어와!〉라고 말했다. 하녀가 데운 물을 가지고 들어왔다.

「식사 때만 빼면 우리는 항상 같이 있을 수 있어.」 클라이브가 말을 이었다. 「여기 있든지 아니면 밖에 나가는 거야.

좋지? 피아노도 있어.」 그는 모리스를 데리고 서재로 갔다. 「바깥을 봐. 이 창가에 서서 토끼를 쏠 수도 있어. 그건 그렇고, 저녁 때 어머니나 피파가 내일 이러저러한 걸 하는 게 좋겠다고 말해도 걱정하지 마. 그냥 대충 그러겠다고 대답해. 너는 어차피 나랑 말을 타고 나가게 될 테고, 식구들도 그걸 알아. 일요일에 교회에 안 가도 우리 식구는 네가 교회에 다녀온 것처럼 대할 거야.」

「하지만 적당한 승마 바지가 없어.」

「그렇다면 같이 놀 수가 없겠는걸.」 클라이브는 그렇게 말하고 밖으로 뛰어나갔다.

거실로 돌아간 모리스는 자신이 누구보다 거기 있을 자격이 충분하다고 느꼈다. 그는 십생크스 부인에게 다가가서 먼저 말을 건넴으로써 그녀의 기분을 맞춰 주었다. 그는 그 자리에 생겨난 어수선한 8인조 ─ 클라이브, 십생크스 부인, 웨스턴 소령, 어떤 여자, 또 어떤 남자, 피파, 그리고 모리스 자신과 그 집의 안주인으로 이루어진 ─ 에 자연스럽게 끼어들었다. 더럼 부인은 모인 사람이 적은 것을 사과했다.

「그렇지 않습니다.」 모리스가 대답하는데, 클라이브가 못마땅한 눈길을 보냈다. 적절한 대답이 아니었다. 더럼 부인은 모리스를 약간 시험해 보았지만, 그는 자신이 부인의 마음에 들지 말지에 조금도 신경이 쓰이지 않았다. 부인은 아들과 생김새가 닮았고 아들만큼 유능해 보였지만, 그만큼 진실하지는 않았다. 그는 클라이브가 왜 어머니를 경멸하게 되었는지 이해했다.

저녁 식사 후 남자들은 담배를 피웠고, 그 뒤 숙녀들과 합류했다. 교외 지역과 거의 같은 양상의 저녁 시간이었지만, 한 가지 다른 점이 있었다. 그것은 무언가를 결정하는 것 같은 분위기였다. 그들은 막 영국을 개조했거나 앞으로 개조해 나갈 것 같았다. 하지만 오는 길에 본 문기둥과 도로는 당장 수리가 필요했고, 수목들은 관리가 되지 않아 엉망이었으며, 창문들은 열리지 않고, 바닥 널은 삐거덕거렸다. 펜지는 그가 기대했던 만큼의 감동을 주지 않았다.

여자들이 물러가자 클라이브가 말했다. 「모리스, 졸려 보이는구나.」 모리스는 그 말의 뜻을 알아챘고, 5분 후 둘은 다시 서재에서 만나서 이야기로 지새울 밤을 맞았다. 그들은 파이프에 불을 붙였다. 둘이 함께 이토록 완전한 평온을 맛보기는 처음이었고, 아름다운 언어들이 오고 갈 것이었다. 둘 다 이 사실을 알았지만, 어느 쪽도 쉽게 입을 열지 않았다.

「최근 소식을 일러 줄게.」 클라이브가 말했다. 「나는 집에 오자마자 어머니랑 한바탕 싸우고 4학년 과정을 다니겠다고 했어.」

모리스가 소리를 질렀다.

「왜 그래?」

「난 퇴학당했잖아.」

「하지만 10월에 재입학할 거 아냐?」

「아니. 콘월리스가 반성문을 쓰라고 했는데, 난 안 쓰기로 했거든. 네가 4학년을 안 다닐 거라고 생각해서 굳이 그럴 필요 없다고 생각했지.」

「난 네가 학교에 돌아올 줄 알고 그렇게 결정한 건데. 이런, 실수 연발 희극이로군.」

모리스는 우울하게 클라이브를 바라보았다.

「실수 연발 희극이야, 비극이 아니라. 지금이라도 반성문 쓰면 돼.」

「너무 늦었어.」

클라이브가 웃었다. 「뭐가 너무 늦어? 간단하게 봐. 잘못을 저지른 학기가 끝나고 난 뒤에 반성문을 쓰고 싶었다고 하면 되잖아. 〈콘월리스 학감님, 학기가 끝났으니 이제 용기를 내서 글을 씁니다〉 하면서 말이야. 내가 내일 초안을 잡아 줄게.」

모리스는 곰곰 생각해 보고 탄성을 질렀다. 「클라이브, 넌 악마야.」

「나도 조금은 이단자 기질이 있어, 인정해. 하지만 그 사람들한테는 당연한 대접이야. 그리스인의 입에 담을 수 없는 악덕 어쩌고 하는 한 우리가 공정한 게임을 해줄 수는 없지. 내가 저녁 먹기 전에 너한테 키스하려고 여기 올라온 것도 우리 어머니한테 당연한 대접이야. 만약 이 일을 알게 되면 펄펄 뛰고 난리가 나겠지. 어머니는 이해하려고 하지도 않을 거고, 이해하고 싶어 하지도 않을 거야. 너를 향한 내 마음이 피파가 약혼자한테 느끼는 감정과 똑같다는 걸 말이야. 다른 점이 있다면 우리 감정이 육체적으로건 정신적으로건 훨씬 더 고귀하고 훨씬 더 깊다는 거지. 물론 중세 같은 빈곤함은 아니고, 육체와 영혼의 특별한 조화라고나 할까? 여자들은 이런 걸 꿈에도 생각하지 못할 거야. 하지만 넌 알고 있지.」

「그래, 반성문 쓸게.」

다른 이야기가 길게 끼어들었다. 결국 아무 소식도 오지 않은 사이드카 이야기였다. 클라이브가 커피를 끓였다.

「말해 봐, 그날 밤 토론 모임이 끝나고 왜 나를 찾아왔지? 설명해 줘.」

「해야 할 말을 계속 머릿속으로 생각했는데, 도무지 생각 나지 않았어. 나중엔 생각 자체를 할 수 없었고, 그래서 그냥 간 거야.」

「너다운 일이야.」

「놀리는 거야?」 모리스가 부끄러워하며 말했다.

「그럴 리가!」 잠시 침묵이 이어졌다. 「그리고 내가 너한테 처음 다가간 그날 밤 이야기 좀 해줘. 왜 그렇게 우리 서로를 비참하게 만들었지?」

「나도 모르겠어. 아무것도 설명할 수 없어. 왜 그 몹쓸 플라톤 어쩌고 저쩌고 하며 나를 헷갈리게 한 거야? 난 여전히 혼란스러웠어. 나중에야 비로소 많은 걸 이해하게 됐지.」

「하지만 넌 벌써 몇 달 전부터 나를 사로잡고 있었잖아? 리즐리 방에서 처음 봤을 때부터.」

「묻지 마.」

「어쨌든 참 이상한 일이야.」

「그러게 말이야.」

클라이브는 기분 좋게 웃더니 의자에 앉은 채 몸을 꼼지 락거렸다. 「모리스, 생각하면 할수록 아무래도 진짜 악마는 너인 것 같아.」

「좋아, 그렇다고 해두자.」

「네가 날 가만 내버려 두었다면, 나는 반쯤 잠든 채로 평생을 살았을 거야. 물론 지적으로는 깨어 있지만, 정서적인 어떤 면에서는 말이야. 하지만 여기는……」 클라이브는 파이프 자루로 자신의 심장을 가리켰다. 그러자 둘이 함께 미소 지었다. 「어쩌면 우리는 서로를 일깨웠는지도 몰라. 어쨌든 난 그렇게 생각하고 싶어.」

「너는 언제부터 날 좋아했어?」

「묻지 마.」 클라이브도 모리스를 흉내 냈다.

「진지하게 묻는 거야. 그러니까, 처음에 나의 어떤 점이 좋았어?」

「정말로 궁금해?」 클라이브가 물었다. 모리스는 그런 클라이브의 분위기가 좋았다. 장난기와 정열이 절반씩 뒤섞인 분위기, 깊은 애정이 깃든 분위기가.

「응.」

「말하자면 그건 네 아름다움이었어.」

「나의 뭐?」

「아름다움. 난 예전에 저 책장 위의 남자를 숭배했거든.」

「내가 그림보다는 좀 나을걸.」 모리스는 미켈란젤로의 작품을 올려다보고 말했다. 「클라이브, 넌 참 바보구나. 말이 나왔으니 말인데, 난 너야말로 아름답다고 생각해. 내가 지금껏 만난 사람들 중에 아름다운 사람은 너뿐이야. 나는 네 목소리를 사랑하고, 너와 관련된 건 무엇이든 사랑해. 네가 입은 옷, 네가 있는 방까지. 나는 너를 흠모해.」

클라이브의 얼굴이 새빨개졌다. 「일어나 앉자. 그리고 이제 다른 얘기 하자.」그는 갑자기 진지해졌다.

「기분 나쁘라고 한 말은 아냐.」

「꼭 한 번은 해야 하는 이야기였어. 안 그러면 각자의 가슴속에 그런 말들이 있는지 몰랐을 테니까. 난 짐작 못했어, 적어도 그 정도일 줄은 몰랐어. 잘 말했어. 모리스.」그는 화제를 바꾸지 않고, 자신이 최근에 관심을 갖는 다른 일로 연결시켰다. 욕망이 심미적 판단에 어떤 영향을 미치는가 하는 것이었다. 「예를 들어서 저 그림을 봐. 내가 저 그림을 사랑하는 건 내가 화가와 마찬가지로 저 제재를 사랑하기 때문이야. 내가 저 그림을 평가하는 눈은 보통 사람들과는 달라. 미에 이르는 길은 두 가지가 있는 것 같아. 하나는 평범한 길로 세상 사람들은 모두 그 길을 통해서 미켈란젤로에게 이르지. 하지만 나머지 한 길은 나를 비롯한 소수의 사람들한테만 알려져 있어. 우리는 이 두 길을 모두 통해서 미켈란젤로에 이르게 돼. 반면에 그뢰즈[8]의 제재는 내게 혐오감을 줘. 내가 그 사람에게 이르는 길은 한 가지뿐이야. 다른 사람들한테는 두 가지 길이 있겠지만.」

모리스는 듣고만 있었다. 그에게는 모든 게 매력적인 억지로 들렸다.

「이런 소수의 길은 어쩌면 실수인지도 몰라.」클라이브가 결론을 내렸다. 「하지만 그림에 인간의 형상이 담기는 한 이

8 프랑스의 풍속화가로, 여자들의 모습을 많이 그렸다.

런 실수는 피할 수 없어. 이걸 피해 갈 제재는 풍경뿐이야. 아니면 기하학적인 그림이나 리드미컬하고 비인간적인 그림 정도. 이슬람교도와 모세가 염두에 둔 게 그게 아니었나 싶어. 방금 그런 생각이 들더라고. 인간의 형상에 맞닥뜨리는 순간, 우리는 혐오감이나 욕망을 느끼게 돼. 물론 그럼 감정이 아주 미미할 때도 있지만, 그렇다고 아예 없는 건 아냐. 〈너희는 너희를 위해서 어떤 우상도 새기지 마라.〉 그건 다른 모든 사람에게도 기쁨을 주는 우상을 만들 수 없기 때문이야. 모리스, 우리가 역사를 다시 써볼까? 〈십계명의 미학〉을. 난 전부터 신이 십계명에 너나 나를 단죄하는 항목을 넣지 않은 게 놀랍다고 생각했어. 전에는 그걸 신이 정의로운 탓이라고 생각했는데, 이제 보니 그냥 잘 몰라서 그런 것 같아. 이 사실을 논증할 수 있을지도 몰라. 이 주제로 특별 연구원 자격 논문을 써볼까?」

「난 무슨 말인지 잘 모르겠어.」 모리스는 조금 부끄러워하며 말했다.

그들의 사랑의 장면이 새로이 얻은 소중한 언어를 통해서 오래도록 펼쳐졌다. 어떤 전통도 이들을 위압하지 못했다. 어떤 관습도 시적인 것과 불합리한 것을 갈라내지 못했다. 그들은 영국의 지성 대부분이 용납하지 않은 정열에 자신들을 엮어 넣었고, 그럼으로써 자유로운 존재로 태어났다. 마침내 둘의 정신 속에 정묘한 아름다움을 지닌 것이 솟아올랐다. 영원토록 지워지지 않을 어떤 것, 하지만 그것은 소박하디 소박한 언어와 단순하디 단순한 감정들로 이루어져 있었다.

「키스해 주지 않겠어?」 모리스가 물었다. 머리 위 처마에서 참새들이 깨어나고, 저 멀리 숲 속에서 산비둘기들이 구구구 울기 시작했다.

클라이브는 고개를 저었고, 자신들의 삶 속에 잠시나마 완벽함을 구축한 그들은 미소를 띤 채 헤어졌다.

17

더럼 가족이 모리스를 존경하게 되었다면 이상하겠지만, 아무튼 그를 싫어하지는 않았다. 그들은 자신들을 잘 알려고 하는 사람들만 싫어했고 ─ 그 혐오는 강박적일 정도였다 ─ 누가 그곳 사교계에 들어오길 원한다는 소문만 돌아도 그들에겐 그를 배척하는 충분한 이유가 되었다. 그 내부 ─ 아무런 의미 없는 고상한 대화와 기품 있는 행동이 오가는 ─ 세계에는 모리스처럼 그들의 운명을 동경하지도 않고 두려워하지도 않으며, 필요하다면 한숨 짓는 일 없이 떠날 소수의 사람들만이 들어섰다. 더럼 가족은 자신들이 모리스를 내부의 일원으로 대하는 게 호의라고 생각하면서도, 모리스가 그걸 자연스럽게 받아들이는 걸 기뻐했다. 그들은 기묘하게도 감사하는 것을 교양 없는 태도로 여겼다.

모리스는 그저 먹을 것과 친구밖에 바라는 게 없었기에 자신이 호감을 얻고 있는 줄도 몰랐고, 그래서 체류가 막바지에 이른 어느 날 더럼 부인이 같이 이야기 좀 하고 싶다고 말했을 때 적잖이 놀랐다. 더럼 부인은 모리스의 가족에 관해 이런저런 것을 물었고, 모리스가 그에 대해 지나칠 만큼 솔직한 대답을 했는데도 이번에는 존중하는 태도를 버리지 않았다. 그녀는 클라이브에 대한 모리스의 견해를 듣고자 했다.

「모리스, 우리는 모리스의 도움을 좀 받고 싶어. 클라이브는 모리스를 아주 높이 평가하고 있으니까. 그래, 클라이브가 케임브리지에서 4학년을 마저 다니는 게 현명한 일이라고 생각해?」

모리스가 생각하고 싶은 것은 오후에 어떤 말을 탈지였다. 그래서 약간 멍한 상태로 이야기를 들었는데, 그게 오히려 깊이 생각하는 듯한 인상을 주었다.

「우등 졸업 시험 결과가 그렇게 한심하게 나왔는데 그게 현명한 행동일까?」

「클라이브가 원하는 일입니다.」 모리스가 대답했다.

더럼 부인은 고개를 끄덕였다. 「그래, 그게 문제의 핵심이겠지. 클라이브가 원하는 일이다. 어쨌거나 그 애의 주인은 그 애니까. 이 집 주인도 그렇고. 클라이브가 그런 말 한 적 있나?」

「아뇨.」

「아, 펜지는 남편의 유언에 따라 고스란히 클라이브에게 돌아가게 돼 있어. 그 애가 결혼하면 나는 곧 내 몫으로 따로 물려받은 집으로 물러가야 하지.」

모리스는 움찔했다. 부인은 모리스의 얼굴이 붉어진 것을 보고 생각했다. 〈그래, 여자가 있어.〉 부인은 잠시 다른 이야기를 하다가 다시 케임브리지로 돌아가서, 4학년을 다니는

건 〈시골내기〉—그녀는 이 단어에 유쾌한 자신감을 실었다
—한테는 아무 소득도 없는 일이며, 클라이브는 시골에 자리
잡는 게 바람직하다고 말했다. 시골에는 사냥터도 있고, 소작
인들도 있고, 무엇보다 정치 활동도 있었다. 「클라이브 아버
지가 이 지역구 의원이었지. 물론 모리스도 알고 있겠지만.」

「아뇨, 몰랐습니다.」

「도대체 둘이서 무슨 이야기를 하는 거지?」 부인이 웃었
다. 「아무튼 우리 남편은 7년 동안 의원직에 있었어. 지금은
그 자리에 자유당 사람이 있지만 그건 오래가지 못해. 우리
옛 친구들은 모두 클라이브에게 기대를 걸고 있어. 그러니까
이제 자리를 잡고 경험을 쌓아야 되는데, 도대체 그…… 뭐라
고 하더라? 그걸 더 공부해서 무슨 소용이 있다는 건지. 클라
이브는 대신 여행을 해야 돼. 아메리카에 가야 하고, 가능하
다면 옛 대영 제국령에도 가야 해. 요즘에는 그게 필수 코스
처럼 굳어져 있으니.」

「클라이브도 졸업 후에 여행을 가겠다고 해요. 저더러 같
이 가자고 했어요.」

「꼭 그래 주리라 믿어. 하지만 그리스는 안 돼. 거기는 놀
러 가는 곳이니까. 이탈리아나 그리스는 안 된다고 이야기
좀 해줘.」

「저도 아메리카에 가고 싶어요.」

「그야 당연하지. 분별 있는 사람이라면 누구나 그래. 그런
데 클라이브는 공부를 좋아하는 데다 몽상가라서. 피파 말로
는 클라이브가 시도 쓴다고 하던데, 혹시 본 적 있어?」

모리스는 자신에 대해 쓴 시를 한 편 보았다. 나날이 인생의 놀라움을 자각 중인 그는 아무 말도 하지 않았다. 이 사람이 바로 여덟 달 전에 리즐리 때문에 쩔쩔매던 그 사람인가? 무엇이 그의 시야를 이토록 깊게 했는가? 인간의 무리가 조금씩 조금씩 그의 시야에 생생하게 들어오고 있었다. 생생하지만 약간 우스꽝스러운 모습으로. 사람들은 그를 완전히 오해했다. 그들은 스스로 가장 예리하다고 생각할 때 자신의 약점을 드러냈다. 그는 미소 짓지 않을 수 없었다.

「모리스는 알고 있을 텐데…….」 그러더니 갑자기 물었다. 「모리스, 클라이브한테 누가 있어? 뉴넘에 다니는 여학생? 피파 말로는 분명히 누가 있다고 하던데.」

「그러면 피파가 직접 물어보는 게 좋겠군요.」 모리스가 대답했다.

더럼 부인은 깊은 인상을 받았다. 그는 무례한 질문을 무례하게 받았다. 한갓 젊은이한테 그런 수완이 있으리라고 누가 짐작했겠는가? 그는 자신이 거둔 승리에 아무 관심도 없는 얼굴로, 잔디를 지나 차를 마시러 다가오는 손님 한 사람에게 미소를 지어 보였다. 부인은 자신과 동등하다고 여겨지는 사람에게만 쓰는 어조로 말했다. 「어쨌든 우리 아이한테 아메리카의 가치를 좀 인식시켜 줘. 그 애는 현실을 알아야 돼. 난 작년에야 그걸 알아차렸어.」

모리스는 그 부탁을 제꺽 이행했다. 클라이브와 단둘이 말을 타고 숲 속의 빈 터를 달릴 때였다.

〈너도 우리 식구들처럼 퇴보하고 있다는 생각이 들었어〉

라는 게 클라이브의 대꾸였다. 「우리 식구들은 조이 페더스 터노라면 쳐다보지도 않을 거야.」 클라이브는 식구들에게 한사코 반발했고, 세계에 대한 철저한 무지와 결합된 그들의 세속성을 증오했다. 「아이들은 골칫거리가 될 거야.」 느린 구보로 달리는 말 위에서 그가 말했다.

「무슨 아이?」

「내 아이 말이야! 펜지의 후계자를 만들 의무. 어머니는 그걸 결혼이라고 부르지. 오로지 그 생각밖에 없어.」

모리스는 입을 다물었다. 자신이나 친구가 후사를 남길 수 없다는 사실은 그때까지 한 번도 생각해 본 적이 없었다.

「식구들은 끝없이 날 들볶을 거야. 지금도 계속 집 안에 여 자를 끌어들이고 있어.」

「그냥 이대로 나이를 먹으면……」

「뭐라고?」

「아무것도 아냐.」 모리스는 그렇게 말하고 고삐를 당겨 말 을 세웠다. 거대한 슬픔 — 그때까지 자신이 초연한 줄만 알 고 있었던 — 이 그의 영혼 속에서 솟아올랐다. 그와 그의 애 인은 세상에서 완전히 사라질 것이다. 천상에서도 지상에서 도 이어지지 못할 것이다. 그들은 인습을 뛰어넘었지만, 자 연은 여전히 그들 앞에 우뚝 서서 덤덤한 목소리로 말했다. 〈그래. 너희는 그렇다. 너희도 나의 자식이니 비난하지는 않 겠다. 하지만 너희는 불모의 길을 가야 한다.〉 자신이 아이를 낳지 못할 거라 생각하자 젊은이의 가슴에는 무거운 수치심 이 내려앉았다. 그의 어머니나 더럼 부인은 지성과 감성은 부족할지 모르지만, 어쨌든 눈에 보이는 일을 해냈다. 자신의 아들들이 꺼뜨릴 횃불을 건네준 것이다.

그는 클라이브의 마음을 어지럽힐 생각은 없었지만, 고사리 풀숲에 눕자마자 그런 이야기가 흘러나왔다. 클라이브는 동의하지 않았다. 「아이가 무슨 필요야? 왜 누구나 아이를 낳아야 하지? 사랑은 시작된 곳에서 끝나는 게 훨씬 더 아름다워. 자연도 그걸 알고 있고.」

「그래, 하지만 만약 모든 사람이……」

클라이브는 그를 다시 둘만의 영역으로 끌고 갔다. 그는 영원에 대해서 이런저런 이야기를 한 시간 동안 했지만, 모리스는 이해하지 못했다. 그래도 그의 목소리는 그의 마음에 위안이 되었다.

18

그 뒤로 2년 동안 모리스와 클라이브는 그런 운명을 타고 난 남자들이 기대할 수 있는 최대의 행복을 누렸다. 그들은 천성이 다정하고 굳건했으며, 클라이브 덕분에 날카로운 분별력도 발휘되었다. 클라이브는 황홀한 감정은 영원하지 않지만 그것을 통해서 영원한 것을 향한 길을 낼 수 있음을 알고, 지속적 힘을 가진 관계를 꾸려 냈다. 사랑을 만든 것이 모리스라면, 그것을 보존하고 사랑의 강물로 정원에 물을 댄 것은 클라이브였다. 그는 냉소나 감상 때문에 한 방울의 물이라도 낭비되는 걸 참지 못했다. 시간이 흐름에 따라 그들은 사랑을 공언하는 일도 삼가고(「우리는 이미 모든 걸 이야기했어.」) 신체적 접촉도 거의 자제했다. 그들의 행복은 서로 함께 있는 것이었다. 다른 사람들과 함께 있을 때도 그들은 어떤 평온한 기운을 내뿜었고, 그럼으로써 그 속에서 자신들의 자리를 마련할 수 있었다.

클라이브는 그리스인들을 이해한 뒤로 줄곧 이 방향으로 발전해 왔다. 소크라테스가 제자 파이돈에게 품은 사랑, 강렬하지만 절제된 사랑, 섬세한 성품을 지닌 자만이 이해할 수 있는 그 사랑이 지금 그의 손이 닿는 거리에 있었고, 모리스는 그리 섬세하지는 않지만 매력적인 열의를 지닌 애인이었다. 그는 애인을 이끌고 심연 위에 걸쳐진 좁고 아름다운 길을 걸었다. 그 길은 최후의 어둠 — 다른 두려움은 없었다 — 까지 뻗어 있었으며, 그 어둠이 내릴 때쯤이면 그들은 성자들이나 관능주의자들보다 더 충만한 삶을 살았을 테고, 또 세상의 고귀함과 달콤함을 한껏 맛보았을 것이다. 그는 모리스를 교화시켰다. 아니 그보다는 그의 영혼이 모리스의 영혼을 교화시켰다. 그들은 동등한 존재가 되었기 때문이다. 둘 중 누구도 〈내가 주도하고 있나, 주도당하고 있나?〉 하는 의문을 품지 않았다. 사랑은 클라이브에게서는 사소한 것들에 대한 집착을, 모리스에게서는 혼란을 없애 줌으로써 불완전한 두 영혼이 완전함에 다가갈 수 있게 해주었다.

그렇게 그들은 겉으로는 여느 남자들처럼 살아갔다. 사회는 그들과 같은 수천 명의 남자를 받아들이듯 그들을 받아들였다. 사회의 뒤편에서는 실정법이 깊은 잠을 자고 있었다. 둘은 케임브리지에서 마지막 1년을 함께 보냈고, 이탈리아를 여행했다. 그런 뒤 두 사람 모두에게 감옥의 창살이 내려졌다. 클라이브는 변호사 공부를 했고, 모리스는 취직할 채비를 갖추었다. 그들은 아직 함께 있었다.

19

이 무렵 둘의 가족도 서로 알게 되었다. 「절대 사이 좋게 지내지 못할걸. 각자 사회적 배경이 다르니까.」 둘은 입을 모았다. 하지만 심술 때문인지 어쩐지 두 가족은 보란 듯이 사이 좋게 지냈고, 클라이브와 모리스는 가족들의 교제를 즐겁게 지켜보았다. 둘 다 여성을 혐오했는데, 그런 성향은 클라이브가 더 심했다. 자신들의 기질에 속박되어 있던 그들은 상상력을 통해서라도 관습을 따를 생각을 하지 못했고, 사랑이 이어지는 동안 여자는 말이나 고양이처럼 그들과는 아무런 관계가 없는 존재가 되어 버렸다. 키티가 피파의 아기를 안아 보겠다고 했을 때나, 더럼 부인과 홀 부인이 뜻을 합쳐 왕립 미술원을 방문했을 때, 그들은 사회가 아니라 자연이 실수했다고 보고 그 이유를 제멋대로 추측했다. 하지만 신기한 건 아무것도 없었다. 그들 자신이 충분한 이유였기 때문이다. 서로에 대한 그들의 정열은 양가에서 가장 강력한 힘이었고, 그 힘은 보이지 않는 해류가 배를 이끌고 가듯 모든 것을 끌고 갔다. 홀 부인과 더럼 부인이 어울리게 된 것은 아들들이 친구였기 때문이다. 홀 부인은 〈이제는 우리도 친구예요〉라고 말했다.

어머니들의 〈우정〉이 시작된 날, 모리스는 그들과 함께 있었다. 두 부인은 피파의 런던 집에서 만났다. 피파는 런던이라는 성을 가진 남자와 결혼했는데, 키티는 이 우연의 일치가 너무 재미있어서 차를 마실 때 그 생각을 하다 웃지 않아야겠다고 생각했다. 에이다는 첫 방문에 동행하기에는 너무 어수룩해서 모리스의 충고 대로 집에 남았다. 첫 방문 때는 아무 일도 없었다. 그 뒤 피파와 더럼 부인이 자동차를 타고 답례 방문을 왔다. 모리스는 런던에 있었지만 이번에도 별일 없는 것 같았다. 사건이라면 피파가 에이다에게 키티의 영리함을, 키티에게는 에이다의 아름다움을 칭찬해서 둘 다 기분 나쁘게 한 것과 홀 부인이 더럼 부인에게 펜지에 온풍기를 설치하지 않는 게 좋을 거라고 말한 게 전부였다. 양가는 그 뒤로도 다시 만났고, 그가 볼 때 그들의 만남은 늘 그런 식이었다. 지난번에도 이번에도, 언제나 아무것도 없었다.

더럼 부인에게는 물론 생각하는 바가 있었다. 클라이브의 신부감을 찾고 있던 그녀는 홀가의 딸들도 그 후보 목록에 올려놓았다. 사람은 조금씩 다른 형질과 섞여야 한다는 게 그녀의 지론이었고, 에이다는 교외의 처녀이긴 했지만 건강했다. 에이다가 멍청하다는 건 의심할 여지가 없었지만, 더럼 부인은 말로는 뭐라고 했건 실제로는 펜지에서 물러날 마음이 없었기 때문에, 클라이브를 손쉽게 움직이려면 아내를 통하는 방법이 가장 좋다는 결론을 내렸다. 키티는 부족했다. 그녀는 덜 멍청했고, 덜 예뻤으며, 재산도 에이다보다 적었다. 에이다는 외할아버지로부터 상당한 규모의 재산을 물려받기로 되어 있었고, 거기다 할아버지의 선량한 기질은 이미 물려받은 상태였다. 더럼 부인은 그레이스 씨를 한 번 만났지만 좋은 인상을 받았다.

만약 홀 씨 일가도 그런 계획을 갖고 있었다면, 더럼 부인은 물러섰을 것이다. 모리스처럼 그들 가족도 무관심한 태도로 더럼 부인의 마음을 끌었다. 홀 부인은 무슨 일을 계획하기엔 너무 안일했고, 딸들은 너무 순진했다. 더럼 부인은 일단 에이다를 물망에 올리고 그녀를 펜지로 초대했다. 아주 약간이나마 현대 감각의 숨결을 호흡해 본 피파만이 동생의 무심함을 이상하게 여기기 시작했다. 「클라이브, 넌 결혼할 생각이 있기나 하니?」 그녀가 불쑥 물었다. 하지만 그가 〈없어. 어머니한테 그렇게 말해 줘〉라고 대답하자 의심을 거두었다. 그건 결혼할 뜻이 있는 남자가 할 만한 대답이었다.

모리스를 걱정하는 사람은 아무도 없었다. 집안에서의 그의 위치는 이제 확고해졌고, 어머니는 어느덧 남편에게만 쓰던 어조로 모리스에게 말을 건넸다. 그는 홀가의 장남이었을 뿐 아니라, 생각보다 훌륭한 역량을 발휘했다. 하인들을 다 스렸고, 자동차를 이해했으며, 기부금 낼 곳과 안 낼 곳을 가려냈고, 여동생들의 친교 생활에 적절한 제재를 가했다. 스물셋의 나이에 그는 교외의 유망한 전제 군주가 되었으며, 그의 통치는 정당하고 온건했기에 더 강력했다. 키티가 저항해 보았지만, 거들어 주는 이도 없었고 또 미숙했다. 결국 그녀는 미안하다고 말한 뒤 키스를 받아야 했다. 그녀는 약간의 적의를 품은 이 온화한 젊은이와 상대가 되지 않았고, 그가 케임브리지에서 퇴학당했을 때 얻은 입지를 굳히는 데 실패했다.

모리스는 점점 규칙적인 생활을 하게 되었다. 그는 아침을 푸짐하게 먹고 8시 36분 기차로 출근했다. 기차 안에서는 『데일리 텔레그래프』지를 읽었다. 한시까지 일한 다음 점심을 가볍게 먹고 오후 내내 일했다. 집으로 돌아오면 운동을 조금 하고 저녁을 푸짐하게 먹었으며, 밤이 되면 석간신문을 읽고 집안 살림에 대한 이런저런 지시를 하고 당구를 치거나 브리지 게임을 했다.

하지만 수요일에는 언제나 런던에 있는 클라이브의 작은 아파트에서 잤다. 주말도 마찬가지였다. 식구들은 이렇게 말했다. 「모리스한테 수요일이나 주말을 내달라고 하면 안 돼요. 아주 싫어하거든요.」

20

클라이브는 변호사 시험에 거뜬히 합격했지만, 소집이 되기 직전에 가벼운 열감기를 앓았다. 모리스는 클라이브가 회복될 즈음 찾아왔다가 감기에 옮아서 이번에는 그가 자리에 누웠다. 그렇게 해서 둘은 몇 주 동안 제대로 만나지 못했는데, 다시 만났을 때 클라이브는 여전히 창백하고 연약했다. 그는 모리스의 집으로 왔다. 피파의 집보다는 모리스의 집이 더 낫고, 좋은 음식과 조용한 분위기가 회복에 도움이 될지 모른다고 기대했기 때문이다. 하지만 그는 거의 먹지 않고, 입을 열면 모든 게 허무하다는 말만 되풀이했다.

「변호사가 된 것은 공직에 들어갈지도 몰라서예요.」 그가 에이다의 질문에 대답했다. 「하지만 내가 왜 공직에 들어가야 하죠? 누가 날 원하나요?」

「더럼 부인 말씀으론 지역구에서 원한다던데요.」

「지역구에서 누굴 원한다면 그건 급진당원입니다. 전 어머니보다 많은 사람을 만나 봤는데, 그 사람들은 자동차를 타고 슬슬 돌아다니면서 이런저런 부탁이나 하는 우리 유한 계급들에게 진저리를 쳐요. 그런 식으로 대저택 사이를 근엄하게 오가는 일은 전혀 유쾌하지 않죠. 영국 바깥에서는 어디서도 그런 일을 하지 않아요. (모리스, 난 그리스에 갈 거야.) 아무도 우리를 원하지 않습니다. 원하는 건 안락한 가정뿐이에요.」

「하지만 안락한 가정을 만들어 주는 게 공직자잖아요.」키티가 소리쳤다.

「지금 그렇다는 건가요, 아니면 그래야 한다는 건가요?」

「어느 쪽이든 똑같죠.」

「지금 그런 것과 그래야 하는 건 똑같지 않아.」홀 부인이 그 차이를 파악한 걸 뿌듯해하며 말했다. 「너는 더럼 씨 말에 끼어들지 말아야 해. 그런데 너는……」

「지금 그렇다는 거죠.」에이다가 거들었고, 식구들이 웃자 클라이브는 흠칫 놀랐다.

「지금 그런 것과 그래야 하는 건……」홀 부인이 결론을 내렸다. 「아주 다른 일이야.」

「항상 그렇지는 않아요.」클라이브가 말했다.

「항상 그렇지는 않아. 명심해라, 키티야.」부인은 그의 말을 따라하며, 아리송한 훈계를 했다. 다른 때와 달리 클라이브는 그런 그녀가 신경에 거슬렸다. 키티는 자신의 본래 주장을 다시금 외쳤다. 에이다도 아무 말이나 떠들었고, 모리스는 말이 없었다. 모리스는 그런 식탁의 대화에 아주 익숙한지라 평온하게 식사를 하고 있었고, 그것 때문에 친구가 괴로워하는 줄도 몰랐다. 다음 음식을 기다리는 동안 그가 짧은 이야기를 하나 했다. 모두들 조용히 귀를 기울였다. 그는 천천히 어설프게 말했고, 단어를 고른다거나 굳이 재미있게 말하려고 애쓰지도 않았다. 그런데 갑자기 클라이브가 〈저기, 나 쓰러질 것 같아〉 하고서는 의자에서 떨어졌다.

「베개 가져와, 키티. 에이다, 너는 오드콜로뉴를.」모리스가 말했다. 그는 클라이브의 옷깃을 풀었다. 「어머니, 부채질 좀 해줘요. 아뇨, 부채질요……」

「이렇게 바보같이.」클라이브가 중얼거렸다.

그가 말하는데 모리스가 키스했다.

「이제 괜찮아.」

여동생들과 하인이 뛰어왔다.

「혼자 걸을 수 있어.」클라이브의 얼굴에 다시 혈색이 돌았다.

「무슨 소리.」홀 부인이 소리쳤다. 「모리스가 데려다줄 거야. 더럼 씨, 모리스한테 팔을 둘러요.」

「그래, 내가 데려다줄게. 누가 의사한테 전화 좀 해줘요.」모리스가 친구를 안아 일으키자, 허약해진 친구는 울음을 터뜨렸다.

「모리스, 난 바보야.」

「바보가 돼도 좋아.」모리스는 그렇게 말하고 클라이브를 2층으로 데리고 올라가 옷을 벗기고 침대에 뉘었다. 홀 부인이 노크를 하자, 모리스는 얼른 밖으로 나가서 말했다. 「어머니, 제가 더럼한테 키스한 거 다른 사람한테는 절대 말하지 마세요.」

「그래, 물론 그래야지.」

「더럼이 싫어할 거예요. 너무 당황해서 저도 모르게 그랬어요. 아시다시피 우리 둘은 절친한 친구고 거의 가족이나 다름없잖아요.」

그걸로 충분했다. 홀 부인은 아들과 조그만 비밀들을 갖는 게 좋았다. 그것은 자신이 아들에게 큰 부분을 차지했던 시절을 상기시켜 주었다. 에이다가 온수병을 갖고 오자, 모리스가 물병을 받아 클라이브에게 돌아갔다.

「의사가 이런 내 모습을 보겠지.」 클라이브는 흐느꼈다.

「그래야지.」

「왜?」

모리스는 담뱃불을 붙이고 침대 가장자리에 앉았다. 「의사가 네 최악의 상태를 보아야 하잖아. 피파는 왜 네가 여기까지 오는 걸 내버려 뒀지?」

「곧 나을 것 같았으니까.」

「바보 같은 소리.」

「들어가도 돼요?」 에이다가 문 밖에서 소리쳤다.

「아니, 의사만 보내.」

「의사 선생님이 왔어.」 키티가 멀리서 소리쳤다. 그들과 비슷한 연배의 남자가 도착을 알렸다.

「안녕하십니까, 조잇 씨.」 모리스가 일어나면서 말했다. 「이 친구 좀 치료해 줘요. 감기를 앓고서 다 나았다고 생각했는데, 기절을 하더니 이렇게 계속 울고 있어요.」

「무슨 일인지 알겠습니다.」 조잇이 말하고, 클라이브의 입에 체온계를 물렸다. 「그동안 과로했나요?」

「그렇죠. 그리고 지금은 그리스에 가고 싶어 해요.」

「갈 수 있습니다. 자리를 좀 비켜 주십시오. 조금 있다 제가 아래층으로 내려가겠습니다.」

모리스는 클라이브의 병세가 심각하다고 믿고 그 말에 순순히 따랐다. 조잇은 10분가량 후에 내려와서 홀 부인에게 별일 아니라고, 감기가 다시 재발한 것이라고 말했다. 그런 뒤 처방전을 써주고 간호부를 보내겠다고 했다. 모리스는 정원까지 그를 따라 나가서 그의 어깨에 한 손을 얹고 말했다. 「저 친구의 병세를 제대로 말해 줘요. 이건 감기가 재발한 게 아니에요. 무언가 좀 더 심각한 게 분명합니다. 제발 사실대로 말해 줘요.」

「정말 아무 일 아닙니다.」 의사가 대답했다. 진실을 말했다고 생각했던 터라 다소 기분 나쁜 기색이었다. 「홀 씨도 알 거라고 생각했는데요. 히스테리도 멎었고 곧 잠이 들 겁니다. 그저 평범한 감기의 재발일 뿐이에요. 지난번보다 좀 더 조심해야겠지만 그게 전부입니다.」

「그럼 조잇 씨 말대로 이 평범한 재발이 언제까지 지속될 건가요? 언제라도 다시 이렇게 고통에 빠질 수 있는 것 아닙니까?」

「환자는 조금 불편했을 뿐입니다. 자동차를 타고 가다가 감기에 걸린 것 같다고 말했어요.」

「조잇 씨, 좀처럼 말해 주지 않는군요. 성인 남자는 심각한 지경이 아니면 울지 않는 법이에요.」

「몸이 약해져서 그런 것뿐입니다.」

「아, 당신 자신의 생각을 말해 줘요.」 모리스는 손을 내리며 말했다. 「그나저나 내가 당신을 붙들고 있군요.」

「아닙니다. 저는 그런 질문에 답을 해주려고 여기 있는 겁니다.」

「그런데 그렇게 가벼운 병이라면 왜 간호부를 보낸다는 겁니까?」

「환자를 즐겁게 해주기 위해서입니다. 형편이 어려운 분은 아닐 테니까요.」

「우리가 즐겁게 해줄 수는 없나요?」

「그건 안 됩니다. 감염의 위험이 있어요. 제가 홀 부인께 아무도 그 방에 들이지 말라고 말하고 보니 홀 씨가 그 방에 있더군요.」

「나는 여동생들한테 하는 말인 줄 알았어요.」

「홀 씨도 마찬가지입니다. 아니, 더 조심해야 해요. 이미 한 번 감기를 옮은 적이 있으니까.」

「간호부를 들이지 않겠습니다.」

「홀 부인께서 벌써 협회에 전화하셨습니다.」

「왜 모든 일을 그렇게 서두른 거죠?」 모리스는 언성을 높였다. 「간호는 내가 직접 할 겁니다.」

「다음에는 유모차에 태워 다니겠군요.」

「뭐라고요?」

조잇은 웃으며 떠났다.

모리스는 이견을 허용하지 않는 어조로 어머니에게 자신

이 환자 곁에서 자겠다고 말했다. 그런 뒤 클라이브가 깰까 봐 침대도 들이지 않고 바닥에 누운 채 발판을 베고 촛불 아래서 책을 읽었다. 얼마 지나지 않아 클라이브가 뒤척이다가 희미한 목소리로 말했다. 「아, 이런 젠장.」

「뭐 필요한 것 있어?」 모리스가 말했다.

「속이 안 좋아.」

모리스는 그를 침대에서 끌어내려 요강에 앉혔다. 일이 끝나자 그를 다시 침대에 올려 주었다.

「나도 걸을 수 있어. 네가 이런 일을 하면 안 돼.」

「너라도 나한테 이랬을 거야.」

모리스는 요강을 들고 나가서 씻었다. 클라이브가 초라하고 약해진 지금 그는 어느 때보다도 더 그를 사랑했다.

「이러면 안 돼.」 그가 돌아오자 클라이브가 다시 말했다. 「너무 더러운 일이야.」

「나는 걱정하지 마.」 모리스는 자리에 누우면서 말했다. 「다시 잠이나 자.」

「의사가 간호부를 보낸다고 했는데…….」

「간호부가 왜 필요해? 잠깐 설사가 나는 것뿐이잖아. 나는 네가 밤새도록 설사해도 괜찮아. 정말이야, 나한테는 상관없어. 네 비위 맞춰 주려고 이런 말 하는 거 아니야. 그냥 사실이 그래.」

「그럴 수 없어. 넌 회사 일도 있고…….」

「클라이브, 숙련된 간호부랑 나랑 누가 더 좋아? 간호부가 한 명 온다고 하는데 내가 돌려보내라고 일러두었어. 회사를 그만두더라도 내가 직접 돌보는 편이 좋으니까. 너도 그러는 게 더 좋지 않아?」

클라이브가 오랫동안 말이 없어서 모리스는 그가 잠든 줄 알았다. 한참 후 클라이브가 한숨을 쉬었다. 「나는 간호부가 나을 것 같아.」

「그래, 간호부가 나보다는 너를 더 편안하게 해줄 거야. 네 말이 맞는 것 같다.」

클라이브는 아무런 대꾸도 하지 않았다.

에이다가 아래층 방에서 대기하고 있겠다고 자원했기 때문에, 모리스는 약속된 대로 바닥을 세 번 두드려 신호하고는 에이다가 올라오기를 기다리는 동안 땀에 젖어 후줄근한 클라이브의 얼굴을 들여다보았다. 의사의 말은 다 엉터리였다. 친구는 고통에 시달리고 있었다. 그는 친구를 안고 싶었지만, 그것이 히스테리를 일으켰다는 사실이 생각났다. 게다가 클라이브는 약간 결벽스러울 정도로 신체 접촉을 기피했다. 에이다가 오지 않아 내려가 보니 그녀는 잠들어 있었다. 커다란 가죽 의자에 누워 양팔을 옆으로 늘어뜨리고 발을 뻗은 채 자는 그 모습은 건강의 화신 같았다. 불룩한 가슴이 오르락내리락했고, 검고 숱 많은 머리카락이 쿠션처럼 머리를 받쳤으며, 입술 사이로 흰 이와 빨간 혀가 보였다. 「일어나.」 모리스는 퉁명스럽게 소리쳤다.

에이다가 깨어났다.

「간호부가 오면 현관문 소리를 어떻게 들으려고 그래?」

「더럼 씨는 어때?」

「안 좋아. 아주 아파.」

「아, 오빠! 어떡해!」

「간호부를 쓰기로 했어. 넌 내가 불렀는데도 안 왔어. 그만한 도움도 안 되니까 그냥 가서 자.」

「아까 어머니는 남자가 간호부를 맞으면 안 되니까 나더러 지키고 있으라고 그러셨어. 별로 보기 좋은 모습이 아니라고.」

「그런 말도 안 되는 생각을 할 시간은 있었나 보지?」

「집안의 위신을 지켜야 하니까.」

모리스는 가만히 있다가 여동생들이 싫어하는 방식으로 웃었다. 여동생들은 모리스를 마음 깊이 싫어했지만, 혼란한 정신 탓에 미처 그걸 깨닫지 못했다. 그의 웃음은 그들이 싫다고 공언하는 유일한 것이었다.

「간호부들은 품위가 없어. 품위 있는 여자라면 간호부 따윈 하지 않아. 만약 품위 있는 여자라면, 품위 없는 집안 출신일 게 분명해. 아니라면 집에 조용히 있을 테니까.」

「에이다, 너 학교는 얼마나 다녔지?」 모리스가 술을 마시면서 물었다.

「난 학교에 다니는 거나 집에 있는 거나 마찬가지라고 생각해.」

모리스는 쨍그랑 소리를 내며 잔을 내려놓고 에이다 곁을 떠났다. 클라이브는 눈을 뜨고 있었지만 아무 말도 하지 않았고, 모리스가 돌아온 걸 아는 것 같지도 않았으며, 간호부가 왔는데도 이렇다 할 반응이 없었다.

21

며칠이 지나자 손님의 문제는 그리 심각하지 않다는 게
분명해졌다. 발병은 급작스러웠지만 증세는 지난번보다 덜
심각했고, 그는 곧 펜지로 돌아갈 수 있었다. 안색도 좋지 않
고 기운도 없었지만, 감기를 앓은 뒤에는 누구나 그런 법이
라서 모리스 말고는 아무도 걱정하지 않았다.

모리스는 질병과 죽음에 대해 생각해 본 적이 별로 없었
지만, 이렇게 부닥쳐 보니 강한 거부감이 들었다. 그런 것들
이 자신과 친구의 삶을 망치게 내버려 둘 수 없다는 생각에,
그는 젊음과 건강을 다해 클라이브에게 달려갔다. 주말이나
짧은 휴가 때면 부르지 않아도 펜지에 내려가 친구 곁에 머
무르면서 말보다 행동으로 기운을 북돋아 주려고 했다. 클라
이브는 반응이 없었다. 여러 사람이 있을 때는 애써 기운을
차렸고 또 더럼가와 마을 주민들 사이에 제기된 사유지 내
도로 통행권 문제에는 흥미롭다는 듯한 태도까지 보였지만,
모리스와 둘이 있을 때는 도로 침울해져서 아무 말도 하지
않거나, 아니면 농담인지 진담인지 알 수 없는, 그래서 깊은

정신적 고갈이 느껴지는 말만 했다. 그는 그리스에 가겠다는 결심을 굳혔다. 그에게 확고한 것은 그것뿐이었다. 예정은 9월이었지만, 떠날 것은 분명했고 그것도 혼자서였다. 「가지 않으면 안 돼.」 그가 말했다. 「그건 맹세야. 이교도라면 반드시 한 번은 아크로폴리스에 들러야 돼.」

모리스에게는 그리스가 그다지 필요하지 않았다. 본래 고전에 대해서는 미미하고 음란한 관심만 가졌고, 그런 관심도 클라이브를 사랑하면서 모두 잃어버렸다. 하르모디오스와 아리스토게이톤,[9] 파이드로스,[10] 테베의 신성 부대[11] 이야기는 가슴이 허전한 사람들한테는 위안이 되겠지만 인생을 대신할 수는 없었다. 클라이브가 이따금 인생보다 그런 것을 더 선호한다는 사실은 모리스에게 당혹스러웠다. 이탈리아에 갔을 때 그는 음식과 프레스코 벽화에도 불구하고 그곳이 마음에 들었지만, 아드리아 해 너머의 더욱 신성한 땅으로 가는 것은 거부했다. 〈보존 상태가 나쁠 것 같아〉라는 게 그의 주장이었다. 「색깔도 없는 해묵은 돌무더기들뿐일 거 아냐. 어쨌거나 이건……」 그는 시에나 성당의 도서관을 가리켰다. 「네가 무슨 말을 해도 좋아. 하지만 이건 보존 상태가 좋잖아.」 그 말이 재미있었는지 클라이브는 피콜로미니 시절의 벽돌 위에서 펄쩍펄쩍 뛰었고, 관리인도 그들을 나무라

9 피시스트라투스 가문의 아테네 독재를 타도하는 데 앞장선 기원전 6세기의 두 인물로 동성애 애인 사이였다.
10 소크라테스가 사랑한 미소년.
11 기원전 4세기에 테베의 장군 고르기아스가 창설한 부대로, 동성애 애인 150쌍으로 이루어졌다.

지 않고 함께 웃었다. 이탈리아 여행을 통해 그들은 관광에서 기대할 수 있는 즐거움을 최대한 누렸는데, 요즘 들어 다시 그리스가 튀어나온 것이다. 모리스는 그리스란 말이 싫었다. 이상하게도 그리스 하면 병적인 상태나 죽음이 연상되었다. 그가 계획을 세우자거나 테니스를 치자고 할 때나, 농담을 하며 놀자고 할 때마다 그리스가 끼어들었다. 모리스의 반감을 알아차린 클라이브는 일부러 그리스 이야기를 자꾸 꺼냈고, 그 방식은 그리 온화하지 않았다.

클라이브는 요즘 온화한 태도를 잃었다. 모리스가 볼 때 그것이 가장 심각한 증상이었다. 그는 작은 악의가 담긴 말들을 심심찮게 했고, 모리스에 대해 잘 알고 있는 사실들을 이용해서 상처를 주었다. 하지만 그는 실패했다. 그는 모리스를 완전히 알지 못했다. 그랬다면 강건한 자의 사랑을 흔드는 것은 불가능하다는 걸 알았을 것이다. 이따금 그가 외면적으로 공격을 피하는 듯 보이는 것은 반응을 하는 것이 인간적이라고 여겼기 때문이다. 그는 예전부터 다른 뺨도 내주라는 그리스도의 가르침이 마음에 들지 않았다. 내면적으로는 아무것도 그를 흔들지 못했다. 합일의 욕망이 너무 강해서 분개가 들어설 여지가 없었다. 그리고 그는 때로 평행을 달리는 대화를 자못 유쾌한 태도로 진행하면서 가끔 클라이브가 곁에 있음을 확인하듯 그를 툭툭 쳤다. 그러면서도 사랑하는 이가 뒤따라오리라는 희망을 품고 홀로 빛을 향해 나아갔다.

그들의 마지막 대화도 그런 식이었다. 여행 떠나기 전날,

클라이브는 그동안의 친절에 대한 답례로 홀 가족을 서보이 호텔의 저녁 식사에 초대했는데, 다른 친구들도 불러서 그들 틈에 앉혔다. 「더럼 씨가 이번에 쓰러진다면 우리는 무엇 때문인지 다 알 거예요.」 에이다가 샴페인을 들고 고개를 끄덕이며 쾌활하게 말했다. 「에이다 홀 양의 건강을 위해!」 클라이브가 응대했다. 「그리고 모든 숙녀 분의 건강을 위해. 자, 모리스!」 그는 약간 구식으로 행동하는 게 기분 좋았다. 건강을 위한 건배가 이루어졌고, 모리스만이 그 밑에 깔린 차가운 냉소를 알아차렸다.

환송연이 끝난 뒤 그가 모리스한테 말했다. 「집에 가서 잘 거야?」

「아니.」

「식구들이랑 집에 가고 싶어 할 줄 알았는데.」

「천만에.」 홀 부인이 말했다. 「더럼 씨, 모리스는 내가 어떤 수를 써도 또 무슨 말을 해도 수요일을 거르는 법이 없어. 아주 규칙적인 총각이지.」

「내 아파트는 짐을 싸느라 엉망인데.」 클라이브가 말했다. 「그리고 난 내일 아침 기차로 바로 떠나. 마르세유까지 쉬지 않고 갈 거야.」

모리스는 못 들은 척하며 따라갔다. 둘은 각자 하품을 하면서 승강기를 기다렸다가 올라간 다음, 걸어서 한 층을 다시 올라가 트리니티 칼리지에 있는 리즐리의 방 앞을 연상시키는 복도를 걸어갔다. 작고 어둡고 고요한 아파트가 복도 끝에 있었다. 클라이브의 말대로 쓰레기로 어지럽혀져 있었지만, 출퇴근하는 가정부가 평소처럼 모리스의 침대를 정돈해 두었고 술도 준비해 둔 상태였다.

「또 술을 마시는 거야?」 클라이브가 말했다.

모리스는 술을 좋아했고 술도 셌다.

「난 자야겠어. 너도 네가 바라던 걸 찾은 것 같으니까.」

「조심해서 다녀. 유적 따위에 빠져들지 마. 그건 그렇고…….」 그는 주머니에서 조그만 약병을 꺼냈다. 「네가 잊어버릴 줄 알았어. 클로로다인(마취, 진통제)이야.」

「클로로다인! 너다운 생각이다.」

모리스는 고개를 끄덕였다.

「그리스를 위한 클로로다인. 에이다가 몇 번이나 말하던데, 너는 내가 죽을 거라고 생각한다며? 도대체 왜 내 건강을 걱정하는 거지? 두려울 게 뭐 있어? 죽음만큼 깨끗하고 투명한 경험도 없을 텐데.」

「나도 언젠가는 죽는다는 거 알지만, 지금은 죽고 싶지 않고 네가 죽는 것도 싫어. 우리 둘 중 한 사람이 죽으면 우리 둘 다 끝이야. 넌 그걸 깨끗하고 투명하다고 말하는 거야?」

「그래.」

잠시 침묵이 흐른 후 모리스가 말했다. 「그러면 나는 더러워지는 쪽을 택하겠어.」

클라이브가 몸을 떨었다.

「네 생각은 다르니?」

「너도 점점 다른 사람들하고 비슷해지고 있어. 너도 너만의 이론을 만들 거야. 말없이 앞서 가는 건 불가능해. 언제나 신조를 만들어야지. 모든 신조가 깨지기 마련이지만. 〈차라리 더러운 게 낫다〉는 게 네 신조가 되겠지. 하지만 그러다 너무 더러워질 수도 있어. 그다음에는 레테의 강이 있다면 그 강물이 너를 씻어 주겠지. 하지만 그런 강이 없을 수도 있어. 그리스 사람들은 헛된 상상을 별로 하지 않았다지만, 오히려 너무 많이 한 것일 수도 있어. 무덤 너머에 망각이 있는 게 아닐지도 몰라. 이 비참한 장치는 언제까지나 우리를 따라다니겠지. 다시 말하면, 무덤 너머에 지옥이 있을지도 모른다는 거야.」

「무슨 헛소리야.」

클라이브는 본래 형이상학을 즐기는 편이었다. 하지만 이번에는 좀처럼 끝낼 줄을 몰랐다. 「모든 걸 잊는다는 것! 행복까지도. 행복이라! 자기 의지와 상관없이 누군가 혹은 무언가에게 우연히 간지럼 당하는 것! 그것뿐이야. 우리가 사랑하는 사이가 되지 않았다면 어땠을까! 그렇다면 모리스, 너하고 나는 가만히 누워서 조용히 있었을 텐데. 우리는 잠들어야 했어. 그래서 자신들이 누울 쓸쓸한 집을 지은 지상의 왕들과 조언자들과 함께 쉬었더라면……」

「도대체 그게 무슨 말이야?」

「아니면 숨어서 낳은 조산아나 세상의 빛을 보지 못하고 죽은 영아들처럼 아예 이 세상에 없었더라면. 하지만 현실은……. 그렇게 심각한 표정 짓지 마.」

「그러면 그렇게 이상한 소리 하지 마.」 모리스가 말했다. 「난 네가 말하는 그런 생각 해본 적 없어.」

「말이 생각을 가린다. 그런 이론이야?」

「지금 네가 하는 말은 쓸데없는 소음이야. 물론 네 생각도 마음에 들지 않아.」

「그러면 너는 나의 어떤 점이 좋은 거니?」

모리스는 미소 지었다. 이 질문을 받은 순간 행복감이 밀려들어 그는 아무 대답도 하고 싶지 않았다.

「내 아름다움?」 클라이브가 냉소적으로 말했다. 「이렇게 스러져 가는 매력? 난 벌써 머리카락이 빠지고 있어. 알고 있어?」

「서른 살쯤 되면 달걀처럼 대머리가 되겠지.」

「그것도 썩은 달걀이지. 어쩌면 너는 내 정신을 좋아하는 건지도 몰라. 병을 앓은 뒤로 나는 너한테 정말 유쾌한 벗이었겠지.」

모리스는 다정한 눈길로 클라이브를 바라보았다. 처음 만난 그 시절에 그랬듯 그를 찬찬히 살펴보았다. 하지만 그때는 그가 어떤 사람인지 알고 싶어서였고, 지금은 뭐가 잘못된 건지 알고 싶어서였다. 무언가 잘못되어 있었다. 아직도 부글거리는 병 기운이 그의 두뇌를 어지럽혀 그를 음울하고 괴팍하게 만들고 있었지만, 모리스는 거기에 대해서는 별로 신경 쓰지 않았다. 의사가 하지 못한 일을 자신이 해내고 싶었다. 그는 자신의 힘을 알았다. 이제 그것을 사랑의 이름으로 끌어내어 친구를 치료해야 할 터였다. 하지만 당장은 사태를 파악하는 것이 필요했다.

「너는 내 정신을 좋아하는 걸 거야. 그 허약함을 말이지.

내가 열등하다는 걸 전부터 잘 알았으니까. 정말 너는 얼마나 사려가 깊은지 내가 멋대로 하도록 내버려 두고, 식사 때 네 식구들은 타박하면서도 나한테는 그러지 않았잖아.」

싸움이라도 거는 듯한 말투였다.

「이따금 나더러 따라오라고 부르고…….」 그는 장난스러운 몸짓을 하며 모리스를 꼬집었다. 모리스가 움찔했다. 「왜 그래? 피곤해?」

「난 자야겠어.」

「그렇다면 피곤하다는 거네. 왜 내 말에는 대답을 안 하는 거지? 〈나 때문에 피곤하냐〉고 묻지는 않았잖아. 사실이 그럴지는 모르지만.」

「아홉시에 택시 불러 놨어?」

「아니, 표도 안 샀는걸. 나는 그리스에 가지 않을 거야. 그 곳도 영국만큼 끔찍할지 모르니까.」

「그래, 잘 자, 친구.」 모리스는 수심에 잔뜩 잠긴 채 자기 방으로 갔다. 왜 사람들은 모두 클라이브가 여행을 해도 괜찮다고 하는 걸까? 클라이브 자신도 그렇지 않다는 걸 아는데. 매사에 꼼꼼한 클라이브는 마지막 순간까지 표를 사지 않고 있었다. 그가 떠나지 않을 수도 있지만, 그런 희망을 표현하는 건 희망을 죽이는 일이었다. 모리스는 옷을 벗고 거울에 비친 자신의 모습을 보며 생각했다. 〈건강한 게 참 다행이야.〉 거울 속에는 잘 단련된 튼튼한 신체와 그에 잘 어울리는 얼굴이 보였다. 몸과 얼굴 모두에 남자다움이 서려 있었으며, 검은 머리칼과 체모가 음영을 만들어 주고 있었다. 그는 잠옷을 입은 뒤, 한편으로는 걱정스러우면서도 또 한편으로는 자신이 두 사람을 위해 살 수 있을 만큼 튼튼하다는 데 깊은 행복을 느끼며 침대로 뛰어들었다. 지금까지는 클라이브가 그를 도왔다. 그리고 진자가 제자리에 돌아오면 다시 도울 것이니, 그동안에는 자신이 그를 도와야 했다. 평생토록 그들은 그렇게 역할을 바꿔 가며 지낼 것이다. 모리스는 잠이 든 후 더욱 깊은 사랑의 환상을 보았는데, 그것은 거의 궁극에 가까운 것이었다.

두 방 사이의 벽에서 똑똑 소리가 들렸다.

「왜?」 모리스가 묻고는 얼른 〈들어와!〉라고 소리쳤다. 클라이브가 이미 문가에 와 있었기 때문이다.

「네 침대에서 자도 돼?」

「물론이지.」 모리스가 자리를 내주며 말했다.

「난 너무나 춥고 비참해. 잠을 잘 수가 없는데, 왜 그런지 모르겠어.」

모리스는 그를 오해하지 않았다. 그는 이런 문제에 대한 클라이브의 생각을 알고 있었으며, 자신의 생각도 그와 같았다. 그들은 몸이 닿지 않게끔 나란히 누웠다. 잠시 후 클라이브가 말했다. 「여기도 나을 게 없다. 내 방으로 갈게.」 모리스는 안타깝지 않았다. 이유는 달랐지만 그도 잠을 이룰 수 없었기 때문이다. 그리고 클라이브가 자신의 심장 소리를 듣고 그 이유를 눈치챌까 두려웠기 때문이다.

22

클라이브는 디오니소스 극장에 앉아 있었다. 지난 수세기 동안 늘 그랬듯이 무대는 텅 비어 있었고 객석도 마찬가지였다. 해는 졌지만 등 뒤의 아크로폴리스는 여전히 열기를 뿜고 있었다. 바다로 뻗은 불모의 평원들과 살라미스 섬, 아이기나 섬, 그리고 여러 산들이 보였다. 모든 것이 보랏빛 저녁 속에 녹아 있었다. 이곳에 그의 신들, 특히 팔라스 아테나가 기거했다. 마음만 먹으면 그는 훼손되지 않은 여신의 신전과 마지막 햇빛 속의 여신상을 떠올릴 수 있었을 것이다. 여신은 어머니도 없고 처녀였지만 모든 인간을 이해했다. 오랜 세월 동안 그는 이곳에 와서 여신에게 감사를 전하고 싶었다. 여신은 그를 수렁에서 건져 주었기 때문이다.

하지만 그가 본 것은 죽어 가는 빛과 죽은 땅뿐이었다. 그는 기도도 하지 않았고, 모든 신에 대한 믿음을 버렸으며, 과거란 현재와 마찬가지로 아무 의미 없는 겁쟁이들의 도피처임을 확인했다.

그는 마침내 모리스에게 편지를 썼다. 그 편지는 바다를 향해 내려가고 있었다. 한 불모가 다른 불모와 맞닿는 곳에서 편지는 출항을 하고 수니움 곶과 키티라 섬을 지나 상륙했다 출항하고 다시 상륙할 것이다. 모리스는 출근 직전에 편지를 받아 볼 것이다. 〈내 의지와 무관하게 나는 정상이 되었어. 나도 어쩔 수 없어.〉 결국 그는 이렇게 썼다.

그는 지친 몸을 이끌고 극장에서 내려왔다. 누가 무엇을 할 수 있을까? 인간은 성뿐 아니라 어떤 일에서나 맹목적으로 움직여 왔고, 진창에서 빠져나왔다가 이 우연한 인과들이 끝나는 지점에서 다시 진창으로 미끄러져 들어간다. μὴ φῦναι τὸν ἅπαντα νικᾷ λόγον(태어나지 않는 것이 가장 좋다)[12] 2천 년 전 바로 이곳에서 배우들은 탄식했다. 허무함과 거리가 먼 그 말조차 허무했다.

---

12 소포클레스의 『콜로노스의 오이디푸스』의 한 구절.

23

클라이브에게,

이 편지 받는 즉시 돌아와 줘. 네가 이용할 만한 교통편을 알아보니, 당장 출발하면 다음 주 화요일에 영국에 도착할 수 있겠어. 네 편지를 보니 네가 몹시 아픈 것 같아서 걱정이 된다. 2주일 동안 소식을 기다린 끝에 비로소 접한 두 문장은 네가 이제 더는 동성을 사랑할 수 없게 되었다는 뜻인 것 같다. 네가 돌아오면 이 추측이 맞는지 틀리는지 알수 있겠지!

어제 피파의 집에 들렀어. 누나는 소송 때문에 정신이 없었는데, 네 어머니가 도로를 폐쇄한 게 실수였던 것 같다고 하더라. 어머니는 마을 사람들의 통행을 막으려고 그런 건 아니라고 해명하셨다고 하지만. 네 소식이 궁금해서 찾아간 거였는데, 누나도 소식을 모르긴 마찬가지더군. 이 얘기를 들으면 네가 재미있어 할 것 같은데, 나는 최근에 고전 음악을 배우고 있어. 그리고 골프도. 힐 앤드 홀 사에서는 아무 탈 없이 잘 지내고 있어. 우리 어머니는 1주일 동안 이

럴까 저럴까 고민하다가 버밍엄에 가셨어. 새 소식은 이게
전부야. 이 편지 받는 즉시 전보를 쳐주고, 도버에 도착해
서도 바로 전보를 보내 줘.

모리스

클라이브는 이 편지를 받고 고개를 저었다. 그는 호텔에
서 알게 된 사람들과 펜텔리코스 산에 오를 예정이었고, 정
상에 올라 편지를 갈가리 찢었다. 그는 이제 더 이상 모리스
를 사랑하지 않았고, 그 사실을 분명히 말해 주어야 했다.

24

클라이브는 아테네에 1주일간 더 머물렀다. 혹시 자신이 틀린 건 아닐까 두려워서였다. 변화의 충격이 너무 커서, 그는 때로 모리스가 옳고 자신은 아직도 병의 후유증을 앓고 있는 게 아닌가 싶기도 했다. 변화는 그에게 수치심을 안겨주었다. 그는 열다섯 살 이후로 자기 영혼을, 아니 그 스스로 말하듯 자신을 이해했기 때문이다. 하지만 육체는 영혼보다 더 심오하고 그 비밀은 불가사의한 법이다. 아무런 경고도 없었다. 있다면 그저 이해할 수 없는 기질의 변화, 〈남자를 사랑했던 너는 지금부터 여자를 사랑하게 되리라. 네가 이해하건 못하건 마찬가지다〉라는 통고 한마디뿐이었다. 그 앞에서 그는 무너졌다. 그는 수치심을 덜 수 있을까 싶어 그 변화에 논리의 옷을 입히고자 했고 그것을 이해하려 애썼다. 허나 그의 변화는 죽음이나 출생과 같은 성질의 것이었고, 그의 노력은 허사로 돌아갔다.

그것은 병중에 찾아왔고, 어쩌면 병을 통해 찾아왔다. 첫 번째 발병으로 일상과 단절된 채 열에 시달릴 때, 그것은 어느 때라도 금방 찾아들 기회를 잡았다. 그는 간호부의 매력을 발견하고 즐거이 그녀에게 복종했다. 자동차를 타고 나갔을 때도 눈길은 여자들에게 머물렀다. 조그만 것들, 모자, 스커트 자락을 잡는 매무새, 향기, 웃음소리, 진흙 위를 건너는 조심스러운 발걸음 같은 것들이 어우러져 매력의 덩어리로 다가왔고, 여자들이 자신의 눈길에 역시 기쁜 눈빛으로 응답한다는 것이 기뻤다. 남자들은 반응하지 않았다. 그들은 자신이 찬탄받는다고 생각하지 않았기 때문에, 아무것도 모르거나 어리둥절해하거나 둘 중 하나였다. 하지만 여자들은 찬탄을 당연하게 여겼다. 불쾌해하기도 하고 부끄러워하기도 했지만, 어쨌든 그것을 이해하고 달콤한 교감의 세계로 그를 맞아들였다. 자동차를 타고 가는 내내 클라이브는 행복감으로 출렁거렸다. 정상적인 사람들은 얼마나 행복하게 살고 있는가! 스물네 해 동안 자신은 얼마나 보잘것없이 살아 왔던가! 그는 간호부와 잡담을 했고, 그녀가 영원히 자신의 것이라고 느꼈다. 조각상들과 광고들, 일간 신문들이 눈에 들어왔다. 극장 앞을 지나가다가 그 안에 들어가 보았다. 영화는 예술적으로는 형편없었지만, 그걸 만든 사람이나 구경하는 남녀들은 모두 그걸 알았고, 그도 그들 가운데 한 명이었다.

그런 환희는 오래갈 수 없었다. 그는 마치 귀를 세척한 사람 같았다. 처음 몇 시간은 정상 범위 이상의 소리를 듣지만, 일상적인 생활 방식으로 돌아오면 그 소리는 사라진다. 그는 새로운 감각을 얻은 게 아니라 있는 것을 재배열한 것이다. 인생은 마냥 휴일 같을 수는 없었고 곧 슬퍼졌다. 그의 귀로에는 모리스가 기다리고 있었기 때문이다. 그래서 쓰러졌다. 그것은 발작처럼 그의 뒤통수를 후려쳤다. 그는 너무 피곤해서 이야기할 수 없다며 모리스를 피했고, 모리스의 발병으로 얻은 또 한 차례의 유예 기간 동안 둘의 관계는 변하지 않았으며 자신이 여자를 생각한다고 그게 굳이 배신은 아니라고 스스로를 타일렀다. 그는 애정을 담은 편지를 썼고, 자기 집에 와서 쉬라는 모리스의 요청을 거리낌 없이 받아들였다.

그는 자동차를 타고 나갔다가 감기에 걸렸다고 말했지만, 마음속으로는 재발의 원인이 정신적인 것이라고 생각했다. 모리스뿐 아니라 그와 연관된 모든 사람들이 갑자기 견딜 수 없어졌다. 저녁 식사 때의 그 열기! 홀 식구들의 목소리! 그 웃음소리들! 모리스가 한 이야기! 그것이 음식과 뒤섞였고, 음식이 되었다. 물질과 정신을 구별할 능력이 없어지면서 그는 기절했다.

눈을 떴을 때 클라이브는 사랑이 죽었다는 걸 깨달았고, 그래서 친구의 키스에 울음을 터뜨렸다. 모리스의 친절 하나하나가 그의 고통을 증폭시켰고, 결국 그는 간호부한테 홀씨를 방에 들이지 말아 달라고 부탁했다. 그런 뒤 회복되자마자 곧바로 펜지로 도망쳤다. 펜지에서는 전과 다름없는 사랑을 느꼈지만, 그것은 모리스가 도착하기 전까지였다. 친구에게서는 헌신, 더 나아가 영웅적인 힘까지도 느껴졌지만, 그는 친구가 지겨웠다. 그래서 모리스가 돌아가길 바랐고 실제로 그렇다고 말했다. 암초는 그렇게 수면 바로 아래까지 솟아 있었다. 모리스는 고개를 젓고 그대로 머물렀다.

클라이브가 싸워 보지도 않고 기질의 변화에 굴복한 것은 아니었다. 그는 지성을 믿었고 자신이 예전 상태로 돌아갔다고 생각해 보려 애썼다. 여자들에게서 눈을 돌렸고, 그게 뜻대로 되지 않자 어린애 같고 과격한 편법들을 택했다. 하나는 이렇게 그리스를 방문한 것이고, 다른 하나는…… 그것은 혐오감 없이는 떠올릴 수 없는 것이었다. 그것은 모든 감정이 썰물져 나간 뒤에야 가능한 일이었다. 그는 그 일을 깊이 후회했다. 이제 모리스가 그에게 일으키는 육체적 혐오는 앞날을 어둡게 했기 때문이다. 하지만 그는 옛 연인과 우정을 유지하고 싶었고, 또 모리스가 다가올 파국을 잘 견뎌 낼 수 있도록 도와주고 싶었다. 그것은 너무도 복잡하게 얽힌 일이었다. 지나간 사랑은 사랑이 아니라 다른 어떤 것으로 기억되게 마련이다. 배움이 없는 자들은 복이 있나니, 그들은 지난 사랑은 완전히 잊어버리고, 과거의 어리석은 행동이나 음란한 욕망, 두서없이 나누던 기나긴 대화들도 돌이키지 않으니.

25

클라이브는 전보도 치지 않았고 즉시 출발하지도 않았다. 다정하게 행동하고 싶었고, 모리스를 이성적으로 생각하려고 노력도 했지만, 예전처럼 그의 명령에 복종할 수는 없었다. 그는 자신이 편한 때를 골라 영국에 돌아왔다. 그리고 포크스톤에서 모리스의 회사로 전보를 쳤고, 채링크로스에서 모리스를 만나려 했지만 그가 회사에 없자 되도록 빨리 상황을 설명하고픈 마음에 교외선 기차를 탔다. 그는 깊이 연민을 느끼고 있었지만 마음은 차분했다.

때는 시월 저녁이었다. 떨어지는 나뭇잎, 옅은 안개, 올빼미 울음소리가 그에게 달콤한 울적함을 일으켰다. 그리스는 투명했지만 죽어 있었다. 그는 진리가 아니라 타협을 가르치는 북쪽의 공기가 좋았다. 자신과 친구는 여자들과 함께 하는 일을 계획할 수 있을 것이다. 슬픔과 세월을 한 겹 더 입되 아무런 충돌 없이, 그들은 저녁이 밤으로 스며들 듯 새로운 관계로 미끄러져 들어갈 수 있을 것이다. 그는 그날 밤도 마음에 들었다. 우아하고도 평온한 밤이었다. 칠흑 같은 어둠도 아니었다. 역에서 내려서 잠깐 길을 잃을 뻔했지만 다음번 가로등을 보았고, 그 뒤로 또 다음 가로등을 보았다. 가로등의 행렬은 사방으로 뻗어 있었는데, 그는 그 가운데 하나를 따라 목적지에 이르렀다.

키티가 목소리를 듣고 거실에서 나와 그를 맞았다. 그는 전부터 모리스 가족 중에 키티가 가장 마음에 들지 않았는데, 지금 보니 키티는 진짜 여자라고 할 수가 없었다. 키티는 모리스가 일 때문에 외박할 거라고 전해 주었다. 「어머니와 언니는 교회에 갔고요.」 그녀가 덧붙였다. 「오빠가 차를 쓸 거라고 해서 걸어갔어요.」

「모리스는 어디로 간 거죠?」

「몰라요. 행선지는 늘 하인들한테 알려 두거든요. 우리 식구는 더럼 씨가 지난번에 여기 있을 때보다도 오빠 일을 더 몰라요. 그게 말이 된다면 말이죠. 오빠는 도무지 종잡을 수 없는 사람이 되었어요.」 그녀는 콧노래를 흥얼거리며 차를 대접했다.

분별도 없고 매력도 없는 키티의 성품 탓에 이야기는 그녀의 오빠에게 그다지 불리하지 않은 방향으로 흘러갔다. 키티는 홀 부인에게서 물려받은 위축된 말투로 모리스에 대한 불평을 늘어놓았다.

「교회는 5분 거리 아닌가요?」 클라이브가 말했다.

「네, 맞아요, 오빠가 미리 알려 주었다면 어머니랑 언니도 집에서 더럼 씨를 기다렸을 거예요. 오빠는 모든 것을 비밀에 싸두었다가 나중에 우리를 비웃거든요.」

「오빠한테 알리지 않은 건 나예요.」

「그리스는 어땠어요?」

그는 이야기를 해주었다. 키티는 자기 오빠만큼이나 금방 지루해했고, 게다가 모리스처럼 말 뒤에 담긴 것을 듣는 능력도 없었다. 클라이브는 모리스 앞에서 장광설을 늘어놓다가 마지막에 뭉클한 친밀감을 느끼던 숱한 기억들을 떠올렸다. 열정의 잔해에서 건져 올릴 것은 많았다. 모리스는 마음이 넓었고, 일단 이해하고 나면 매우 분별 있었다.

키티가 자기 일을 약간 재치 있는 말투로 이야기했다. 그녀는 가정학 전문학교에 다니고 싶어 했는데, 어머니라면 허락했을 그 일을 모리스는 수업료가 1주일에 3기니나 된다는 이유로 반대했다. 키티의 불만은 주로 돈과 관련된 것이었다. 그녀는 용돈을 원했다. 에이다는 용돈이 있었다. 법정 추정 상속인으로서 〈돈의 가치를 배워야〉 했기 때문이다. 하지만 에이다는 〈배우는 건 뭐든지 하지 않겠다〉는 입장이었다. 클라이브는 친구에게 키티를 좀 더 배려해 주라고 말해야겠다고 결심했다. 전에 한 번 그가 이런 일에 참견했을 때, 모리스가 몹시 다정한 태도를 보였기에 그는 무슨 말이든 해도 좋다는 느낌을 받았다.

깊고 낮은 목소리가 두 사람의 대화를 중단시켰다. 교회에 갔던 이들이 돌아온 것이다. 에이다가 저지 셔츠와 베레모, 회색 치마 차림으로 들어왔다. 가을 안개가 머리 위에 고운 가루처럼 내려앉아 있었다. 뺨은 장밋빛이고, 눈동자는 반짝였다. 에이다는 아주 반갑게 인사했고, 키티하고 똑같은 탄성을 질렀는데 그 효과는 전혀 달랐다. 「왜 미리 연락 주시지 않았어요?」 그녀가 소리쳤다. 「지금은 파이밖에 없을 거예요. 연락을 주셨으면 영국식 저녁 식사를 준비했을 텐데요.」

그는 곧 런던으로 돌아가야 한다고 말했지만, 홀 부인이 자고 가라며 만류했다. 그는 기꺼이 그러기로 했다. 이제 집 안에는 따뜻한 기억이 넘실거렸고, 에이다가 말할 때면 더욱 그랬다. 그는 그동안 에이다와 키티가 전혀 다르다는 사실을 잊고 있었다.

「난 모리스인 줄 알았어요.」 클라이브가 에이다에게 말했다. 「두 사람 목소리가 정말 비슷하네요.」

「감기에 걸려서 그래요.」 에이다가 웃으며 말했다.

「아냐, 둘은 비슷해.」 홀 부인이 말했다. 「에이다는 목소리도 모리스하고 비슷하고, 코하고 입도 비슷하고, 또 밝은 성격에 건강한 체질까지 비슷해. 그 세 가지가 참 닮았다는 생각을 나도 자주 해. 반면 키티는 모리스의 머리를 닮았지.」

모두 웃음을 터뜨렸다. 세 모녀는 분명 서로를 좋아했다. 클라이브는 이전까지는 이런 관계를 짐작하지 못했다. 그들의 남자 모리스가 없을 때만 펼쳐지는 광경이었기 때문이다. 식물은 햇빛을 받아 살지만, 그 가운데 일부는 해 질 녘에야 꽃을 피운다. 홀 가족을 보니 펜지의 인적 드문 오솔길에 점점이 피는 달맞이꽃이 떠올랐다. 어머니와 언니에게 이야기할 때는 키티조차 아름다웠고, 그는 키티 일에 대해 모리스를 질책해야겠다고 마음먹었다. 그러나 부드럽게 해야 했다. 모리스 역시 아름다웠고 그의 존재는 이 새로운 시각 속에 큰 자리를 차지했기 때문이다.

　두 처녀는 배리 박사의 권유로 응급 처치 수업을 받은 적
이 있었다. 그래서 저녁 식사 후에 클라이브는 그들의 손에
기꺼이 몸을 맡기고 온 몸에 붕대를 감았다. 에이다가 머리
를 묶고 키티가 발목을 묶는 동안, 홀 부인은 즐겁고 부주의
해져서 〈더럼 씨, 이번 병은 지난번보다 좋은 병이야〉라고
몇 번이나 말했다.

　「홀 부인, 그냥 이름을 불러 주세요.」

　「그렇게 할까? 하지만 에이다와 키티, 너희들은 안 돼.」

　「에이다와 키티도 그랬으면 좋겠어요.」

　「좋아요, 클라이브!」 키티가 냉큼 나섰다.

　「좋아요, 키티!」

　「클라이브.」

　「에이다, 한결 좋은데요.」 하지만 그는 얼굴을 붉혔다. 「나
는 격식이 싫어요.」

　「나도 싫어요.」 다들 입을 모았다. 「나는 다른 사람 눈치
안 봐요. 전에도 안 봤고요.」 그리고 솔직한 눈으로 그를 응
시했다.

　「그에 반해 모리스는……」 홀 부인이 말했다. 「상당히 까
다롭지.」

　「모리스는 정말 제멋대로죠. 아얏, 머리 아파요.」

　「아얏, 아얏.」 에이다가 흉내를 냈다.

　그때 전화가 울렸다.

　「오빠가 사무실에서 보낸 전보를 받았대요.」 키티가 전화

를 받고 말했다. 「여기 있을 거냐고 묻는데요.」

「있을 거라고 말해요.」

「그러면 오늘 밤에 집에 온대요. 그리고 클라이브하고 통화하고 싶대요.」

클라이브는 수화기를 들었지만 들리는 건 윙윙 소리뿐이었다. 전화는 끊겨 있었다. 모리스가 어디 있는지 모르니 이쪽에서 전화를 걸 수가 없었고, 그것은 다행이었다. 현실의 대두가 그를 경각시켰기 때문이다. 그는 붕대에 묶이고 있는 지금, 무척 행복했다. 하지만 이제 곧 친구가 도착할 것이다. 에이다가 그에게 몸을 숙이고 있었다. 친숙한 이목구비였지만, 뒤에서 비치는 불빛이 거기 눈부신 매력을 더해 주었다. 그는 그녀의 검은 머리와 눈에서 시선을 아래로 옮겨 구김살 없는 입매와 몸의 곡선을 바라보면서, 자신이 변해야 하는 분명한 이유를 발견했다. 이보다 더 매혹적인 여자들도 보았지만 이러한 평화의 약속은 없었다. 그녀는 기억과 욕망의 타협점이었고, 그리스는 알지 못했던 고요한 저녁이었다. 어떤 논리도 그녀를 건드리지 못했다. 그녀의 다정함은 현재와 과거를 화해시키는 힘이었다. 그는 천국 바깥에 그런 존재가 있으리라 생각한 적도 없고, 천국을 믿지도 않았다. 어느새 많은 일이 가능해졌다. 그는 누운 채로 자신의 희망의 일부가 투영된 그녀의 눈동자를 들여다보았다. 그리고 자신이 그녀에게서 사랑을 이끌어 낼 수 있음을 알았고, 그 깨달음은 그의 가슴에 온화한 불꽃을 지폈다. 그것은 매력적이었다. 지금 그는 그 이상 욕망하지 않았고, 그저 모리스가 도착하지 않았으면 하는 바람뿐이었다. 추억은 추억으로 남아야 하기 때문이다. 사람들이 모리스의 자동차인가 하고 밖으로 뛰어나갈 때마다 클라이브는 에이다를 붙잡았고, 에이다도 그런 마음을 알아차리고 그가 말하지 않아도 가만히 있었다.

「영국에 산다는 게 얼마나 좋은 건지 알아요?」 그가 불쑥 말했다.

「그리스는 좋지 않은가요?」

「형편없어요.」

그녀는 안타까운 표정을 지었고 클라이브도 한숨을 쉬었다. 두 사람의 시선이 부딪쳤다.

「안됐네요, 클라이브.」

「다 끝났어요.」

「대체 어땠기에…….」

「에이다, 말하자면 이래요. 그리스에서 나는 내 삶을 밑바닥부터 다시 세워야 했어요. 쉬운 일이 아니었지만 해낸 것 같아요.」

「우리는 클라이브 이야기를 자주 했어요. 오빠는 클라이브가 그리스를 좋아할 거라고 말했어요.」

「모리스는 몰라요. 에이다만큼 날 잘 아는 사람은 아무도 없어요! 나는 지금 다른 누구보다 에이다에게 많은 걸 이야기했어요. 이 비밀 지켜 줄 수 있나요?」

「그럼요.」

클라이브는 할 말을 잃었다. 대화가 불가능해졌다. 하지만 에이다는 대화가 이어지기를 바라지도 않았다. 더없이 우러러보았던 클라이브와 단둘이 있는 것만으로도 충분했다. 에이다는 그가 돌아와서 정말 기쁘다고 말했다. 클라이브도 기쁘다고 힘주어 말했다. 「특히 여기 돌아온 게 기쁩니다.」

「오빠 차야!」키티가 외쳤다.

「가지 마요!」클라이브가 에이다의 손을 잡고 말했다.

「가야 돼요. 오빠가……」

「귀찮은 모리스 녀석.」그는 계속 에이다를 붙들고 있었다. 현관 입구에서 법석대는 소리가 났다. 「클라이브는 어디 있지?」친구가 소리쳤다. 「어디 데려다 놨어?」

「에이다, 내일 나랑 함께 산책해요. 앞으로 자주 봐요…… 약속한 거예요.」

모리스가 뛰어 들어왔다. 그는 붕대를 보고 사고가 난 줄 알았다가 착각을 깨닫고 웃었다. 「붕대 풀어, 클라이브. 왜 그런 꼴을 당하고 그래? 건강해 보이는군. 좋아 보여. 잘됐어. 술 한잔하자. 내가 풀어 줄게. 아니, 너희들은 안 돼.」클라이브가 모리스를 따라가다가 뒤를 돌아보니 에이다가 아주 살짝 고개를 까딱했다.

모피 코트를 입은 모리스는 거대한 짐승 같았다. 둘만 남자 그는 코트를 벗고 빙긋이 웃으며 클라이브에게 다가갔다. 「그래, 이제 날 사랑하지 않는다고?」그가 물었다.

「내일 이야기하는 게 좋겠다.」클라이브는 눈길을 피하며 말했다.

「그러지. 술 한잔 마셔.」

「모리스, 난 소동을 피우고 싶지 않아.」

「난 피우고 싶어.」

클라이브는 손을 흔들어 잔을 사양했다. 폭풍이 몰아칠 기세였다. 「이런 식으로 말하지 마.」 그가 다시 말했다. 「그러면 내가 더 곤란해져.」

「난 소동 피우고 싶고, 피울 거야.」 모리스는 오래전에 그랬던 것처럼 클라이브의 머리카락 속에 손을 집어넣었다. 「앉아. 왜 나한테 그런 편지를 썼지?」

클라이브는 대답하지 않았다. 그는 암담한 눈길로 한때 사랑했던 이의 얼굴을 들여다보았다. 남성적인 것에 대한 혐오가 되살아났고, 만약 모리스가 자신을 껴안으려고 하면 어떤 일이 일어날지 알 수 없었다.

「왜 그런 거야? 이제 다시 건강해졌으니 말해 줘야지.」

「내 의자에서 떨어져 줘, 그럼 말해 줄게.」 그런 뒤 클라이브는 준비해 둔 이야기 중 하나를 꺼냈다. 그렇게 하면 모리스의 상처를 최소화할 수 있다고 판단한 듯한 과학적이고 냉정한 방식의 설명이었다. 「나는 정상이 되었어. 다른 남자들하고 같아진 거야. 어쩌다 그렇게 됐는지는 몰라. 내가 어떻게 태어났는지 알 수 없는 것처럼. 논리로는 설명할 수 없고, 내 소망에도 어긋나는 일이야. 궁금한 게 있으면 물어봐. 난 네 질문에 대답해 주려고 여기에 왔어. 편지로는 자세한 이야기를 할 수 없었거든. 하지만 편지에 쓴 건 모두 진실이야.」

「진실이라고?」

「그때도, 지금도 진실이야.」

「남자가 아니라 여자만 좋아한다 이거지?」

「남자도 좋아해, 모리스, 그러니까 진정한 의미로 말이야. 앞으로도 그럴 거고.」

「조금 있다가 이야기하자.」

모리스 역시 냉정했지만, 의자에서 물러나지 않았다. 그는 여전히 클라이브의 머리카락 속에 손가락을 묻고 붕대를 어루만졌다. 기분은 유쾌함에서 조용한 근심으로 변했지만, 분노도 두려움도 없고 다만 친구를 치유하고픈 마음뿐이었다. 클라이브는 혐오감 속에서도 지금 얼마나 큰 사랑의 승리가 무너지고 있는지, 인간을 지배하는 힘이란 얼마나 허약하고 아이러니컬한 것인지를 깨달았다.

「누가 널 변하게 한 거지?」

클라이브는 이런 방식의 질문이 싫었다. 「그런 사람은 없어. 내 속에서 일어난 육체적 변화일 뿐이야.」 그는 자신이 경험한 것을 하나둘 이야기했다.

「간호부가 분명하군.」 모리스가 생각에 잠겨서 말했다. 「진작 말해 줬으면 좋았을걸…… 나도 뭔가 잘못되었다는 걸 알았고, 몇 가지 경우를 생각해 봤지만, 이런 건 아니었어. 마음을 감추면 안 돼. 그러면 더 나빠질 뿐이야. 말하고 말하고 또 말해야 돼. 지금 너와 나처럼 말할 상대가 있는 경우에는. 네가 진작 털어놓았다면, 지금쯤 제대로 되어 있었을 거야.」

「왜?」

「내가 널 고쳐 놓았을 테니까.」

「어떻게?」

「보면 알아.」 모리스는 차분히 미소 지으며 말했다.

「소용없어. 난 변했다고.」

「표범이 반점을 바꿀 수 있어? 클라이브, 넌 혼란에 빠져 있어. 그건 네 건강 때문에 그런 거야. 난 지금 걱정 안 해. 그것만 아니면 너는 아무 문제 없고 또 행복해 보이기까지 하니까, 나머지도 자연스럽게 따라올 거야. 나한테 고통을 줄까 봐 말하기 두려웠겠지만, 우리는 전에도 치고받고 싸운 적이 있어. 너는 나한테 말해야 했어. 그게 아니면 내가 여기 뭐하러 있겠어? 네가 믿을 수 있는 사람은 나뿐이야. 너와 나는 사회의 이단자야. 만약 사람들이 알게 된다면…….」거기까지 말하고 나서 그는 중간 계급의 안락으로 가득 찬 방을 가리켰다. 「우리는 이 모든 걸 잃게 될 거야.」

클라이브는 깊은 한숨을 쉬었다. 「하지만 난 변했어, 변했다고.」

우리는 오직 자신의 경험을 통해서만 세상을 해석할 수 있다. 모리스는 혼란은 이해했지만 변화는 이해할 수 없었다. 「그건 그저 너의 생각일 뿐이야.」모리스는 계속 미소 지었다. 「올콧 양이 우리 집에 왔을 때 나도 그렇다고 생각했어. 하지만 너한테 돌아가자 모든 게 사라져 버렸어.」

「나는 내 마음을 잘 알아.」클라이브는 흥분해서 의자에서 벌떡 일어났다. 「나는 언제나 너와는 달랐어.」

「지금은 비슷해. 잊었니? 예전에 내가 마치 아닌 것처럼……」

「물론 기억나. 유치하게 굴지 마.」

「우린 서로를 사랑하고 있고, 그걸 알고 있어. 그 밖에 뭐가……」

「아 제발, 모리스, 입 좀 다물어. 내가 누군가를 사랑한다면 그건 에이다야.」 그러고는 얼른 덧붙였다. 「그냥 예를 들어 본다면 말이지.」

하지만 그 예는 모리스가 이해할 수 있는 한 가지였다. 「에이다?」 그는 달라진 말투로 물었다.

「너에게 설명하려고 꺼낸 말이야.」

「네가 에이다에 대해 뭘 안다고.」

「아까 말한 간호부도 또 다른 여자들도 모르긴 마찬가지야. 금방 말했듯이 어떤 특별한 사람이 아니라 성향이 문제인 거야.」

「네가 여기 왔을 때 집에 누가 있었어?」

「키티.」

「하지만 키티가 아니라 에이다라며?」

「그래, 하지만 내 말뜻은…… 아, 제발 바보같이 굴지 마!」

「네 말뜻은 뭐지?」

「어쨌든 넌 이제 이해했어.」 클라이브는 애써 냉정을 유지하며 이야기를 마무리 지을 위로의 말을 꺼냈다. 「난 변했어. 하지만 내가 변했다고 해서 우리의 진실한 우정이 상하지는 않으리라는 걸 이해해 줬으면 좋겠어. 나는 널 아주 좋아해. 내가 만난 그 어떤 남자보다도.」 (실제로는 그렇게 느끼지 못했다.) 「나는 널 아주 존중하고 존경해. 진정한 유대를 이루는 건 정열이 아니라 인격이라고.」

「내가 들어오기 전에 에이다한테 무슨 말 했어? 내 자동차

180

가 도착하는 소리 못 들었어? 키티하고 어머니는 나왔는데 너는 왜 안 나왔어? 너도 내가 오는 소리를 들었을 거 아냐. 내가 너 때문에 일도 팽개치고 왔다는 것도 알았을 테고. 넌 전화로도 한마디 하지 않았어. 편지도 안 보냈고, 그리스에서 얼른 오지도 않았어. 전에 여기 있을 때 에이다를 얼마나 자주 만났어?」

「모리스, 반대 심문은 사양하겠어.」

「무엇이든 물어보라며?」

「네 여동생에 대해서는 안 돼.」

「왜?」

「제발 가만히 좀 있어 봐. 인격 이야기를 마저 해보자고. 인간들 사이의 진정한 유대 말이야. 모래 위에 집을 지을 수는 없고, 정열은 모래야. 우리에게 필요한 건 반석……」

「에이다!」 모리스가 갑자기 침착한 태도가 되어 소리쳤다.

클라이브는 겁에 질려 소리쳤다. 「왜 그래?」

「에이다! 에이다!」

클라이브는 얼른 뛰어가 문을 잠갔다. 「모리스, 이런 식으로 끝내선 안 돼. 제발 소동은 피우지 말자.」 그는 간절히 애원했다. 하지만 모리스가 다가오자 열쇠를 뽑아 움켜쥐었다. 마침내 기사도가 눈을 떴기 때문이다. 「여자를 끌어들여선 안 돼.」 그가 헐떡였다. 「그건 허락할 수 없어.」

「그거 이리 내놔.」

「안 돼. 일을 더 악화시키지 마. 안 돼. 안 돼.」

모리스가 그에게 달려들었다. 그는 빠져나갔다. 그들은 큰 의자 주변을 돌면서 낮은 목소리로 열쇠를 두고 다투었다.

그들은 적의 속에서 서로에게 닿았다가 영원히 떨어졌고, 그들 사이로 열쇠가 떨어졌다.

「클라이브, 다쳤어?」

「아니.」

「일부러 그런 게 아니야.」

「난 괜찮아.」

그들은 새로운 삶을 시작하기에 앞서 잠시 서로를 바라보았다. 「이렇게 끝나다니.」 모리스가 흐느꼈다. 「이렇게 끝나다니.」

「내가 사랑하는 건 정말로 에이다 쪽이야.」 클라이브가 하얗게 질린 얼굴로 말했다.

「이제 어떻게 되는 거지?」 모리스는 자리에 앉아 입가를 훔치며 말했다. 「네가 알아서 해. 난 끝났어.」

에이다가 복도에 나와 있어서 클라이브는 그녀에게 나갔다. 여성에게 가는 게 그의 첫 번째 의무였다. 얼버무린 말로 에이다를 달래고 흡연실로 돌아가 보니 모리스가 문을 잠가 버린 뒤였다. 모리스가 전등을 끄고 털썩 주저앉는 소리가 들렸다.

「어쨌든 바보 같은 행동은 하지 마.」 클라이브가 초조하게 소리쳤다. 아무 대답이 없었다. 클라이브는 어떻게 해야 할지 알 수 없었다. 어쨌든 그 집에 머물 수는 없었다. 그는 남자의 특권을 내세워서 런던에 가서 자야겠다고 말했고, 여자들은 반박하지 않았다. 그는 내부의 어둠을 벗어나 외부의 어둠 속으로 들어섰다. 역으로 가는 길에 나뭇잎이 떨어지고 올빼미가 울고 안개가 넘실거렸다. 밤이 깊어서 교외 도로의 가로등은 모두 꺼져 있었고, 타협의 여지 없는 완전한 밤이 친구뿐 아니라 그에게도 무겁게 내려앉았다. 그 또한 고통스러웠기에 탄식했다. 「이렇게 끝나다니!」 하지만 그는 여명을 약속받은 몸이었다. 여자에 대한 사랑은 태양처럼 확고하게 떠올라 그동안의 미성숙을 태워 버리고 완전한 인간의 대낮을 열어 줄 것이다. 고통 속에서도 그는 이 사실을 똑똑히 알았다. 그가 에이다와 결혼하는 일은 없을 것이고 ─ 그녀는 스쳐 지나가는 여인일 뿐이다 ─ 그 상대는 그가 런던에서 맞이한 새로운 우주의 어떤 여신, 모리스 홀과는 완전히 다른 누군가일 것이다.

제3부

26

지난 3년 동안 모리스는 너무도 건강하고 행복하게 지냈기 때문에, 그다음 날의 생활도 자동적으로 이어졌다. 그는 모든 것이 곧 제대로 될 거라는 느낌 속에 잠을 깼다. 클라이브는 돌아올 것이다. 그가 사과를 할지 안 할지는 그의 선택에 달린 일이지만, 자신은 클라이브에게 사과할 것이다. 클라이브는 그를 사랑해야 했다. 그의 모든 인생이 사랑에 걸려 있고, 여기 그 사랑이 변함없이 숨쉬고 있기 때문이다. 친구가 없다면 그가 어떻게 잠자고 휴식할 수 있겠는가? 퇴근해서 돌아와 클라이브에게 아무 연락이 없었다는 이야기를 듣고도 그는 얼마간 침착을 유지했고, 클라이브가 떠난 이유에 대해 식구들이 이렇게 저렇게 추측하는 것도 그냥 내버려 두었다. 하지만 그는 에이다를 눈여겨보았다. 그녀는 무척 슬퍼 보였고 그 변화는 어머니까지 눈치챌 정도였다. 그는 눈을 가린 채 그녀를 훔쳐보았다. 에이다만 아니라면 모리스는 이 사건을 〈클라이브의 장황한 이야기〉 중 하나로 넘겨버렸을 것이다. 하지만 그녀가 그 이야기 속에 구체적인 예로 등장했다. 그는 에이다가 왜 슬퍼하는지 알고 싶었다.

「이봐.」 에이다와 단둘이 있게 되자 그가 입을 열었다. 자신이 무슨 말을 하려고 하는지도 알 수 없었지만, 갑자기 눈앞이 캄캄해지는 걸 경고로 삼을 수도 있었으리라. 에이다가 대답했지만 그는 그 목소리도 듣지 못했다. 「너 무슨 일 있니?」 모리스가 몸을 떨면서 물었다.

「아무 일 없어.」

「있는 것 같은데. 내 눈엔 보여. 나는 못 속여.」

「아냐. 정말이야. 아무 일도 없어.」

「왜…… 아니 그 친구가 뭐라고 했지?」

「아무 말도 안 했어.」

「아무 말도 안 한 사람이 누구야?」 그는 두 주먹으로 탁자를 내리치며 소리쳤다. 에이다가 걸려든 것이다.

「아무것도 아냐…… 그냥 클라이브가…….」

에이다의 입술에 떠오른 그 이름은 지옥의 문을 열어젖혔다. 그는 가슴이 찢어지는 고통에 자제력을 잃고, 두 사람 모두 평생 잊을 수 없는 말을 정신없이 퍼부었다. 그는 에이다더러 친구를 타락시켰다고 비난했다. 그 말을 들은 에이다는 클라이브가 자신의 행동 때문에 기분이 상해서 런던으로 돌아갔다고 오해하게 되었다. 그녀의 온화한 천성이 감당하기에는 너무 가혹한 비난이었고, 그녀는 변명 한마디 못한 채 그저 흐느끼고 또 흐느끼며 무슨 죄라도 지은 것처럼 어머니한테는 말하지 말아 달라고 애원했다. 모리스는 그러겠다고 했다. 그는 질투로 제정신이 아니었다.

「하지만 오빠가 그 사람을, 더럼 씨를 만나게 되면 내가 일부러 그런 건 아니라고 말해 줘. 나는 아직 아무한테도……」

「몸을 더럽히지 않았다고?」 그가 쏘아붙였다. 이런 자신의 행동이 얼마나 형편없는 것이었는지를 그는 나중에야 깨달았다.

에이다는 얼굴을 가리고 주저앉았다.

「말하지 않을 거야. 이젠 더럼을 만나서 이야기할 기회도 없어. 이렇게 우정을 깨뜨렸으니 속이 시원하겠다.」

에이다는 흐느꼈다. 「그런 건 상관없어. 하지만 오빠는 언제나 우리한테 너무 매정하게 굴어.」 그 말에 마침내 그는 멈추었다. 키티한테서는 그런 말을 들은 적이 있지만, 에이다에게서는 처음이었다. 그는 여동생들이 겉으로는 고분고분해도 속으로는 자신을 싫어하고 있음을 깨달았다. 그는 집에서도 역시 실패자였다. 그는 〈내 잘못이 아니야〉라고 중얼거리며 그녀의 곁을 떠났다.

성품이 세련된 사람이라면 그렇게 어리석은 행동으로 고통을 키우지는 않았을 것이다. 하지만 모리스는 지성도 신앙심도 없었으며, 일부 사람들이 지닌 자기 연민이라는 기이한 위로 능력도 없었다. 한 가지 점만 빼면 그의 기질은 모든 것이 정상이었고, 그의 행동은 2년 동안의 행복한 결혼 생활 끝에 아내에게 배신당한 평범한 남자의 반응과 다를 바 없었다. 자연이 누락돼 있던 바늘땀에 다시 손을 대서 자신의 문양을 완성시키려 한다는 사실은 그에게 아무 의미도 없었다. 사랑하는 동안에는 그도 분별이 있었다. 하지만 클라이브의 변화는 배신이고 그 원인이 에이다라고 생각하자 그는 몇 시간 만에 소년 시절에 헤매던 심연으로 떨어지고 말았다.

이런 분노의 폭발 후에도 모리스의 삶은 계속되었다. 그는 평소처럼 기차를 타고 런던에 나가서 늘 하던 대로 돈을 벌고 썼다. 예전과 같은 신문을 읽었고 친구들과 파업과 이혼법에 대해 토론했다. 처음에는 이런 자신의 자제력이 자랑스러웠다. 자기가 마음만 먹으면 클라이브의 평판에 흠집을 낼 수도 있는 것 아닌가? 그러나 쓰라림은 날로 깊어 갔고, 아직 기운이 남아 있을 때 고함을 지르며 이 뻔뻔한 거짓말들의 외피를 박살내고 싶었다. 자신이 연루되어 있다 한들 그게 무슨 상관인가? 자신의 가족, 사회적 지위…… 지난 세월 동안 그런 것은 그에게 아무것도 아니었다. 그는 가면을 쓴 이단자였다. 아마도 그 옛날 푸른 숲[13]에 갔던 이들 중에는 자신과 같은 두 사람이 있었을 것이다. 그런 한 쌍이. 때로 그는 그런 꿈을 꾸었다. 두 남자가 세상에 저항할 수 있다는.

그렇다. 그가 겪는 고통의 본질은 외로움이었다. 언제나 굼뜬 그는 그것을 깨닫는 데도 시간이 걸렸다. 피붙이에 대한 질투, 굴욕감, 둔감했던 지난날에 대한 분노 따위는 사라질 것이었고, 수많은 상처를 남긴 뒤 결국 사라졌다. 클라이브에 대한 추억도 사라질 것이다. 그러나 외로움은 남았다. 모리스는 잠에서 깨어 숨을 헐떡이며 〈이젠 아무도 없어!〉라든가 〈너무 끔찍한 세상이야!〉라고 소리치곤 했다. 클라이브

13   로빈 후드와 그 무리가 살았다는 셔우드 숲을 달리 이르는 말. 추방된 자들이 모여드는 곳이라는 의미가 있다.

가 꿈속에 나타나기 시작했다. 그는 허상이라는 걸 알았지만 클라이브는 사랑스러운 미소를 짓고 〈이번엔 진짜야〉라고 말하며 그를 고통 속으로 몰아넣었다. 한번은 꿈속에서 꿈을 꾸었는데, 그것은 그 얼굴과 목소리가 나오는 꿈이었다. 꿈속의 꿈일 뿐 더 이상은 아니었다. 그 밖에 다른 종류의 옛 꿈들도 찾아왔다. 그 꿈들은 그를 해체시키려고 했다. 밤이 가면 낮이 왔다. 죽음과도 같은 거대한 침묵이 그의 젊음을 휘감았고, 어느 날 아침 런던으로 향하던 모리스는 자신이 이미 죽었다는 생각을 했다. 돈을 벌고 먹고 노는 이 모든 일이 다 무슨 소용인가? 그가 지금 하는 일, 또는 그때까지 한 일은 그것뿐이었다.

「인생은 한심한 거야!」 그는 『데일리 텔레그래프』를 구기며 소리쳤다.

그에게 호감을 갖고 있던 객차 안의 승객들이 웃음을 터뜨렸다.

「창문으로 뛰어내리는 건 어떨까?」

이런 말을 내뱉은 뒤 그는 자살을 생각하기 시작했다. 그를 가로막는 것은 아무것도 없었다. 그는 죽음에 대한 원초적 두려움도 없었고, 죽음 너머의 세계도 알지 못했으며, 집안 망신 같은 것도 전혀 신경 쓰지 않았다. 그는 외로움의 독기에 취해 나날이 더 불행해질 뿐 아니라 더 깊이 타락해 가고 있었다. 이러한 상황이라면 죽어도 되지 않을까? 그는 자살하는 방법들을 비교해 보기 시작했고, 실제로 뜻밖의 사건만 없었다면 권총 자살을 감행했을 것이다. 그 사건이란 외할아버지의 병환과 죽음이었는데, 이 일을 겪으면서 그는 새로운 심경으로 들어서게 되었다.

　그동안 클라이브한테서 편지가 여러 통 왔지만, 거기에는 항상 〈아직은 만나지 않는 게 좋겠다〉는 구절이 박혀 있었다. 모리스는 이제 상황을 이해했다. 친구는 자신과 함께 있는 일만 아니라면 무엇이든 해줄 것이다. 클라이브가 처음 병이 났을 때부터 이미 그런 상태였으며, 그가 제안하는 앞으로의 우정도 그런 종류의 것이었다. 모리스의 사랑은 아직 식지 않았지만, 그의 가슴은 부서져 있었다. 클라이브를 되찾겠다는 망상도 품지 않았다. 그는 한번 이해하면 세련된 자들이 부러워할 만큼 확실하게 이해했고, 그만큼 철저하게 고통받았다.

　그는 그 편지들에 답장을 했고, 그 태도는 기이할 만큼 정직했다. 그는 변함없이 진실을 말했고, 자신은 너무도 외롭다는 것과 그해가 저물기 전에 머리를 쏘고 말겠다는 생각을 털어놓았다. 하지만 그런 편지를 쓰는 그의 마음은 담담했다. 그것은 편지라기보다 그들의 영웅적인 과거에 바치는 헌사였고, 더럼도 같은 식으로 받아들였다. 그의 답장도 담담했으며, 이제 그가 아무리 큰 도움을 받고 아무리 노력한다 해도 더는 모리스의 마음을 파고들 수 없다는 걸 분명하게 보여 주었다.

27

모리스의 외할아버지 그레이스 씨는 노경에 들어 성숙하게 된 하나의 본보기였다. 그는 평생 동안 평범한 사업가 — 가혹하고 까다로운 — 로 살았지만, 지나치게 늦지 않게 은퇴를 했고 그 결과는 놀라웠다. 그는 〈독서〉를 시작했고, 그 직접적 결과들은 기괴했을망정 마음속에 싹튼 너그러움은 그의 성격 전체를 변화시켰다. 예전에는 반박하거나 무시해 버렸던 남들의 의견에도 귀 기울일 줄 알게 되었고, 그들의 소망도 충족시켜 줄 필요가 있다고 생각하게 되었다. 결혼하지 않은 채 집안 살림을 꾸리던 그의 딸 아이다는 〈아버지가 할 일이 없어졌을 때〉를 걱정했지만, 둔감한 성품 탓에 아버지가 그녀의 곁을 떠난 뒤에야 비로소 그가 변했다는 사실을 깨달았다.

이 노신사는 여가 시간에 새로운 종교를 연구했다. 하지만 교회의 가르침을 거스르는 것은 아니었으니, 새로운 우주론이라고 하는 게 맞을 것이다. 그 핵심 논지는 신이 태양의 내부에 살고 있으며, 태양의 찬란한 외피는 축복받은 자들의 영혼이라는 것이었다. 태양의 흑점은 인간에게 신을 드러내 주는 현상이라고 보았기에, 흑점이 나타나면 그는 몇 시간이고 망원경에 붙어 앉아 그 내부의 어둠을 주시했다. 성육신 논리[14]도 흑점과 같은 어떤 것이었다.

그레이스 씨는 누구하고나 이 발견을 놓고 즐거이 토론했지만 각자의 결론이 중요하다며 자신의 의견을 강요하지 않았다. 그가 한때 긴 이야기를 나누었던 클라이브 더럼은 누구 못지않게 그의 견해를 잘 이해했다. 그의 이론은 정신적으로 사고하고자 하는 현실적인 사람의 것이었다. 불합리하고 물질주의적이었지만, 직접적인 체험과 사고에 근거하고 있었다. 그레이스 씨는 보이지 않는 세계에 대한 교회의 달콤한 설명을 거부했고, 그런 이유로 헬레니스트인 클라이브와 잘 어울렸다.

그가 임종의 자리에 누웠다. 정직성이 의심되는 과거는 희미해졌고, 그가 이제 고대하는 것은 사랑하는 이들을 만나는 것과 두고 떠나는 이들을 적당한 때에 다시 만나는 것이었다. 그는 예전의 고용인들을 불러 모았다. 그들은 환상을 품지 않았지만, 〈늙은 위선자의 비위를 맞춰〉 주었다. 그는 언제나 잘 대해 주었던 가족들도 불러들였다.

그의 마지막 나날은 무척이나 아름다웠다. 그 이유가 무엇이냐고 묻는 것은 지나친 까탈일 것이다. 냉소적인 사람이 아니라면 누구나 사랑스러운 노인이 죽어 가는 이 시간, 슬픔과 평화가 한 덩어리가 되어 앨프리스턴 가든스에 향기를

14 신이 인간의 몸을 입고 세상에 내려왔다는 기독교의 교리.

뿌리는 장면을 가만히 지켜보았을 것이다.

친척들은 삼삼오오 무리 지어 왔다. 모리스만 빼고 모두 감동했다. 그레이스 씨는 유언을 공개했기 때문에 음모도 없었고, 모두가 무엇을 기대해야 할지 알았다. 그레이스 씨가 가장 사랑했던 손녀 에이다가 아이다 이모와 함께 큰 몫의 재산을 나누어 받았다. 다른 사람들에게는 나머지 유산이 돌아갔다. 모리스는 자신의 몫을 받을 생각이 없었다. 그는 죽음을 재촉하지 않았지만, 그것은 적절한 시기에 그와 만나기를 기다리고 있었고, 그 시기는 아마도 그가 집에 도착했을 때가 될 것 같았다.

하지만 저승길의 동행자를 보니 마음이 산란해졌다. 할아버지는 태양으로 떠날 준비를 갖추고 있었고, 병 때문에 수다스러워져서 어느 12월 오후 모리스를 앞에 두고 한바탕 이야기를 쏟아 냈다. 「모리스, 너도 신문을 읽으니 새로운 이론을 봤겠지.」 그것은 유성들의 무리가 토성 띠에 충돌해서 산산조각이 나고, 그 조각들이 태양으로 떨어진다는 이론이었다. 그레이스 씨의 이론에 따르면 악한 자들은 태양계의 외곽 행성들로 가게 되어 있는데, 그는 영원한 징벌에 반대했기에 그들을 어떻게 구출할지가 고민이었다. 새 이론은 그 문제를 해결해 주었다. 산산조각이 나서 선한 자들과 다시 합류한다는 것이다! 젊은이는 공손하고 진지하게 이야기를 듣다가 이 황당한 이야기가 사실일지도 모른다는 두려움에 사로잡혔다. 두려움은 곧 사라졌지만, 그로 인해 전 인격에 영향을 미치는 내면의 재구성이 일어나기 시작했다. 할아버지는 확신을 갖고 있음이 분명했다. 또 한 명의 인간이 생명을 느끼게 해주었다. 그는 창조 행위를 완수했고, 그러는 동안 죽음은 그에게서 고개를 돌렸다. 「할아버지처럼 믿음을 갖는다는 건 대단한 일이에요.」 모리스는 깊은 상심 속에 말했다. 「저는 케임브리지 이후로 아무것도 믿지 않았어요. 일종의 어둠 같은 것만 빼고는요.」

「아, 내가 네 나이 때는…… 지금은 찬란한 빛이 보인다…… 전등불 같은 건 비할 수도 없지.」

「제 나이 때는 어떠셨다고요, 할아버지?」

하지만 그레이스 씨는 대답하지 않았다. 「마그네슘 빛보다 더 찬란하지. 내부의 빛은.」 그는 이렇게 말하고는, 신은 밝은 태양 내부의 어두운 부분이고 영혼은 보이는 육체 내부의 보이지 않는 부분이라는 황당한 비유를 했다. 「내부의 힘…… 영혼. 쏟아라, 하지만 지금은 참아야 해. 저녁이 될 때까지는.」 그는 잠시 멈추었다가 다시 말했다. 「모리스, 네 어미한테 잘해 주거라. 동생들한테도. 네 아내와 자식들한테도. 동료들한테도. 내가 그랬듯이 말이다.」 그가 다시 말을 멈추자 모리스는 가볍게 투덜거렸다. 하지만 그 말투에는 존경심이 깃들어 있었다. 〈저녁이 될 때까지는 참아야 한다. 저녁이 될 때까지는 쏟지 마라〉라는 말에 사로잡혔기 때문이다. 노인은 계속 중얼거렸다. 선량해야 하고, 친절해야 하고, 용감해야 한다. 모두가 낡은 충고였지만 진실했다. 살아 있는 가슴에서 나온 말들이었다.

「왜요?」 모리스가 말을 잘랐다. 「할아버지, 왜요?」

「내부의 빛은……」

「저한텐 그런 게 없어요.」모리스는 감정이 북받칠까 봐 소리 내서 웃었다.「제 안에 있던 빛은 6주 전에 꺼졌어요. 저는 선량하고 싶지도 않고 친절하고 싶지도 않고 용감하고 싶지도 않아요. 제가 계속 살아간다면…… 그렇게는 안 살 거예요. 그 반대겠죠. 아니 그쪽도 싫어요. 모두 다 싫어요.」

「내부의 빛은……」

모리스는 거의 비밀을 고백하기 직전까지 갔지만, 그 비밀을 들어 줄 귀는 없었다. 할아버지는 이해하지 못했고, 이해할 수도 없었다. 그는 계속해서 〈내부의 빛…… 친절해야 해〉라고만 중얼거렸지만, 그 말은 모리스의 내부에서 일어나기 시작한 재구성 작업에 힘을 실어 주었다. 왜 사람은 친절하고 선량해야 하는가? 누군가를 위해서? 클라이브나 신 또는 태양을 위해서? 그러나 모리스한테는 아무도 없었다. 어머니 말고는 아무도 중요하지 않았고, 어머니도 아주 중요하지는 않았다. 이렇게 철저히 혼자인데, 왜 살아가야 하는가? 그럴 이유가 아무 데도 없었지만, 그래야 할 것 같은 암울한 예감이 들었다. 죽음도 그의 것이 아니었기 때문이다. 죽음도 사랑처럼 그를 힐끗 한 번 바라보고는 그가 〈분투하도록〉 남겨 두고 돌아섰다. 그는 어쩌면 할아버지만큼이나 오래 분투하고, 또 그만큼 우스꽝스럽게 은퇴해야 할지도 몰랐다.

28

그 당시 그의 변화를 개심이라고 말할 수는 없다. 거기에
덕성의 고양과 관련된 것은 아무것도 없었다. 집으로 돌아와
결국 사용하지 않을 권총을 살펴보다가 그는 혐오감에 사로
잡혔다. 어머니에게 인사할 때 헤아릴 수 없이 깊은 사랑이
솟은 것도 아니었다. 그는 전과 다름없는 비참함과 오해 속
에 살았고, 그러는 동안 외로움은 커져만 갔다. 그것은 아무
리 여러 번 언급해도 지나치지 않다. 모리스의 외로움, 그것
은 커져 갔다.

하지만 변화가 있었다. 그는 새로운 습관들, 특히 클라이
브와 함께 있을 때는 소홀히 했던 사소한 기술들을 익히기
시작했다. 시간 엄수, 예의범절, 애국심, 심지어 기사도 정신,
그 밖에도 여러 가지를. 그는 엄격한 자기 훈련을 했다. 기술
만 습득하는 게 아니라 그것을 적용할 시점도 알아야 했고,
또 그것을 통해서 자신의 행동을 부드럽게 교정할 방법도 알
아야 했다. 처음에는 별달리 할 수 있는 게 없었다. 그때까지
가족과 세상은 그의 옛 방식에 매우 익숙해져 있었기 때문

에, 그가 조금만 다르게 행동해도 의아해했다. 이 사실은 그가 에이다와 대화를 나눴을 때도 뚜렷하게 드러났다.

에이다는 모리스의 오랜 친구 채프먼과 약혼하게 되었고, 그것으로써 남매의 험악한 경쟁은 막을 내리게 되었다. 할아버지가 돌아가신 뒤에도 그는 에이다가 클라이브와 결혼할지 모른다는 생각에 질투로 마음을 태웠다. 클라이브는 누군가와 결혼할 것이다. 하지만 그 상대가 에이다라는 생각은 견딜 수 없었고, 그 걱정이 사라지지 않았다면 그는 제대로 행동할 수 없었을 것이다.

에이다와 채프먼은 잘 어울리는 한 쌍이었고, 모리스는 둘의 결합을 공개적으로 찬성한 뒤 에이다를 따로 불러 말했다. 「에이다, 전에 클라이브가 다녀간 뒤 내가 너한테 너무 심하게 굴었다는 거 알아. 이제 그걸 털어놓고 너한테 용서를 빌고 싶다. 그동안 많이 괴로웠어. 정말 미안하다.」

에이다는 놀란 표정이었지만 별로 기뻐하는 것 같지는 않았다. 그는 그녀가 아직도 자신을 미워한다는 걸 알았다. 그녀가 웅얼거렸다. 「다 지난 일이야. 지금 내가 사랑하는 사람은 아서야.」

「그날 저녁 그렇게 화낸 걸 후회하고 있어. 하지만 그때 내게는 아주 큰 걱정거리가 하나 있었거든. 클라이브는 네가 짐작한 그런 말을 하지 않았어. 그 친구는 너를 비난한 적이 없어.」

「그랬더라도 상관없어. 대수롭지 않은 일이야.」

오빠가 사과하는 경우가 워낙 드물었기에 그녀는 이참에

모리스를 확실히 짓밟고 싶다는 생각을 했다. 「클라이브를
마지막으로 만난 게 언제야?」그녀가 이렇게 물은 것은 키티
에게 두 사람이 싸운 것 같다는 이야기를 들었기 때문이었다.

「좀 됐어.」

「주말이랑 수요일 방문도 끊긴 모양이야.」

「행복하기 바란다. 채피는 좋은 녀석이지. 사랑하는 두 사
람이 결혼하는 건 정말 좋은 일이라고 생각해.」

「행복을 빌어 줘서 고마워. 하지만 나는 남이 빌어 주건 말
건 행복해지고 싶어. (그녀는 나중에 채프먼에게 이 말을
〈멋진 응수〉라고 설명했다.) 그동안 오빠가 나한테 빌어 준
대로 나도 오빠한테 빌어 줄게.」그녀의 얼굴은 붉게 상기되
었다. 그녀는 그간 큰 고통을 받았고, 갑자기 자신을 외면해
상처를 주고 떠난 클라이브에게 결코 무관심하지 못했다.

모리스는 그걸 짐작했기에 우울한 눈빛으로 그녀를 바라
보았다. 그런 뒤 그가 화제를 바꾸자, 한 가지 생각을 오래
하지 못하는 에이다는 평소의 성품을 되찾았다. 하지만 오빠
를 용서할 수는 없었다. 실제로 그녀와 같은 기질을 지닌 사
람은 그렇게 깊이 모욕당하고 싹터 오르던 사랑을 훼손당한
일을 용서할 수 없을 것이다.

키티하고도 이와 비슷한 일이 있었다. 키티 일도 내내 마
음에 걸렸는데, 그동안의 잘못을 시정하려고 하자 키티는 오
히려 불쾌해했다. 그는 키티가 오랫동안 열망하던 가정학 전
문학교의 학비를 대주겠다고 했다. 키티는 제안을 받아들이
면서 전혀 고마운 기색 없이 말했다. 「난 이제 뭘 제대로 배

우기에는 너무 나이가 들었어.」키티와 에이다는 서로 힘을 합해서 모리스에게 여러 가지 사소한 낭패를 안겨 주었다. 홀 부인은 처음에는 충격을 받고 딸들을 나무랐지만, 아들이 저 자신을 보호하는 데 무관심한 걸 알고는 그녀 역시 무관심해졌다. 그녀는 아들을 좋아했지만, 그가 학감과 부딪쳤을 때 격렬하게 비난하지 않은 것처럼 이번에도 그를 열렬히 보호하고 나서지 않았다. 그래서 집안에서 모리스의 자리는 점차 줄어들었고, 그해 겨울 동안 그는 케임브리지 시절에 얻은 지위를 상당 부분 잃었다. 〈모리스는 걱정할 것 없어. 걸어가도 되고 야전 침대에서 잘 수도 있고 난롯불 없이도 담배를 피워〉 같은 말들이 튀어나왔지만 그는 반박하지 않았다. 지금 그의 삶은 그런 것이었다. 하지만 그는 미묘한 변화를 눈치챘고, 그것이 외로움과 동시에 출현했다는 것을 알았다.

세상도 어리둥절하기는 마찬가지였다. 그는 징병제만이 나라를 구할 수 있다는 신념에 따라 지금껏 미루고 있던 지방 수비대에도 들어갔다. 각종 사회사업을 후원했고 교회에서 하는 일도 꺼리지 않았다. 그는 사우스 런던의 빈민 복지 시설에서 젊은이들과 럭비를 하기 위해 토요일 골프를 포기했고, 수요일 저녁 시간은 그들에게 산수와 권투를 가르치는 데 바쳤다. 같은 객차의 승객들은 미심쩍은 표정이었다. 홀이 진지해지다니! 모리스는 지출을 줄여서 자선 사업에 더 많은 돈을 기부했지만, 그가 후원하는 곳은 모두 예방 차원의 자선 단체로, 구호 사업에는 한 푼도 내지 않으려고 했다. 이 모든 일들과 주식 중개 사업으로 그는 어떻게든 끊임없이 움직였다.

하지만 그는 훌륭한 일을 하고 있었다. 그것은 영혼이 얼마나 적은 양식으로도 살 수 있는지 증명하는 것이었다. 그는 천국에서도 지상에서도 양식을 얻지 못한 채 계속 나아갔다. 유물론이 진실이라면 그 등잔은 꺼졌을 것이다. 그에게는 덕행의 두 가지 큰 동기인 신도 애인도 없었다. 그러나 위엄의 요구에 따라 안락에 등을 돌리고 고투했다. 그를 지켜보는 이는 아무도 없었고, 그 자신도 그를 지켜보지 않았지만, 그와 같은 투쟁은 인간의 지고한 성취이며, 천국에 관한 어떤 전설도 뛰어넘는 것이었다.

그를 기다리는 보상은 없었다. 이런 수고는 이전에 사라진 많은 것들처럼 무너져 없어질 것이다. 하지만 그는 그것과 함께 무너지지 않았고 이때 단련된 근육은 다른 곳에 쓰일 날을 기다리고 있었다.

29

추락은 봄이 만개한 어느 일요일에 다가왔다. 눈부시게 아름다운 날이었다. 그들은 외할아버지 때문에 상복을 입고 있었지만, 그것만 빼면 평소와 다를 바 없이 아침 식탁에 앉았다. 어머니와 두 여동생 말고도, 이제 그들과 함께 살게 된 대책 없는 이모 아이다가 있었고, 키티가 가정학 전문학교에서 만난 친구 통스 양이 있었다. 통스 양은 키티가 전문학교에서 유일하게 얻은 구체적인 성과였다. 에이다와 모리스 사이에는 빈 의자가 놓여 있었다.

「어머나, 더럼 씨가 약혼했다는구나.」 홀 부인이 편지를 읽다가 말했다. 「이렇게 소식을 전해 주다니 더럼 부인은 친절하기도 하지. 펜지는 지방의 영지야.」 홀 부인이 통스 양에게 설명했다.

「바이올릿은 그런 데 관심 없어요, 어머니. 사회주의자거든요.」

「내가 그렇다고? 그거 좋은 소식인데.」

「나쁜 소식 아닌가, 통스 양?」 아이다 이모가 말했다.

「어머니, 도대체 어떤 누구래요?」

「너는 도대체 어떤 누구라는 말을 너무 자주 쓰는구나.」

「어머니, 말씀 계속하세요, 상대가 누구래요?」에이다가
안타까움을 억누르며 물었다.

「레이디 앤 우즈라고 하네. 네가 직접 읽어 보렴. 그리스에
서 만났다고 하는걸. H. 우즈 경의 딸 레이디[15] 앤 우즈.」

그쪽에 대해 많은 걸 아는 사람들 사이에서 탄성이 터져
나왔다. 곧이어 더럼 부인이 쓴 편지의 내용이 밝혀졌다. 〈이
제 그 아가씨의 이름을 알려 드릴게요. H. 우즈 경의 영애인
앤 우즈랍니다.〉 한 번 들은 이야기인데도 변함없이 놀라웠
고, 그리스라는 배경 덕분에 낭만적이기도 했다.

「모리스!」이모가 왁자지껄한 소음을 뚫고 불렀다.

「왜요?」

「그 아이가 늦는구나.」

모리스는 의자 등받이에 몸을 기대며 천장에 대고 〈디
키!〉하고 소리쳤다. 주말 동안 배리 박사의 젊은 조카가 그
들의 집에 와서 묵고 있었다.

「디키는 여기 위쪽 방에서 자는 게 아니니까, 그래 봐야 소
용없어.」키티가 말했다.

「내가 올라가 볼게.」

모리스는 정원에 나가 담배를 절반쯤 피우다 식당으로 돌
아갔다. 그 소식은 어쨌든 그의 마음을 크게 흔들어 놓았다.
소식 자체도 잔인했지만, 그 못지않게 상처가 된 것은 식구

15 *lady*. 귀족의 부인과 딸에게 붙이는 경칭.

들 중 그 일을 모리스와 연결시키는 사람이 아무도 없다는 것이었다. 당연한 일이긴 했다. 지금은 더럼 부인과 그의 어머니가 주역이었다. 부인들의 우정은 자식들의 비극을 뛰어넘어 지속되었다.

그는 생각했다. 〈클라이브가 편지를 할 수도 있었을 텐데. 과거를 생각해서라도.〉 그때 이모가 투덜거리는 게 들렸다. 「그 애는 아직도 안 내려왔어.」

모리스는 웃으며 일어섰다. 「제 잘못이에요. 깜박했어요.」

「깜박했다고!」 모두의 눈이 모리스에게 쏠렸다. 「그것 때문에 나가 놓고 잊어버렸다고? 모리, 넌 정말 웃기는구나.」 그는 웃음 섞인 질책에 쫓겨 식당을 나왔지만, 다시 한번 깜박할 뻔했다. 〈2층에 가야지.〉 그렇게 생각하자 지독한 피로가 몰려왔다.

그는 늙은이 같은 걸음으로 계단을 올라 한숨을 훅 쉬었다. 그러고 나서 두 팔을 활짝 벌렸다. 아침은 눈부시게 아름다웠다. 하지만 다른 이들을 위한 아침이었다. 살랑거리는 나뭇잎도 집 안으로 쏟아져 들어오는 햇빛도 모두 다른 이들을 위한 것이었다. 모리스는 디키 배리가 잠들어 있는 방의 문을 두드리다가 노크로는 소용없을 것 같아서 문을 열었다.

소년은 전날 밤 댄스파티에 다녀온지라 아직도 자고 있었다. 삐죽삐죽한 팔다리들이 이불 밖으로 튀어나와 있었다. 부끄러움을 모르는 자세로 누운 그의 몸을 햇살이 보듬은 채 어루만지고 있었다. 입술은 살짝 벌어져 있었는데, 윗입술 가에는 금빛 솜털이 돋아 있었고, 머리카락은 가닥가닥이 찬란한 빛살이 되었으며, 몸은 고운 호박빛이었다. 누가 보더라도 아름다운 모습이었지만, 두 개의 길을 지나 그에게 이른 모리스에게 그 모습은 이 세상의 욕망 자체가 되었다.

「벌써 아홉시가 넘었어.」모리스가 냉정을 되찾고 말했다.

디키는 끄응 소리를 내더니 이불을 턱까지 끌어올렸다.

「아침 먹어야지. 일어나.」

「언제 들어왔어요?」디키가 눈을 뜨고 물었다. 모리스가 지금 볼 수 있는 것은 자신을 응시하는 그의 두 눈뿐이었다.

「조금 전에.」그가 잠시 뜸을 들인 뒤 말했다.

「죄송해요.」

「너 좋을 대로 해. 난 그저 네가 멋진 하루를 놓치지 않길 바랐을 뿐이야.」

아래층에 내려가자 사람들은 이 귀족적 혼사에 신이 나서 떠들고 있었다. 키티는 그에게 우즈 양을 아느냐고 물었다. 모리스는 〈안다〉고 대답했다. 그것은 새로운 시대의 문을 여는 거짓말이었다. 다시 한번 이모의 목소리가 들렸다. 「그 아이는 안 내려오니?」

「제가 서두르지 말라고 했어요.」모리스는 온몸을 떨면서 말했다.

「모리스, 넌 도움이 안 되는구나.」홀 부인이 말했다.

「그 아이는 손님이잖아요.」

이모는 손님의 첫 번째 의무는 그 집의 규칙에 따르는 것이라고 말했다. 지금까지 모리스는 이모에게 반박했던 적이 없지만, 이번에는 대꾸했다. 「이 집의 규칙은 누구나 자기 하고 싶은 대로 하는 거예요.」

「아침 식사는 여덟시 반이야.」

「그건 그러고 싶은 사람들 이야기죠. 졸린 사람들은 아홉시나 열시에 아침을 먹어도 돼요.」

「모리스, 어떤 집에서도 그렇게 할 수는 없어. 하인들이 다 그만둘 테니까.」

「손님들을 어린 학생 취급하느니 차라리 하인들을 내보내 겠어요.」

「어린 학생! 하! 그 애는 어린 학생이야!」

「배리 군은 지금 울리치[16]에 있어요.」 모리스가 짧게 말했다.

아이다 이모는 코웃음을 쳤지만, 통스 양은 존경의 눈길을 보냈다. 다른 사람들은 이제 펜지를 떠나야 할 가엾은 더럼 부인 생각에 모리스의 말을 듣지 않았다. 한바탕 화를 냈더니 기분이 좋아졌다. 몇 분 후 디키가 내려오자, 그는 자리에서 일어나 자신의 신을 맞았다. 목욕을 해서 소년의 머리카락은 찰싹 달라붙어 있었고, 날렵한 몸은 이제 옷에 가려져 있었지만, 그래도 여전히 아름다웠다. 그에게서는 상쾌한 기운이 느껴졌고 — 어쩌면 꽃들과 함께 왔는지도 모른다 — 공손하고 선량해 보였다. 디키가 홀 부인에게 사과하는 목소리에 모리스는 전율했다. 서닝턴에 있을 때 귀찮아서 돌보아 주지 않은 아이! 어젯밤에 도착했을 때도 귀찮다고 생각한 그 손님이 바로 이 아이였다!

16 육군 사관 학교가 있는 런던 동남부의 도시.

이 정열은 그것이 타오르던 순간에는 매우 강렬해서, 모리스는 자기 인생에 위기가 닥쳤다고 느꼈다. 그는 예전에 그랬듯이 모든 약속을 깼다. 아침 식사 후에는 디키와 팔짱을 낀 채 그를 배리 박사의 집까지 데려다주었고, 오후에 차를 함께 마시자고 강요했다. 그 약속은 지켜졌다. 모리스는 열렬한 기쁨에 휩싸였다. 피가 뜨거워졌다. 그는 이야기 내용에는 별로 주의를 기울이지 않았는데, 이것이 되려 득이 되었다. 그가 〈뭐라고?〉 하고 묻자, 디키가 소파로 다가온 것이다. 그는 디키에게 한 팔을 둘렀다. 아이다 이모가 들어온 탓에 행여 있었을지 모르는 재앙은 비껴갔지만, 그는 그 솔직한 눈동자 속에 반응이 있었다고 생각했다.

그들은 다시 한번 만났다. 한밤중이었고, 모리스는 이제 행복하지 않았다. 디키의 귀가를 기다리는 동안 그의 감정은 육체적인 것이 되어 있었다.

「저도 바깥문 열쇠가 있는데요.」 모리스가 안 자고 있는 걸 보고 디키가 놀라서 말했다.

「알아.」

잠시 침묵이 흘렀다. 둘 다 어색해서 서로를 힐끗거리면서도 눈이 마주치는 것을 피했다.

「바깥은 춥니?」

「아뇨.」

「잠자리에 들기 전에 너한테 뭐 좀 갖다줄 것 없을까?」

「아뇨, 괜찮아요.」

모리스는 스위치로 다가가 계단의 불을 켰다. 그런 뒤 얼른 현관 입구의 불을 끄고 뛰어가 소리 없이 디키를 따라잡 았다.

「여긴 내 방이야.」 그가 속삭였다. 「평상시에는 말이지. 너 때문에 지금은 쫓겨났지만.」 그리고 덧붙였다. 「난 여기서 혼자 잔단다.」 자신도 모르게 말이 흘러나오고 있었다. 그는 디키의 코트를 벗긴 뒤 말없이 들고 서 있었다. 집 안이 너무 조용해서 다른 방에서 나는 여자들 숨소리까지 들렸다.

소년도 말이 없었다. 사람들은 저마다 무수히 다른 성장 과정을 겪는 법이고, 디키는 이 상황을 완벽하게 이해했다. 만약 홀이 강요한다면 소동을 일으키지는 않겠지만, 그러고 싶지 않다는 게 그의 생각이었다.

「난 위에 있어.」 모리스는 차마 용기를 내지 못하고 가쁜 숨을 쉬었다. 「필요한 게 있으면, 난 밤새 이 방 위쪽 다락방 에 있으니까 그리로 와. 난 늘 혼자야.」

모리스가 나간 뒤 디키는 문에 빗장을 걸고 싶은 충동을 느꼈지만, 사관생도답지 못한 일이라고 생각하고 물리쳤다. 그리고 이튿날 아침 식사 종소리에 눈을 떴을 때, 그의 얼굴 에는 햇살이 가득했고 그의 마음은 깨끗이 씻겨 있었다.

30

이 사건은 모리스의 삶을 산산조각 냈다. 과거의 그림자 때문에 그는 잠시 디키를 클라이브로 착각했지만, 3년의 세월이 하루에 복원될 수는 없는 만큼 불꽃은 미심쩍은 재만 남긴 채 치솟을 때만큼이나 빠르게 사그라졌다. 디키는 월요일에 떠났고, 금요일이 되자 모리스의 머릿속에서 그의 모습조차 지워졌다. 그다음에는 한 고객이 사무실을 찾아왔다. 활달하고 잘생긴 프랑스 청년인 그는 〈므슈 올〉[17]에게 자기를 속일 생각은 말라고 했다. 농담을 주고받는 사이 익숙한 감정이 솟았는데, 이번에는 심연의 냄새가 함께 솟아올랐다. 「아뇨, 안타깝게도 일이 바빠 시간을 낼 수가 없네요.」 프랑스 남자의 점심 초대에 모리스는 이렇게 대답했고, 그 목소리가 어찌나 영국인다웠는지 청년이 폭소하면서 그를 흉내 내기까지 했다.

남자가 가고 난 뒤 모리스는 진실과 마주쳤다. 디키에 대한 그의 감정에는 아주 원초적인 이름이 필요했다. 그는 한때

17 〈미스터 홀〉의 프랑스어식 표현.

감상에 빠져 그것을 동경이라고 불렀지만, 정직의 습성이 목소리를 높였다. 그는 얼마나 한심한 위선자였나! 가엾은 디키! 모리스의 눈앞에 소년이 자신의 품을 빠져나간 뒤 창문을 부수고 뛰어내려 팔다리가 부러지거나 사람들에게 미친 듯이 도와 달라고 소리치는 모습이 보였다. 경찰도 보였다.

「욕정.」 모리스는 소리 내서 그 말을 했다.

그 존재를 모를 때 욕정은 별 문제가 되지 않는다. 이제 그 감정의 이름을 찾은 모리스는 사무실의 평온 속에서 그것을 가라앉히고자 했다. 그의 실제적인 정신은 신학적 절망에 시간을 낭비하지 않고 일에 매진했다. 사전 경고를 받았으니 사전 대비를 할 수 있었고, 그는 소년과 젊은이들을 멀리하기만 하면 되었다. 그렇다. 다른 젊은이들을 피해야 했다. 지난 여섯 달 동안 불분명하게 여겨지던 몇 가지 일이 또렷이 이해되었다. 예를 들어서 빈민 복지 시설의 한 학생 — 모리스는 코를 찡그렸다. 다른 증거가 필요 없었다. 그 감정으로 인해 신사로서 하층 계급 사람에게 끌려갈 수 있다는 것은 자괴스러운 일이었다.

그는 자기 앞에 놓인 것이 무엇인지 몰랐다. 그는 성 불능이나 죽음으로 끝날 수밖에 없는 상태에 들어서고 있었다. 이전까지는 클라이브가 그것을 지연시켰다. 언제나 그렇듯이 그것 또한 클라이브의 영향력이었다. 두 사람은 그들의 사랑이 육체를 포함한 것이지만 그것을 충족시켜서는 안 된다고 서로 이해했고, 그 이해는 클라이브가 — 굳이 말을 하지 않고도 — 이끌어 낸 것이었다. 그가 말에 가장 근접했던 때는 펜지에서 모리스의 키스를 거절한 첫날 저녁, 그리고 무성한 고사리 풀숲에 누워 있던 마지막 날 오후였다. 그때 두 사람의 황금 시절을 이끈 규칙, 그리고 어쩌면 죽음에 이를 때까지 지켜졌을 규칙이 만들어졌다. 모리스는 거기 만족했지만 그것은 무언가 최면과도 같은 것이었다. 그것은 클라이브의 기질에는 들어맞지만 그에게 맞는 것은 아니었고, 홀로 남은 지금 그는 퍼블릭 스쿨 시절처럼 추악한 균열을 드러냈다. 그리고 그를 치료할 사람은 클라이브가 아니었다. 그가 그렇게 하려 해도 실패했을 것이다. 그들과 같은 관계가 깨질 때는 두 사람 모두 영원한 변모를 겪게 마련이기 때문이다.

그러나 모리스가 이 모든 걸 깨닫지는 못했다. 그는 영묘했던 과거로 인해 눈이 멀었고, 지금 그가 꿈꿀 수 있는 최상의 행복은 그 과거로 돌아가는 것이었다. 사무실에 앉아 일하는 그의 눈에는 인생의 거대한 변곡이 보이지 않았고, 맞은편에 앉아 있는 아버지의 유령은 더더욱 보이지 않았다. 그의 아버지 홀 씨는 싸움도 생각도 없는 인생을 살았다. 별다른 사건도 전혀 일어나지 않았다. 그는 사회에 순응했고, 아무런 위기 없이 탈법적 사랑과 합법적 사랑을 넘나들었다. 지금 아들을 건너다보는 그는 그림자의 세계에 들어선 자가 유일하게 느끼는 고통인 질투에 사로잡혔다. 정신을 교육하는 육체 — 그 자신은 그런 교육을 받지 못했지만 — 저항을 이기고 나태한 심성과 늘어진 정신을 발전시키는 육체를 보았기 때문이다.

얼마 지나지 않아 모리스는 전화를 받았다. 수화기에 귀를 대자, 6개월간의 침묵 끝에 그의 유일한 친구의 목소리가 들렸다.

「안녕.」 그가 말했다. 「안녕, 내 소식 들었지, 모리스.」

「들었어, 하지만 네가 편지를 안 해서 나도 편지하지 않았어.」

「그래.」

「지금 어디야?」

「레스토랑에 가는 중이야. 네가 그쪽으로 와주었으면 하는데 어때?」

「안 되겠는걸. 방금 전에도 점심 초대를 거절했어.」

「잠깐 통화하는 것도 어려워?」

「아, 그렇진 않아.」

클라이브는 모리스의 태도에 안도한 듯 이야기를 계속했다. 「지금 약혼녀랑 같이 있어. 바꿔 줄게.」

「아, 좋아. 계획은 어떻게 돼?」

「결혼식은 다음 달이야.」

「그래, 잘되길 빌게.」

둘 다 할 말이 떠오르지 않았다.

「이제 앤 바꿔 줄게.」

「앤 우즈예요.」 여자의 목소리가 들렸다.

「제 이름은 홀입니다.」

「네?」

「모리스 크리스토퍼 홀이에요.」

「제 이름은 앤 클레어 윌브레엄 우즈예요. 그런데 할 말이 생각나지 않네요.」

「저도 그렇군요.」

「홀 씨는 오늘 아침 제가 여덟 번째로 통화한 클라이브의 친구예요.」

「여덟 번째라고요?」

「잘 안 들리네요.」

「여덟 번째냐고 했습니다.」

「네, 이제 클라이브 바꿔 드릴게요. 안녕히 계세요.」

클라이브가 다시 나타났다. 「그건 그렇고, 다음 주에 펜지에 한번 안 와줄래? 급작스럽지만, 나중에는 모든 게 너무 정신없어질 테니까.」

「시간 내기가 어려울 것 같은걸. 여기 힐 씨도 결혼을 해서 회사에서 내가 할 일도 많아지고 말이야.」

「누구, 회사 동업자?」

「응, 그리고 다음에는 에이다와 채프먼이 결혼하고.」

「그 소식 들었어. 8월은 어때? 9월은 안 돼. 그때는 틀림없이 보궐 선거가 있을 테니까. 8월에 와서 그 끔찍한 영지 대마을 대항 크리켓 경기를 좀 도와줘.」

「고마워, 갈 수 있을지도 모르겠다. 그때가 되면 편지해.」

「물론이지. 그런데 말이야, 앤한테 여윳돈 백 파운드가 있거든. 네가 투자 좀 해주지 않겠어?」

「좋아. 어떤 걸 생각하고 있는데?」

「네가 골라 주는 게 좋을 거야. 4퍼센트 이상은 안 돼.」

모리스는 몇 종의 주식 시세를 말해 주었다.

「마지막 게 좋네요.」 앤의 목소리였다. 「이름은 알아듣지 못했지만요.」

「계약서를 보시면 알 수 있을 겁니다. 주소가 어떻게 됩니까?」

앤이 주소를 알려 주었다.

「됐습니다. 연락이 가면 수표를 보내 주세요. 저도 전화를 끊고 얼른 사야겠습니다.」

모리스는 말한 대로 했다. 이후 그들의 대화는 이런 식으로 이어졌다. 클라이브와 그의 아내가 아무리 다정하게 대해 주어도 그는 언제나 그들이 전화선 저편에 있는 것 같은 느낌을 받았다. 점심 식사 후 그는 결혼 선물을 골랐다. 마음 같아서는 큰 선물을 하고 싶었지만, 신랑 친구 목록에서 겨우 여덟 번째인 처지에 그런 것은 적당하지 않아 보였다. 3기니를 지불하면서 그는 카운터 뒤 거울에 비친 자신의 모습을 보았다. 얼마나 건실한 젊은 시민인가. 차분하고 품위 있으며 부유하지만 천박하지 않았다. 영국은 이런 인물에 의지하고 있다. 그런 사람이 지난 일요일에 한 소년을 능욕할 뻔했다는 걸 누가 상상이나 할 수 있겠는가?

31

봄이 끝나 갈 무렵, 모리스는 의사에게 진찰을 받기로 결심했다. 이런 결정은 그의 기질에 맞지 않았지만, 기차에서 추악한 일을 한 번 겪자 어쩔 수 없게 되었다. 그는 찌무룩하게 생각에 잠겨 있었는데, 그 표정이 객차의 유일한 동승객이던 사내에게 의구심과 희망을 불러일으켰다. 뚱뚱한 몸집에 기름기가 번들거리는 그 사내가 음란한 신호를 보냈을 때, 모리스는 무심결에 그만 반응을 보이고 말았다. 다음 순간 두 사람은 일어섰다. 사내가 미소를 짓자 모리스는 그를 때려눕혔다. 사내에게는 가혹한 일이었다. 늙수그레한 그는 방석 위에 코피를 쏟았는데, 더 가혹했던 것은 혹시 모리스가 비상 줄이라도 당길까 봐 겁에 질렸다는 것이다. 그는 정신없이 사과하며 돈을 주겠다고 했다. 모리스는 험악하게 인상을 쓰고 서서 그를 내려다보다가, 이 역겹고 추악한 늙은이에게서 자신을 발견했다.

의사를 찾아간다는 건 괴로운 일이었지만, 혼자서는 정욕을 물리칠 수가 없었다. 그것은 소년 시절처럼 거칠게, 하지만 그때보다 몇 배나 되는 강도로 그의 텅 빈 영혼 속에서 날뛰었다. 순진한 결심대로 〈젊은이들을 멀리할〉 수는 있다고 해도, 그들의 영상까지 떨칠 수는 없었기에 그는 끊임없이 마음속으로 죄를 지었다. 어떤 벌이라도 좋았다. 그는 의사가 자신에게 벌을 내릴 거라고 생각했다. 고칠 수만 있다면 어떤 치료도 받을 수 있었고, 고치지 못한다 해도 단 몇 분이라도 우울에 잠길 시간을 줄일 수 있을 것이다.

누구에게 진찰을 받아야 할까? 잘 아는 의사는 조잇뿐이어서, 기차 사건이 있은 다음 날, 그는 지나가는 말처럼 슬쩍 떠보았다. 「혹시 마을 회진을 하다 보면 오스카 와일드[18] 같은 불결한 부류들과 마주치기도 합니까?」 하지만 조잇의 대답은 이랬다. 「아니오, 그런 일은 다행히 정신병자 수용소에서 맡고 있습니다.」 모리스는 기운이 빠져서, 다시는 만나지 않을 사람에게 진찰을 받는 편이 낫겠다고 생각했다. 전문의는 어떨까 싶었지만, 자신의 병을 다루는 전문의가 있는지, 사실을 털어놓아도 비밀이 보장되는지를 알 수가 없었다. 다른 모든 문제에는 조언을 구할 수 있었지만, 그가 매일같이 시달리는 이 문제에 대해서 문명은 침묵했다.

결국 모리스는 마음을 굳게 먹고 배리 박사를 찾아갔다. 즐거운 만남이 되지 않을 건 분명했지만, 그는 질타하고 놀려 대도 어쨌든 신뢰할 만했고, 모리스가 디키한테 잘해 준 뒤로 그에 대한 태도도 부드러워져 있었다. 그들이 어떤 의미로도 친하지 않다는 사실이 오히려 더 편하게 여겨졌고,

18 아일랜드 출신 영국 작가. 동성애로 2년간 옥살이를 했다.

그 집을 찾아가는 일이 워낙 드물다 보니 앞으로 영원히 못 가게 된다 해도 별 상관 없을 것 같았다.

그는 5월 어느 쌀쌀한 저녁에 집을 나섰다. 봄 날씨는 험악하게 변해 있었고, 이번 여름도 형편없을 것이 예견되었다. 3년 전의 따뜻한 봄날, 그는 케임브리지 문제로 이곳에 와서 박사의 훈계를 들었다. 그때 박사에게 받은 혹독한 질책을 떠올리자 심장 박동이 빨라졌다. 배리 박사는 딸과 아내와 함께 브리지 게임을 하던 중이라 매우 유쾌해 보였고, 모리스더러 넷이서 함께 할 것을 강권하기까지 했다.

「박사님께 긴히 드릴 말씀이 있어서요.」 어찌나 긴장을 했는지 자신이 정말 그 말을 했는가 싶을 정도였다.

「그럼, 말해 보게.」

「의사와 환자로서요.」

「이런, 나는 의사 노릇을 그만둔 지 벌써 여섯 해나 되었네. 제리코나 조잇한테 가보지 그러나. 앉게, 모리스. 만나서 반갑군. 자네가 죽어 가고 있는 줄은 전혀 몰랐는걸. 폴리야! 이 시들어 가는 꽃한테 위스키 좀 갖다주렴.」

모리스가 가만히 서 있다가 어색한 태도로 돌아서자, 배리 박사는 그를 쫓아 현관 입구로 나서며 말했다. 「모리스, 내가 정말로 도울 수 있는 일인가?」

「제 생각에는 그렇습니다!」

「난 진료실도 없다네.」

「조잇을 찾아가기엔 너무 은밀한 병이라 박사님께 오는 게 나을 것 같았어요. 이 세상 의사들 가운데 제가 이런 말씀을 드릴 수 있는 사람은 박사님뿐이에요. 전에 한 번 제가 솔직히 말할 수 있는 날이 왔으면 좋겠다고 한 적 있죠. 바로 그 이야기예요.」

「비밀스러운 고민이라? 그럼, 이리 오게.」

그들은 아직도 후식 그릇들이 어수선하게 널린 식당으로 들어갔다. 벽난로 선반에는 메디치의 비너스 상이 놓여 있었고 벽에는 그뢰즈의 복제화들이 걸려 있었다. 모리스는 말을 하려고 했지만 입이 떨어지지 않아 물을 좀 따라 마셨는데, 그래도 말문이 열리지 않자 흐느끼기 시작했다.

「그래, 급할 거 없네.」 배리 박사는 친절하게 말했다. 「그리고 자네하고 나는 지금 의사와 환자로서 만났다는 것을 기억하게. 자네가 무슨 말을 하든 어머니 귀에는 들어가지 않을 거야.」

상황의 볼썽사나움이 그를 압도했다. 다시금 그 기차에 올라탄 것 같았다. 자신이 처하게 된 이 추악한 상황, 클라이브 외에는 아무에게도 말하지 않으리라 작정했던 끔찍한 경험이 그를 울게 했다. 정확하게 말하기가 어려워 그는 이렇게 중얼거렸다. 「여자 문제입니다.」

배리 박사는 대뜸 결론을 내렸다. 사실 현관 입구에서 이야기를 할 때부터 그는 이미 그렇게 생각하고 있었다. 자신도 젊었을 때 그런 문제를 좀 겪은 터라 동정심이 일었다. 「곧 해결할 수 있을걸세.」 그가 말했다.

모리스는 몇 방울의 눈물을 떨어트린 뒤 울음을 그쳤지만, 머릿속에는 나머지 눈물이 고통의 덩어리로 쌓여 있는 것 같왔다. 「제발 고쳐 주세요.」 그는 이렇게 말하면서 의자에 주저앉아 두 팔을 늘어뜨렸다. 「전 끝장난 것 같아요.」

「아, 여자라! 자네가 졸업식 때 연단에 서서 당당하게 연설하던 일이 생생하게 떠오르는군…… 우리 가엾은 동생이 죽은 해였지…… 자넨 어떤 선생 부인한테 넋을 놓고 있었고……. 저 아이는 아직 배울 게 많고 인생은 가혹한 학교지 하고 생각한 게 기억나는군. 여자들만이 우리를 가르칠 수 있지만, 훌륭한 여자만 있는 게 아니라 나쁜 여자도 있다네. 그럼, 그럼!」 그는 목소리를 가다듬었다. 「겁내지 말게. 사실대로만 말하면 내가 치료해 줄 테니. 그 몹쓸 것에 걸린 게 언제인가? 대학에서?」

모리스는 알아듣지 못했다. 그러다 다음 순간 낙담했다. 「그런 더러운 일이 아니에요.」 그가 격렬하게 말했다. 「저는 비참하긴 하지만 어쨌든 깨끗하니까요.」

배리 박사는 기분이 상한 것 같았다. 그는 문을 잠그더니 〈그러면 발기 불능이란 말인가? 한번 봐야겠군〉이라고 경멸 섞인 어조로 말했다.

모리스는 분노를 이기지 못하고 거칠게 옷을 벗어 던졌다. 그는 자신이 에이다를 모욕한 것 같은 방식으로 모욕을 당한 것이다.

「자넨 멀쩡하네.」 의사가 판정을 내렸다.

「멀쩡하다는 게 무슨 말씀이죠?」

「말 그대로야. 자넨 깨끗한 남자야. 걱정할 건 전혀 없네.」

모리스는 난로 앞에 앉았는데, 둔감해진 배리 박사에게도 그 자세가 눈에 띄었다. 예술적이지는 않았지만 어떤 장려함이 느껴졌다. 평상시와 같은 자세였는데도, 얼굴뿐 아니라 몸 전체가 완강하게 불꽃을 응시하고 있는 것 같았다. 나는 굴복하지 않을 것이다. 어쩐지 그런 인상을 풍겼다. 그는 느리고 서툴지 모르나, 자신이 원하는 걸 얻으면 하늘과 땅이 얼굴을 붉힐 때까지 붙들고 있을 수 있었다.

「자넨 멀쩡해.」 의사가 다시 한번 말했다. 「마음만 먹는다면 내일이라도 당장 결혼할 수 있어. 그리고 이 늙은이의 충고를 듣는다면 그렇게 하는 것도 좋지. 이제 옷을 입게나. 여긴 찬바람이 많이 드니까. 어쩌다가 그런 생각을 하게 됐나?」

「결국 박사님도 짐작하지 못하셨군요.」 그는 두려운 가운데에도 냉소를 담아 말했다. 「저는 오스카 와일드 같은 불결한 부류예요.」 카이사르에게 호소를 마친 그는 눈을 감고 두 주먹을 눈에 댄 채 가만히 앉아 있었다.

마침내 판결이 내려졌다. 그는 자기 귀를 믿을 수 없었다. 그것은 〈헛소리, 헛소리야!〉였기 때문이다. 모리스는 여러 가지 경우를 예상했지만 이런 것은 아니었다. 만약 그 말이 헛소리라면 그의 삶은 꿈에 지나지 않았다.

「배리 박사님, 제가 설명을 잘……」

「내 말 듣게, 모리스. 그 사악한 망상, 그 악마의 유혹이 다시 자네 마음에 들어오지 못하게 해야 해.」

그 목소리가 그의 뇌리에 박혔다. 이것이 과학의 목소리인가?

「누가 그런 되먹지 못한 생각을 자네 머리에 집어넣었나?

지금 내 눈앞의 자네, 또 내가 아는 자네는 훌륭한 젊은이야!
다시는 그런 말을 꺼내지 말게. 절대. 그런 이야기라면 듣지
않겠네. 들을 수 없어. 나는 추호도 그런 일을 의논할 수 없
네.」

「저는 조언이 필요해요.」 모리스는 배리 박사의 옥박지름
에 맞서 힘겹게 말을 꺼냈다. 「저한테는 헛소리가 아니라 인
생이에요.」

「헛소리야.」 엄격한 목소리가 내려왔다.

「이유는 몰라도 제가 기억하는 한 저는 항상 이랬어요. 왜
이런 건가요? 병에 걸린 건가요? 그렇다면 치료받고 싶어요.
저는 더 이상 외로움을 견딜 수 없어요. 지난 여섯 달은 특히
더 힘들었고요. 말씀만 해주시면 무슨 일이든 하겠습니다.
이게 다예요. 박사님께서 저를 도와주셔야 해요.」

모리스는 본래의 자세로 돌아가, 몸과 마음으로 불을 응
시했다.

「자! 옷을 입게.」

「죄송합니다.」 모리스는 웅얼거리고 옷을 입었다. 배리 박
사가 문을 열고 소리쳤다. 「폴리야! 위스키 가져오너라!」 진
찰은 끝났다.

32

배리 박사로서는 그것이 가장 훌륭한 조언이었다. 그는
모리스가 가진 문제를 다룬 학술서를 읽은 적이 없었다. 그
가 의사로 일할 때는 그런 저작이 아예 없었고, 그 뒤로 출판
된 것들은 모두 독일어라서 의구심이 갔다. 그는 기질적으로
그런 데 반감을 품고 있던지라 사회의 평결을 흔쾌히 지지했
다. 다시 말해, 그의 평결도 『성서』에 기초한 것이었다. 그는
가장 타락한 자만이 소돔에 눈길을 준다고 생각했기 때문에,
가문과 허우대가 모두 멀쩡한 남자에게서 그런 성향을 고백
받았을 때 〈헛소리, 헛소리야!〉라는 말밖에 할 수 없었다. 그
것은 진심이었다. 그는 모리스가 어떤 말을 우연히 주워듣고
병적인 생각에 빠진 것이며, 의사가 경멸하면서 언급을 회피
하면 그런 생각은 금세 달아날 거라고 생각했다.

모리스 또한 깊은 인상을 받고 떠났다. 배리 박사는 모리
스의 집에서 신망이 두터웠다. 그는 키티의 생명을 두 번이
나 구해 주었고, 홀 씨의 마지막 병상을 지켰으며, 정직하고
자존심이 강해서 마음에 없는 말은 절대 하지 않았다. 그는

20년 가까운 세월 동안 홀 씨 일가에게 절대적인 권위를 행사했다. 의견을 묻는 일은 드물었지만, 항상 곁에 존재하면서 옳고 그른 것을 판단해 줄 거라고 여겨지는 그런 사람이었다. 그런 그에게서 〈헛소리〉라는 말을 듣고 보니, 온몸에 느껴지는 저항감에도 불구하고 정말로 그게 헛소리는 아닐까 하는 생각이 들었다. 그는 배리 박사의 정신 상태를 혐오했다. 매춘을 용납하는 것은 역겨운 일이었다. 그래도 그는 박사의 견해를 존중했고 그것을 근거로 새로이 운명과 싸워 보겠다는 결심 속에 그곳을 떠났다.

하지만 그는 그보다 의사에게 말할 수 없는 다른 근거에 더 마음을 두었다. 클라이브는 스물네 살이 되자 여자에게 눈길을 돌렸다. 모리스도 8월이면 스물네 살이 된다. 그 자신도 변할 수 있을까⋯⋯. 그러고 보니 스물네 살 전에 결혼하는 남자는 드물었다. 모리스는 대개의 영국인들이 그렇듯이 다양성을 인식하는 능력이 없었다. 그동안의 고통을 통해 다른 사람들도 살아 있는 존재라는 걸 알게 됐지만, 그 사람들이 모두 다르다는 사실은 깨닫지 못했고, 클라이브의 변화를 자신이 걸어갈 길의 예고로 생각하려고 했다.

결혼은 분명히 즐거운 일일 것이며 사회나 법률에 부합하는 일이다. 그 후 다시 만난 자리에서 배리 박사는 〈모리스, 자네하고 딱 맞는 여자를 만나면, 그러면 모든 문제가 없어질걸세〉라고 말했다. 글래디스 올콧이 다시 떠올랐다. 물론 그는 이제 철부지 대학생이 아니었다. 그는 고통을 겪었고 자신을 탐구한 끝에 스스로가 비정상이라는 걸 알았다. 하지만 회복 불가능한 정도일까? 다른 여러 면에서 교감할 수 있는 여자를 만난다면? 그도 아이를 갖고 싶었다. 또 아이를 낳을 능력이 있다고 배리 박사가 말했다. 결혼은 불가능한 일일까? 집에서는 에이다 때문에 늘 결혼이 화제였고, 어머니는 모리스가 키티의 상대를 찾아 주고 키티는 모리스의 상대를 찾아 줘야 한다는 식의 말을 자주 내비쳤다. 어머니의 태도는 놀라울 만큼 초연했다. 〈결혼〉, 〈사랑〉, 〈가족〉 같은 말들은 홀로 살아온 긴 세월 동안 모든 의미를 잃었다. 통스가 키티한테 보낸 음악회 표가 새로운 가능성을 열어 주었다. 키티는 음악회에 갈 수 없다며 식구들한테 표를 내놓았다. 모리스는 자기가 가겠다고 했다. 키티가 그날은 클럽에 가는 날이 아니냐고 했지만, 모리스는 클럽을 빠지겠다고 했다. 그는 음악회에 갔는데, 그날의 음악은 우연히도 그가 클라이브로 인해 좋아하게 된 차이코프스키의 교향곡이었다. 모리스는 음악이 그의 가슴을 찌르고 헤치고 감싸 주는 느낌이 좋았다. 그 음악은 그에게 더 이상의 의미는 없었다. 그리고 음악 덕분에 통스 양에게 감사의 마음이 생겼다. 하지만 불행히도 음악회가 끝난 뒤 그는 리즐리를 만났다.

「생포니 파티크.」[19] 리즐리는 유쾌하게 말했다.

「비창 교향곡이죠.」 모리스의 속물근성이 그 말을 정정했다.

---

19 프랑스어로 〈비창 교향곡 *Symphonie Pathétique*〉을 〈병적 교향곡 *Symphonie Pathique*〉으로 말한 것. *pathique*는 단어가 아니라 접미어지만, 발음의 유사성을 위해 이렇게 말한 것으로 보인다.

「생포니 앵세스튀외즈 에 파티크.」[20] 그런 뒤 리즐리는 젊은 친구에게 차이코프스키가 남자 조카와 사랑에 빠져 그 걸작을 조카에게 헌정했다는 사실을 말해 주었다. 「그런데 런던의 훌륭한 분들이 다 와서 들었으니 놀라운 일이야!」

「별걸 다 아는군요.」그는 부루퉁하게 말했다. 묘하게도 막상 비밀을 털어놓을 만한 상대를 만나자, 그러고 싶은 생각이 사라졌다. 하지만 그는 당장 도서관에서 차이코프스키의 전기를 빌렸다. 차이코프스키의 결혼 생활 대목은 정상적인 독자라면 막연히 문제가 있다는 느낌만을 받고 넘어갔겠지만 그에게는 전율을 일으켰다. 그는 그 파국이 어떤 의미였는지, 배리 박사가 그를 얼마나 그리로 가깝게 끌고 갔는지 깨달았다. 책 속에서 그는 차이코프스키의 멋진 조카 〈밥〉을 알게 되었는데, 절망에 빠진 차이코프스키는 그에게 의지해서 정신적, 음악적으로 부활을 하게 되었다. 그 책에 쌓여 가던 먼지는 말끔히 털렸으며, 모리스는 자신에게 도움을 준 유일한 문학 작품이라며 책에 경의를 바쳤다. 하지만 그것은 그가 뒷걸음질 치는 데 도움이 되었을 뿐이다. 그는 의사들이란 바보라는 믿음 외에 아무것도 얻지 못한 채 다시 기차 안의 상황으로 돌아갔다.

이제 모든 길이 봉쇄된 것처럼 보이자, 좌절한 모리스는 소년 시절에 버렸던 습관들에 의지하게 되었다. 그것들은 실제로 그에게 타락한 평화를 가져다주었고, 그의 모든 감각이

---

20 *Symphonie Incestueuse et Pathique*. 〈근친 상간과 병적 교향곡〉이라는 뜻.

응축해 들어가는 육체적 충동을 다스림으로써 그가 일을 할 수 있게 해주었다. 그는 평균적인 사람이었고 평균적인 싸움은 이길 수 있었지만, 자연은 그를 성자들만이 버틸 수 있는 엄청난 싸움으로 이끌었고, 그는 차츰 밀리기 시작했다. 펜지를 방문하기 직전에 새로운 희망이 싹텄으나 그것은 막연하면서도 유쾌하지 않은 것이었다. 바로 최면술이었다. 리즐리는 콘월리스도 최면 요법을 받은 적이 있다고 했다. 의사가 〈자, 이제 당신은 내시가 아닙니다!〉 하고 말하자, 보라! 그는 내시가 아니게 되었다! 모리스는 그 의사의 주소를 받았지만 뭔가를 얻으리라고는 기대하지 않았다. 과학과의 대면은 한 번으로 족해 보였고, 또 리즐리는 항상 너무 많은 것을 안다는 느낌이 들었다. 주소를 일러 주는 그의 목소리는 부드러우면서도 약간 재미있어하는 듯했다.

33

이제 모리스와의 관계에서 해방된 클라이브 더럼은 흡연실의 대화를 끝으로 헤어진 뒤 틀림없이 고통의 시간을 보냈을 친구를 돕고자 했다. 서신 왕래는 벌써 몇 달 전에 끊겼다. 모리스의 마지막 편지는 버밍엄에 다녀온 뒤 쓰인 것으로, 자살을 하지 않겠다는 선언을 담고 있었다. 클라이브는 그가 자살하리라고는 생각하지 않았지만 어쨌든 통속극이 끝나게 된 것이 기뻤다. 전화로 이야기를 할 때면 전화선 저편의 남자에게 존경심마저 품을 수 있을 것 같았다. 그 목소리는 지난 일들은 지난 일로 흘려보내고, 열정은 친분으로 남겨 두고자 하는 자의 목소리였다. 편안한 기색을 가장하지도 않았다. 가련한 모리스의 목소리는 조심스러웠고, 약간 예민하게 들리기도 했지만, 클라이브가 볼 때 그건 너무도 자연스러운 태도였고, 그래서 자신이 사태를 개선해 줄 수 있을 거라고 느꼈다.

그는 어떻게라도 도움을 주고 싶었다. 과거의 속성은 그에게서 사라졌어도 그 파편은 남아 있었으며, 그는 한때 모리스가 자신을 유미주의에서 건져 내서 사랑의 태양과 바람 속에 세워 주었다는 것도 잊지 않았다. 하지만 모리스가 그에게 앤만큼 가치 있는 존재가 될 수는 없을 것이다. 친구는 그가 황폐한 3년을 견디도록 도와주었고, 그런 친구를 돕지 않는다면 그는 은혜를 모르는 자가 될 것이다. 그는 은혜 갚음 따위를 좋아하지 않았다. 그보다는 순수한 우정에서 돕고 싶었다. 하지만 그가 가진 수단은 한 가지뿐이었고 일이 잘 풀린다면, 모리스가 냉정을 유지한다면, 전화선 끝에 머물러 준다면, 그가 앤만큼 건전하다면, 냉혹하거나 무겁거나 거칠게 굴지 않는다면, 그러면 둘은 다른 통로와 방식을 통해서라도 다시 친구가 될 수 있을 것이다. 모리스에게는 뛰어난 자질이 있었다. 클라이브는 그걸 알았고, 그것을 느낄 기회가 다시 오고 있는지도 몰랐다.

하지만 위와 같은 생각은 클라이브에게 드물고 미약하게 들 뿐이었다. 그의 인생의 중심은 앤이었다. 앤이 자신의 어머니와 잘 지낼까? 바다 근처의 서섹스에서 자란 앤이 펜지를 좋아할까? 펜지에 종교 활동의 기회가 없는 걸 아쉬워하지 않을까? 정치 활동에 대해서는 어떻게 생각할까? 사랑에 빠진 그는 자신의 육체와 영혼을 앤에게 주었고, 지나간 정열이 가르쳐 준 모든 것을 그녀의 발치에 쏟아 냈지만, 그 지나간 정열의 대상이 누구였는지를 떠올리는 데에는 상당한 노력이 필요했다.

약혼 직후, 클라이브에게 앤이 아크로폴리스까지 포함한 전 세계였을 때 그는 모리스의 일을 고백할까도 생각했다.

앤은 이미 그에게 작은 과오 하나를 고백한 터였다. 하지만 친구에 대한 충성심이 그를 제지했고, 나중에는 그걸 다행이라고 생각했다. 앤이 여신 같은 존재임은 분명했지만 그래도 팔라스 아테나는 아니었고, 그가 닿을 수 없는 점들이 많았기 때문이다. 그 가운데 가장 큰 것은 그들의 성적 결합이었다. 결혼 후 함께 방에 들어갔을 때, 그녀는 그가 무엇을 원하는지 몰랐다. 공들인 교육을 받았지만 성에 대해서는 아무도 그녀에게 말해 주지 않았다. 클라이브는 최대한 그녀를 배려했지만, 그녀가 너무 겁을 먹었기 때문에 자신을 싫어한다는 느낌을 받았다. 그것은 사실이 아니었다. 그 이후의 밤들에 그녀는 그를 환영했다. 그러나 그때마다 두 사람 다 아무 말이 없었다. 둘은 일상과 동떨어진 세계에서 결합했고, 이 비밀스러움은 두 사람 인생의 많은 것을 끌고 갔다. 너무도 많은 것이 그렇게 말할 수 없는 영역으로 숨었다. 그는 한 번도 앤의 나신을 보지 못했고 그녀도 마찬가지였다. 그들은 생식과 소화 기능 같은 것은 없는 것으로 여겼다. 그러므로 클라이브의 미숙함을 드러낸 이 사건에 대해서는 어떤 의문도 제기되지 않을 것이다.

그것은 말해서는 안 되는 것이었다. 그것이 그와 그녀 사이에 서 있는 게 아니라, 그녀가 그와 그것 사이에 서 있었다. 그리고 다시 생각해 본 뒤 클라이브는 그게 다행이라고 여겼다. 수치스럽지는 않아도 감상적이고 또 잊어 마땅한 일이었기 때문이다.

비밀스러움은 그에게 어울렸고, 적어도 그는 그에 대해

유감이 없었다. 그는 곧이곧대로 말해야 직성이 풀리는 사람이 아니었고, 육체를 존중했지만 실제 성행위는 시적이지 못한 것이므로 밤의 어둠에 가려지는 것이 최선이라고 생각했다. 남자들 사이의 행위는 용서할 수 없는 것이고, 남녀 간에는 자연과 사회가 인정하기 때문에 행해질 수 있는 것일 뿐, 토론 주제나 자랑거리가 될 수는 없었다. 결혼에 대한 그의 이상은 그가 가진 다른 이상들과 마찬가지로 온건하고 우아한 것이었고, 품위 있는 여성이자 다른 이들의 품위를 존경하는 앤이야말로 그에게 더없이 잘 어울리는 배우자였다. 그들은 서로를 부드럽게 사랑했다. 미풍양속이 그들을 감싸 안았다. 그러는 동안 그 장벽 너머에서는 모리스가 입술에 부정한 말을 담고 가슴에 부정한 욕망을 품고 두 팔에 허공을 안은 채 떠돌고 있었다.

34

모리스는 8월에 1주일 휴가를 내서 초대받은 대로 펜지에
갔다. 영지 대 마을 대항 크리켓 경기 사흘 전이었다. 기분이
묘하고도 씁쓸했다. 그동안 그는 리즐리가 말한 최면술사에
대해 곰곰 생각해 보았고, 진찰을 받아 보고 싶다는 쪽으로
마음이 흘러갔다. 이제 그것은 여간 괴로운 것이 아니었다.
이를테면 마차를 타고 영지를 지나오던 중 그는 사냥터지기
가 하녀 두 명과 희롱하는 걸 보고 불쑥 질투가 솟는 것을 느
꼈다. 여자들은 못생겼지만 청년은 그렇지 않았고, 어째서인
지 그 때문에 더 기분이 나빴다. 그는 싸늘하고 근엄한 눈초
리로 세 사람을 노려보았다. 여자들은 키득거리며 흩어졌고,
청년은 모리스의 눈길을 은근슬쩍 받고는 모자를 만지는 편
이 안전하다고 생각했다. 모리스 때문에 그들의 가벼운 놀이
는 중단되었다. 하지만 그가 지나가면 그들은 다시 만날 것
이고, 세상의 모든 여자는 남자를 만나 키스하고 키스받을
것이다. 자신도 기질을 바꾸고 같은 출발선에 서는 편이 낫
지 않을까? 이번 여행이 끝난 뒤 결정할 것이다. 헛된 줄 알

면서도 그는 아직도 클라이브에게 무언가 기대하고 있었다.

「클라이브는 외출 중이에요.」젊은 안주인이 그를 맞았다. 「안부를 전하면서 저녁 식사 때까지는 돌아올 거라고 그랬 어요. 런던 씨가 돌봐 드릴 수 있지만, 홀 씨가 굳이 그럴 필 요를 느끼실 것 같지는 않네요.」

모리스는 조용히 웃고 차를 받아 마셨다. 거실은 예전과 같은 분위기였다. 사람들이 여기저기에 무슨 일인가를 도모 하며 서 있었고, 안주인 역할에서 물러난 클라이브의 어머니 는 이사할 집의 허술한 배수관 덕분에 펜지에 계속 살았다. 집은 더욱 낡고 황폐해진 듯했다. 쏟아지는 빗속에서도 그는 대문 기둥이 기울고 나무들이 멋대로 자란 것을 보았다. 실 내에 놓인 몇 개의 화려한 결혼 선물은 해진 옷에 덧댄 천처 럼 보였다. 우즈 양은 펜지에 돈을 가져오지 않았다. 그녀는 교양과 매력을 겸비했지만 더럼가와 같은 계급이었고, 영국 은 해가 갈수록 그녀에게 부를 제공하는 데 인색해졌다.

「그이는 지금 선거 운동 중이에요.」그녀가 말을 이었다. 「가을에 보궐 선거가 있거든요. 입후보를 설득해 달라고 결 국 사람들을 설득해 냈죠.」그녀는 귀족적인 수완으로 모리 스가 비판하기 전에 선수를 쳤다. 「하지만 진심으로 하는 말 인데, 그이가 당선되면 빈민들에게 좋은 일이 될 거예요. 클 라이브는 빈민들의 가장 진실한 친구죠. 그들이 알아주기만 한다면요.」

모리스는 고개를 끄덕였다. 사회 문제를 토론하고 싶은 기분이 들었다. 「빈민들은 훈련이 좀 필요해요.」

「그렇습니다. 그들에게는 지도자가 필요합니다.」 부드럽지만 위엄 있는 목소리가 끼어들었다. 「지도자를 찾지 못하면 언제까지나 고통을 받을 겁니다.」 앤은 새로 온 교구 목사 보레니어스 씨를 소개했다. 그는 앤 자신이 데려온 사람이었다. 클라이브는 목사 임명에 까다롭지 않아서, 신사 계급이고 마을 일에 열심이기만 하면 좋다고 했다. 보레니어스 씨는 두 조건에 합당했고, 전임 목사가 저교회파[21]였으니 이번에는 고교회파[22]인 그를 임용하는 것도 균형이 맞을 것 같았다.

「보레니어스 목사님, 재미있네요!」 거실 한쪽에서 노부인이 소리쳤다. 「우리 모두에게 지도자가 필요하다는 말씀이시죠. 백번 동감합니다.」 그러면서 그녀는 이리저리 시선을 돌렸다. 「다시 말하지만 우리 모두에게 지도자가 필요해요.」 보레니어스 목사도 그녀를 따라 시선을 이리저리 움직이더니, 원하는 것을 찾지 못했는지 곧 작별 인사를 하고 떠났다.

「저러다가 정작 목사관 일은 어떻게 하려는지.」 앤이 생각에 잠겨서 말했다. 「늘 저런 식이에요. 남편한테 와서 주택 문제를 비판하고는 저녁 식사 전에 떠난답니다. 무척 예민한 분이에요. 빈민들에게 신경을 많이 쓰고 있죠.」

「저도 빈민들과 관계를 좀 맺고 있습니다.」 모리스가 케이크 조각을 먹으면서 말했다. 「하지만 그 사람들을 걱정하지는 않습니다. 그들을 도와주는 건 나라 전체를 위해서일 뿐이에요. 그 사람들은 우리 같은 감정이 없어요. 우리 생각처

---

21 복음주의를 강조하고 의식적 요소를 배제하는 영국 국교회의 일파.
22 교회의 질서와 의식적 요소를 중시하는 영국 국교회의 일파.

럼 그렇게 고통받지 않습니다.」

앤은 별로 수긍할 수 없다는 기색을 띠었지만, 속으로는 백 파운드를 훌륭한 중개인에게 맡겼다고 생각했다.

「제가 아는 건 골프장의 캐디들과 빈민가의 선교회뿐입니다. 하지만 저도 배운 게 약간 있어요. 빈민들은 동정을 원하지 않는다는 겁니다. 그 사람들이 저를 진짜로 좋아할 때는 제가 권투 장갑을 끼고 자기들을 두들겨 팰 때거든요.」

「아, 권투를 가르치시는군요.」

「네, 럭비도 하고요…… 하지만 실력들이 형편없어요.」

「그렇겠죠. 보레니어스 목사님은 그 사람들이 원하는 건 사랑이라고 말씀하시죠.」 앤이 잠시 침묵한 후에 말했다.

「맞는 말이지만 사랑받진 못할 겁니다.」

「홀 씨!」

모리스는 콧수염을 훔치고 빙긋 웃었다.

「어떻게 그렇게 냉혹한 말씀을.」

「냉혹하다고 생각했던 적은 없습니다. 말하고 보니 그렇게 들렸을 것 같지만요.」

「하지만 냉혹한 걸 좋아하시는 것 같군요.」

「사람은 어디에나 익숙해지게 마련입니다.」 이렇게 말하고 그는 뒤를 돌아보았다. 바람에 문이 덜컹 열렸기 때문이다.

「이런, 저는 늘 클라이브한테 냉소적이라고 나무랐는데 홀 씨는 더하시네요.」

「말하자면 저는 냉혹한 데 익숙해졌다고 할 수 있어요. 빈민들이 빈민굴에 익숙해지듯이 말예요. 그건 시간문제입니다.」 그는 상당히 거리낌 없이 이야기하고 있었다. 펜지에 도착한 뒤 그는 아주 신랄하고도 무모해졌다. 클라이브는 집에 남아서 친구를 맞는 정도의 성의도 보이지 않았다. 잘된 일이었다! 「얼마 동안 문을 쾅쾅 두드리며 괴로워하지만, 결국에는 자신이 처한 곳에 익숙해지는 법입니다. 처음에는 누구나 강아지 무리처럼 시끄럽게 짖어 대죠, 왈! 왈!」 그가 느닷없이 개 짖는 소리를 흉내 내자 앤은 웃음을 터뜨렸다. 「그러다 사람들이 모두 바빠서 자기 외침에 귀를 기울여 주지 않는다는 걸 알게 되면 짖기를 멈춰요. 사실이 그렇습니다.」

「남자의 관점이에요.」 그녀가 고개를 끄덕이며 말했다. 「나는 클라이브가 그런 생각을 못하게 하겠어요. 전 연민을 믿어요…… 사람은 서로의 짐을 나누어 질 수 있다는 걸요. 시대에 뒤떨어진 견해라는 건 알아요. 홀 씨는 니체를 신봉하시나요?」

「글쎄요!」

클라이브는 홀이 무심해 보이는 면이 있다고 말해 주었지만, 앤은 이 남자가 마음에 들었다. 어느 면에서 무심하긴 하지만 분명한 개성이 있었다. 앤은 남편이 왜 그와 즐겁게 이탈리아 여행을 함께했는지 이해했다. 「왜 빈민들을 싫어하시죠?」 앤이 불쑥 물었다.

「싫어하지는 않아요. 단지 꼭 그래야 할 때가 아니면 생각하지 않는다는 거죠. 빈민굴이나 신디컬리즘, 그 밖의 모든 게 공공을 위협하고 있으니까, 누구라도 거기 맞서서 약간의 일은 해야 돼요. 하지만 사랑 때문은 아니지요. 보레니어스 목사님은 현실을 직시하지 않는 겁니다.」

앤은 가만있다가 모리스에게 나이가 어떻게 되느냐고 물었다.

「내일이면 스물네 살입니다.」

「나이에 비해 무척 엄격하시군요.」

「조금 전에는 냉혹하다고 하지 않았습니까. 쉽게 용서해 주시는군요, 더럼 부인!」

「어쨌거나 완고하신 것 같아요. 그게 더 나쁘죠.」

모리스가 얼굴을 찡그리자 앤은 자신이 무례했나 싶어서 클라이브로 화제를 돌렸다. 지금쯤이면 클라이브가 돌아올 줄 알았다면서 더 안타까운 건 내일은 정말로 클라이브가 나가지 않으면 안 된다는 것이라고 말했다. 선거구를 잘 아는 대리인이 그를 데리고 다니고 있다고 했다. 그러니 모리스에게 부디 양해를 바란다며 크리켓 경기를 도와 달라고 했다.

「그건 다른 약속이 어떻게 되느냐에 달려 있습니다……. 어쩌면 저는…….」

앤은 돌연한 호기심으로 모리스의 얼굴을 흘끔 보고 말했다. 「기거하실 방을 보여 드릴까요? 런던 씨, 홀 씨를 러셋 룸으로 데려다드리세요.」

「고맙습니다……. 오늘 우편물 나가는 게 있습니까?」

「오늘 저녁에는 없지만, 전보는 칠 수 있어요. 여기서 묵는다고 전보를 치세요……. 제가 주제넘게 참견한 것은 아닌지 모르겠습니다만.」

「전보를 쳐야 될지도 모르겠습니다, 분명한 건 아니지만.

어쨌든 대단히 고맙습니다.」 그런 뒤 그는 런던 씨를 따라 러셋 룸으로 올라가면서 〈클라이브는…… 우리의 옛일을 생각한다면 집에서 날 맞아 줄 수도 있었어. 내가 얼마나 비참한 기분인지 헤아려야 했어〉라고 생각했다. 그는 이제 클라이브를 사랑하지 않았지만, 그로 인해 충분히 고통받을 수는 있었다. 납빛 하늘에서 비가 영지로 쏟아져 내렸고 숲은 고요했다. 황혼이 내리자 그는 다시금 고통의 순환로에 들어섰다.

저녁 식사 시간까지 그는 방에 틀어박혀 자신이 사랑했던 유령들과 싸우고 있었다. 이번에 만날 의사가 그의 존재를 바꿔 줄 수 있다면, 설령 육체와 영혼이 모독당한다 해도 반드시 가야 하지 않을까? 지금과 같은 세상에서는 결혼하거나 타락하거나 둘 중 하나뿐이다. 그는 아직 클라이브에게서 자유롭지 못했고, 더욱 훌륭한 일이 일어나지 않는 한 그것은 변함없을 것이다.

「더럼 씨는 돌아왔나?」 하녀가 온수를 가져오자 모리스가 물었다.

「네.」

「방금?」

「아뇨. 30분쯤 됐습니다.」

하녀가 커튼을 내리자 풍경은 가려졌지만 빗소리까지 막지는 못했다. 그러는 동안 모리스는 전보문을 썼다. 「런던 서구 6번지 위그모어 플레이스, 래스커 존스 씨께.」 그가 하녀에게 구술했다. 「목요일에 약속을 잡아 주십시오. 윌트셔, 펜지의 더럼가에서 모리스 홀.」

「알겠습니다, 나리.」

「고맙네.」 그는 정중하게 말했지만, 그녀가 나가자마자 고통으로 얼굴이 일그러졌다. 그는 이제 공적 행동과 사적 행동이 완전히 분리되어 있었다. 거실에서 그는 아주 담담하게 클라이브와 인사를 나누었다. 그들은 다정하게 악수를 했고, 클라이브가 말했다. 「무척 건강해 보이는걸. 여기 이 숙녀 분을 식당까지 에스코트 해주겠어?」 그리고 모리스에게 어떤 여자를 소개해 주었다. 클라이브는 어느덧 상당한 시골 유지의 위치를 굳혀 놓고 있었다. 사회에 대한 모든 불만은 결혼과 더불어 사라졌다. 그들은 정치적 입장이 같았기 때문에 이야기할 것이 많았다.

클라이브는 모리스가 찾아온 것이 기뻤다. 앤도 그를 〈거칠지만 멋있는〉 사람이라고 말했다. 만족스러운 평가였다. 모리스에게는 분명 거친 기질이 있지만 이제 그런 것은 상관없었다. 에이다를 두고 벌어졌던 볼썽사나운 소동쯤은 잊을 수 있었다. 모리스는 아치 런던과도 잘 지냈고 — 그 점은 중요했다. 앤은 아치하고 같이 있는 걸 싫어했는데, 아치는 늘 누군가와 함께 있어야 하는 부류의 남자였기 때문이다. 클라이브는 모리스가 머무는 동안 아치와 둘이 짝을 이루도록 했다.

거실에서는 다시 정치 토론이 이어졌다. 모두가 급진주의자는 사기꾼이며 사회주의자는 미치광이라고 입을 모았다. 비는 흔들림 없이 단조로운 소리를 울리며 쏟아졌다. 대화가 끊길 때마다 소곤거리는 빗소리가 방 안으로 흘러들어 왔다. 그러더니 저녁 모임이 끝나 갈 무렵 피아노 뚜껑 위에서 〈똑,

똑〉 하는 소리가 울렸다.

「우리 집 유령이 또 오셨군.」 더럼 부인이 환하게 웃으며 말했다.

「천장에 아주 귀여운 구멍이 하나 있어요.」 앤이 소리쳤 다. 「클라이브, 우리 저걸 그냥 두면 안 될까요?」

「그렇게 해요.」 그가 종을 울리면서 말했다. 「하지만 피아 노는 옮깁시다. 오래 버티진 못할 테니.」

「접시를 받쳐 두면 어떻겠나?」 런던 씨가 말했다. 「클라이 브, 접시가 어떻겠냔 말이야. 전에도 클럽 천장에 비가 샌 적 이 있어. 그때 나는 종을 울려서 하인더러 접시를 가져오라 고 했지.」

「종을 울려도 하인은 오지를 않네요.」 클라이브가 다시 종 을 울리며 말했다. 「그래요, 아치 말대로 접시가 좋겠어요. 그래도 피아노는 옮겨야 해요. 앤이 귀여워하는 저 작은 구 멍이 밤사이에 커질지도 모르니까. 그런데다 이 위쪽에는 달 개 지붕뿐이거든요.」

「가엾은 펜지!」 그의 어머니가 말했다. 모두가 일어서서 비가 새는 곳을 쳐다보았고, 앤은 압지로 피아노 안을 조심 스레 닦아 냈다. 저녁 모임은 끝났고, 사람들은 집 안으로 들 어와 자신의 존재를 알린 비를 두고 즐겁게 농담을 했다.

「대야를 가져와.」 종소리를 듣고 들어온 하녀에게 클라이 브가 말했다. 「청소 도구도. 그리고 남자를 한 명 데려와서 피아노를 옮기고 여기 퇴창의 양탄자도 걷어 내게 해. 비가 다시 새고 있어.」

「종을 두 번이나 울렸어.」 더럼 부인이 말했다. 「두 번이나.」

「*Le delai s'explique*(저러니 늦을 수밖에).」 객실 하녀가 시종뿐 아니라 사냥터지기까지 데리고 들어오자 부인이 덧붙였다. 「*C'est toujours comme ça quand*(늘 저런 식이지). 우리 집에서는 하인들도 약간의 낭만이 있다니까.」

「신사 분들은 내일 무얼 하고 싶으세요?」 클라이브가 두 손님에게 말했다. 「저는 선거 운동 하러 가야 합니다. 따라올 생각은 마세요. 더없이 지루한 일이니까요. 사냥이라도 나가는 건 어떨지요?」

「좋군.」 모리스와 아치와 말했다.

「스커더, 들었나?」

「*Le bonhomme est distrait*(저 아이는 정신이 딴 데 팔려 있어).」 그의 어머니가 말했다. 피아노 때문에 양탄자에 주름이 잡혔고, 윗사람들 앞에서 목소리를 높이지 않으려다 보니 하인들은 서로의 지시를 알아듣지 못해 〈뭐라고?〉라고 속삭였다.

「스커더, 신사 분들이 내일 사냥 나가실 거야. 뭘 잡을지는 모르겠지만 열시쯤에 오너라. 이제 잠자리에 들까요?」

「아시겠지만, 일찍 자는 건 이 집의 규칙이랍니다.」 앤이 말했다. 그리고 세 하인한테 밤 인사를 한 뒤 위층으로 올라갔다. 모리스는 응접실에 남아서 책을 골랐다. 레키의 『합리주의의 역사』가 시간을 때워 줄 수 있을까? 빗방울이 대야로 떨어졌고, 하인들은 퇴창의 양탄자를 어떻게 할지 무릎을 꿇고 앉아 소곤거렸는데, 그 모습이 무슨 장례라도 치르는 것 같았다.

「젠장, 아무것도 없다는 거야, 아무것도?」

「쉿, 우리한테 하는 말이 아냐.」 시종이 사냥터지기한테 말했다.

결국 모리스는 레키의 책을 가져갔지만, 자신의 지성에는 버거운 책임을 깨닫고 몇 분 만에 책을 침대에 던진 뒤 전보에 대해서 생각했다. 펜지의 음울함 속에서 지내다 보니 그의 결심은 점점 굳어졌다. 그의 인생은 오물이 가득한 막다른 골목이 되었고, 이제 그는 물러나서 새로이 출발해야 했다. 과거에 연연하지 않으면 사람은 환골탈태할 수 있다고 리즐리는 암시했다. 잘 가라, 아름다움과 따스함이여. 그것은 모두 오물이 되었으니 사라져야 했다. 그는 커튼을 치다 말고 한동안 빗속을 응시했다. 그런 뒤 한숨을 쉬고 제 얼굴을 때리며 입술을 깨물었다.

35

　이튿날은 한층 더 음울했고, 그나마 다행이라고 할 만한 건 이 모든 것이 악몽 같은 비현실성을 띠고 있다는 것뿐이었다. 아치 런던은 쉴 새 없이 떠들어 댔고 비는 부슬부슬 내리는데, 그들은 스포츠의 신성한 이름으로 펜지 사냥터 안의 토끼들을 쫓아야 했다. 이따금 토끼를 맞히기도 하고, 이따금 놓치기도 했으며, 또 흰족제비를 풀기도 하고 그물도 쳤다. 사냥터에는 토끼들이 넘친다 싶게 많았는데, 아마도 그 때문에 토끼 사냥이 강제된 것 같았다. 클라이브한테는 용의주도한 면이 있었다. 점심을 먹으러 돌아왔을 때 모리스는 전율을 느꼈다. 래스커 씨가 전보를 보내서 내일 진료 약속을 잡아 두었다고 전했기 때문이다. 하지만 전율은 곧 지나갔다. 아치가 다시 토끼 사냥을 나가자고 했을 때, 모리스는 너무 울적한 나머지 거절할 기운도 없었다. 빗줄기는 아까보다 가늘어졌지만 안개는 더 짙어지고 진창은 더 질퍽거렸으며, 차 시간이 가까워질 무렵에는 흰족제비까지 잃어버렸다. 사냥터지기는 족제비를 잃어버린 건 그들의 잘못이라고 말했지만, 그렇게 어수룩하지 않은 아치는 흡연실에서 모리스에게 그림을 그려 가며 그 일을 설명해 주었다. 저녁 식사는 여덟시에 나왔고, 정치가들도 그때 도착했으며, 식사 후에는 거실 천장에서 빗물이 새어 나와 대야와 접시에 떨어졌다. 그런 뒤 러셋 룸에 돌아와도 똑같은 날씨, 똑같은 절망뿐이었고, 이제 클라이브가 그의 침대에 앉아서 다정하게 이야기를 건네고 있다는 사실도 아무 의미가 없었다. 좀 더 일찍 그랬더라면 모리스는 감동했겠지만, 펜지에 도착해서 받은 냉대에 이미 깊은 상처를 입었고, 그날 하루를 너무도 외롭고 어리석게 보낸 탓에 더 이상 지난날의 기억에 화답할 수 없었다. 그의 생각은 온통 래스커 존스에게 쏠려 있었고, 그래서 혼자 남아서 자신의 증상에 대한 진술문을 쓰고 싶었다.

클라이브는 모리스의 방을 찾아온 게 별 성과가 없었음을 느끼면서도 〈정치 일은 마음대로 시간을 조정할 수가 없어. 네가 왔을 때 하필 일이 몰리네〉라고 말했다. 그는 그날이 모리스의 생일이라는 걸 잊은 것에 몹시 난처해했다. 그러고는 크리켓 경기 때까지 머물러 달라고 간청했다. 모리스는 미안하기 짝이 없지만 런던에 갑자기 중요한 약속이 생겨서 그럴 수 없다고 말했다.

「그럼 그 일을 보고 돌아오면 안 되겠니? 손님 대접이 형편없다는 건 알지만, 네가 여기 있다는 것 자체가 너무 좋거든. 여기를 호텔처럼 생각하고 네 뜻대로 이용하는 거야. 우리는 우리 뜻대로 쓰고 말이야.」

「문제는 내가 결혼하고 싶다는 거야.」 모리스가 말했다.

그 말은 마치 독자적인 생명이라도 지닌 듯 그의 입에서 멋대로 흘러나왔다.

「정말 다행이구나.」클라이브가 눈길을 떨어트리며 말했다.「정말 다행이야. 결혼은 이 세상에서 가장 훌륭한 거고, 어쩌면 아마도 유일한……」

「알아.」그는 자신이 왜 그런 말을 했는지 알 수 없었다. 그의 문장은 빗속으로 날아갔다. 추적추적 내리는 비와 썩어가는 펜지의 지붕이 그의 머릿속을 떠나지 않았다.

「굳이 이런 이야기를 할 필요는 없겠지만, 앤은 벌써 짐작하고 있었어. 여자들은 대단해. 앤은 처음부터 네가 무언가 감추고 있다고 단언했거든. 나는 웃어넘겼지만 이제는 받아들여야겠군.」그는 눈을 들었다.「모리스, 정말 기쁘다. 나한테 이야기해 줘서 고맙고, 난 언제나 네가 그렇게 되길 바랐어.」

「나도 알아.」

잠시 침묵이 흘렀다. 클라이브의 옛 태도가 살아났다. 그는 너그럽고 사랑스러웠다.

「정말 좋구나. 하여간 기뻐. 뭔가 다른 말이 떠올랐으면 좋겠는데 쉽지가 않네. 앤한테 말해도 될까?」

「좋아. 모두한테 말해.」모리스가 소리쳤지만, 상대는 거기에 담긴 야수성을 눈치채지 못했다.「많은 사람이 알수록 좋아.」그는 외부의 압박을 끌어들였다.「내가 원하는 여자가 안 된다면, 다른 여자들이 있으니까.」

클라이브는 이 말에 가볍게 미소를 지었지만, 속으로는 너무나 기쁜 나머지 대꾸할 말을 찾지 못했다. 모리스를 위해서도 기뻤지만, 그 일이 자신의 위치를 완전히 안정시켜 줄 것이기 때문이기도 했다. 그는 수상쩍은 게 싫었고, 케임브리지, 블루 룸도 싫었으며, 영지의 몇몇 빈 터 — 물론 부끄러운 일이 없었으니 불결하지는 않았지만 — 도 어쩐지 우스꽝스럽게 여겨졌다. 최근에 그는 모리스가 처음 펜지를 방문했을 때 자신이 쓴 시를 한 편 발견했는데, 그것은 마치 거울 속 나라에서 쏟아져 나온 것처럼 어리석고 기괴해 보였다. 〈고대 그리스 선박이 드리운 그림자여.〉 자신이 그 억센 대학생을 이런 식으로 불렀던가? 하지만 이제 모리스도 그런 감상에서 벗어나 있다는 걸 생각하니 그 시는 순수해졌고, 그에게서도 살아 있는 듯 생생한 말들이 터져 나왔다.

「나는 네가 짐작하는 것보다 훨씬 더 많이 너를 생각했어, 모리스. 지난 가을에 말했듯이 난 너를 진정한 의미로 좋아하고 앞으로도 그럴 거야. 우리는 젊고 어리석었던 거지. 하지만 어리석음에서도 얻을 수 있는 게 있는 법이야. 성장. 아니, 그 이상이야. 친밀감. 우리는 한때 어리석었기 때문에 서로를 알고 또 신뢰하게 되었어. 결혼했다고 해서 달라지는 건 없어. 아, 정말 기분 좋다. 나는 정말로……」

「그러면 날 축복해 주는 거니?」

「그야 물론이지!」

「고마워.」

클라이브의 눈빛이 부드러워졌다. 그는 성장보다 좀 더 따뜻한 것을 전해 주고 싶었다. 용기를 내서 과거의 몸짓을 다시 빌려 올까?

「내일은 나를 생각해 줘.」 모리스가 말했다. 「그리고 앤은, 앤도 나를 생각해 줄 수 있겠지.」

앤에 대한 그런 다정한 언급을 듣자, 클라이브는 모리스의 크고 거무튀튀한 손에 가볍게 키스를 하기로 마음먹었다.

모리스는 몸을 떨었다.

「괜찮아?」

「아, 괜찮아.」

「모리스, 난 다만 내가 과거를 잊지 않았다는 것을 보여 주고 싶었어. 나도 너와 같은 생각이야. 그 문제는 다시 거론하지 않는 게 좋아. 하지만 이번만은 그걸 보여 주고 싶었어.」

「좋아.」

「이렇게 잘 정리된 게 기쁘지 않아?」

「잘이라니?」

「작년처럼 엉망진창은 아니잖아.」

「아, 그래.」

「너도 나한테 키스해 줘. 그러면 갈게.」

모리스는 정장 셔츠의 풀 먹인 소매 끝에 입술을 댔다. 일을 마치고 그가 입술을 떼자, 클라이브는 전에 없이 다정한 태도로 일이 해결되면 곧장 펜지로 돌아오라고 재차 강조했다. 클라이브가 모리스의 방에 머물며 늦도록 이야기를 하는 동안, 지붕창 위로 물이 콸콸 흘러내렸다. 클라이브가 떠나자 모리스는 커튼을 걷은 뒤 바닥에 무릎을 꿇고서 창틀에 턱을 댄 채 흩뿌리는 빗방울에 머리카락을 적셨다.

「이리 와!」 그가 불쑥 소리쳤고, 그 목소리에 자신도 놀랐다. 도대체 누구를 부른 거지? 아무 생각도 하지 않고 있었는데, 난데없이 그 말이 튀어나왔다. 그는 서둘러 공기와 어둠을 차단하고 다시 러셋 룸에 자신의 몸을 가두었다. 그런 뒤 진술문을 썼다. 글을 쓰는 데는 생각보다 시간이 걸렸고, 상상력이 없는 성품인데도 잠자리에 드는 순간 가슴이 조여들었다. 글을 쓰는 내내 누군가 어깨 너머로 보고 있는 것만 같았다. 그는 혼자가 아니었다. 아니면 어쨌든 혼자서 글을 쓰지는 않았다. 펜지에 온 뒤로 그는 모리스가 아니라 여러 목소리의 다발이 된 것 같았고, 이제는 그 목소리들이 안에서 싸우는 소리까지 들릴 지경이었다. 하지만 그 가운데 클라이브의 목소리는 없었다. 그는 그렇게 멀어져 있었다.

36

마침 아치 런던도 런던으로 돌아갈 예정이어서, 둘은 이튿날 아침 일찍 현관 입구에 나란히 서서 마차를 기다렸다. 그런데 토끼 사냥을 안내했던 청년이 문밖에서 팁을 받으려고 기다리고 있었다.

「뭐 저런 녀석이 다 있죠?」 모리스가 짜증스럽게 말했다. 「5실링을 줬더니 안 받더군요. 건방진 놈!」

런던 씨도 분개했다. 대체 하인들이 어떻게 되려는 걸까? 금화가 아니면 상대를 안 한다는 건가? 그렇다면 아예 하인 일을 그만두는 게 나을 것이다. 런던 씨는 아내의 산후 조리를 도와준 간호부 이야기를 꺼냈다. 피파는 그 여자를 거의 상전처럼 모셨지만, 어설프게 배운 사람들한테 무얼 바랄 수 있겠는가? 어설프게 배운 건 아예 못 배운 것만 못한 법이다.

「네, 맞습니다.」 모리스가 하품을 하며 말했다.

어쨌거나 런던 씨는 그래도 신분이 높은 쪽이 은혜를 베풀어야 하지 않나 싶다고 말했다.

「그러면 한번 줘봐요.」

그는 빗속으로 한 손을 내밀었다.

「홀, 그 아이가 팁을 받았습니다.」

「받았다고요? 저런 나쁜 놈.」 모리스가 말했다. 「왜 내가 준 팁은 안 받은 거죠? 런던 씨가 더 많이 줬나 보군요.」

런던 씨는 부끄러워하며 그렇다고 실토했다. 그는 무시당할 게 두려워서 팁을 더 주었다. 그 하인도 분명 기분 나쁜 놈이지만, 홀이 그걸 가지고 문제 삼는 것도 좋아 보이지 않았다. 하인들이 무례하게 굴 때는 무시하는 게 상책이었다.

하지만 모리스는 짜증과 피로에 젖어 있었고, 런던의 약속 때문에 불안했던 터라, 이런 일도 펜지의 불친절 가운데 하나로 여겨졌다. 그는 분풀이할 심산으로 현관 앞까지 걸어가서, 친숙하지만 으름장을 담은 어조로 말했다. 「이봐! 그러니까 5실링이 성에 차지 않는다는 거로군! 금화만 받겠다 이거지!」 그때 배웅하러 나와 있던 앤이 그를 가로막았다.

「행운을 빌게요.」 그녀는 더없이 상냥한 표정으로 이렇게 말하고는 무슨 비밀 고백이라도 기대한다는 듯 잠시 멈추었다. 아무런 대꾸가 없자 그녀가 덧붙였다. 「홀 씨가 냉혹한 분이 아니라서 다행이에요.」

「그렇습니까?」

「남자들은 자기가 냉혹하게 보이는 걸 좋아해요. 클라이브가 그렇죠. 안 그래요, 클라이브? 홀 씨, 남자들은 정말 재미있는 동물이에요.」 앤은 자신의 목걸이를 만지며 미소 지었다. 「아주 재미있죠. 행운을 빌어요.」 어느덧 앤은 모리스가 좋아졌다. 그의 상황, 그가 그것을 받아들이는 태도, 이런 것들에서 모두 남자다운 적절함이 느껴졌다. 「반대로 사랑에 빠진 여자는……」 그녀는 클라이브와 함께 현관 계단에 서서 떠나는 손님들을 지켜보며 말했다. 「사랑에 빠진 여자는 허세를 부리지 않아요. 그 아가씨 이름을 알고 싶네요.」

다른 하인들을 앞질러서 사냥터지기가 부끄러운 기색으로 모리스의 여행 가방을 마차까지 날라 주었다. 「안으로 들여 놔.」 모리스가 차갑게 말했다. 앤, 클라이브, 그리고 더럼 부인이 손 흔드는 것을 보며 그들은 출발했고, 런던 씨가 피파의 간호부 이야기를 다시 꺼냈다.

「환기를 좀 시킬까요?」 별 수 없이 이야기를 듣고 있던 모리스가 말했다. 그는 창문을 열고 비에 흠씬 젖은 영지를 내다보았다. 그칠 줄 모르고 쏟아지는 한심한 비! 도대체 뭘 바라고 이렇게 내리는 걸까? 우주는 사람에게 얼마나 무관심한가! 숲길에 들어서자 마차의 움직임은 힘겨워졌다. 마차는 영원토록 역에 도착할 수 없을 것 같았고, 피파의 불행도 끝이 나지 않을 것 같았다.

정문 수위실에서 그리 멀지 않은 곳에 짧고 가파른 오르막길이 있었다. 길의 관리가 제대로 되지 않은 탓에 노변 가득 자란 찔레 덤불이 마차의 페인트를 긁었다. 궂은 날씨로 바닥에 널브러진 꽃들이 천천히 지나갔다. 어떤 것은 썩었고, 어떤 것은 필 가망이 없었다. 여기저기서 아름다움이 고개를 내밀었지만, 그것은 우울한 세계의 필사적인 깜박임일 뿐이었다. 모리스는 꽃송이들을 차례로 들여다보았다. 그는 꽃에 그다지 관심이 없었지만, 그렇게 초라해진 꽃들을 보니 안타까웠다. 완벽한 것은 아무것도 없었다. 꽃들이 모두 삐딱하게 기운 가지도 있었고, 또 다른 가지는 쐐기벌레가 우글거리거나 혹들로 울퉁불퉁했다. 자연의 무관심! 그리고 무능력! 모리스는 자연이 하나라도 성공작을 낸 게 있나 하고 창밖으로 몸을 내밀었다가 한 청년의 밝은 갈색 눈동자와 마주쳤다.

「이런, 사냥터지기 놈이 여기까지 따라와 있네요?」

「그럴 리가, 여기까지 올 수가 없죠. 집에 있는 걸 보고 떠났잖아요.」

「뛰어왔으면 그럴 수도 있어요.」

「무엇 때문에 뛰어옵니까?」

「하긴 그렇군요. 뛰어올 일이 없죠.」 모리스는 이렇게 말하고 마차 뒤쪽 덮개를 들어 찔레 덤불 속을 들여다보았지만, 이미 연무에 가려져 보이지 않았다.

「있습니까?」

「안 보입니다.」 그들은 다시 이야기를 시작했고, 워털루에서 헤어질 때까지 거의 잠시도 쉬지 않고 떠들었다.

택시 안에서 모리스는 자신이 쓴 진술문을 읽어 보고 그 솔직함에 놀랐다. 조잇도 믿지 못했던 그가 정체불명의 의사에게 자신을 맡기러 가고 있었다. 리즐리가 안심하라고 했지만 그는 최면술 하면 강신술이나 공갈이 연상되었고, 「데일리 텔레그래프」지에서 그런 기사를 봤을 때 여러 차례 분통을 터뜨렸다. 그러니 이쯤에서 그만두는 게 좋지 않을까?

하지만 그곳은 괜찮아 보였다. 문을 열자 래스커 존스의 아이들이 계단에서 놀고 있었다. 귀여운 아이들이었는데, 모리스를 〈피터 삼촌〉으로 착각하고 그의 손에 매달렸다. 그리고 『펀치』지가 놓인 대기실에서 가만히 기다리고 있자니 별것 아니라는 느낌이 점점 더 강해졌다. 그는 차분하게 운명에 다가섰다. 그에게는 자신의 사회적 위신을 지켜 주고 욕정을 덜어 주고 아이를 낳아 줄 여자가 필요했다. 그 여자가 명백한 기쁨이 될 거라는 생각은 들지 않았다. (최악의 형태였지만, 어쨌거나 디키는 그런 기쁨이었다.) 그는 오랜 몸부림 속에서 사랑이 무엇인지 잊었기 때문이다. 그가 래스커 존스에게 구하려는 것은 행복이 아니라 휴식이었다.

존스 씨는 그가 생각하는 진보적 과학자상에 걸맞은 사람이었고, 모리스는 한결 더 마음이 놓였다. 그는 창백하고 무표정한 얼굴로 그림 한 점 걸려 있지 않은 널찍한 방의 접이식 뚜껑이 달린 책상 앞에 앉아 있었다. 「홀 씨십니까?」 그는 이렇게 묻고 핏기 없는 손을 내밀었다. 다소 미국식 억양이 느껴지는 말투였다. 「무슨 일로 오셨습니까?」 모리스는 초연해졌다. 마치 두 사람이 제3자의 문제를 의논하러 만난 것 같았다. 「여기 모두 적혀 있습니다.」 그가 진술문을 꺼내면서 말했다. 「전에 의사 한 분께 진찰을 받았지만 전혀 도움을 받지 못했습니다. 존스 씨가 해결해 줄 수 있는지도 모르겠고요.」

의사가 진술문을 읽었다.

「잘못 찾아온 게 아니었으면 좋겠습니다만.」

「안심하십시오, 홀 씨. 제 환자의 75퍼센트는 당신 같은 유형입니다. 이 진술문은 최근에 쓴 겁니까?」

「어젯밤에 썼습니다.」

「모든 게 정확합니까?」

「당연한 일이지만 이름과 장소는 조금 바꿨습니다.」

래스커 존스는 그게 당연하다고 생각하지 않는 눈치였다. 그는 모리스가 클라이브의 가명으로 쓴 〈컴벌랜드 씨〉에 대해서 몇 가지 질문을 하고는 두 사람이 교합한 적이 있느냐고 물었다. 신기하게도 그 질문은 불쾌하지 않았다. 그는 칭찬도 비난도 동정도 하지 않았다. 모리스가 갑자기 사회에 대한 불만을 토로할 때도 별로 관심을 기울이지 않았다. 모리스는 지난 1년간 한 번도 듣지 못했던 연민의 말을 간절히 바랐지만, 그가 그런 말을 하지 않자 오히려 기뻤다. 연민은 그의 결심을 뒤흔들 수 있었다.

그가 물었다. 「제 병명이 뭡니까? 병명이 있긴 합니까?」

「선천성 동성애입니다.」

「얼마나 선천적입니까? 치료 방법이 있습니까?」

「물론이죠, 당신이 협조해 주신다면요.」

「사실 저는 최면술에 대해 낡은 선입견을 갖고 있었어요.」

「최면 치료를 받은 뒤에도 그런 선입견이 남아 있을 수 있습니다. 저는 치료가 된다고 장담할 수 없습니다. 75퍼센트가 같은 유형의 환자라고 말씀드렸는데, 50퍼센트만이 치료에 성공했으니까요.」

이 고백은 모리스에게 믿음을 주었다. 돌팔이라면 그런 말을 하지 않을 것이다. 「그러면 한번 해보는 게 좋겠군요.」

그가 웃으면서 말했다. 「제가 어떻게 해야 할까요?」

「그 자리에 가만히 계십시오. 제가 실험을 해서 당신의 성향이 얼마나 뿌리 깊은지 알아볼 겁니다. 원하신다면 나중에 정식 치료를 받으러 다시 오십시오. 홀 씨! 이제 제가 당신에게 최면을 걸 거고, 최면에 성공하면 홀 씨에게 몇 가지 암시를 줄 겁니다. 우리의 바람은 그 암시들이 사라지지 않고 남아서 최면에서 깬 정상적 상태에서도 삶의 일부가 되게 하는 것입니다. 제 말에 저항해서는 안 됩니다.」

「좋습니다. 어서 하십시오.」

그러자 래스커 존스는 책상에서 일어나 아무 감정이 느껴지지 않는 태도로 모리스가 앉은 의자의 팔걸이에 걸터앉았다. 모리스는 그가 이라도 뽑을 것만 같았다. 얼마 동안 아무 일도 없었지만, 곧 난로 안의 쇠붙이에 한 점 불빛이 떠올라 그의 눈길을 끌었고, 방의 나머지 부분은 흐릿해졌다. 눈길을 돌리면 어디나 다 보였지만, 주변은 잘 보이지 않았고, 어쨌든 의사와 자신의 목소리는 들렸다. 그는 분명히 최면에 빠지고 있었고, 그 성취에 뿌듯한 느낌마저 들었다.

「아직 최면이 완전하지 않습니다.」

「네, 덜 됐어요.」

의사는 몇 번 더 손을 움직였다.

「지금은 어떻습니까?」

「많이 가까워진 것 같아요.」

「이제 됐습니까?」

모리스는 그렇다고 했지만 확신은 없었다. 「이제 당신은 최면 상태에 접어들었습니다. 진료실 분위기가 어떻습니까?」

「좋습니다.」

「너무 어둡지 않은가요?」

「좀 어둡군요.」

「그래도 그림은 보일 겁니다. 그렇죠?」

그러자 맞은편 벽에 그림이 떠올랐다. 하지만 실제로는 아무것도 없다는 걸 그도 알았다.

「그림을 보세요, 홀 씨. 가까이 가보세요. 하지만 바닥에 균열이 있으니 조심해야 합니다.」

「균열이 넓습니까?」

「뛰어넘을 만합니다.」

그 말과 더불어 모리스는 균열을 발견해서 뛰어넘었지만, 꼭 그래야 했는지는 알 수 없었다.

「잘했어요. 이제 그 그림이 무얼 그린 것 같나요? 아니, 누구를……」

「누구를……?」

「에드나 메이라는 사람입니다.」

「에드나 메이 씨.」

「아니오, 홀 씨. 에드나 메이 양입니다.」

「에드나 메이 씨예요.」

「아름다운 아가씨죠?」

「어머니가 계신 집에 가고 싶어요.」 의사가 먼저 웃자 둘은 함께 웃었다.

「에드나 메이 양은 아름답고 또 매력적이에요.」

「저한테는 매력적이지 않아요.」 모리스가 부루퉁하게 대꾸했다.

「홀 씨, 그게 무슨 정중하지 못한 말씀입니까? 메이 양의 아름다운 머리카락을 보세요.」

「전 짧은 머리가 좋아요.」

「왜죠?」

「쓰다듬을 수 있으니까…….」 그러고 나서 그는 울기 시작했다. 그는 의자에 앉아서 의식을 되찾았다. 눈물이 뺨을 적셨지만 기분은 평상시와 다름없어서 곧바로 이야기를 시작했다.

「존스 씨가 절 깨울 때 꿈을 꾸었어요. 말씀드리는 게 좋을 것 같습니다. 어떤 얼굴이 있었고, 〈이 사람이 네 친구다〉라는 목소리가 있었어요. 이런 꿈은 괜찮은 건가요? 저는 자주 ─ 뭐라고 설명하기 힘들지만 ─ 그게 잠잘 때마다 저한테 다가오는 것 같은 느낌을 받아요. 제 곁에까지 온 적은 없지만요, 그 꿈 말이에요.」

「지금은 전보다 가까워졌나요?」

「아주 가까워졌어요. 나쁜 징후인가요?」

「아닙니다, 아니에요. 당신은 암시를 받아들일 수 있습니다. 열려 있으니까요. 당신은 벽에 걸린 그림을 보지 않았습니까?」

모리스는 고개를 끄덕였다. 어느새 그걸 잊고 있었다. 잠시 대화가 중단된 사이 모리스는 2기니를 내고 다음 진료 약속을 부탁했다. 그가 다음 주에 전화를 하기로 결정되었고,

257

래스커 존스는 모리스에게 다음 약속 때까지 시골로 돌아가서 조용히 지낼 것을 권했다.

모리스는 클라이브와 앤이 자신을 반갑게 맞아 줄 것이고, 그들의 영향은 자신한테 도움이 될 것임이 분명했다. 펜지는 구토제였다. 그것은 달콤한 줄만 알았던 지난날의 유독한 삶을 제거하고, 그에게서 다정함과 인간다움을 벗겨 주었다. 그렇다. 그는 돌아가겠다고 말했다. 친구들에게 전보를 치고 오후 급행 열차를 타리라.

「홀 씨, 적당한 운동도 하세요. 테니스를 친다거나 총을 들고 산책을 한다거나.」

모리스는 망설이다 말했다. 「다시 생각해 보니 거기로 안 갈지도 모르겠어요.」

「왜요?」

「하루에 장거리 여행을 두 번이나 하는 게 너무 어리석은 짓 같거든요.」

「그러면 집에서 지내겠다는 말씀입니까?」

「네. 아니, 아녜요, 좋아요, 펜지로 돌아가겠어요.」

37

펜지에 돌아온 모리스는 클라이브 부부가 24시간 선거 운동을 위해 곧 나가야 한다는 말을 듣고 매우 기뻤다. 이제 그는 클라이브가 그에게 무심한 것보다 더 클라이브에게 무심했다. 클라이브의 키스는 환멸의 키스였다. 그것은 한심하고 가식적인 키스였으며, 슬프게도 매우 클라이브다웠다. 적게 소유할수록 더 많은 법이라고 클라이브는 가르쳤다. 반쪽이 전체보다 크다고 하더니 — 케임브리지 시절 모리스는 그걸 그대로 받아들였다 — 이제는 4분의 1쪽을 주면서 그게 반쪽보다 크다고 말했다. 자신이 종이로 만들어졌다고 생각하는 걸까?

클라이브는 모리스가 돌아오겠다고 말했으면 나갈 계획을 만들지 않았을 거라며, 어쨌든 크리켓 경기 때까지는 돌아오겠다고 말했다. 앤이 조그맣게 물었다. 「일은 잘됐나요?」 모리스가 〈그저 그랬어요〉라고 대답하자, 그녀는 보호의 날개를 펼쳐 모리스를 감싸고는 그 아가씨를 펜지에 한번 데리고 오라고 제안했다. 「홀 씨, 매력이 넘치는 아가씨인가요? 제 짐작에는 분명히 밝은 갈색 눈동자의 아가씨일 것 같아요.」 하지만 클라이브가 그녀를 불러 함께 떠났고, 모리스는 더럼 부인과 보레니어스 목사와 함께 남아 저녁 시간을 보내게 되었다.

그날은 기묘하게 마음이 설레었다. 케임브리지 시절 리즐리의 방을 찾아간 그날 밤이 떠올랐다. 런던에 다녀온 사이 비는 그쳐 있었다. 그는 저녁 산책을 나가서 일몰을 지켜보고 나무에서 떨어지는 빗방울 소리를 듣고 싶었다. 달맞이꽃들이 창백하지만 단정한 아름다움을 뽐내며 덤불 틈에서 피어났고, 그 향기가 모리스의 마음을 어지럽혔다. 클라이브가 예전에 달맞이꽃을 보여 주긴 했지만 향기가 있다는 건 말해 주지 않았다. 그는 이렇게 모자를 쓰지 않은 채 야외에 나와서 울새와 박쥐들 틈을 이리저리 돌아다니는 게 좋았다. 그러다 때가 되어 종이 울리면 또 한 번의 식사를 위해 옷을 차려 입고, 러셋 룸의 커튼을 내려야 할 것이다. 아니, 그는 달라졌다. 그의 존재가 재구성되기 시작했고, 그것은 버밍엄에서 죽음이 비껴간 때만큼이나 분명했다. 모든 것이 래스커 존스 덕분이었다! 의식적으로 노력하는 것보다 더 심오한 변화가 있었고, 행운이 따라 준다면 그 변화는 그를 통스 양의 품에 안겨 줄 수도 있을 것이다.

그가 이러저리 거닐고 있는데, 그날 아침 그가 꾸짖은 청년이 다가와서 모자에 손을 대 인사하고는 내일 사냥을 나갈 거냐고 물었다. 내일은 크리켓 경기가 있는 날이니 당연히 그럴 리가 없었지만, 그것은 사과할 기회를 얻기 위해 던진 질문이었다. 〈나리와 런던 나리를 흡족하게 해드리지 못해서 죄송합니다〉라는 게 그의 사과였다. 모리스는 이미 그가 괘씸하다는 생각을 털어 버린 터라 〈괜찮네, 스커더〉라고 말했다. 스커더도 외지인이었다. 정치와 앤이 들어오면서 펜지의 삶이 확장될 때 함께 들어왔다고 했다. 그는 사냥터 관리 대장인 에이레스 노인보다 영리했고 스스로도 그 사실을 알았다. 그는 5실링이 너무 큰돈이라서 받지 않았다고 말했지만, 왜 10실링을 받았는지는 말하지 않았다! 그리고 이렇게 덧붙였다. 「이렇게 금방 돌아오셔서 기쁩니다.」 모리스는 이 말이 약간 안 어울린다고 느껴져서 다시 한번 〈괜찮네, 스커더〉라고 대꾸하고 집 안으로 들어갔다.

그날 저녁은 연미복 대신 가볍게 턱시도를 입기로 했는데 ─ 세 사람밖에 없었으므로 ─ 그는 오랜 세월 존중해 온 그런 세세한 격식이 갑자기 우스꽝스럽게 느껴졌다. 음식이 있고 좋은 이들과 자리를 함께한다면 ─ 그들이 그런 사람은 아니었지만 ─ 복장 따위가 무슨 상관인가? 게딱지 같은 정장 셔츠를 만지다 보니 갑자기 부끄러움이 밀려들었고, 자신은 야외에서 사는 사람을 비난할 권리가 없다는 생각이 들었다. 더럼 부인의 모습은 얼마나 건조한가! 그녀는 활력이 빠진 클라이브였다. 그리고 보레니어스 목사 또한 얼마나 건조한가! 하지만 객관적으로 보면 목사에게는 놀라운 점이 있었다. 모리스는 목사라면 무조건 경멸했기 때문에 그에게 별 관심이 없었는데, 후식이 끝난 뒤 그가 자기 견해를 강력하게 표명하는 것을 보고 적잖이 놀랐다. 모리스는 교구 목사인 그가 당연히 클라이브의 선거를 돕고 있을 거라고 생각했다. 그런데 그가 〈더럼 씨도 알고 있지만, 저는 성찬례를 받지 않은 사람에게는 투표하지 않습니다〉라고 말했다.

「하지만 급진주의자들은 교회를 공격하고 있지 않습니까.」 모리스가 할 수 있는 말은 그게 전부였다.

「그래서 급진주의 후보도 안 찍습니다. 그 사람은 기독교인이니 당연히 그를 찍어야 했겠지만 말입니다.」

「이렇게 말해도 좋을지 모르겠지만 좀 의외로군요. 클라이브는 목사님이 원하는 일을 모두 해줄 겁니다. 그가 무신론자가 아니라는 것만도 다행인지 몰라요. 아시다시피 무신론자들도 적지 않은 형편 아닙니까!」

목사는 미소로 응답하면서 말했다. 「무신론자는 헬레니스트보다는 천국에 가깝습니다. 『성서』에 〈네가 어린아이처럼 되지 않는다면〉이라 했는데, 무신론자들이 바로 어린아이가 아니고 무엇이겠습니까?」

모리스는 제 손을 내려다보았지만, 할 말을 떠올리기 전에 시종이 들어와서 사냥터지기한테 지시할 게 있는지 물었다.

「저녁 식사 전에 그 친구를 보았어, 심콕스. 지시할 것 같은 건 없지만, 하여간 고맙네. 내일은 크리켓 경기가 있고, 그렇다고 내가 말했는데.」

「네, 하지만 날씨도 좋아졌으니 나리께서 경기를 쉬는 시간에 연못에 내려가 수영이라도 하고 싶어 하지 않을까 여쭤보라는군요. 보트에 괸 물도 다 퍼냈다고 합니다.」

「참 고마운 친구로군.」

「지금 말하는 사람이 스커더라면, 내가 그 친구와 직접 이 야기하고 싶네.」보레니어스 목사가 말했다.

「그렇게 전해 주게, 심콕스. 그리고 난 수영할 생각이 없다 는 것도.」시종이 나가자 모리스가 말했다. 「스커더를 이리 불러서 말씀하시죠. 저는 아무 상관 없습니다.」

「고맙습니다, 홀 씨. 하지만 제가 나가겠습니다. 그 친구는 부엌이 더 좋지 않겠습니까?」

「물론 그렇겠죠. 부엌에는 예쁜 여자들이 많으니까.」

「아! 아!」목사는 남녀 문제를 처음 떠올린 사람 같은 태도 를 보였다. 「혹시 그 친구가 결혼과 관련해서 마음에 품은 사 람이 있는지 아시나요?」

「모릅니다……. 그저 제가 여기 온 첫날 그 친구가 한꺼번 에 두 여자한테 키스하는 걸 보긴 했습니다. 그게 도움이 된 다면요.」

「더러는 사냥을 나갔다가 그런 친구들하고 친해지는 일이 있습니다. 시원한 들판, 협력하는 동료애 속에서.」

「저하고는 친해지지 않았습니다. 사실 아치 런던과 저는 어제 그 친구 때문에 부아가 치민 일이 있었어요. 아주 돼지 같은 놈이죠.」

「공연한 질문을 드려 죄송합니다.」

「그런 걸로 죄송할 것까지야.」모리스는 목사가 그렇게 야 외의 일에 대해서 잘난 척하며 말하는 게 기분 나빴다.

「솔직히 말하면 저는 그 젊은이가 배를 타기 전에 동반자 를 만나 안정을 얻는 모습을 보고 싶습니다.」목사는 부드럽게 웃으며 덧붙였다. 「물론 그런 일은 모든 젊은이한테 다 바라는 것이지만요.」

「무슨 일로 배를 탑니까?」

「이민을 갑니다.」 목사는 〈이민〉이라는 단어를 별로 듣기 좋지 않은 방식으로 강조해서 말하고 부엌으로 나갔다.

모리스는 5분 동안 덤불숲을 거닐었다. 음식과 포도주 덕분에 몸이 후끈해진 모리스는 채프먼 녀석도 예전에 난봉을 피웠을까 하는 엉뚱한 생각을 했다. 모리스 혼자만이 클라이브의 가르침을 받아 선진적 사고와 주일 학교의 가르침을 동시에 구현하고 있었다. 그는 므두셀라[23]가 아니었다. 그도 즐거움에 몸을 맡길 권리가 있었다. 아, 향긋한 냄새, 몸을 숨길 덤불, 덤불만큼이나 캄캄한 하늘! 이들은 모리스를 외면하고 있었다. 그가 있을 곳은 집 안이었고, 거기에서 그는 기회가 없어 나쁜 짓도 하지 못한 채 사회를 떠받치는 존경받는 기둥으로 썩어 갈 것이다. 그가 걷던 오솔길 끝에 영지로 통하는 문이 있었지만, 젖은 풀들이 구두를 망칠 것 같아서 이제 돌아가야겠다고 생각했다. 그래서 돌아서다가 난데없이 코듀로이 작업복에 부닥쳐서 잠시 누군가의 팔에 붙들려 있었다. 보레니어스 목사에게서 도망쳐 나온 스커더였다. 그의 품에서 풀려나자 모리스는 몽상을 계속했다. 어제의 사냥터, 당시에는 별다른 느낌이 없었는데 차츰 그것이 희미하게 빛나기 시작했고, 이제 와서 생각해 보니 지겹다고 생각

23 969세까지 살았다는 『구약 성서』 속의 족장. 흔히 아주 늙은 사람을 비유할 때 쓰인다.

하는 가운데에도 몸은 활기차게 움직였다는 걸 깨달았다. 그는 사냥터에서 거슬러 올라가 자신이 도착한 날을 되짚어 보았다. 피아노 옮기기 같은 일들이 있었다. 그다음에는 시간 순으로 오늘의 일, 그러니까 5실링의 팁에서부터 조금 전에 일어난 일까지를 따라가 보았다. 생각이 〈조금 전〉에 이르자 한 줄기 전류가 사소한 사건들의 사슬을 죽 꿰고 관통하는 것 같은 느낌이 들었다. 그는 철커덩 사슬을 떨구고 그게 어둠 속으로 부서져 들어가는 걸 바라보았다. 〈빌어먹을, 어처구니없는 밤이군.〉 그는 산들바람이 저희들끼리 부딪치면서 자신의 몸에도 와닿는 걸 느끼며 집으로 들어가려고 돌아섰다. 그러자 뒤에서 찰그랑찰그랑 소리를 내며 흔들리던 문이 쾅 닫히면서 자유의 길이 막히는 것 같았다. 그는 집 안으로 들어갔다.

「이런, 모리스!」더럼 부인이 소리쳤다. 「머리가 너무 멋진데.」

「제 머리가요?」그의 머리는 달맞이꽃의 꽃가루로 노랗게 덮여 있었다.

「아, 털어 내지 마. 모리스의 검은 머리카락하고 잘 어울리니까. 보레니어스 목사님, 꼭 디오니소스의 추종자 같은 모습 아닌가요?」

목사는 눈을 들었지만 아무것도 보지 못했다. 한창 심각한 이야기를 하고 있었기 때문이다. 「하지만 더럼 부인.」그가 이야기를 계속했다. 「부인께서는 하인들이 모두 견진 성사를 받았다고 분명히 말씀하시지 않았습니까.」

「저도 그런 줄 알았답니다, 목사님. 정말이에요.」

「하지만 제가 부엌에 잠깐 갔을 때 심콕스, 스커더, 웨더럴 부인이 견진 성사를 안 받았다는 걸 금세 알 수 있었습니다. 심콕스와 웨더럴 부인은 일정을 잡아 견진 성사를 받게 하면 됩니다. 하지만 스커더의 경우는 문제가 심각합니다. 주교님께 양해를 구한다 해도 스커더가 배를 타기 전까지 제가 그를 준비시킬 시간이 없거든요.」

더럼 부인은 진지한 태도를 취하려고 했지만, 그녀가 호감을 품고 있는 모리스가 웃고 있었다. 그녀는 보레니어스 목사더러 스커더에게 편지를 딸려 보내서 현지의 목사에게 부탁하는 게 어떻겠냐고 말했다. 「거기에도 분명히 목사님이 있을 테니까요.」

「좋습니다, 하지만 스커더가 그걸 전해 줄까요? 그 친구가 교회에 적대감을 보이는 건 아니지만 굳이 그렇게 할지는 의문이군요. 하인들 중 누가 견진 성사를 받고 안 받았는지 제가 미리 알았다면 이런 큰 문제가 생기지는 않았을 겁니다.」

「하인들은 워낙 분별이 없어요.」 부인이 말했다. 「나한테는 무엇이든 감추려 한다니까요. 스커더도 느닷없이 클라이브한테 통고를 했어요. 형한테 초청을 받아서 떠난다고요. 모리스, 이 문제에 대해 우리에게 조언해 줄 만한 게 없을까? 모리스라면 어떻게 하겠어?」

「이 젊은 분은 교회 전체를 비난합니다. 아주 전투적이고 당당하죠.」

모리스에게 조용히 분노가 일었다. 목사가 그토록 못생기지만 않았어도 개의치 않았겠지만, 젊은이들을 조롱하는 그 교활한 낯짝은 도저히 참을 수가 없었다. 스커더는 총을 닦고 가방을 나르고 보트의 물을 퍼내고 이민을 가고 어쨌든 무슨 일을 하는 데 반해, 신사 계급이라는 인간들은 의자에 웅크리고 앉아 그의 영혼이나 헐뜯고 있었다. 그가 팁을 구걸한다 해도 그건 자연스러운 일이며, 그게 아니거나 그의 사과가 진심이라면 그는 훌륭한 청년인 셈이다. 모리스는 무슨 말이든 해야겠다고 생각했다. 「스커더가 견진 성사를 받는다고 성찬례까지 할 거라는 법은 없습니다.」 그가 입을 열었다. 「전 성찬례를 안 하니까요.」 더럼 부인은 조용히 콧노래를 흥얼거렸다. 이야기가 지나치게 멀리 나가고 있었다.

「하지만 홀 씨에게는 기회가 있었습니다. 목사는 홀 씨를 위해서 할 일을 했어요. 그런데 스커더를 위해서는 아무것도 하지 않았고, 따라서 잘못은 교회에 있습니다. 그래서 홀 씨에게는 하찮아 보이는 이 일을 제가 이토록 중요하게 여기는 겁니다.」

「저는 머리가 나쁩니다만 말씀은 알아듣겠습니다. 그러니까 목사님은 다음에는 교회가 아니라 그가 비난받아야 한다는 걸 못 박아 두고 싶으신 거죠. 하지만 목사님, 목사님은 종교에 대해 그렇게 생각하실지 모르지만, 저는 그와 다르게 생각하고 또 그리스도도 그랬습니다.」

그가 여태껏 한 어떤 말보다도 재치 있는 말이었다. 최면 요법을 받고 난 뒤, 그의 두뇌는 종종 흔치 않은 힘을 발휘했다. 하지만 보레니어스 목사는 끄떡하지 않고 자못 유쾌하게 대꾸했다. 「믿음이 없는 자들은 신앙이 어때야 하는지에 대해 아주 뚜렷한 생각을 갖고 있죠. 저한테 그 반만큼의 확신이라도 있었으면 좋겠습니다.」 그런 뒤 목사는 일어나서 돌아갔고, 모리스는 채마밭으로 난 지름길로 그를 데려다주었다. 채마밭 담장에 그들의 논쟁거리가 된 인물이 기대어 서 있었다. 하녀를 기다리고 있는 품이 분명했다. 그날 저녁 그는 저택 주변을 떠나지 못하고 있는 것 같았다. 어둠이 짙어서 모리스는 아무것도 보지 못했는데, 보레니어스 목사가 기척을 하자 청년이 두 사람에게 〈안녕히 주무십시오, 나리〉라고 인사했다. 달콤한 과일 향기가 공기 중에 풍겼다. 이 젊은이가 살구를 훔쳤나 하는 생각이 들 정도였다. 쌀쌀한 저녁이었지만 사방에 향기가 넘쳤고, 모리스는 달맞이꽃의 향기를 들이키려고 덤불 쪽으로 돌아섰다.

다시 한번 〈안녕히 주무십시오, 나리〉라는 조심스러운 목소리가 들리자, 모리스는 그 악동에게 친근한 느낌이 들어서 〈잘 자게. 스커더. 사람들 말이 이민을 간다고?〉라고 대꾸했다.

「그럴 계획입니다, 나리.」 그가 대답했다.

「그래, 행운을 빌겠네.」

「고맙습니다. 이민 생각을 하면 기분이 묘합니다.」

「캐나다나 오스트레일리아로 가나?」

「아닙니다, 아르헨티납니다.」

「아, 좋은 나라지.」

「가보신 적 있습니까?」

「아니, 나는 영국으로 족하네.」 모리스는 이렇게 말하고 코듀로이 작업복과 다시 부딪치면서 천천히 길을 걸었다. 시답잖은 이야기에 하찮은 대화 상대였지만, 그것들은 그 시간의 어둠과 고요와 조화를 이루었고 모리스의 마음에도 들었다. 덕분에 스커더와 헤어진 모리스는 행복감을 느꼈고, 그 느낌은 집에 이를 때까지 이어졌다. 창문 안쪽으로 더럼 부인의 축 늘어지고 추한 모습이 보였다. 그가 들어가자 그녀의 얼굴은 본래 모습으로 돌아갔고, 그도 평소의 얼굴로 돌아가서 런던에서 있던 일에 대해 부인과 몇 마디 의례적인 말을 나누고는 침실로 돌아갔다.

지난 한 해 동안 잠을 제대로 못 이루는 습성이 배었는데, 그날 밤도 자리에 눕는 순간 육체적으로 고된 밤이 되리라는 걸 알 수 있었다. 지난 열두 시간 동안 있었던 일들이 튀어올라, 그의 마음속에서 쨍그렁대며 부딪쳤다. 이른 아침의 출발, 아치 런던과의 동행, 진료, 다시 펜지로의 귀환. 이 모든 것 뒤에는 그가 진료받을 때 무언가 해야 할 말을 하지 않은 것 같다는, 의사에게 자신의 상태를 털어놓을 때 아주 중요한 것을 빠뜨린 것 같다는 두려움이 자리 잡고 있었다. 하지만 그게 무엇이란 말인가? 그는 어제 바로 이 방에서 진술문을 썼고, 그때는 부족함을 느끼지 않았다. 슬그머니 걱정이 되기 시작했는데, 그것은 래스커 존스 씨가 금지한 일이었다. 내성적인 사람은 치료가 더욱 어렵기 때문이라고 했다. 최면 중에 받은 암시의 씨앗들을 가만히 보듬고 있어야지 거기서 싹이 틀지 어쩔지 마음을 쓰면 안 된다고 했다. 하지만 그는 근심에서 벗어날 수가 없었고, 펜지는 마음을 가라앉히기는커녕 다른 어떤 곳보다 더 그를 자극하는 것 같았다. 그곳은 어수선하면서도 더없이 생생했고, 꽃들과 열매들이 뒤엉켜서 그의 머릿속을 화환처럼 휘감고 있었다. 그가 한 번도 보지 못한 것들, 그러니까 배에서 퍼낸 빗물 같은 것이 오늘 밤 무겁게 드리워진 커튼을 뚫고 그의 눈앞에 떠올랐다. 아, 그것들에게 갈 수 있다면! 아, 어둠을 향해서…… 가구들 틈에 사람을 가두어 두는 집 안의 어둠이 아니라 사람을 자유롭게 하는 어둠! 그러나 그것은 얼마나 헛된 소망인가!

그는 커튼을 더욱 단단히 치기 위해서 의사에게 2기니를 지불했고, 이제 곧 그렇게 네모진 갈색 방에서 통스 양이 그의 곁에 갇혀 누울 것이다. 그리고 최면의 누룩이 작동함에 따라 모리스는 초상화가 어쩌면 자기 뜻에 따라, 또 어쩌면 자기 뜻에 반해 남자에서 여자로 변하는 환상을 보다가 럭비 장 아래로 뛰어내려 수영을 했다. 비몽사몽간에 신음이 새어 나왔다. 인생에는 이런 쓰레기보다 훌륭한 것이 있다. 거기 닿을 수만 있다면…… 사랑, 고귀함 같은 것에. 정열이 평화를 안고 있는 넓은 공간들, 과학은 거기 이르지 못하지만 영원히 존재하는 공간들, 그 일부에는 숲이 가득하고 또 둥글게 펼쳐진 장대한 하늘 그리고 친구가…….

그는 잠든 채로 자리에서 일어나 커튼을 열어젖히고 〈이리 와!〉라고 소리쳤다. 그리고 자기 행동에 잠이 깼다. 이게 무슨 일이지? 영지의 풀밭은 옅은 안개에 싸여 있었고, 그 안개 속에 솟은 나무줄기들은 옛날 예비 학교 근처의 하구에

박혀 있던 수로 표시 장대들 같았다. 날씨는 꽤 쌀쌀했다. 그는 부르르 몸을 떨고 주먹을 쥐었다. 달이 떠 있었다. 그의 방 아래층은 거실이었는데, 거실 퇴창 지붕의 기와를 손보던 남자들이 사다리를 모리스의 방 창틀에 기대 세워 둔 채 치우지 않고 갔다. 왜 그랬을까? 그는 사다리를 흔들어 보고 숲으로 눈길을 던졌지만, 거기 가고 싶다는 소망은 막상 갈 수 있는 수단을 얻자 이내 사라져 버렸다. 그런다고 무슨 소용인가? 그는 젖은 숲에서 놀기에는 너무 나이가 많았다.

그런데 모리스가 침대로 돌아오자 작은 소리가 들렸다. 너무도 내밀해서 마치 자신의 몸속에서 나는 것 같은 소리였다. 자신이 탁탁 깨어지며 타오르는 것 같다는 느낌을 받은 순간, 그는 사다리 윗부분이 달빛 흐르는 하늘을 배경으로 휘청휘청 흔들리는 것을 보았다. 한 사내의 머리, 그리고 어깨가 올라와서 멈춰 서더니, 총 한 자루가 창틀에 조심스레 세워졌다. 그리고 모리스가 그가 누구인지 분별하기도 전에 모리스에게 다가와 무릎을 꿇고 속삭였다. 「나리, 절 부르셨죠? 알고 있어요…… 전 알아요.」 그리고 그를 어루만졌다.

제4부

38

「지금 가는 게 좋을까요, 나리?」

모리스는 쑥스러움을 이기지 못해 그냥 못 들은 척했다.

「그래도 누가 들어오면 곤란하니까 잠들면 안 돼요.」그가 부드럽게 번지는 웃음소리를 내며 말했고, 그 소리는 모리스에게 따뜻한 느낌을 안겨 주었지만, 거기에는 멋쩍고 슬픈 느낌도 담겨 있었다. 그는 간신히 〈나리라고 부르지 마〉라고 말했고, 그러자 다시 웃음소리가 났다. 그런 게 무슨 문제냐고 말하는 듯한 웃음소리였다. 그에게서는 매력과 영민함이 느껴졌지만, 조금 더 거북해졌다.

「이름을 물어도 될까?」모리스가 어색하게 물었다.

「스커더입니다.」

「성은 알아. 이름을 물어본 거야.」

「알렉입니다.」

「멋진 이름이군.」

「그저 제 이름일 뿐이죠.」

「내 이름은 모리스야.」

「마차를 타고 여기 오실 때 처음 나리를 뵈었습니다. 아마 화요일이었죠? 저를 바라보는 나리의 눈길이 성난 듯하면서도 다정해 보였어요.」

「그때 같이 있던 사람들은 누구지?」 모리스는 잠시 가만히 있다가 말했다.

「한 아이는 밀리고 또 한 아이는 밀리의 사촌이에요. 그날 저녁 피아노가 비에 젖은 일 생각나시죠? 그 후 나리는 책을 읽으려고 애를 썼지만 결국 읽지 못했고요.」

「내가 책을 읽지 않은 걸 어떻게 알았지?」

「책을 읽는 대신 창밖으로 몸을 내밀고 계신 걸 봤어요. 그 다음 날 밤에도 나리를 봤죠. 저는 잔디밭에 나와 있었거든요.」

「그러면 그 억수 같은 빗속에 나와 있었다는 거야?」

「네…… 이 방을 보면서요…… 아, 별것 아니에요, 그럴 수밖에 없었거든요…… 나는 이제 곧 이 나라를 떠날 거니까, 속으로 그렇게 말하면서 있었어요.」

「오늘 아침에 내가 너한테 얼마나 못되게 굴었는데!」

「그런 건 신경 쓰지 마세요. 그런데 참, 저 문은 잠겼나요?」

「내가 잠그지.」 문을 잠그는 동안 어색함이 다시 찾아왔다. 나는 어디로 가고 있는 것일까, 클라이브를 떠나 어디로?

둘은 이내 잠이 들었다.

두 사람은 처음에는 가까이 있는 게 두려운 듯 떨어져서 잤지만, 새벽이 가까워 오자 조금씩 움직여 결국 서로의 품에 꼭 안긴 채 잠에서 깼다. 「지금 가는 게 좋을까요?」 그가 다시 물었지만, 전날 저녁 설핏 든 잠에서 〈뭔가 잘못되었지만 그 편이 낫다〉는 꿈에 시달렸던 모리스는 이제 완전한 휴식을 느꼈기에 〈아니, 아니〉라고 중얼거렸다.

「나리, 교회 종이 네시를 쳤어요. 가야 돼요.」

「모리스, 모리스라고 불러.」

「하지만 교회 종이…….」

「빌어먹을 교회 같으니.」

「크리켓 경기를 위해서 경기장 피치[24]를 손질해 두어야 돼요.」 말은 그렇게 하면서도 그는 움직이지 않았고, 희미한 잿빛 여명 속에 그 얼굴에는 뿌듯한 미소가 떠오른 것 같았다. 「어린 새들도 돌봐야 돼요. 보트는 준비됐어요. 런던 씨하고 페더스터노 씨는 수련 연못에 뛰어들었어요. 그분들은 젊은 신사라면 누구나 다이빙을 할 수 있다고 하셨지만, 전 배우지 않았어요. 저는 머리를 물속에 넣지 않는 게 더 좋아요. 머리를 물속에 처박는 건 명을 재촉하는 길이라고요.」

「머리를 적시지 않으면 병에 걸린다고 배웠어.」

「말도 안 되는 걸 배우셨군요.」

「그런 것 같아. 내가 배운 수많은 엉터리 가르침들 가운데 하나였지. 내가 어릴 때 믿고 따르던 선생님이 그렇게 가르쳤어. 그 선생님이랑 바닷가를 거닐던 일이 아직도 생각나는군…… 나 참! 밀물이 들어오고, 사방이 온통 칙칙한 잿빛에……」 상대가 자신의 품을 빠져나가려고 하자 그는 고개를

24　크리켓 경기장의 중심부. 〈위켓〉이라고 하는 작은 구조물 두 개 사이의 공간으로, 길이는 20미터이다.

흔들어 잠을 털어 냈다. 「가지 마, 왜 자꾸 가려고 해?」

「크리켓 경기가…….」

「크리켓 경기가 무슨 상관이야. 넌 외국으로 갈 거잖아.」

「떠나기 전에 한 번 더 만날 수 있을 거예요.」

「네가 머물러 주면 내 꿈 이야기를 해줄게. 나는 돌아가신 할아버지 꿈을 꾸었어. 그분은 괴짜셨지. 네가 어떻게 받아들일지 모르겠지만, 아무튼 그분은 사람이 죽으면 태양으로 간다고 생각하셨어. 그러면서도 아랫사람들한테는 가혹하셨지.」

「저는 보레니어스 목사님이 저를 물에 빠뜨리는 꿈을 꾸었어요. 이제 정말로 가야겠어요. 꿈 이야기를 할 시간이 없어요. 안 그러면 에이레스 씨한테 꾸지람 들어요.」

「알렉, 너한테 친구가 있는 꿈을 꾼 적 있니? 오직 〈내 친구〉일 뿐 다른 아무것도 아닌 사람, 너를 도와주고 너도 그를 돕는 사람. 친구.」 모리스는 갑자기 감상에 젖어 되뇌었다. 「너의 온 생을 함께하고 너도 그의 온 생을 함께할 사람. 그런데 나는 꿈이 아니고서는 그런 일이 일어날 것 같지가 않다.」

하지만 이야기를 나눌 시간은 사라졌다. 계급이 일어나 소리쳤고, 해가 떠오르면 바닥의 균열은 다시 벌어져야 했다. 알렉이 창가에 다가갔을 때 모리스가 〈스커더〉 하고 부르자, 그는 잘 훈련된 개처럼 돌아보았다.

「알렉, 너는 정말 사랑스러운 친구야. 참 좋았지?」

「좀 더 주무세요. 나리는 서두를 일이 없으니까요.」 그는 다정하게 말하고 밤새도록 그들을 지켜 준 총을 집어 들었다. 그가 아래로 내려가자 사다리 끝이 새벽빛을 등지고 흔들흔들 떨리다가 잠시 후 멈추었다. 자갈길에서 자그락자그락 하는 소리가 미세하게 울렸고, 뜰과 영지를 가르는 울타리에서 딸그랑 하는 소리가 또 미세하게 났다. 그러자 세상은 아무 일도 없던 것처럼 되었고, 완벽한 정적이 러셋 룸을 채웠다가 잠시 후 새 하루가 시작되는 소리에 깨어졌다.

39

문의 걸쇠를 풀고 모리스는 얼른 도로 침대로 뛰어들었다. 「커튼이 걷혀 있군요, 나리. 공기가 참 좋습니다. 경기하기 좋은 날씨예요.」 심콕스가 약간 들뜬 모습으로 차를 들여오며 말했다. 그의 눈에 보이는 것은 검은 머리카락에 둘러싸인 손님의 머리뿐이었다. 아무런 대꾸가 없자, 여태껏 모리스와 나누던 아침 수다를 기대하고 들어왔던 그는 실망해서 턱시도와 그 밖의 의장들을 챙겨 들고 솔질을 하러 나갔다.

심콕스와 스커더, 두 사람의 하인. 모리스는 일어나서 차를 마셨다. 스커더한테 멋진 선물을 해야 할 것 같았다. 그런데 마음은 그러고 싶었지만, 어떤 선물이 좋을지 알 수 없었다. 그런 신분의 남자에게 무엇을 줄 수 있을까? 오토바이는 아니었다. 다음 순간 스커더가 이민을 간다는 사실이 떠오르자 문제가 한결 쉬워졌다. 하지만 그의 얼굴에는 불안한 기색이 남아 있었다. 문이 잠긴 것을 보고 심콕스가 놀라지 않았을까 하는 생각이 들었기 때문이다. 그리고 〈커튼이 걷혀 있군요, 나리〉라는 말에 무슨 뜻이 담겨 있던 걸까? 창문 밖에서 사람들 목소리가 들렸다. 그는 다시 잠을 청했지만 사람들의 움직임이 신경에 거슬렸다.

「뭘 입으시겠습니까, 나리?」 심콕스가 다시 돌아와 물었다. 「바로 플란넬 크리켓 복을 입으시는 게 좋을 것 같네요. 트위드보다는요.」

「그러겠네.」

「칼리지 블레이저도 함께 입으시겠습니까?」

「아니. 필요 없네.」

「네, 알겠습니다.」 그는 양말을 반듯이 펴면서 생각에 잠긴 듯한 표정으로 말을 이었다. 「아, 드디어 사다리를 치웠네요. 진작에 치웠어야 하는 건데.」 그제야 모리스는 하늘을 등지고 서 있던 사다리 끝이 사라진 것을 보았다. 「아까 차를 들여왔을 때만 해도 분명히 창에 걸쳐 있었는데. 하긴 그런 일은 언제라도 착각할 수 있는 법이죠.」

「그렇지.」 모리스는 어찌해야 할지 알 수 없는 당혹감 속에 어렵사리 대답했다. 심콕스가 떠나자 안도감이 찾아왔지만, 더럼 부인과의 아침 식탁을 생각하고 또 지난밤을 함께한 친구에게 어떤 선물을 해야 좋을지 고민하다 보니 다시 마음이 어두워졌다. 수표는 줄 수 없었다. 현금으로 바꿀 때 의심을 살 수 있기 때문이다. 옷을 챙겨 입는 동안, 그때까지 가늘게 흐르던 거북함이 점점 거세어졌다. 그는 멋쟁이는 아니었지만 교외의 신사들이 일상적으로 사용하는 치장 도구 일습을 갖고 있었는데, 문득 그것이 모두 낯설게 느껴졌다. 그때 징이 울렸고, 그는 아침 식사를 하러 내려가려고 하다가 창틀 근처에 진흙이 묻어 있는 것을 보았다. 스커더는 매우 조심했지만 그 정도로는 부족했다. 흰색 옷을 깨끗하게 갖추어 입고, 이제 자신에게 마련된 사회적 지위를 향해 내려가는 그에게 두통과 현기증이 몰려왔다.

편지, 한 무더기의 편지가 와 있는데, 모두 은근히 신경에 거슬리는 것들이었다. 예의 바른 에이다의 편지, 어머니가 몹시 피곤해 보인다는 키티의 편지, 운전사가 잘못하고 있는 건지 아니면 자신이 잘못 생각하는 건지 모르겠다는 아이다 이모의 엽서, 사업과 관련된 한심한 일들, 빈민 선교회와 지방 수비대와 골프 클럽과 재산권 보호 협회의 회보들. 그는 우편물 너머로 안주인에게 유머러스하게 인사했다. 부인은 인사를 받는 둥 마는 둥했고 그는 얼굴이 달아올랐다. 더럼 부인은 자신에게 온 편지들 때문에 걱정에 빠진 것이었다. 하지만 그는 그 사실을 몰랐고 그래서 더욱 머쓱해졌다. 사람들 하나하나가 새로워 보이면서 문득 겁이 났다. 그는 성품도 규모도 알 수 없는 낯선 종족에게 말을 건넸고 독약처럼 쓴 그들의 음식을 먹었다.

아침 식사 후에 심콕스가 다시 공격을 시작했다. 「나리, 더럼 나리께서 출타 중이시니 저희 하인들 생각으로는 이따 열리는 영지 대 마을 대항 경기에서 나리께서 영지 팀 주장을 맡아 주시는 게 좋을 것 같습니다.」

「난 크리켓 실력이 별로 좋지 않아, 심콕스. 하인들 중에 타격 솜씨가 제일 뛰어난 사람이 누군가?」

「젊은 사냥터지기가 가장 잘합니다.」

「그러면 그 젊은 사냥터지기를 주장으로 하게.」

심콕스는 머뭇거리며 말했다. 「신사 분이 지휘를 하셔야 일이 잘 풀립니다.」

「나는 외야 쪽에 세워 달라고 말해 주게. 그리고 난 1번 타자를 맡지 않겠네. 그 친구가 좋다면 8번 타자쯤은 몰라도. 1번은 안 돼. 자네가 전해 주게나. 나는 차례가 될 때까지 내려가지 않을 테니까.」 그는 속이 울렁거려서 눈을 감았다. 그의 내면에 무언가가 생겨났지만, 그는 그 속성을 모른 척했다. 종교적 심성을 지닌 자라면 그걸 회한이라고 불렀겠지만, 그는 혼란 속에서도 자유로운 영혼을 간직했다.

모리스는 크리켓을 싫어했다. 그것은 그가 익힐 수 없는 정교한 기술을 요구했다. 비록 클라이브 때문에 자주 하긴 했지만, 신분이 낮은 이들과 경기를 한다는 게 싫었다. 럭비와는 달리 — 거기서는 그도 무언가 주고받을 수 있었다 — 크리켓에서는 시골뜨기가 던진 공을 치거나 그 시골뜨기의 방망이에 얻어맞아야 했는데, 그는 그게 별로 마음에 들지 않았다. 그는 자신의 팀이 동전 던지기에서 이겼다는 말을 듣고도 30분이 지나도록 경기장에 나가지 않았다. 더럼 부인은 벌써 친구 두어 명과 함께 가설 관람석에 앉아 있었다. 모두 조용했다. 모리스는 그들의 발치에 쭈그리고 앉아서 경기를 지켜보았다. 경기는 예년과 똑같았다. 모리스만 빼면 모두 하인들로 이루어진 영지 팀 선수들은 10미터쯤 앞, 점수 기록을 맡은 에이레스 노인 주위에 모여 있었다. 에이레스는 늘 점수를 기록하는 역할을 했다.

「주장이 제일 먼저 나섰군요.」어느 부인이 말했다. 「신사라면 어디 저러겠어요? 저는 이런 사소한 것들이 재미있네요.」

모리스가 말했다. 「주장은 우리 팀에서 제일 잘하는 선수입니다.」

그녀는 하품을 하더니 곧장 그를 공박했다. 「제게는 저 친구가 오만무도한 게 보여요.」그녀의 목소리가 여름 공기 속으로 나른하게 흩어졌다. 「저 아이는 곧 이민 갈 거예요.」더럼 부인이 말했다. 「기운이 있는 자들은 모두 이민을 가죠.」그래서 이야기는 정치와 클라이브에게로 옮겨 갔다. 모리스는 무릎에 턱을 괴고 앉아서 음울한 생각에 잠겼다. 마음 깊은 곳에서 폭풍 같은 혐오가 일고 있었지만, 그걸 어디를 향해 터뜨려야 할지 알 수가 없었다. 부인들이 이야기를 하건 말건, 알렉이 보레니어스 목사의 공을 방망이로 막아 내건 말건, 마을 사람들이 박수를 치건 말건, 그는 말할 수 없이 무거운 압박감을 느꼈다. 그는 이미 미지의 약을 삼켰다. 그로써 자신의 삶을 뿌리째 뒤흔들었고, 앞으로 무엇이 무너질지도 알 수 없었다.

모리스가 공을 치러 나갔을 때 마침 투수가 교체되어서 알렉이 첫 번째 공을 받았다. 알렉은 태도가 달라졌다. 조심성 같은 건 내다버린 듯 방망이를 냅다 휘둘러 공을 고사리 풀숲으로 날려 보냈다. 그런 뒤 고개를 들어 모리스와 눈이 마주치자 미소를 지었다. 공은 무효가 되었다. 다음번에 그는 바운더리[25]를 쳤다. 훈련은 받지 못했지만 크리켓에 소질

25 공이 구장의 경계선 또는 그 너머에 이르는 타격으로, 한 번에 4점 또

이 있었고, 어느새 경기는 현실과 유사한 모양새를 띠었다. 모리스도 힘을 내기 시작했다. 정신이 맑아진 그는 알렉과 자신이 온 세상에 맞서서 경기하고 있고, 보레니어스 목사와 들판에 선 선수들뿐 아니라 관람석의 관객들과 온 영국이 위켓 주변으로 조여들고 있는 것 같다는 느낌이 들었다. 그들은 서로를 위해서, 그들의 부서지기 쉬운 관계를 위해서 경기를 했다. 하나가 쓰러지면 다른 하나가 뒤를 따를 것이다. 그들은 세상을 해칠 생각이 없었지만, 세상이 그들을 공격하는 한 그들은 세상을 난타해야 했고, 주의 깊게 기다리다가 온 힘을 다해 타격해야 했다. 그들 둘이 힘을 합하면 세상의 다수도 결코 승리할 수 없다는 걸 보여 주어야 했다. 경기가 진행되면서 거기에 지난밤이 끼어들어 그 의미를 새로이 해석해 주었다. 클라이브가 그것을 간단하게 끝냈다. 그가 경기장에 나타나자 그들은 더 이상 주역이 아니었다. 사람들은 고개를 돌렸고 경기는 시들해지다가 결국 중단되었다. 알렉은 물러났다. 향사에게는 오자마자 타격을 할 지극히 당연한 권리가 있었다. 알렉은 모리스에게 눈길도 주지 않고 타석을 벗어났다. 그도 흰색 플란넬 차림이었는데, 느슨한 매무새가 신사답고도 남음이 있었다. 그는 위엄 있는 태도로 관람석 앞에 서 있다가, 이야기를 마친 클라이브에게 방망이를 건네 주었고, 클라이브는 당연하게 받아 들었다. 그런 뒤 알렉은 에이레스에게 뛰어갔다.

친구를 맞는 모리스에게 거짓된 다정함이 솟아났다.

는 6점을 얻는다.

「클라이브…… 지금 돌아온 거니? 힘들지 않았어?」

「한밤중까지 집회에 또 집회야. 오늘 오후에도 하나가 있어. 잠깐 타석에 서서 사람들을 즐겁게 해줘야겠다.」

「뭐라고? 또 나간다고? 너무 심한걸.」

「너한테 그런 말 듣는 것도 당연하지. 하지만 오늘 저녁에는 정말로 돌아올 거야. 네 펜지 일정은 그때 제대로 시작하는 거지. 물어보고 싶은 게 너무 많다, 모리스.」

「자, 신사 분들.」 재촉하는 목소리가 들렸다. 멀리 롱스톱 포지션에 있는 사회주의자 교사였다.

「이러다 혼나겠다.」 클라이브는 그렇게 말하면서도 서두르지 않았다. 「앤은 오후 집회에 빠지기로 했으니까 너하고 같이 있을 수 있어. 아, 저것 봐, 앤이 귀여워하던 거실 지붕의 구멍을 고쳤나 보군. 모리스! 아니, 무슨 말을 하려고 했는지 잊었다. 같이 올림픽 경기에 나갑시다.」

모리스는 첫 번째 공에 아웃되었다. 클라이브가 〈기다려!〉라고 소리쳤지만 그는 곧장 집으로 갔다. 감당할 수 없는 무력감이 밀려오고 있었다. 그가 하인들 앞을 지나칠 때 대부분 자리에서 일어나서 열렬히 박수를 쳤는데 스커더는 그러지 않는다는 사실이 그를 흠칫 놀라게 했다. 저걸 건방진 행동이라고 봐야 하나? 찌푸린 이마, 어찌 보면 잔인해 보이기도 하는 입, 약간 지나치다 싶게 작은 머리…… 저렇게 셔츠를 열어 목을 드러낸 이유는 뭘까? 펜지의 현관 입구에서 그는 앤을 만났다.

「홀 씨, 집회가 열리지 않았어요.」 그러나 앤은 곧 파랗게

질린 모리스의 얼굴을 보고 소리쳤다.「아! 몸이 안 좋은가
봐요.」

「그러네요.」그가 몸을 떨면서 말했다.

남자들은 호들갑을 떠는 걸 싫어한다는 것을 알기에 앤은
짤막하게 말했다.「어쩌다가 이렇게. 방으로 얼음을 보내 드
릴게요.」

「언제나 친절을 베풀어 주시는군요.」

「의사를 불러 드릴까요?」

「의사는 더 필요 없어요!」그는 버럭 소리를 질렀다.

「저희는 홀 씨한테 친절을 베풀어 드리려는 것뿐이에요.
당연한 일이죠. 행복한 사람은 다른 사람들도 똑같은 행복을
누리기 원하니까요.」

「똑같은 건 아무것도 없어요.」

「홀 씨…….」

「모두에게 똑같은 건 아무것도 없어요. 그래서 내 인생이
이렇게 지옥 같은 거라고요. 무슨 일을 해도 저주받고, 안 해
도 저주받아요.」모리스는 잠시 멈추었다가 다시 말했다.
「볕이 너무 뜨거웠어요. 얼음이 좀 있으면 좋겠네요.」

앤은 얼음을 가지러 뛰어갔고, 풀려난 그는 서둘러 러셋
룸으로 올라갔다. 상황이 명료하게 이해되었고, 그는 격렬한
욕지기를 느꼈다.

40

모리스는 금세 기운을 차렸지만, 이제 펜지를 떠나야 한다는 걸 깨달았다. 그는 서지 양복으로 갈아입고 짐을 꾸린 뒤 핑계를 하나 만들어 아래층으로 내려갔다. 「햇볕에 기력을 잃은 것 같습니다.」 그는 앤에게 말했다. 「게다가 걱정되는 편지도 한 통 받았고, 그래서 런던으로 돌아가는 게 좋을 것 같습니다.」

「네, 그게 좋겠네요.」 앤이 걱정 가득한 목소리로 말했다.

「그래, 그게 좋겠다.」 경기장에서 돌아온 클라이브도 말했다. 「어제 일이 잘되기를 바랐는데. 하지만 우리는 충분히 이해해. 가야 한다면 가야지.」

그리고 더럼 노부인도 이에 일조했다. 사람들은 런던에 있는 어떤 아가씨가 모리스의 청혼을 받아들일 듯하면서도 받아들이지 않는다는 공공연한 비밀을 두고 웃을 것이다. 모리스가 아무리 아파 보이고 아무리 이상하게 행동해도 문제가 되지 않았다. 그는 공식적으로 사랑에 빠진 남자였고, 그들은 모든 걸 좋을 대로 해석하며 그를 즐거운 마음으로 바라보았다.

　클라이브도 마침 역을 거쳐 가야 했기 때문에 모리스를
역까지 태워다 주었다. 자동차는 숲으로 들어가기 전에 크리
켓 경기장 옆을 지나쳤다. 스커더는 이제 수비 중이었는데,
그 모습이 거침없고도 우아했다. 그들이 그와 가까운 곳에
이르자 그는 무언가를 부르는 것처럼 한 발로 땅을 굴렀다.
그것이 그의 마지막 모습이었고, 그게 악마의 모습인지 친구
의 모습인지 모리스는 알 수 없었다. 아, 상황은 혐오스러웠
다. 그것은 분명했고, 그 느낌은 그의 생이 끝날 때까지 변하
지 않았다. 그러나 상황을 분명히 이해한다고 인간까지 분명
히 이해한 것은 아니다. 펜지를 떠나면 그때 비로소 모든 걸
또렷이 볼 수 있을 것이다. 그리고 런던에는 어쨌든 래스커
존스가 있었다.

　「우리 팀 주장을 맡은 그 사냥터지기는 어떤 친구지?」 그
는 먼저 속으로 그 문장을 되뇌어서 이상하게 들리지 않는지
확인한 뒤 클라이브에게 물었다.

　「이번 달에 떠날 거야.」 클라이브는 그게 대답이라고 생각
하는 듯 말했다. 그런데 그때 마침 개 우리 앞을 지나게 되자
이렇게 덧붙였다. 「어쨌든 저 개들을 보면 그 친구 생각이 나
겠지.」

　「다른 면으로는 안 그렇고?」

　「우리야 어려워지겠지. 그런데 그건 늘 그래. 어쨌든 부지
런하고 똘똘한 녀석이었으니까. 그런데 그 자리에 데려올 사
람은…….」 그리고 모리스의 관심에 흐뭇해져서 펜지의 경제

289

사정을 간략히 설명해 주었다.

「정직해?」 이 중차대한 질문을 하면서 모리스는 몸을 떨었다.

「스커더 말이야? 정직하기엔 좀 너무 영리하지. 앤이 이 말을 들으면 내가 너무 삐딱하다고 말하겠지만, 하인들에게 우리 같은 수준의 정직함을 기대할 수는 없어. 충성이나 감사를 바랄 수 없는 것하고 똑같지.」

「나 같으면 펜지 같은 대저택을 관리하지 못할 것 같다.」 모리스는 잠시 침묵하다가 다시 입을 열었다. 「어떤 하인을 고용해야 할지 감을 못 잡을 테니까. 스커더를 예로 들어 보자고. 그 친구는 어떤 집안 출신일까? 나는 전혀 몰라.」

「아버지가 오스밍턴에서 푸줏간을 한다고 그랬나? 그래, 그런 것 같다.」

모리스는 모자를 있는 힘껏 자동차 바닥에 팽개쳤다. 〈너 무하는군.〉 그는 두 손을 머리카락 속에 파묻었다.

「또 머리 아파?」

「아주 지독해.」

클라이브는 안됐다는 듯 입을 다물었고, 그 침묵은 헤어질 때까지 깨지지 않았다. 그동안 모리스는 두 손을 눈에 댄 채 웅크리고 앉아 있었다. 평생 동안 그는 늘 알면서도 몰랐다. 그건 그의 아주 커다란 결점이었다. 그는 펜지로 돌아오지 않는 편이 안전하다는 걸 알았다. 그 숲에서 어떤 어리석은 매혹이 튀어나올지 몰랐기 때문이다. 그런데도 그는 돌아왔다. 앤이 〈밝은 갈색 눈동자의 아가씨인가요?〉라고 말했을 때 가슴이 쿵쾅거렸다. 그리고 마음 한켠에서는 밤마다 침실 창밖으로 몸을 내밀고 〈이리 와!〉라고 소리치는 게 현명하지 않다는 것도 알았다. 그의 내면의 정신은 여느 남자들처럼 자극에 예민하게 반응했지만, 그는 그것을 해석하지 못했다. 모든 것이 명료해지는 순간은 언제나 위기가 닥친 후였다. 지금의 혼란은 케임브리지 시절과 많이 달랐지만, 너무 늦은 후에야 상황이 엉켜 있음을 깨달았다는 점에서는 닮은꼴이었다. 리즐리의 방은 어제의 들장미나 달맞이꽃과 같았고, 사이드카를 타고 늪지를 달린 일은 크리켓 경기의 예고편이었다.

케임브리지를 떠날 때 그는 영웅이었지만, 펜지를 떠날 때는 배신자가 되어 있었다. 그는 초대한 친구의 신뢰를 저버렸고, 그가 없는 틈에 그의 집을 더럽혔으며, 더럼 부인과 앤을 모욕했다. 집에 도착하자 더 큰 충격이 다가왔다. 그는 가족들에게도 죄를 지은 것이다. 지금까지 가족은 안중에도 없었다. 그들은 그저 친절을 베풀어야 할 어리석은 무리였을 뿐이다. 그들은 여전히 어리석었지만, 그는 그들에게 감히 다가갈 수가 없었다. 그 평범한 여인들과 자신 사이에 가로놓인 깊은 골짜기가 그들을 신성하게 지켜 주고 있었다. 그들의 수다, 선후를 따지는 사소한 말다툼, 운전사에 대한 불평들은 더 큰 질책을 감추고 있는 것 같았다. 어머니가 〈모리야, 같이 즐겁게 이야기 좀 하자꾸나〉라고 말했을 때 그는 심장이 멎는 것 같았다. 두 사람은 10년 전에 그랬듯이 정원을 거닐었고, 어머니는 채소들의 이름을 중얼거렸다. 그때는 올려다봐야 했던 어머니가 지금은 내려다보였고, 그는 이제 자신이 정원 심부름꾼 소년에게 무엇을 원하는지도 잘 알았다. 그때 언제나 소식을 전해 주는 키티가 집 안에서 전보를 들고 뛰어나왔다.

모리스는 분노와 두려움으로 덜덜 떨었다. 〈돌아와 줘요, 오늘 밤 보트하우스에서 기다릴게요. 펜지에서 알렉.〉 시골 우체국을 통해서 이런 전갈을 띄우다니! 주소가 정확한 걸로 보아 펜지 저택 안에서 시중 들던 하인 한 명이 주소를 가르쳐 준 모양이었다. 이 얼마나 멋들어진 상황인가! 편지에는 협박의 느낌이 다분했고, 그게 아니라 해도 무례한 건 분명했다. 그는 당연히 응답하지 않았고, 스커더에게 선물을 하려던 생각도 집어치웠다. 그는 분수에 넘치는 짓을 했으니 그런 대접을 받아도 마땅했다.

하지만 그날 밤 내내 그의 몸은 알렉의 몸을 갈망했다. 그는 그 욕망에 〈음탕함〉이라는 간단한 이름을 붙이고, 자신의 직업, 가족, 친구들, 사회적 지위를 거기 맞세웠다. 이 목록에는 당연히 그의 의지도 포함시켜야 했다. 의지가 계급을 초월할 수 있다면 우리가 건설해 온 문명은 산산조각 날 것이기 때문이다. 하지만 몸의 갈망은 무엇에도 잦아들지 않았다. 우연은 그의 욕망을 너무도 완벽히 채워주었다. 설득도 위협도 그것을 잠재울 수 없었고, 아침이 되었을 때 그는 기진맥진하고 수치심에 휩싸인 채 래스커 존스에게 전화를 걸어 두 번째 약속을 잡았다. 약속 시간이 되기 전에 편지 한 통이 도착했다. 아침 식사 때였고, 모리스는 어머니의 눈앞에서 그걸 읽었다. 편지에는 이렇게 적혀 있었다.

친애하는 모리스 나리. 저는 이틀 밤을 보트하우스에서 기다렸습니다. 보트하우스로 오시라고 한 건 사다리는 치워졌고 숲은 축축해서 앉기 어렵기 때문이에요. 그러니 내일 아니 그다음 날 밤이라도 부디 〈보트하우스〉로 와주세요. 다른 신사 분들한테는 산책을 하겠다고 하면 될 테니, 그렇게 해서 보트하우스로 와주세요. 나리, 지나친 부탁이 아니라면 영국을 떠나기 전에 한 번만 더 나리와 함께 시간을 보낼 수 있게 해주십시오. 저한테 열쇠가 있으니 나리께 문을 열어 드릴 수 있어요. 저는 8월 29일에 증기선 노매니아호를 타고 떠납니다. 크리켓 경기 이후로 저는 한 팔로 나리를 안은 채 이야기하고, 그런 뒤 나리를 품고, 또 나리와 함께 모든 걸 나누기를 간절히 바라고 있습니다. 이런 생각이 제게 주는 감미로움은 말로는 표현하지 못할 정도예요. 저는 제가 하인에 불과하고, 그래서 나리의 친절을 믿고 건방을 떨거나 어떤 식으로든 멋대로 굴면 안 된다는 걸 잘 알고 있습니다.

A. 스커더 올림
(C. 더럼 향사 나리의 사냥터지기)

모리스, 집안 하인들이 하는 말처럼 몸이 아파서 떠났나요? 지금쯤이면 다 나으셨기를 바랍니다. 오실 수 없으면 편지라도 보내 주세요. 저는 밤마다 한숨도 못 자고 기다리

고 있습니다. 그러니까 내일 밤 제발 〈펜지의 보트하우스〉
로 와주세요. 아니면 그다음 날이라도요.

이것은 도대체 무슨 뜻일까? 모리스가 다른 무엇보다 중
요하게 매달린 문장은 〈저한테 열쇠가 있다〉는 것이었다. 그
래, 그에게 열쇠가 있겠지만, 여벌의 열쇠도 집에 보관되어
있을 테고, 거기엔 공범자가 있을 테고, 그건 아마도 심콕스
일 것이다. 그는 이런 식으로 편지 전체를 해석했다. 어머니
와 이모, 그가 마시던 커피, 낮은 찬장 위의 칼리지 컵들, 그
모두가 각기 다른 방식으로 같은 이야기를 하고 있었다. 〈거
기 간다면 너는 파멸할 테고, 답장을 쓰면 그 편지가 너를 압
박할 것이다. 지금은 골치 아픈 상황이지만 어쨌든 너한테
유리한 점도 있다. 너는 그에게 글 한 줄 남기지 않았고, 그
는 열흘만 있으면 영국을 떠난다. 희망을 잃지 말고 조용히
버텨라.〉 그는 얼굴을 찌푸렸다. 푸주한의 아들이든 누구든
그 계급 사람들은 겉으로 순진하고 다정한 척할 수 있겠지
만, 그들도 경찰 법원 소식지를 읽고 또 물정을 알고 있으리
라……. 다시 기별이 온다면 믿을 만한 변호사를 찾아가야 할
것이다. 지금 정신적인 재난 때문에 래스커 존스를 찾아가는
것처럼. 지금껏 그는 더없이 어리석었지만, 앞으로 열흘 동
안만 신중하게 처신하면 위기에서 벗어날 수 있을 것이다.

41

「안녕하십니까. 이번에는 저를 깨끗하게 치료해 주실 수 있겠지요?」 모리스는 가벼운 인사를 건넸다. 그리고 의자에 털썩 앉아서 눈을 반쯤 감고 말했다. 「어서 시작하죠.」 그는 치료받고 싶어서 안달이 날 지경이었다. 래스커의 진료를 받는다는 사실만으로도 흡혈귀에 맞서 싸울 약간의 힘을 얻을 수 있었다. 정상이 되면 그것을 무찌를 수 있을 것이다. 그는 최면에 들기를 갈망했다. 그 속에서 자아가 녹아내리고 신묘한 방식으로 교정되기를. 적어도 의사에게 자신의 의지를 내맡기고 있는 동안, 5분의 망각은 얻을 수 있었다.

「곧 시작하겠습니다, 홀 씨. 먼저 그동안 어떻게 지냈는지 말씀해 주시죠.」

「별다른 일은 없었습니다. 말씀하신 대로 신선한 공기를 마시고 운동을 했어요. 아주 평온했습니다.」

「여자 분들과 즐겁게 어울린 적은 있습니까?」

「펜지에 여자 분이 몇 명 있었죠. 전 거기에 딱 하룻밤 묵었어요. 여기 다녀간 다음 날, 금요일에 런던으로 돌아왔습니다. 그러니까 집으로요.」

「친구 분 댁에 더 오래 계실 줄 알았는데요.」

「그럴 생각이었죠.」

그러자 래스커 존스가 모리스의 의자 가장자리에 걸터앉아 차분하게 말했다. 「이제 긴장을 푸십시오.」

「그러죠.」

그는 반복해서 최면을 걸었다. 모리스는 전처럼 난로 속 쇠붙이들을 바라보았다.

「홀 씨, 최면에 들고 있나요?」

긴 침묵이 이어진 뒤, 모리스가 침통하게 말했다. 「잘 모르겠습니다.」

그들은 다시 시도했다.

「방이 어두워졌나요. 홀 씨?」

모리스는 그렇게 되기를 바라는 마음에 〈조금요〉라고 말했다. 그러자 정말로 조금 어두워졌다.

「뭐가 보입니까?」

「그게, 방이 어두우면 아무것도 볼 수 없는 것 아닌가요?」

「지난번에는 뭘 보셨죠?」

「그림이오.」

「그렇습니다. 그리고 또 무얼 봤죠?」

「그리고 또?」

「그리고 또? 그 균······」

「균열이오, 바닥에 난.」

「그다음은요?」

모리스는 자세를 바꾸고 말했다. 「균열을 뛰어넘었습니다.」

「그러고는요?」

그는 아무 말이 없었다.

「그러고는요?」 의사의 목소리가 부드럽게 재촉했다.

「말씀은 잘 들립니다.」 모리스가 말했다. 「그런데 제가 최면에 빠지지 않는군요. 처음에 약간 멍하더니 지금은 존스 씨만큼이나 정신이 또렷합니다. 한 번 더 시도해 주셔야 할 것 같습니다.」

그들은 다시 시도했지만 역시 실패했다.

「도대체 왜 이런 거죠? 지난주에는 단번에 최면이 걸렸잖아요. 무슨 까닭입니까?」

「저한테 저항하시면 안 됩니다.」

「젠장, 저항 안 해요.」

「지난번보다 암시 감응력이 떨어지는군요.」

「그런 전문 용어는 모르겠지만, 맹세컨대 저는 진심으로 치료받고 싶습니다. 다른 남자들처럼 되고 싶어요. 모두에게 따돌림 받는 이런 외톨이는 싫습니다.」

그들은 다시 한번 최면을 걸어 보았다.

「그러면 저도 25퍼센트의 실패 사례에 들어가게 되는 건가요?」

「지난주에는 어느 정도 성과가 있었는데, 이렇게 갑작스러운 난관에 봉착하는군요.」

「갑작스러운 난관이라고요? 하지만 포기하지 마세요.」 그는 허세를 부리며 너털웃음을 터뜨렸다.

「포기할 생각 없습니다. 홀 씨.」

그러나 이번에도 실패였다.

「이제 저는 어떻게 되는 건가요?」 모리스는 침울한 목소리로 물었다. 그로서는 절박한 물음이었지만 래스커 존스는 어떤 질문에도 대답할 말이 있었다. 「당신께는 나폴레옹 법전을 채택하는 나라에 가서 살라는 말씀을 드려야겠군요.」

「그게 무슨 말이죠?」

「이를테면 프랑스나 이탈리아 말입니다. 그런 나라에서는 이제 동성애를 범죄 취급하지 않습니다.」

「프랑스에서는 친구와 함께 나누어도 감옥에 가지 않는다는 말씀입니까?」

「함께 나눈다고요? 교합 말씀이십니까? 두 사람이 다 성인이고 공공연한 음란 행위만 하지 않는다면 그렇습니다.」

「영국은 그렇게 될 가망이 없을까요?」

「전 회의적입니다. 영국은 예전부터 인간의 본성을 잘 인정하지 않았으니까요.」

모리스는 그의 말을 이해했다. 그도 영국인이었고, 오직 이 문제에 대해서만 깨어 있을 뿐이었다. 그는 서글픈 미소를 지었다. 「결국 이런 거로군요. 저 같은 사람은 예전부터 있었고 앞으로도 있을 거고 하지만 대개 박해받는다는.」

「그렇습니다, 홀 씨. 정신의학이 선호하는 표현을 빌리자면, 이 세상에는 예전에도 지금도 앞으로도 상상할 수 있는 온갖 유형의 사람들이 있습니다. 그리고 잊지 말아야 할 것은 한때 영국에서 당신 같은 사람들은 사형을 당했다는 사실입니다.」

「정말입니까? 하지만 도망칠 수도 있었어요. 온 영국이 다 주거 지역으로 덮여서 경찰의 통제를 받은 건 아니니까요. 저 같은 남자들은 푸른 숲으로 갈 수도 있었습니다.」

「그렇습니까? 전 그건 몰랐습니다.」

「아, 그저 제 생각일 뿐입니다.」 모리스는 진료비를 내려놓으며 말했다. 「아마도 그리스인들에 대해 우리가 모르는 게 더 있는 것 같아요. 테베의 신성 부대도 그렇고, 그 밖의 여러 가지 것들 말이에요. 아무래도 그럴 것 같네요. 안 그러면 그들이 어떻게 하나가 될 수 있었겠습니까? 더구나 출신 계급들이 그토록 다양한데 말이죠.」

「흥미로운 이론이군요.」

모리스의 입에서 다시 말들이 튀어나왔다. 「전 솔직하지 못했습니다.」

「말씀해 보시죠.」

이 남자는 어쩌면 이렇게도 사람을 편안하게 대해 주는 것일까? 과학은, 진정한 과학이기만 하다면 연민보다 나았다.

「지난번에 다녀간 뒤로 저는 또다시 잘못을 범했습니다. 상대는 사냥터지기에 불과한 친구였고요. 어떻게 해야 할지 모르겠습니다.」

「그런 문제라면 제가 도움 드릴 말씀이 별로 없군요.」

「그렇겠죠. 하지만 그 친구가 저를 최면에서 끌어내는 건지 어떤지는 말씀해 주실 수 있지 않나요? 그런가 싶은 의구심이 듭니다.」

「스스로 원하지 않는데 끌려 나가는 사람은 없습니다, 홀 씨.」

「아마 그 친구 때문에 최면에 들지 못한 것 같습니다. 어리 석게도 주머니에 그 친구의 편지를 넣어 가지고 왔어요. 왜 그런 짓을 한 건지……. 이미 다 말씀을 드렸으니 한번 읽어 보시죠. 저는 화산 위를 걷고 있는 것 같아요. 그는 교육도 받지 못한 친구인데 지금 절 손아귀에 쥐고 있습니다. 그 친 구가 저를 고소할까요?」

「전 법은 잘 모릅니다만……」 흔들림 없는 목소리가 돌아 왔다. 「이 편지가 위협을 담고 있는 것 같지는 않군요. 그 문 제는 제가 아니라 변호사와 상담하셔야 할 것 같습니다.」

「죄송합니다. 하지만 덕분에 마음이 좀 놓이는군요. 제게 친절을 베풀어서 한 번만 더 최면을 걸어 주시지 않겠습니 까? 이제 잘못을 고백했으니 최면이 걸릴 것도 같습니다. 조 금 전까지는 이렇게 밝히지 않고도 치료되기를 바랐죠. 그런 데 꿈을 통해서 다른 사람을 지배하는 일도 가능합니까?」

「당신이 그 일에 대해 남김없이 털어놓는다면 다시 한번 해보겠습니다. 그렇지 않으면 당신이나 저나 시간만 낭비하 는 꼴이 될 겁니다.」

모리스는 남김없이 털어놓았다. 애인에 대해서도 자신에 대해서도 하나도 빠뜨리지 않았다. 모든 일을 세세히 이야기 하다 보니, 완벽했던 그 밤이 마치 그의 아버지가 30년 전에 빠져들었던 일시적인 음행처럼 여겨졌다.

「다시 앉으십시오.」

희미한 소음이 들려 정신이 흩어졌다.

「위층에서 우리 아이들이 노는 소리입니다.」

「유령이 있나 했습니다.」

「그냥 아이들 소리입니다.」

침묵이 이어졌다. 오후의 햇살이 창문을 통해 들어와 접 뚜껑 책상 위에 노란 빛을 떨어트렸다. 이번에 모리스는 거기에 정신을 집중했다. 다시 시도하기 전에 의사는 알렉의 편지를 가져가서 모리스가 보는 앞에서 엄숙하게 태웠다.

아무 일도 일어나지 않았다.

42

　육체적 쾌락을 얻음으로써 당신은 견진 성사를 치른 겁니
다. 그것이 의사의 최종 평결이었다. 자기 영혼에 도착(倒錯)
의 견진 성사를 치르고 정상인의 회중을 떠난 겁니다. 모리
스는 노여움에 말을 더듬었다. 「제가 궁금한 건, 어차피 저나
존스 씨나 알 수 없는 일이겠지만, 어떻게 시골내기에 불과
한 그 친구가 저를 그렇게 잘 알 수 있냐는 겁니다. 어떻게
제가 그토록 나약해진 날 밤을 골라서 천둥처럼 다가왔을까
요? 친구가 집에 있었다면 그가 제 몸에 손을 대게 하지 않았
을 거예요. 왜냐하면, 젠장, 어쨌거나 저는 신사니까요. 퍼블
릭 스쿨, 대학 따위 말예요. 이제는 그 친구와 함께 있었다는
것조차 믿어지지 않습니다.」 그는 클라이브와 열정을 나누는
동안 그를 갖지 않았음을 후회하면서 마지막 피난처인 그곳
을 떠났고, 의사는 형식적인 말을 던졌다. 「그래도 신선한 공
기와 운동이 도움이 될지 모릅니다.」 의사는 다음 환자를 진
료하고 싶었고, 모리스 같은 유형을 좋아하지 않았다. 그는
배리 박사처럼 충격을 받지는 않았지만 그를 진료하는 것이

지루했으며, 이 젊은 도착자를 두 번 다시 생각하지 않았다.

현관을 나서자 모리스의 곁에 무언가가 돌아왔다. 아마도 그의 옛 자아 같았다. 길을 걷는 동안 참담한 심정에서 어떤 목소리가 흘러나왔는데, 그 말투가 케임브리지 시절을 연상시켰기 때문이다. 젊고 분별없는 목소리가 그를 바보라고 비웃으며 〈너는 이제 끝장이야〉라고 말하는 것 같았다. 국왕 부처의 행차 때문에 그는 공원 바깥에 멈춰 섰다. 모자를 벗는 순간 그들에게 경멸이 느껴졌다. 그와 친구들 사이를 가로막은 장벽이 또 다른 의미를 띠고 있는 것 같았다. 그는 이제 두려움도 부끄러움도 없었다. 어쨌든 숲과 밤은 그들이 아니라 그의 편이었다. 울타리에 갇힌 것은 그가 아니라 그들이었다. 그는 잘못을 저질렀고 지금도 벌을 받고 있었다. 하지만 그게 잘못이었던 건 그가 양쪽 세계에 모두 최선을 다하려고 했기 때문이다. 「그래도 난 내 계급을 떠날 수 없어. 그건 분명해.」 그는 다짐했다.

「좋아.」 그의 옛 자아가 말했다. 「이제 집에 돌아갔다가 내일 아침 8시 36분 기차로 출근하는 걸 잊지 마. 휴가는 끝났으니까. 그리고 절대 셔우드 숲으로 고개를 돌리면 안 돼.」

「난 시인이 아니야. 그런 종류의 얼뜨기가 아니라고.」

국왕 부처는 궁전으로 사라졌고, 해가 공원 나무들 뒤로 떨어지자 나무들은 녹색의 손가락과 주먹들을 내민 한 마리 거대한 짐승으로 엉겨들었다.

「대지의 삶, 모리스, 너는 거기 속해 있는 것 아냐?」

「〈대지의 삶〉이란 무얼 말하는 거지? 그건 내 일상과 다름

없는 거여야 하고, 또 사회와도 어울려야 해. 클라이브가 전에 말했듯이, 우리 일상은 사회 위에 건설되어야 하니까.」

「물론 그렇지. 불행한 것은 클라이브는 이제 그런 것과 상관 없이 산다는 거야.」

「아무튼 나는 내 계급에 충실할 거야.」

「밤이 오고 있어. 서둘러야지. 택시를 잡아타. 네 아버지처럼 재빠르게, 문들이 닫히기 전에.」

모리스는 택시를 잡아타고 6시 20분 기차를 탔다. 스커더가 보낸 또 한 통의 편지가 현관 입구의 가죽 쟁반 위에서 그를 기다리고 있었다. 그는 그 필체를 한눈에 알아보았다. 〈향사님〉 대신 〈M. 홀 씨〉라고 쓰인 자신의 이름과 삐딱하게 붙은 우표가 보였다. 두려웠고 또 번거롭기도 했지만, 아침만큼 심하지는 않았다. 과학은 그를 저버렸지만 그는 스스로를 저버리지 않았기 때문이다. 값싼 천국보다야 진정한 지옥이 낫지 않겠는가? 그는 래스커 존스의 손아귀를 벗어난 게 안타깝지 않았다. 그는 편지를 뜯지도 않고 턱시도 주머니에 쑤셔 넣은 채 카드놀이를 하고 운전사가 그만두겠다고 했다는 이야기를 들었다. 도대체 하인들이 어떻게 되려는 걸까? 그가 하인들도 자신들처럼 피와 살로 이루어진 사람일 거라고 말하자, 아이다 이모가 큰 소리로 〈그렇지 않아〉라고 반박했다. 밤이 되자 모리스는 아무런 양심의 가책 없이 어머니와 키티에게 키스를 했다. 그들이 고결하게 느껴지던 짧은 시기는 끝났고, 그들의 말과 행동은 다시금 하찮은 것이 되었다. 그는 자신이 그들을 배신했다는 느낌 없이 문을 잠그고 5분 동안 교외의 밤을 응시했다. 올빼미가 울고 멀리서 전차의 종소리가 들렸지만 그의 심장은 그것들보다 더 크게 울렸다. 편지는 어처구니없이 길었다. 온몸의 핏줄이 격렬하게 꿈틀거리는 것을 느끼며 그는 편지 봉투를 뜯었다. 그러나 그의 머리는 냉정함을 잃지 않았고, 그는 다행히 문장 하나하나에 연연하지 않고 전체적인 문맥을 파악할 수 있었다.

나리, 방금 보레니어스 목사님과 이야기를 했습니다. 나리는 저를 부당하게 대하시는군요. 저는 다음 주에 증기선 노매니아호를 타고 떠납니다. 떠난다고 편지드렸는데 소식 한 자 없으시니 부당합니다. 저는 부끄럽지 않은 집안 출신이고, 개 취급 당하는 건 부당하다고 생각합니다. 제 아버지는 어엿한 상인이십니다. 저는 아르헨티나에서 제 길을 찾을 겁니다. 나리는 저를 〈사랑스러운 친구〉라고 불러 주시고는 답장도 안 해주셨습니다. 전 나리와 더럼 나리의 일을 알고 있습니다. 왜 저더러 〈모리스라고 불러〉라고 말씀하시고 이렇게 부당하게 대하십니까? 나리, 전 화요일에 런던으로 갈 겁니다. 제가 댁으로 찾아가는 게 싫으시면 런던 어디에서 만날 건지 말씀해 주십시오. 저를 만나시는 게 좋을 겁니다. 안 그러면 후회하실 일이 생길지도 모릅니다. 나리께서 펜지를 떠난 뒤로 별다른 일은 없었습니다. 크리켓 경기도 끝났고, 큰 나무들 중 어떤 놈들은 벌써 철 이른 낙엽을 떨어트리고 있습니다. 보레니어스 목사님이 나리한테 어떤 여자들 이야기를 하셨나요? 제가 좀 점잖치 않은 건 어쩔 수 없는 일입니다. 천성이 그런 남자들이 있죠. 그렇다고 저를 개처럼 대하시면 안 됩니다. 그건 나리께서 오시기 전의 일이었습니다. 여자를 좋아하는 건 당연한 일이고, 사람 본성을 거스를 순 없어요. 보레니어스 목사님은 새 성찬례 공부 시간에 여자들 일을 알게 됐습니다. 방금 저와 이야기를 나누었거든요. 저는 예전에는 신사 분에게 그런 식으로 다가간 적이 한 번도 없습니다. 새벽에 잠을 깨워서 화가 나셨나요? 그건 나리 잘못이었어요. 나리가 제게 머리를 올려놓고 계셨으니까요. 저는 해야 할 일이 있었고, 나리가 아니라 더럼 나리의 하인입니다. 저는 나리의 하인도 아니고, 나리한테 하인 취급을 받지도 않을 겁니다. 세상이 알아도 상관없습니다. 제가 누군가를 존경하는 건 그게 합당할 때뿐입니다. 다시 말하면 신사다운 신사 분만 존경합니다. 심콕스가 〈홀 나리가 8번 타자쯤으로 해두라시는군〉이라고 전했지만, 저는 나리를 5번 타자로 정했습니다. 하지만 저는 주장이었고, 그것 때문에 나리가 저를 부당하게 대할 권리는 없습니다.

A. 스커더 올림

   추신: 저는 무언가 알고 있습니다.

   마지막 문장이 눈길을 끌었지만, 모리스는 그보다는 편지를 전체적으로 생각해 볼 수 있었다. 하인들 사이에서 그와 클라이브에 대한 불미스러운 소문이 돌고 있는 게 분명했지만, 지금 그게 무슨 상관이란 말인가? 블루 룸이나 고사리 풀 숲의 일을 누군가가 훔쳐보고 오해했다 해도 무슨 상관인가? 그에게 중요한 것은 현재였다. 왜 스커더는 그런 소문을 들먹거렸을까? 무슨 짓을 하려는 걸까? 왜 이런 한편으로 불쾌하고, 대개 어리석고, 또 다른 한편으로 정중하기도 한 말들을 쏟아 낸 걸까? 편지를 읽는 동안에는 그걸 변호사한테 넘겨주어야 하는 썩은 고기 정도로 여겼지만, 편지를 내려놓고 담배 파이프를 집어 드니 모리스 자신이라도 그런 편지를 썼을 것 같았다. 혼란스러운 걸까? 혼란이 어떻단 말인가? 그렇다면 자신과 다를 바 없는 것이다! 그는 그런 편지를 원하지 않았고, 그게 무얼 의도하는지도 몰랐지만 — 대여섯 가지 경우가 가능했다 — 그렇다고 예전에 『향연』 문제를 두고서 클라이브가 그랬던 것처럼 냉담하고 가혹하게 〈여기 적힌 대로 따라 주었으면 좋겠어〉라고 잘라 말할 수는 없었다. 그는 답장을 썼다. 〈A. S. 좋아. 화요일 오후 다섯시에 대영 박물관 입구에서 보자. 대영 박물관은 아주 큰 건물이니 누구한테 물어도 알 수 있을 거다. M. C. H.〉 그는 그렇게 하는 것이 최선이라고 생각했다. 둘 다 사회에서 소외된 처지였고, 싸움을 한다 해도 사회의 도움 없이 해결해야 했다. 대영 박물관을 고른 것은 아는 사람과 마주칠 가능성이 적었기 때문이다. 근엄하고 고상한 대영 박물관이 불쌍하구나! 모리스는 설핏 웃었고, 그의 얼굴에 장난스럽고 즐거운 표정이 떠올랐다. 클라이브 또한 추문을 완전히 피하지 못했다는 생각이 그를 미소 짓게 했다. 그 얼굴은 다시 즐거움을 잃고 굳

어졌지만, 그것은 그가 고통의 1년을 지내면서도 망가지지
않은 튼튼한 사람임을 증명해 주었다.

　새로운 활력은 직장으로 복귀한 이튿날 오전까지 이어졌
다. 래스커 존스의 치료가 실패하기 전까지 그는 다시 일할
것을 고대했고, 그것은 그에게 거의 과분한 특권으로까지 여
겨졌다. 일은 그를 회복시켜 줄 테고, 그것을 통해 그는 집
안에서 고개를 꼿꼿이 들고 지낼 것이다. 하지만 이제 그것
도 무너졌고, 그는 다시 소리 내서 웃고 싶어졌으며, 어쩌다
그렇게 오래도록 기만당하고 살았나 의아할 지경이었다. 힐
앤드 홀 증권 회사의 고객은 중산층이었고, 그들이 품은 최
고의 소망은 피난처인 것만 같았다. 지속적인 피난처. 공포
가 닥쳤을 때 파고드는 어둠 속의 굴이 아니라 언제 어디에
나 존재하는 피난처, 그래서 결국 대지와 하늘의 존재를 잊
게 하는 피난처, 가난과 질병과 폭력과 무례를 피하는 피난
처, 그래서 결국 기쁨도 막아 주는 피난처. 그것은 신이 슬그
머니 흘려 넣은 보복이었다. 그는 고객과 직원과 동업자들의
얼굴에서 그들이 진정한 기쁨을 모른다는 걸 깨달았다. 사회
는 그들을 너무도 완전하게 만족시켰다. 그들은 투쟁을 몰랐
지만, 감상과 욕정을 엮어 사랑을 만들 수 있는 것은 오직 투
쟁뿐이다. 그는 훌륭한 애인이 될 수도 있었다. 그는 진정한
쾌락을 줄 수도 있고 받을 수도 있었다. 하지만 이 사람들의
끈은 엮이지 않았다. 그들은 멍청하거나 음란했고, 그가 지
금 그나마 덜 역겨운 것은 음란함 쪽이었다. 사람들은 그에
게 와서 수익을 6퍼센트 정도 올릴 수 있는 안전한 주식을

요구한다. 그는 대답한다. 「고수익과 안전성을 함께 기대할 수는 없습니다. 그건 불가능합니다.」 그러면 사람들은 결국 이렇게 말한다. 「큰돈은 4퍼센트짜리에 투자하고, 남은 백 파운드를 가지고 모험을 해보는 건 어떨까요?」 그렇게 그들은 약간의 악덕에도 손을 뻗었다. 가정생활을 흔들지 않을 만큼 약소한 규모였지만, 그들의 미덕이 거짓임을 보여 주기에는 충분한 크기였다. 그리고 그는 어제까지 그들에게 굽실거렸다.

왜 그런 자들에게 봉사해야 하는가? 그는 똑똑한 대학생처럼 자신의 직업 윤리에 대해 토론을 하려고 했지만, 기차의 동승객들은 아무도 심각하게 받아들이지 않았다. 평결은 변함없었다. 〈홀은 착실한 청년이야. 한 사람의 고객도 놓치지 않을 거야.〉 그리고 그의 냉소 또한 사업가에게 제법 잘 어울리는 자질이라고 여겼다. 〈그러면서도 자기는 여기저기 조용히 투자하고 있을걸. 지난봄에 빈민굴 이야기를 하던 걸 생각해 봐.〉

43

비는 별다를 것 없는 모습으로, 수많은 지붕을 두드리고
이따금 여기저기 틈새를 파고들었다. 비로 인해 연기가 누워
흘렀고, 매연과 젖은 옷 냄새가 뒤섞여 런던 거리 위를 떠돌
았다. 박물관의 넓은 앞뜰에서 빗줄기들은 진흙 묻은 비둘기
와 경찰의 헬멧 위로 낙하했다. 오후의 빛이 너무 어두워서
박물관은 벌써 안에 불을 켜기 시작했고, 덕분에 그 거대한
건물은 죽은 자들의 영혼이 불을 밝혀 놓은 신비로운 무덤처
럼 보였다.

알렉이 먼저 도착했는데, 그는 이제 코듀로이 작업복 차림
이 아니라 새로 산 청색 양복을 입고 중산모를 쓴 — 아르헨
티나로 가기 위해 마련한 여장 중 일부 — 차림이었다. 편지
에 자랑했듯이 그는 그런대로 괜찮은 집안 — 주점이나 조그
만 가게를 하는 — 출신이었고, 그가 길들지 않은 숲의 아들
같은 모습을 하게 된 것은 순전히 우연이었다. 물론 그는 숲
과 맑은 공기와 물을 좋아했다. 다른 어떤 것보다 그것들을
좋아했고, 생명을 지키는 것도 파괴하는 것도 좋아했지만, 숲

에는 〈전망〉이 없었으므로 출세하고 싶은 젊은이는 그곳을 떠날 수밖에 없었다. 그는 이제 무조건 출세하자는 결심을 하고 있었다. 운명은 그의 손에 덫을 쥐여 주었고, 그는 그 덫을 놓을 작정이었다. 그는 앞뜰을 저벅저벅 건너가서는 계단을 껑충껑충 뛰어올랐다. 현관 앞에 이르러 비를 피할 수 있게 되자, 그는 꼼짝 않고 서서 눈만 깜박거렸다. 이렇듯 단숨에 동작을 바꾸는 것은 그의 특징이었다. 그는 언제나 정찰병으로 앞서 나갔고, 클라이브가 신원 보증서에 썼듯 항상 〈준비가 되어 있는〉 사람이었기 때문이다. 신원 보증서에는 〈지난 5개월 동안 우리 집에서 일한 모습을 보건대, A. 스커더는 매우 민첩하고 근면한 청년입니다〉라고도 쓰여 있었다. 이제 그는 그 속성들을 과시할 작정이었다. 자동차를 타고 덫을 향해 다가오는 당사자를 보는 순간, 그의 마음속에는 잔인함과 두려움이 함께 일었다. 그는 신사들을 알았고 애인들도 알았다. 하지만 〈모리스라고 불러〉라고 말한 이 홀이라는 사람은 어떤 종류의 인간일까? 알렉은 눈을 가늘게 뜨고 펜지의 현관 앞에서 명령을 기다리던 자세로 서 있었다.

모리스는 아무런 계획도 없이 자기 인생의 가장 위험한 순간을 향해 다가갔다. 하지만 건강한 피부 아래 감추어진 근육처럼 그의 마음속에서는 무언가가 계속 꿈틀거렸다. 그는 자존심에 기대지 않았지만, 심신의 상태가 좋다고 느꼈으므로 정정당당히 승부를 겨루고 싶었고, 영국인답게 자신의 적수도 좋은 상태이기를 바랐다. 그는 점잖게 행동할 생각이었고, 두렵지도 않았다. 알렉의 얼굴이 궂은 대기를 뚫고 빛나는 것을 보자 그의 얼굴도 살짝 떨렸고, 그는 먼저 공격받기 전에 미리 공격하지는 않겠다고 마음먹었다.

「아, 왔구나.」 그는 장갑을 올려 모자에 대며 말했다. 「참 비가 귀찮게도 오지? 안에 들어가서 이야기할까.」

「원하신다면.」

모리스는 조금은 다정한 눈길로 알렉을 바라본 뒤, 함께 박물관 안으로 들어갔다. 그때 알렉이 고개를 쳐들고 사자처럼 재채기를 했다.

「감기 걸린 거야? 하긴 날씨가 이러니.」

「여기는 뭐 하는 데죠?」 알렉이 물었다.

「나라가 소유한 옛날 물건들이 있는 데지.」 그들은 로마 황제의 회랑에서 걸음을 멈추었다. 「그래, 궂은 날씨야. 맑은 날은 이틀뿐이었으니. 맑은 밤은 꼭 하루였고.」 그는 장난스럽게 덧붙였다가 스스로 깜짝 놀랐다.

하지만 알렉은 반응이 없었다. 그가 원하는 건 이런 시작이 아니었다. 그는 모리스가 두려운 빛을 보여서 자기 안의 하인 근성을 깨우기를 기다렸다. 그는 모리스의 말에 담긴 암시를 못 알아들은 척하고 다시 재채기를 했다. 요란한 소리가 통로를 따라 울려 퍼졌고, 경련하며 일그러진 알렉의 얼굴은 갑자기 허기진 표정을 띠었다.

「두 번이나 편지를 보내 줘서 고마워. 두 통 다 기뻤어. 나는 기분 나쁘지 않고, 너는 잘못한 게 없어. 크리켓이나 그 밖에 네가 말한 이유들은 다 네가 오해한 거야. 너와 함께 있던 게 즐거웠다고 솔직하게 말할게. 문제가 그거였다면 말이야. 그거였어? 네 말을 듣고 싶다. 난 전혀 모르니까.」

「이게 뭔지 아세요? 이건 오해가 아니에요.」그는 양복 가슴의 주머니를 의미심장하게 만졌다. 「나리의 편지예요. 그리고 나리와 향사 나리의 일…… 그것도 오해가 아니에요. 어떤 사람들은 오해이길 바라겠지만 말이죠.」

「쓸데없는 이야기는 하지 말자.」모리스는 분노의 감정 없이 말했고, 그런 사실에 스스로도 적잖이 놀랐다. 케임브리지 시절의 클라이브도 이미 신성함을 잃어버린 것이다.

「나리, 밝혀지면 좋지 않은 일들이 있다는 걸 잘 아실 텐데요.」

모리스는 자신도 모르게 그 말 속에 감추어진 의미를 파악하려고 애썼다.

스커더는 모리스의 약점을 잡기 위해 조심조심 나아갔다. 「게다가 나리가 재미 삼아 저를 방으로 불러들이기 전까지 저는 훌륭한 젊은이였어요. 신사 분이 사람을 타락시키면 안 되는 것 아닌가요? 어쨌거나 우리 형 말은 그래요.」마지막 문장에서 그는 조금 더듬었다. 「실은 우리 형이 지금 밖에서 기다리고 있어요. 형이 직접 나리하고 얘기하고 싶어 해요. 저는 형한테 호되게 꾸지람을 들었지만 이렇게 말했어요. 〈안 돼, 프레드, 안 돼, 그분은 신사고 신사답게 행동하실 테니까 나한테 맡겨 둬. 그리고 더럼 나리도 신사야. 예전에도 그랬고 앞으로도〉라고요.」

「더럼의 일은…….」모리스는 그 점에 대해 말해야겠다 싶어서 입을 열었다. 「한때 내가 더럼을 좋아하고 또 더럼도 날 좋아했어. 그건 사실이야. 하지만 이제 그가 마음이 변해서 날 좋아하지 않고 나도 마찬가지야. 다 끝났어.」

「뭐가 끝나요?」

「우리 두 사람의 우정이.」

「나리, 제 말을 듣고 계셨던 겁니까?」

「하나도 빠짐없이 다 듣고 있어.」 모리스는 차분하게 대답하고 똑같은 어조로 말을 이었다. 「스커더, 너는 왜 여자와 남자를 모두 좋아하는 게 〈당연하다〉고 생각하지? 편지에 그렇게 썼잖아. 나한테는 당연하지 않아. 내가 볼 때 〈당연하다〉고 할 수 있는 건 자기 자신뿐이야.」

알렉은 흥미롭다는 표정을 지었다. 「그러면 나리는 자식을 가질 수 없나요?」 그는 더욱 거친 말투로 물었다.

「그것 때문에 의사를 두 명이나 찾아갔어. 하지만 소용없었지.」

「그러면 못 갖는 거네요.」

「그래.」

「갖고 싶지 않아요?」 적의라도 품은 듯한 질문이었다.

「갖고 싶어도 어쩔 수 없어.」

「저는 마음만 먹으면 내일이라도 결혼할 수 있어요.」 그는 으스댔다. 그러다가 날개 달린 아시리아 황소를 보더니 천진한 놀라움으로 표정이 변했다. 「정말 큰데요.」 그가 말했다. 「이런 걸 만든 걸 보면 아주 훌륭한 기계가 있었을 거예요.」

「그랬을 거야.」 모리스도 황소의 위용에 고개를 끄덕였다. 「잘은 모르겠지만 말이야. 여기 하나가 더 있는 것 같다.」

「그러니까 한 쌍이로군요. 장식품이었을까요?」

「이쪽 황소는 다리가 다섯 개인걸.」

「이쪽도 그래요. 참 별난 발상이네요.」 두 사람은 각자의 괴물 앞에 서서 서로를 바라보며 빙긋 웃었다. 그러나 알렉은 도로 표정을 굳히고 말했다. 「안 돼요. 당신의 수를 안 이상 두 번 속지는 않을 거예요. 그리고 우리 형을 만날 생각 말고 나한테 친절하게 이야기하는 편이 나을 거예요. 재미를 보셨으면 대가를 치러야죠.」 협박하는 그의 얼굴은 매력적이었다. 그 사악한 눈동자까지. 모리스는 부드러우면서도 날카로운 시선으로 그의 두 눈을 들여다보았다. 그의 협박은 아무것도 불러일으키지 못했다. 그것은 마른 진흙 조각처럼 떨어져 나갔다. 그는 〈생각할 여유를 드리죠〉 어쩌고 하는 말을 중얼거리며 벤치에 가 앉았다. 모리스도 곧 그를 따라갔다. 20분이 다 지나도록 그런 식이었다. 그들은 뭔가 찾을 것이라도 있는 것처럼 전시실에서 전시실로 돌아다녔다. 이 전시실에서 여신상이나 꽃병을 힐끔 들여다본 뒤 약속이라도 한 듯 다음 전시물로 이동했는데, 이런 행동의 일치가 더욱 기이한 것은 겉으로는 어쨌든 그들이 전쟁 중이었기 때문이다. 알렉은 조금 전의 냉혹하고 음험한 암시를 재개했지만, 어떻게 해서인지 그런 공격들 사이의 침묵은 누구에 의해서도 오염되지 않았다. 모리스는 두려움도 분노도 일지 않았고, 다만 어떤 인간이든지 그런 혼란에 빠질 수 있다는 게 안타까울 뿐이었다. 그가 대답하려고 하면 두 사람의 눈이 마주쳤고, 그의 미소가 때로 적의 입술에 비치기도 했다. 이 모든 일은 거의 장난에 가까운 눈속임이고 그 안에는 서로가 바라는 어떤 진정한 것이 감추어져 있다는 믿음이 커져 갔다. 모리스는 진지하고 다정하게 자기 자리를 지키고 있었고, 그가 공격에 나서지 않은 것은 피가 끓어오르지 않았기 때문이다. 행동이 시작되려면 외부의 충격이 필요했고, 우연이 그 계기를 만들어 주었다.

모리스는 이마를 살짝 찌푸리고 아크로폴리스의 모형을 굽어보면서 〈아, 그래, 맞아〉라고 중얼거렸다. 그때 근처에 있던 한 신사가 그 소리에 깜짝 놀라더니 튼튼한 안경에 감싸인 눈으로 그를 바라보며 말했다. 「틀림없어! 얼굴은 잊어도 목소리는 안 잊지. 분명해! 자넨 내가 가르친 학생이야.」 그는 듀시 선생이었다.

모리스는 대답하지 않았다. 알렉이 그의 곁으로 슬그머니 다가왔다.

「자네 에이브러햄스 선생의 학교에 다녔지. 잠깐! 기다려 보게! 이름을 말하지 말게. 내가 기억해 내고 싶으니까. 기억할 수 있을 걸세. 샌데이는 아니고, 기브스도 아니고, 그래, 맞아, 웜블비지.」

듀시 선생은 어쩌면 그렇게 틀리기만 하는지! 듀시 선생이 제대로 기억했다면 모리스는 그렇다고 말했겠지만, 이제는 거짓말을 하고 싶어졌다. 그는 그런 사람들의 끝없는 오류에 지쳤고, 그 때문에 너무나 많은 고통을 받았다. 그가 대답했다. 「아뇨, 제 이름은 스커더입니다.」 머릿속에 가장 먼저 떠오른 이름이 그의 입에서 튀어나왔다. 그것은 이미 무르익어 사용되기를 기다리고 있었고, 그것을 발음하는 순간 그는 그 이유를 알았다. 하지만 그 깨달음의 순간에 알렉이 나섰다. 「아닙니다.」 그가 듀시 선생에게 말했다. 「그리고 저는 이 신사 분의 중대한 죄목을 고발하려고 합니다.」

「그래요, 엄청나게 중대하죠.」 모리스는 이렇게 말하고 손을 들어 알렉의 어깨에 얹었다. 그러자 손가락들이 목덜미에 닿았는데, 그가 이런 행동을 한 것은 단지 그리고 싶어서였을 뿐 다른 아무 이유도 없었다.

듀시 선생은 눈치채지 못했다. 의심할 줄 모르는 그는 그들이 무언가 짓궂은 농담을 한 거라고만 생각했다. 자기 입으로 아니라고 했으니, 이 검은 얼굴의 점잖은 사내가 웜블비일 리는 없었다. 그가 말했다. 「죄송합니다. 이런 실수를 별로 안 하는데 그만.」 그리고 자신이 늙고 멍청한 사람이 아니라는 걸 보여 주어야겠다는 생각에 말없이 서 있는 두 사람에게 대영 박물관에 대한 이야기를 늘어놓았다. 여긴 유물을 소장한 장소일 뿐 아니라 그러니까…… 뭐냐, 유복하지 못한 사람들도 드나들면서 정신에 자극을 받는 장소고…… 어린 소년들의 마음에도 질문을 불러일으키고…… 그러면 누군가 거기 대답을 해주지만, 물론 그 대답은 적절치 못한 것이고…… 같은 이야기가 이어질 때, 참을성 있는 목소리가 〈벤, 더 기다려야 하나요?〉라고 물었고, 듀시 선생은 아내에게 돌아갔다. 그가 떠나자 알렉은 움찔 물러서서 웅얼거렸다. 「좋아요…… 이제 나리를 괴롭히지 않겠어요.」

「그 중대한 죄목은 어떻게 하려고?」 모리스는 갑자기 위압적인 태도가 되어 말했다.

「말할 수 없어요.」 그가 돌아보았고 붉게 상기된 그의 얼굴이 박물관의 영웅들을 배경으로 선명하게 떠올랐다. 완벽하지만 핏기 없는 영웅들, 그들은 당혹도 치욕도 알지 못했으리라. 「걱정 마세요. 이제 당신을 해치지 않을 테니. 대단한 담력이에요.」

「담력이라고!」 모리스는 벌컥 화를 내며 말했다.

「여기서 끝낼 거라고요!」 그는 자신의 입을 때렸다. 「어떻게 된 건지는 모르겠어요. 저는 당신을 해코지할 생각이 없고, 그런 마음을 품지도 않았어요.」

「날 협박했잖아.」

「아닙니다, 아니에요…….」

「분명히 그랬어.」

「모리스, 들어 봐요, 난 그저……」

「나더러 모리스라고?」

「당신은 날 알렉이라고 불렀잖아요……. 나도 당신만큼 괜찮은 사람이에요.」

「내가 보기엔 안 그런데!」 잠시 침묵이 흘렀다. 폭풍 전의 고요. 그리고 다음 순간 모리스는 폭발했다. 「네가 듀시 선생한테 나에 대해 폭로했다면, 난 널 부숴 버렸을 거야. 돈이 수백 파운드 들겠지만 그만 한 돈은 있고, 경찰은 언제나 너보다야 나 같은 사람들 편이지. 너는 몰라. 그렇게 합심해서 공갈죄로 너를 감옥에 처넣었겠지. 그런 다음에 나는 내 머리를 쏘았을 테고.」

「자살 말인가요? 죽는다고요?」

「그때쯤이면 내가 널 사랑한다는 걸 깨달았을 테니까. 너무 늦게…… 모든 일은 늘 너무 늦게 일어나지.」 옛 조각상들이 기우뚱했고, 모리스는 저도 모르게 이렇게 덧붙였다. 「그냥, 아무 말도 아니야. 하지만 밖으로 나가자. 여기서는 이야기를 못 하겠다.」 그들은 거대하고 열기에 찬 건물을 벗어난 뒤 폭넓다고 알려진 도서관을 지나 어둠과 빗속으로 향했다. 현관 앞에서 모리스는 걸음을 멈추고 차갑게 말했다. 「깜박했구나. 네 형은?」

「아버지 집에 있어요. 형은 아무것도 몰라요. 제가 그냥 겁을 주느라…….」

「날 협박하려고.」

「제발 이해해 줘요…….」 그는 모리스의 전보를 꺼냈다. 「원하면 도로 가져가세요…… 저는 필요 없어요…… 전에도 그랬고요…… 이제 끝이겠군요.」

분명히 그렇지 않았다. 그들은 헤어질 용기를 잃었고 이제 어떤 일이 닥칠지도 알지 못한 채, 우중충한 하루의 마지막 빛 속으로 성큼성큼 걸어 들어갔다. 여느 때와 같은 밤이 찾아왔다. 모리스는 자제력을 되찾고 이제 정열이 그에게 데려다 준 새로운 종류의 대상을 바라볼 수 있게 되었다. 인적 없는 광장의 몇 그루 나무들을 둘러친 난간에 기대어 서서 그는 두 사람의 위기에 대해 이야기를 시작했다.

하지만 그가 냉정해질수록 상대는 격렬해졌다. 듀시 선생이 둘 사이에 어떤 기분 나쁜 불평등을 가져다주기라도 한 듯 한 사람이 공격에 지치면 이내 상대가 공격을 시작했다.
알렉은 격한 어조로 말했다. 「보트하우스에서는 비도 훨씬
거셌고 훨씬 더 추웠어요. 왜 안 왔죠?」

「혼란 때문이야.」

「뭐라고요?」

「이걸 알아 둬야 해. 내가 언제나 혼란 속에 있다는 걸 말
이야. 나는 내 진심과는 달리 너한테서 도망치고 싶었고, 그
래서 거기 가지도 않고 답장도 하지 않았어. 너는 이해 못할
거야. 너는 자꾸 나를 끌어당겼고, 난 두려워서 견딜 수가 없
었어. 의사의 진료실에 가서 최면을 받으려고 하는데 네가
느껴졌어. 너무 힘들었어. 무언가 사악한 기운이 느껴졌지
만, 그게 뭔지 몰라서 너라고 생각하려고 했지.」

「그건 뭐였어요?」

「이런…… 상황.」

「무슨 말인지 모르겠어요. 왜 보트하우스에 오지 않았죠?」

「두려웠으니까……. 너도 두렵지 않았어? 크리켓 경기 이
후로 너는 나한테 겁을 먹었잖아. 그래서 우리는 서로를 헐
뜯었고 지금도 그러는 거야.」

「난 당신한테서 돈 한 푼 뜯지 않을 거고, 손가락 하나 다
치게 하지 않을 거예요.」 그는 소리치듯 내뱉고 나무와 자신
사이에 가로놓인 울타리를 흔들었다.

「하지만 넌 지금도 내 마음에 상처를 내려고 하잖아.」

「왜 날 사랑한다고 하는 건가요?」

「너는 왜 날 모리스라고 부르지?」

「아, 이제 그만해요. 자……」 그리고 그는 손을 내밀었다.
모리스는 그 손을 잡았고, 순간 두 사람은 평범한 사람이 얻
을 수 있는 최대의 승리를 알게 되었다. 육체적 사랑이란 곧
반응이며, 그것은 본질적으로 공포였다. 이제 모리스는 펜지
에서 벌인 그들의 설익은 방종이 그토록 위험한 길로 치달았
던 게 얼마나 당연한 일이었는지 깨달았다. 그들은 서로를
너무 몰랐고, 또 너무 많이 알았다. 그래서 두려웠다. 그래서
잔인했다. 그는 자신의 치욕을 통해 알렉의 치욕을 이해한
것이 기뻤고, 처음은 아니지만 고통받은 남자의 영혼에 숨겨
진 빛나는 천재를 보았다. 영웅이 아니라 친구로서 격랑에
맞서던 그는 격랑 뒤에 유치함이 있고, 그 뒤에는 또 다른 무
언가가 있다는 걸 발견했다.

상대가 곧 다시 입을 열었다. 후회와 사과의 말이 쏟아져
나왔다. 마치 독기를 털어 내는 사람 같았다. 그러고 나서 기
운을 차린 후에야 부끄러워하지 않고 친구에게 모든 것을 이
야기하기 시작했다. 그는 식구들 이야기를 했다. 그 또한 계
급에 얽매여 있었다. 그가 런던에 있다는 건 아무도 몰랐다.
펜지에서는 아버지 집에 간 줄 알고, 아버지는 펜지에 있다
고 생각했다. 그렇게 빠져나오기란 힘든 일이었다. 그것도
대단히. 이제 그는 집으로 가야 했고, 함께 아르헨티나로 갈
형을 만나야 했다. 형은 형수와 함께 장사를 한다고 했고, 그
말을 할 때는 학문적 교육을 받지 못한 사람들 특유의 약간
의 자랑이 배어났다. 그는 다시 한번 자신은 괜찮은 집안 출
신이고, 누구에게도 굽실거리지 않으며, 어느 신사 못지않게

홀륭하다고 말했다. 그런데 그렇게 자랑하는 사이 그의 한쪽 팔이 조금씩 모리스의 팔을 휘감고 있었다. 그들은 그렇게 어루만질 자격이 있었다. 그것은 낯선 느낌이었다. 말이 끊겼다가 불쑥 다시 이어졌다. 먼저 말을 꺼낸 것은 알렉이었다.

「저랑 같이 있어요.」

모리스가 몸을 돌리자 알렉이 그의 팔을 잡았다. 둘은 이제 서로에 대한 사랑을 부정할 수 없었다.

「오늘 밤 저랑 같이 있어요. 갈 만한 곳을 알아요.」

「그럴 수 없어. 약속이 있어.」 모리스는 심장이 격렬하게 뛰는 것을 느끼며 말했다. 고객을 유치해 오는 종류의, 빼먹을 수 없는 정식 만찬이 그를 기다리고 있었다. 그런 약속이 있다는 사실도 그는 거의 잊고 있었다. 「지금 가서 옷을 갈아입어야 돼. 하지만 알렉, 꼭 오늘일 필요는 없잖아. 다른 날 저녁에 만나자. 언제든.」

「다시는 런던에 올 수 없어요. 아버지나 에이레스 씨한테 꾸지람을 들을 거예요.」

「그러건 말건 뭐가 중요해?」

「그 약속은 뭐가 중요한데요?」

그들은 다시 말이 없었다. 잠시 후 모리스는 애정이 서려 있지만 낙담한 목소리로 말했다. 「좋아. 약속 따위 어기지 뭐.」 그리고 두 사람은 빗속을 함께 걸어갔다.

44

「알렉, 일어나.」

한쪽 팔이 움찔했다.

「일어나기로 한 시간이야.」

알렉은 행복감에 젖어 잠이 덜 깬 척하며, 따뜻하고 단단한 몸을 더 바짝 들이댔다. 모리스도 행복에 휘감겨 있었다. 몸을 움직이자 거기 응답하듯 붙드는 손길이 느껴졌고, 그는 하려던 말을 잊었다. 빛이 흘러 들어와 그들을 비추었고, 바깥 세상에서는 아직도 비가 내리고 있었다. 낯선 호텔, 이 보잘것없는 은신처는 그들을 적들에게서 잠시 더 보호해 주었다.

「일어날 시간이야. 아침이라니까.」

「그럼 일어나.」

「네가 이렇게 안고 있는데 어떻게 일어나?」

「왜 이렇게 안절부절못하지? 진짜 안절부절못하는 게 뭔지 가르쳐 줄까?」 이제 알렉에게서 공손한 태도는 사라졌다. 대영 박물관이 그렇게 만들었다. 지금은 휴가였고, 모리스와 함께 런던에 있고, 모든 괴로움은 끝났으니, 그는 잠에 취해 시간을 흘려보내고 희롱하고 사랑하고 싶었다.

모리스도 똑같은 것을, 그러니까 즐거운 것을 원했지만 앞일에 대한 걱정으로 마음이 산란해졌고, 빛이 점점 밝아지자 지금의 아늑함이 비현실적으로 느껴졌다. 이제 무언가를 말하고 결정해야 했다. 아, 끝을 향해 가는 밤이여, 잠과 깸 어남이여, 억셈과 부드러움의 어울림이여, 상냥함이여, 어둠 속의 편안함이여. 이런 밤이 다시 찾아올 수 있을까?

「괜찮아, 모리스?」 모리스가 한숨을 쉬었기 때문이다. 「안 불편해? 나한테 머리를 더 기대. 원하는 대로……. 그래, 그렇게. 그리고 걱정하지 마. 내가 있잖아. 걱정하지 마.」

그렇다, 모리스가 행운을 얻은 것은 분명했다. 스커더는 정직하고 다정한 청년이었다. 함께 있으면 기쁜 보석이요, 매혹이요, 천에 하나 있을 횡재요, 오래도록 열망한 꿈이었다. 그러나 그가 용감할까?

「이렇게 둘이 같이 있으니까 참 좋다.」 두 입술이 너무 가까이 닿아 있어서 말도 제대로 할 수 없었다. 「누가 생각이나 했겠어. 너를 처음 봤을 때 〈저 사람하고 내가……〉 했다가 〈안 될 일이야〉 했는데 이렇게 되다니.」

「맞아, 그래서 우리는 싸워야 해.」

「왜 싸워?」 알렉이 신경에 거슬린 듯 대꾸했다. 「이만하면 싸울 만큼 싸웠잖아.」

「세상 전체가 우리를 공격하고 있어. 우리는 정신을 똑바로 차리고 미리 계획을 세워야 돼.」

「왜 그런 바보 같은 이야기로 기분을 망치는 거야?」

「꼭 해야 할 말이니까. 일이 잘못되어서 다시 펜지에서처럼 상처받는 일이 없어야 돼.」

알렉은 갑자기 햇볕에 그을려 까칠해진 손등을 모리스에게 문지르고 말했다. 「아프지, 그렇지? 아파야 돼. 그게 내가 싸우는 방식이야.」 조금 아프기도 했고, 그 바보 같은 행동 속에 일종의 분노 같은 것도 느껴졌다. 「펜지 이야기는 하지도 마.」 그는 말을 이었다. 「우! 그곳에서 난 언제나 하인이었어. 스커더, 이것 해라. 스커더, 저것 해라. 게다가 그 집 노부인이 한번은 뭐라고 그랬는 줄 알아? 〈이 편지 좀 부쳐 주는 친절을 베풀어 주면 정말 고맙겠구나. 그런데 이름이 뭐지?〉 이름이 뭐냐고! 여섯 달 동안 날마다 그 집의 빌어먹을 현관 앞에 가서 분부를 받들었는데, 노마님이라는 사람은 내 이름도 모르는 거야. 한심한 할망구 같으니라고. 그래서 말했어. 〈이름이 뭐냐고? 엿 먹어라다.〉 아니, 사실은 그렇게 말할 뻔했어. 정말 그랬으면 좋았을 텐데. 모리스, 하인들이 어떤 말을 들으며 사는지 너는 짐작도 못할 거야. 하도 기가 막혀서 입으로 옮기기도 어려워. 네가 좋아하던 그 아치 런던이란 작자도 마찬가지고 너도 사실 그래. 〈어이, 거기〉 하는 식이지. 너는 몰랐겠지만, 너는 나를 놓칠 수도 있었어. 네가 불렀을 때 사다리로 올라가지 않았을 수도 있다고. 날 정말로 원하는 건 아닐 거라고 생각해서. 그리고 네가 보트하우스로 와달라는 내 말을 무시했을 때는 화가 나서 미치는 줄 알았어. 잘나신 분이라 이거지! 그래 두고 보자. 나는 언제나 보트하우스를 좋아했어. 너를 알기 전에도 거기 담배를 피우러

가서 가볍게 문을 열고 ─ 사실 지금도 열쇠를 갖고 있어. 보트하우스, 거기서 연못을 보면 아주 고요하고, 이따금 물고기도 뛰어오르고. 방석들도 내 마음에 들게 깔아 뒀어.」

그렇게 한참 떠든 뒤 그는 입을 다물었다. 처음에는 어딘가 부자연스럽다 싶을 만큼 거칠고 쾌활하던 목소리가 이제 물 위로 떠오른 진실을 견딜 수 없다는 듯 슬픔 속으로 사그라졌다.

「아직도 보트하우스에서 만날 수 있어.」 모리스가 말했다.

「아니, 그렇지 않아.」 그는 모리스를 밀어내고 일어나더니, 다시 그를 끌어당겨서 세상이 곧 끝나기라도 할 듯 격정적으로 포옹했다. 「어쨌든 너도 이걸 잊지는 않겠지.」 그는 일어나서 두 팔을 늘어뜨린 채 창밖으로 잿빛 대기를 내려다보았다. 마치 그런 모습으로 기억되기를 바라는 듯했다. 「너를 가볍게 죽일 수도 있었어.」

「아니면 내가 널 죽이든가.」

「내 옷 어디 갔지?」 그는 멍한 표정이었다. 「너무 늦었어. 면도기도 없는데, 밤을 보낼 줄은 몰랐어…….. 당장 기차를 타고 가야 돼. 안 그러면 형이 이상하게 생각할지도 몰라.」

「그러라고 그래.」

「형이 지금 너와 내 꼴을 봤다면.」

「못 봤잖아.」

「그래도 혹시…… 그러니까 내 말은, 내일이 목요일 맞지. 금요일에는 짐을 싸야 해. 그리고 토요일에 사우샘프턴에서 노매니아호를 타고 떠나. 그러면 영국 땅과는 영영 이별하는 거야.」

「그러니까 그 말은 너와 내가 다시는 못 만난다는 거지?」

「맞아. 바로 그런 얘기야.」

비라도 이렇게 계속 내리지 않았다면! 어제의 폭우 뒤에 맞은 젖은 아침, 지붕도 젖고 박물관도 젖고 집도 젖고 푸른 숲도 젖었다. 모리스는 마음을 가다듬으려 애쓰면서 아주 조심스럽게 입을 열었다. 「내가 말하고 싶은 건 이거야. 우리가 다시 만날 수 있도록 하면 어떨까?」

「그게 무슨 소리야?」

「왜 영국에서 계속 살지 못하는 거지?」

알렉은 어안이 벙벙해서 돌아섰다. 반라의 모습으로 선 그는 그렇게 반만큼만 인간인 것 같았다. 「계속 여기서 살라고?」 그가 소리쳤다. 「배를 타지 말라고? 지금 제정신으로 하는 소리야? 그런 어처구니없는 말은 생전 처음 듣는군. 다시 나한테 명령하는 거야?」

「우리가 만난 건 천재일우야. 다시는 기회가 없을 거라는 걸 너도 알 거야. 나랑 같이 살자. 우리는 서로 사랑하잖아.」

「그거야 맞지만, 그렇다고 바보짓을 할 수는 없어. 너랑 같이 살다니, 어디서, 어떻게? 네 어머니가 이렇게 거칠고 못난 내 꼴을 보면 뭐라고 하겠어?」

「어머니는 널 볼 일이 없어. 우리 집에서는 안 살 테니까.」

「그러면 어디서 살아?」

「너하고 같이.」

「아, 그래? 고맙지만 사양하겠어. 우리 식구들은 널 결코 좋아하지 않을 테고, 그건 식구들 탓이 아니야. 그리고 직장은 어떻게 하고?」

「그만두면 돼.」

「돈과 지위를 주는 런던의 직장을? 넌 거길 그만둘 수 없어.」

「뜻이 정말 있으면 할 수 있어.」 모리스는 부드럽게 말했다. 「자기가 원하는 걸 알기만 한다면 무슨 일이든 할 수 있어.」 모리스는 차츰 노란 빛으로 물들어 가는 잿빛 하늘을 응시했다. 그는 자신의 이러한 말이 전혀 놀랍지 않았다. 다만 그 결과를 짐작할 수 없을 뿐이었다. 「너하고 같이 일할 거야.」 그 말을 할 순간이 되었다고 생각해서 모리스가 밝혔다.

「어떤 일?」

「찾아보면 되겠지.」

「찾아보다 굶어 죽어.」

「아니야. 찾아보는 동안 먹고살 만큼의 돈은 있어. 난 바보가 아냐. 너도 그렇고. 굶어 죽지는 않을 거야. 어젯밤에 잠든 널 보면서 생각했어.」

잠시 침묵이 흘렀다. 알렉은 조금 누그러진 태도로 다시 말했다. 「그건 쉬운 일이 아니야, 모리스. 우리 둘 다 망하게 돼. 나뿐 아니라 너도.」

「몰라. 그럴 수도 있지만 안 그럴 수도 있어. 〈계급〉이란 것, 난 잘 몰라. 내가 아는 건 오늘 우리가 할 일들뿐이야. 여기서 나가서 맛있는 아침을 먹고, 펜지든 어디든 네가 원하는 곳으로 가서 네 형을 만나자. 형한테 마음이 변해서 이민

을 안 가겠다고, 대신 홀 씨와 함께 일하겠다고 말해. 나도 옆
에서 거들어 줄게. 나는 아무 상관 없어. 누구라도 만날 거고,
어떤 일도 피하지 않을 거야. 의심하려면 의심하라고 해. 그
런 건 이제 지겨워. 형한테 표를 취소해 달라고 해. 비용은 내
가 댈 테니. 그게 바로 우리가 자유를 얻는 출발점이 되는 거
야. 그러고 나서 다음 일로 넘어가는 거지. 모험이지만 이 세
상에 모험 아닌 일은 없어. 우리는 한 번밖에 살지 못하잖아.」

알렉은 냉랭하게 비웃으며 옷을 마저 입었다. 그 태도는
협박만 하지 않을 뿐 어제와 다를 게 없었다. 「그 말은 한 번
도 먹고살기 위해 일해 보지 않은 사람들이 하는 소리야.」그
가 말했다. 「사랑한다느니 어쩌느니 하는 말로 옭아매서 내
인생을 망치려는 거야. 나도 아르헨티나에 가면 확실한 일자
리가 있단 말이야. 지금 네 직업만큼이나 번듯한 직업이라
고. 노매니아호가 토요일에 떠나는 게 안타깝지만, 그렇다고
엄연한 사실을 외면할 수는 없어. 표뿐 아니라 여장도 모두
장만했고, 형과 형수의 기대도 있는데.」

모리스는 뻔뻔함 뒤에 감추어진 참담함을 보았지만, 이럴
때 통찰력이 무슨 소용이란 말인가? 제 아무리 대단한 통찰
력을 들이댄다 해도 노매니아호의 출항을 막을 수는 없었다.
그는 졌다. 그는 분명히 고통받겠지만, 알렉의 고통은 금세
사라질 것이다. 새로운 삶에 들어서면 그는 한때 한 신사와
저지른 금지된 장난을 잊고 머지않아 결혼할 것이다. 자신에
게 유리한 길을 잘 찾아가는 이 영리한 노동 계급의 젊은이
는 벌써 그 아름다운 몸을 보기 흉한 청색 양복에 완전히 쑤

329

셔 넣었다. 양복 밖으로는 붉은 얼굴과 구릿빛 손만 튀어나와 있었다. 그는 모자를 눌러 썼다. 「이제 난 갈게.」 그리고 무언가 미진한 듯 덧붙여 말했다. 「네가 그런 생각까지 하다니 우리가 만났던 게 잘못이었던 것 같다.」

「아냐, 괜찮아.」 모리스는 그렇게 말하며 문의 빗장을 여는 그에게서 고개를 돌렸다.

「방값은 들어올 때 네가 미리 냈으니까, 내가 아래층에서 붙잡히는 일은 없겠지? 마지막에 불쾌한 일을 당하고 싶지는 않아서.」

「그래, 괜찮아.」 문 닫히는 소리와 함께 그는 홀로 남겨졌다. 그리고 애인이 다시 돌아오기를 기다렸다. 그 기다림은 불가피했다. 그런 뒤 눈이 아파 오기 시작했고, 그는 지난 경험으로 무엇이 다가오고 있는지 알았다. 그는 곧 자제력을 찾았다. 몸을 일으켜 방을 나선 뒤 몇 군데 전화를 걸어 거짓말을 했고, 어머니를 달래고 만찬 주최자에게 사과를 하고, 면도를 하고 옷을 차려입고는 평소처럼 출근했다. 산더미 같은 일이 그를 맞았다. 그의 삶에서 변한 것은 아무것도 없었다. 남은 것도 없었다. 클라이브를 만나기 전에 그랬듯이, 그와 헤어진 뒤 그랬듯이, 그는 다시 외로움을 안고 남겨졌고 그것은 이제 영원할 것이다. 그는 실패했지만 더욱 가슴 아픈 것은 알렉도 실패하는 걸 보았다는 것이다. 어떤 면에서 그들은 한 사람이었다. 사랑은 실패했다. 사랑은 이따금 기쁨을 가져다주는 감정일 뿐이었다. 사랑으로 할 수 있는 일은 없었다.

45

토요일이 되자 그는 노매니아호를 전송하려고 사우샘프턴으로 갔다.

그것은 어이없고 무용하고 한심하고 위험한 결정이었으며, 집을 나설 때만 해도 거기 가려는 생각은 조금도 없었다. 하지만 런던에 도착하자 밤새 그를 괴롭히던 허기가 노골적으로 먹이를 요구했고, 그는 알렉의 얼굴과 몸이 아닌 모든 걸 잊은 채 그걸 볼 수 있는 유일한 방법을 택했다. 그는 애인에게 말을 걸거나 목소리를 듣거나 그를 만지고 싶다는 희망은 눈곱만큼도 품지 않았다. 그건 모두 끝난 일이었다. 다만 눈앞에서 영원히 사라지기 전에 그의 모습을 다시 한번 보고 싶을 뿐이었다. 가엾은 알렉! 누가 그를 비난할 수 있을까? 그가 어떻게 달리 행동할 수 있을까? 하지만 아, 그로 인해 그들이 빠진 비참함이라니.

그는 꿈꾸듯 몽롱한 상태로 배에 올랐다가 예상치 못한 사태에 정신이 번쩍 깨었다. 알렉은 어디에도 보이지 않았고, 승무원들만 바쁘게 움직였다. 얼마 후 그는 승무원들의 안내로 스커더 씨를 만났다. 알렉의 형 프레드는 볼품없는 중년 사내로, 거친 상인이었다. 그 곁에 턱수염을 기른 노인은 짐작컨대 오스밍턴의 푸주한이리라. 알렉의 가장 큰 매력은 이마 위로 물결쳐 올라가는 맑은 혈색이었다. 프레드는 이목구비는 알렉을 빼닮았지만 모래 빛에 여우 상이었고, 태양의 손길 대신 기름기가 흘렀다. 프레드도 알렉처럼 자부심이 강했지만, 그것은 장사로 성공한 사람이 육체노동을 경시하는 자만이었다. 그는 거칠게 자란 동생이 마음에 들지 않았고, 이름도 못 들어 본 이 홀 씨라는 사람은 거들먹거리려고 나온 거라고 여겼다. 그래서 그는 무례하게 굴었다. 「리키는 아직 배에 타지 않았지만, 여행 짐은 다 실렸소이다. 짐을 보시겠소?」 그러자 그의 아버지가 말했다. 「아직 시간은 많아.」 그리고 시계를 보았다. 그의 어머니가 입술을 오므리고 말했다. 「안 늦을 거야. 리키는 자기 말을 어기는 애가 아니니까.」 프레드가 말했다. 「늦고 싶으면 늦겠죠. 리키가 함께 못 가는 건 참을 수 있지만, 그러면 다시는 나한테서 도움 받을 생각을 말아야 해요. 그 녀석 때문에 난…….」

〈여기가 알렉이 속한 세계야.〉 모리스는 생각했다. 〈이 사람들이 나보다 알렉을 더 행복하게 해줄 거야.〉 그는 지난 6년 동안 피운 파이프에 담배를 채워 넣고 로맨스가 시드는 것을 지켜보았다. 알렉은 영웅도 아니고 신도 아니고, 그저 모리스처럼 사회에 파묻힌 한 남자였으며, 그를 위해 바다도 숲도 산들바람도 태양도 찬미를 준비하고 있지 않았다. 그들은 그날 밤 호텔에 가지 말아야 했다. 그 때문에 너무도 큰 기대를 품게 되었다. 빗속에서 악수만 나누고 헤어져야 했다.

음울한 이끌림 때문에 그는 스커더 가족 곁에 계속 머물며 그들의 저속한 대화를 듣고 그들의 몸짓에서 친구의 몸짓을 찾아내려 했다. 그는 유쾌한 모습을 보이려 애썼고 또 그들의 비위를 맞추어 주려 했지만 자신감을 잃은 탓에 그렇게 하지 못했다. 그가 묵묵히 서 있는데 나직한 목소리가 〈안녕하십니까, 홀 씨〉 하고 인사를 건넸다. 그는 대답할 수 없었다. 놀라움이 너무도 컸다. 보레니어스 목사였다. 모리스가 아무 말도 하지 못하고 겁에 질린 표정으로 그를 바라보다가, 목사 앞에서 담배를 피우면 큰일이라도 나는 듯 얼른 입에서 파이프를 뺀 일련의 행동을, 모리스도 목사도 똑똑히 인식했다.

보레니어스 목사는 일행에게 점잖게 자신을 소개했다. 이곳이 펜지에서 그리 멀지 않기 때문에 젊은 교구민을 배웅하러 나왔다는 것이었다. 그들은 알렉이 어떤 길로 올지에 대해 이야기를 나누었지만 아무도 분명히 말하지 못했다. 모리스는 슬그머니 빠져나오려고 했다. 상황이 너무도 애매했다. 하지만 보레니어스 목사가 그를 붙들었다. 「갑판으로 나가실 겁니까? 저도 함께 가겠습니다.」 그들은 공기와 햇빛 속으로 나왔다. 뉴포레스트에 둘러싸인 사우샘프턴 수역이 그들을 둘러싸고 황금빛으로 펼쳐져 있었다. 모리스는 그런 저녁의 아름다움도 불길하게 느껴졌다.

「이렇게 와주셔서 고맙습니다.」 목사가 주저없이 말했다. 자선 사업에 관계된 사람이 동료에게 건네는 듯한 말투였지만, 모리스에게는 뭔가 연막을 두른 목소리 같았다. 그는 두세 마디 간단한 대답만 하면 된다는 생각에 대답을 하려고 했지만 도무지 말이 나오지 않았고, 아랫입술은 야단맞는 아이처럼 덜덜 떨렸다. 「제가 더 고마운 것은 홀 씨가 스커더 청년을 못마땅하게 여긴다고 생각했기 때문입니다. 펜지의 저녁 식사 때 〈돼지 같은 놈〉이라고 말씀하지 않았습니까. 같은 인간한테 그런 말을 하는 걸 보고 저는 좀 놀랐죠. 여기 스커더의 가족과 함께 있는 홀 씨를 본 순간 저는 제 눈을 믿을 수 없었습니다. 사실 홀 씨, 스커더가 내색은 안 할지 모르지만, 사람들의 관심을 기뻐한답니다. 그런 친구들은 외부인이 생각하는 것보다 예민하거든요. 그게 좋든 나쁘든 말입니다.」

모리스는 그의 말을 막으려고 입을 열었다. 「저…… 목사님은 어떻게 오셨습니까?」

「저요? 제가 왜 왔냐고요? 들으면 웃으실 겁니다. 스커더가 외국에 나간 뒤 견진 성사를 받게 할 수 있을까 하는 생각에 부에노스아이레스에 있는 국교회 목사 앞으로 소개장을 써가지고 왔습니다. 한심한 일이지요? 하지만 헬레니스트도 아니고 무신론자도 아닌 저로서는 사람은 믿음에 따라 행동이 달라진다고 믿고, 사람이 〈돼지 같은 놈〉이라면 그건 신을 잘 모르기 때문이라고 생각합니다. 이단이 있는 곳에는 부도덕이 따르게 마련이지요. 한데 홀 씨는 스커더의 배가 떠나는 날을 어떻게 이렇게 정확히 아셨습니까?」

「그…… 그건 신문에 광고가 났더군요.」 떨림이 온몸으로

퍼져 갔고, 옷이 몸에 척척 달라붙었다. 그는 무방비 상태의 학교 시절로 돌아간 것 같았다. 목사는 짐작을 했거나, 더 정확히 말하면 알아차린 게 분명했다. 듀시 선생 같은 세속의 남자라면 아무것도 의심하지 않겠지만, 영혼의 세계에 있는 이 남자는 특별한 감각이 발달되어서 보이지 않는 감정까지도 냄새 맡을 수 있었다. 금욕주의도 신앙심도 실제적인 면이 있었다. 그리고 그것은 통찰력을 낳기도 하는데, 모리스는 그것을 너무 늦게 깨달았다. 펜지에서 그는 검은 성직복을 입은 흰 얼굴의 목사는 남자들의 사랑 같은 것은 꿈에도 생각 못할 줄 알았는데, 이제 보니 비록 관점은 비뚤어졌어도 정통 신앙이 알아차리지 못하는 인간의 비밀이란 없었다. 종교는 과학보다 훨씬 예리하며, 그 통찰력에 판단력만 더해진다면 이 세상에 종교만큼 강력한 것은 없을 것이다. 종교 감각이 없는 그는 다른 사람에게서 이런 통찰력을 접한 적이 없었고 그 충격은 실로 컸다. 보레니어스 목사가 두렵고 혐오스러웠으며, 그에 대한 살의까지 솟았다.

그리고 알렉이 오면 그 역시 함정에 빠질 것이다. 그들은 모험을 하지 못하는 소심한 사람들이었고 — 클라이브와 앤보다도 훨씬 소심한 — 그것을 알고 있는 보레니어스 목사는 자신이 가진 유일한 수단으로 그들을 징벌할 것이다.

목소리는 이어졌고, 그 앞의 죄인이 대답할 때만 잠깐씩 멈추었다.

「그래요. 저는 솔직히 스커더가 걱정됩니다. 지난 화요일에 부모님 댁에 가겠다고 펜지를 떠났는데 부모님 댁에는 수요일에야 도착했더군요. 제가 그 친구하고 나눈 대화는 몹시 실망스러웠습니다. 그는 아주 완강했어요. 제 말을 듣지 않았죠. 견진 성사 이야기를 할 때는 비웃기만 했고요. 사실은 흘 씨가 그 친구에게 자비로운 관심을 보이시니 드릴 수 있는 말씀입니다만, 그 친구는 관능과 관련된 죄를 지었습니다.」 잠시 침묵이 흘렀다. 「여자들하고 말이죠. 흘 씨, 그런 비웃음과 완강함이 무슨 의미인지는 누구라도 금세 알아차릴 수 있습니다. 왜냐하면 간음은 실제 행위 이상으로 나아가게 마련이니까요. 그게 단지 행위만을 의미한다면 저는 그걸 불경한 일로 여기지 않을 겁니다. 하지만 인류가 음행의 길을 걷는다면 그 결과는 예외 없이 신을 부정하는 데 이르고, 성적 변태 행위를 모두, 일부가 아니라 모두 처벌하지 않는다면 교회는 다시 영국을 지배할 수 없을 겁니다. 저는 스커더의 행방이 분명치 않은 날, 그가 런던에서 밤을 보냈다는 것을 입증할 만한 근거를 갖고 있습니다. 그런데 저기…… 스커더가 틀림없이 저 기차를 타고 왔을 것 같군요.」

그는 선실로 내려갔고, 모리스는 완전히 얼이 빠진 채 그 뒤를 따랐다. 사람들의 목소리가 들려왔지만 무슨 말인지 알 수 없었다. 그 가운데 하나가 알렉의 목소리일 수 있다는 것도 신경 쓰이지 않았다. 〈이번에도 일을 그르쳤군〉 하는 생각이 황혼의 박쥐처럼 되돌아와서 그의 머릿속에서 파닥거리기 시작했다. 그는 다시 자기 집 흡연실에서 클라이브에게 〈이젠 널 사랑하지 않아. 미안해〉라는 말을 듣고 있는 것 같았고, 자기 삶이 1년을 주기로 공전해서 언제나 똑같은 일식을 맞는다는 생각도 들었다. 「태양처럼…… 1년이 걸리지…….」 할아버지가 자신에게 말하는 것 같았다. 다음 순간, 주위가 선명해지더니 알렉의 어머니가 말했다. 「리키답지 않아.」 그녀는 그렇게 중얼거리고 사라졌다.

뭐라고? 종이 울리고 뱃고동 소리도 울렸다. 모리스는 갑판으로 뛰어 올라갔다. 감각이 돌아왔다. 그는 전에 없이 또렷한 시선으로 사람들의 무리가 영국에 남는 자와 떠나는 자로 갈라지는 걸 보았고, 알렉이 떠나지 않는다는 것을 알았다. 오후의 대기 속에서 황홀한 빛이 터져 올랐다. 흰 구름들이 황금빛 바다와 숲 위로 떠갔다. 그 장려한 무대에서 프레드 스커더는 생각 없는 동생이 마지막 기차를 놓쳤다며 분통을 터뜨렸고, 여자들은 통로를 오가며 아웅다웅했고, 보레니어스 목사와 스커더 노인은 관리들에게 사정을 호소하고 있었다. 화창한 날씨와 신선한 공기에 비하면 그들 모두는 얼마나 무시해도 좋을 만큼 사소해졌는가.

모리스는 흥분과 기쁨에 취해 땅으로 내려왔다. 증기선이 떠나는 모습을 지켜보자니 소년 시절 짜릿한 전율을 안겨 준 바이킹의 장례식이 떠올랐다. 걸맞지 않은 비유였지만 노매니어호는 장엄했고 죽음을 싣고 떠나고 있었다. 프레드의 악다구니가 울려 퍼지는 가운데 배는 몸을 틀어 부두에서 벗어난 뒤 사람들의 환호성 속에 해협으로 돌아들었고, 마침내 광채에 싸인 제물이 되어 떠났다. 그 뒤에 남은 것은 노을 속으로 흩어지는 연기와 바닷가 숲에 부딪혀 사위는 잔물결들뿐이었다. 그는 오랫동안 배를 응시한 뒤 영국을 향해 돌아섰다. 여로의 끝이 보였다. 그는 새로운 보금자리를 찾을 것이다. 그가 알렉 속의 남자를 일으켰으니, 이제 알렉이 그에게서 영웅을 일으킬 차례였다. 그는 그 부름이 무엇인지, 자신이 뭐라고 대답해야 할지 알았다. 그들은 연고도 돈도 없이 계급의 울타리 밖에서 살아야 했다. 그들은 죽을 때까지 노동하고 서로에게 충실해야 했다. 그래도 영국은 그들의 것이었다. 그것은 사랑의 동행과 함께 그들이 받을 보상이었다. 영국의 공기와 하늘은 그들의 것이지, 영혼을 잃고서 작고 갑갑한 상자들만을 소유한 수백만 겁쟁이의 것이 아니었다.

모리스는 사태를 파악하지 못하고 당혹해하는 보레니어스 목사를 바라보았다. 그는 알렉에게 완전히 졌다. 목사는 남자들 간의 사랑은 어리석은 행동이라고만 여겼기에 어떻게 된 일인지 깨닫지 못했다. 그는 금세 평범한 사람이 되었고 의뭉스러운 아이러니도 사라졌다. 그는 솔직하지만 어수룩한 태도로 스커더한테 무슨 일이 있었던 걸까 하고 이런저런 짐작을 해보다가 사우샘프턴의 친구들을 만나러 갔다. 모리스가 그의 뒤통수에 대고 소리쳤다. 「목사님. 하늘을 좀 봐요. 온통 불이 붙었어요.」 하지만 불이 붙은 하늘은 그에게 아무 쓸모가 없었기에 그는 그냥 떠났다.

터져 오르는 흥분 속에서 모리스는 알렉을 가까이에 느꼈다. 그렇지 않았고 그럴 수도 없었지만, 어쨌든 그는 이 장려함의 어딘가에 있었고 그러므로 찾아야 했다. 모리스는 일말의 망설임도 없이 펜지의 보트하우스로 출발했다. 펜지의 보트하우스, 그 말이 피 속으로 들어왔다. 알렉은 그 말을 사용해서 그를 열망하고 협박했으며, 또 지난번의 절망적 포옹 뒤에 그 자신도 그 말로 그에게 앞날을 약속했다. 그리고 그것은 이제 그를 인도할 유일한 말이었다. 그는 올 때와 마찬가지로 본능적으로 사우샘프턴을 떠났고, 이번에는 일이 잘못되지 않을 것이고 또 잘못될 리 없다는 것을, 더불어 우주가 제자리를 찾았다는 것을 느꼈다. 작은 지방 열차는 제 의무를 다했고, 지평선은 여전히 타오르며 작은 구름들을 물들여 절정의 아름다움이 스러진 하늘에 빛을 뿜었으며, 그 빛은 그가 펜지로 가는 역에서 내려 고요한 들판을 걸어갈 때까지도 충분히 남아 있었다.

그는 저지대 끝의 산울타리에 난 틈을 통해 영지에 들어갔고, 다시 한번 펜지가 얼마나 퇴락했는지, 좌표를 세우거나 미래를 이끌기에 얼마나 부적합한지를 깨달았다. 밤이 다가오고 있었고, 새가 울었고, 동물들이 흩어졌다. 그는 부지런히 걸음을 재촉해서 마침내 아른거리는 연못과 그 앞에 검게 선 밀회 장소를 보았고, 물이 찰랑대는 소리를 들었다.

다 왔다. 아니 거의 다 왔다. 그는 여전히 믿음을 갖고 알렉을 소리쳐 불렀다.

대답은 없었다.

그는 다시 불렀다.

침묵, 그리고 어두워지는 하늘……. 그는 오해한 것이다.

「충분히 그럴 수 있지.」 그는 이렇게 생각하고 얼른 마음을 다잡았다. 무슨 일이 있더라도 무너져선 안 된다. 그는 클라이브 때문에 무수히 무너졌지만 아무것도 달라지지 않았다. 이제 이렇게 컴컴해지는 폐허에서 무너진다면 미쳐 버릴지도 몰랐다. 마음을 굳게 먹는 것, 냉정을 유지하는 것, 믿음을 갖는 것이 그에게 남은 유일한 희망이었다. 그러나 갑작스러운 실망감에 휩싸이자 그는 자신이 육체적으로 얼마나 지쳤는지 깨달았다. 그는 이른 아침부터 허둥지둥 뛰어다니면서 온갖 감정에 유린당한지라 금방이라도 쓰러질 것 같았다. 잠시 후면 이제 무엇을 해야 할지 결정하겠지만, 지금 당장은 머리가 깨질 것 같은 데다 온몸 구석구석이 쑤시고 기진맥진했다. 그는 쉴 곳이 필요했다.

보트하우스는 쉼터로 알맞았다. 안으로 들어가니, 그의 애인이 누워 있었다. 방석 더미 위에 길게 누운 알렉의 모습이 하루의 마지막 빛 속에서 어렴풋이 보였다. 그는 흥분하지도 어리둥절해하지도 않고 모리스의 팔을 두 손으로 어루만지면서 말했다. 「전보 받았구나.」

「무슨 전보?」

「오늘 아침 네 집으로 보낸 전보. 너한테……」 그는 하품을 했다. 「미안해. 좀 피곤하거든. 이런저런 일들 때문에……. 어쨌든 난 너한테 분명히 여기로 오라고 했어.」 그리고 모리스가 아무 말도 하지 않자, 아니 못하고 있자 덧붙여 말했다. 「이제는 헤어지지 않을 거야. 그건 결정됐어.」

46

　유권자들에게 보내는 호소문이 마음에 들지 않아서 — 요
즘 시대에 맞지 않게 너무 거만한 느낌이었다 — 클라이브
가 교정쇄를 고치려고 하는데, 심콕스가 〈홀 씨가 오셨습니
다〉 하고 알렸다. 몹시 늦은 시각이었고, 밤은 어두웠다. 찬
란한 노을의 흔적은 하늘에서 남김없이 사라졌다. 현관 앞에
나서니, 보이는 건 아무것도 없었지만 소리는 풍성하게 들렸
다. 친구는 집 안으로 들어오는 대신, 자갈길에 툭툭 발길질
을 하면서 덤불과 담장에 조약돌을 던지고 있었다.

　「안녕, 모리스, 들어와. 왜 그러고 있어?」 그는 약간 귀찮
은 말투로 물었고, 얼굴이 그림자에 가려 있어서 굳이 웃어
보이려고도 하지 않았다. 「다시 만나서 반갑다. 좀 좋아졌겠
지? 안타깝게도 지금 좀 바쁘네. 하지만 러셋 룸은 비어 있으
니까 들어와서 전처럼 머물다 가라. 정말 반가워.」

　「나는 금방 갈 거야, 클라이브.」

　「그게 무슨 황당한 소리야?」 그는 교정지를 손에 든 채 손
님을 맞는 태도로 어둠 속에 들어섰다. 「네가 오늘 밤 그냥

341

간 걸 알면 앤이 나를 가만두지 않을 거야. 이렇게 와준 게 얼마나 기쁜지 몰라. 시시한 일들이 좀 있는데 그걸 먼저 좀 봐도 괜찮겠지?」 그런 뒤 그는 어둑어둑한 대기 속에 단단히 박힌 암흑의 핵심을 감지하고 불안한 목소리로 소리쳤다. 「별일 없는 거지?」

「모든 게 아주 좋아……. 말하자면 말이야.」

클라이브는 정치를 잠시 옆으로 제쳐 두었다. 연애 문제가 분명했다. 그는 좀 한가할 때 그런 의논을 하러 왔으면 좋았겠다 싶었지만 이쨌거나 친구에게 공감할 준비를 갖추었다. 균형 감각이 그를 도왔다. 그는 월계수 뒤쪽으로 난 인적 드문 오솔길로 앞장서 갔다. 달맞이꽃들의 희미한 빛이 밤의 장벽에 연노랑 돋을무늬를 새겨 놓고 있었다. 여기서라면 호젓하게 이야기할 수 있었다. 그는 손을 더듬어 벤치를 찾은 뒤 두 손을 머리 밑에 괴고 길게 누워 말했다. 「이제 무슨 이야기든 해봐. 하지만 내가 조언하고 싶은 건 여기서 자고 내일 아침에 앤과 의논해 보라는 거야.」

「너한테 조언받고 싶지 않아.」

「그래, 그거야 물론 네 마음이지만, 너는 지금껏 다정하게도 우리한테 네 소망을 이야기해 줬잖아. 그리고 여자 문제라면 다른 여자와 의논을 하는 게 더 좋다고 생각해. 특히 앤처럼 신기에 가까운 통찰력을 지닌 여자라면 말이야.」

앞쪽에 핀 꽃들이 깜박 사라졌다가 나타났고, 다시금 클라이브는 꽃무더기 앞을 서성이는 친구가 어둠의 정수를 이루고 있다고 느꼈다. 친구의 목소리가 들렸다. 「너한테는 훨씬 안 좋은 소식이야. 난 너희 집 사냥터지기와 사랑하고 있어.」
너무도 뜻밖인 데다 이해하기 어려운 말인지라 그는 〈에이
레스의 아내 말이야?〉라고 말하며 멍하니 일어나 앉았다.

「아니, 스커더.」

「말도 안 돼.」 클라이브는 어둠 속을 휙 둘러보며 소리쳤
다. 아무도 없다는 걸 확인하고서 그는 딱딱한 목소리로 말
했다. 「그런 해괴한 소리가 어디 있어?」

「해괴하지.」 친구가 말했다. 「하지만 어쨌든 너한테 신세를
졌으니까, 너한테 알렉 이야기를 해줘야겠다고 생각했어.」

클라이브는 그 말에 담긴 내용의 최소한만을 이해했다.
사람들이 〈가니메데스〉라는 이름으로 미소년을 말하듯이,
〈스커더〉란 하나의 *façon de parler*(표현 방법)일 거라고 생
각했다. 하층 계급과 친밀한 사이가 된다는 건 그에게는 생
각도 할 수 없는 일이었다. 클라이브는 우울해졌고 기분이
상했다. 그는 지난 2주 동안 모리스가 정상이라 생각하고,
앤과 친해지도록 부추겼기 때문이다. 「우리는 할 만큼 했
어.」 그가 말했다. 「그리고 네 말대로 우리한테 〈신세〉진 걸
갚고 싶다면, 그런 병적인 생각일랑 집어치워. 너에게서 그
런 말을 듣게 되다니 정말 실망스럽다. 그때 너는 나한테 이
제 거울 속 이상한 나라는 너하고 관계가 없어졌다고 말했잖
아. 우리가 그 문제를 두고 러셋 룸에서 토론하던 날 말이야.」

「네가 내 손에 키스한 날 말이지.」 모리스는 일부러 빈정
거리며 덧붙였다.

「그런 건 끌어들이지 마.」 그는 발끈 화를 냈다. 그가 그런

행동을 한 것은 처음도 마지막도 아니었고, 순간 그 앞의 이단자는 그에게 사랑을 느꼈다. 다음 순간 클라이브는 다시 지적 태도로 돌아가서 말했다. 「모리스. 아, 정말 뭐라고 말로 다할 수 없을 만큼 미안하다. 그리고 진심으로 부탁하는데, 제발 그 옛날의 집착을 뿌리쳐 줘. 그러면 그건 너를 영원히 떠날 거야. 직장, 맑은 공기, 그리고 친구들……」

「아까도 말했지만, 난 조언을 구하러 온 것도 아니고 사상이나 개념에 대해 토론하러 온 것도 아니야. 나는 피와 살로 만들어진 인간이야. 네가 그렇게 서급한 걸 인정한다면……」

「그래, 옳은 말이야. 난 이론에 매여 살고 있지. 알아.」

「그리고 알렉의 이름을 분명히 불러 준다면…….」

두 사람 모두 1년 전의 상황을 떠올렸지만, 이번에 구체적 사례 앞에 몸을 움찔하는 쪽은 클라이브였다. 「알렉이라는 친구가 스커더를 말하는 거라면, 더 이상 내 하인도 아니고 영국에도 없어. 바로 오늘 부에노스아이레스로 떠났으니까. 하지만 그렇다고 해도 너한테 약간의 도움이라도 될 수 있다면 다시 그 이야기를 해볼 용의가 있어.」

모리스는 볼을 부풀리더니 키 큰 풀줄기들에서 조그만 꽃들을 따기 시작했다. 꽃들은 하나둘 밤의 입김에 꺼지는 촛불들처럼 사라졌다. 「나는 알렉과 함께 나누었어.」 그는 신중히 생각한 뒤 말했다.

「나누다니, 무얼?」

「내가 가진 모든 걸. 내 몸을 포함해서.」

클라이브는 혐오스러운 신음 소리를 내며 튀어 일어났다.

마음 같아서는 이 짐승을 후려치고 도망가고 싶었지만, 문명
된 인간이었기에 그런 소망에 휘둘리지는 않았다. 어쨌든 그
들은 케임브리지 출신이고…… 둘 다 사회의 기둥이었다. 흥
분한 모습을 보이면 안 되었다. 그리고 그는 흥분을 보이지
않았다. 그는 끝까지 침착했고 도움을 주려는 태도를 유지했
다. 그러나 클라이브의 얄팍한 비난, 독단, 그의 둔한 심장에
모리스는 역겨움을 느꼈다. 그가 혐오를 보였다면 그것만은
존중할 수 있었을 것이다.

「듣기 거북하겠지만……」 그는 말을 이었다. 「너에게 확실
히 알려 줘야겠어. 너와 앤이 집을 비운 날 알렉은 러셋 룸에
서 나와 함께 잤어.」

「모리스…… 어떻게 그런 일이!」

「런던에서도 한 번…….」 그는 거기서 말을 멈추었다.

클라이브는 구토가 치밀어 오르는 걸 느끼면서도 다시 한
번 일반화를 시도했다. 그것은 결혼 생활로 흐려진 그의 정
신세계의 일부였다. 「하지만 분명히…… 남자들의 관계가 용
납될 수 있는 건 순수하게 플라토닉할 때뿐이야.」

「그런 건 나는 몰라. 그냥 내가 한 일을 말해 주러 온 거야.」
그렇다. 그것이 모리스가 그를 찾아간 이유였다. 그것은 더는
읽지 않을 책을 덮어 두는 일이었으며, 그런 책은 곁에 두고
먼지만 쌓이게 하느니 그냥 덮어 버리는 편이 낫다. 그들의
과거의 책은 책장으로 돌아가야 했고, 여기, 어둠과 죽어 가
는 꽃들에 감싸인 여기가 바로 그 자리였다. 그는 알렉을 위
해서도 그렇게 해야 했다. 그는 새것과 옛것이 섞이는 고통

을 겪을 수 없었다. 모든 타협은 속임수고 그러므로 위험하다. 이제 모든 걸 털어놓았으니 그는 자신을 키워 준 세계를 떠나야 했다. 「그 친구가 한 일도 말해 줄게.」 그가 애써 기쁨을 누르면서 말했다. 「알렉은 나를 위해서 인생의 계획을 희생했어…… 내가 그를 위해 무얼 포기할 거라는 아무런 보증도 없었는데 말이야……. 그리고 예전의 나라면 포기하지 않았겠지…… 나는 언제나 깨닫는 데 더디니까. 그게 플라토닉한지 어쩐지는 모르겠지만, 어쨌든 알렉은 그렇게 했어.」

「무얼 희생했다는 거야?」

「배웅하러 항구에 갔는데…… 알렉이 오지 않았어.」

「스커더가 배를 놓쳤다고?」 젊은 향사는 분개해서 소리쳤다. 「그런 사람들은 정말 어쩔 수 없어.」 그러다가 이 일이 자신의 앞날에 어떤 영향을 끼칠까 하는 데 생각이 이르자 말을 멈추었다. 「모리스, 모리스, *quo vadis* (어디로 가십니까)? 너는 지금 제정신이 아니야. 분별을 잃었어. 좀 물어봐도 될까? 앞으로 어떻게……」

「아니, 아무것도 묻지 마.」 모리스가 말을 잘랐다. 「너는 과거의 사람이야. 이 순간까지의 일은 모두 말해 주었지만 그 이상은 한 마디도 안 돼.」

「모리스, 모리스, 너도 알다시피 나도 너한테 얼마간은 마음을 써. 그렇지 않다면 지금 네 말을 참고 듣지 못했을 거야.」

모리스는 손을 폈다. 빛나는 꽃잎들이 그 안에서 나타났다. 「그래, 너는 내게 얼마간은 마음을 쓰지.」 그는 인정했다. 「하지만 그 얼마간에 내 인생 전부를 걸 수는 없어. 너도 마찬가지잖아. 너는 앤한테 네 인생을 걸고 있어. 너는 그 관계가 플라토닉한지 어쩐지 하는 건 걱정하지 않고 그저 그게 네 인생 전부를 걸 만큼 중요하다는 것만 알아. 나는 네가 앤과 정치에 쏟고 남는 5분 동안 써주는 마음에 내 인생을 걸 수는 없어. 날 만나는 일만 없다면 너는 나를 위해서 모든 걸 다 해줄 거야. 이 지옥 같은 1년 내내 그랬으니까. 너는 내가 네 집을 자유롭게 드나들게 하고, 또 나를 결혼시키려고 아낌없이 수고할 거야. 그래야 손을 털 수 있을 테니까. 너도 나에게 얼마간은 신경을 쓰지. 나도 알아.」클라이브가 항변하려 하자 그는 계속 말했다. 「하지만 그게 무슨 소용이야? 네가 나를 사랑하지 않는데. 네가 원했다면 나는 죽을 때까지 네 사람이었겠지만, 이제 내 인생은 다른 남자의 것이 되었어. 평생 한탄 속에 방황할 수는 없잖아. 그리고 그 남자는 네게는 충격적인 의미로 내 사람이야. 하지만 너도 이제 충격 같은 건 그만 받고 네 행복을 돌보면서 살기를 바랄게.」

「이렇게 말하는 법은 누구한테 배웠지?」그는 숨이 막혔다.

「가르쳐 준 사람이 있다면 그건 너야.」

「나라고? 그런 생각을 내 탓으로 돌리다니 어이가 없군.」클라이브가 말했다. 자신이 열등한 자의 지성을 타락시켰단 말인가? 그는 자신과 모리스가 모두 2년 전의 클라이브에게서 비롯되었다는 것을, 그렇지만 한 사람은 명예의 길을, 다른 한 사람은 반역의 길을 걸었다는 사실을 깨닫지 못했고, 또 그들의 길이 앞으로는 더욱 달라질 거라는 사실도 깨닫지 못했다. 그것은 시궁창이었고, 선거 때 거기서 한 줄기 냄새만 피어올라도 그는 파멸할 것이다. 하지만 의무를 회피할 수는 없었다. 옛 친구를 구해야 했다. 어느새 그는 영웅심에 사로잡혀서 어떻게 하면 스커더의 입을 막을 수 있을지, 그가 터무니없는 액수를 요구할지 어쩔지를 생각하기 시작했다. 그런 수단 방법을 논하기에는 시간이 너무 늦었기에, 그는 모리스더러 다음 주에 그가 런던의 클럽에 갈 때 함께 만나서 저녁 식사를 하자고 했다.

웃음소리가 돌아왔다. 그는 언제나 친구의 웃음소리를 좋아했다. 그리고 그 순간 부드럽게 구르는 그 웃음소리는 그에게 안도감을 전해 주었다. 그 소리에는 행복함과 편안함이 담겨 있었다. 「그래.」 그는 이렇게 말하고 앞으로 다가가 월계수 덤불 속으로 손을 내밀었다. 「그러는 게 지금 내가 너를 붙들고 장황하게 설교하는 것보다 나을 거야. 이런 설교는 너한테나 나한테나 전혀 설득력이 없으니까.」 그의 마지막 말은 이랬다. 「다음 주 수요일, 7시 45분으로 하자. 복장은 턱시도 정도면 충분해.」

그것이 그의 마지막 말이었다. 왜냐하면 그때 이미 모리스는 그곳을 떠났기 때문이다. 그 뒤에 남은 흔적이라곤 조그맣게 쌓인 달맞이꽃의 꽃잎뿐이었다. 꽃잎들은 꺼져 가는 모닥불처럼 땅 위에서 애처로운 빛을 뿜고 있었다. 클라이브는 죽을 때까지도 모리스가 정확히 언제 떠났는지 알지 못했고, 노년에 이르러서는 그런 순간이 있었는지도 확신하지 못했다. 블루 룸은 희미한 빛을 발하고, 고사리 풀숲은 물결쳤다. 영원한 케임브리지 어딘가에서 친구는 온몸에 햇살을 입고 그에게 손짓하며 5월 학기의 소리와 향기를 떨치기 시작했다.

그러나 당시 그는 모리스의 무례에 화가 나서, 이번 일을 전에 있던 다른 비슷한 일들과 비교해 보았을 뿐이다. 그는 그것이 황혼도 타협도 없는 끝이라는 걸 몰랐고, 그가 다시는 모리스와 마주치지도 못하고, 그를 보았다는 사람조차 만나지 못할 거라는 사실도 깨닫지 못했다. 그는 오솔길에 잠시 서서 기다리다가 원고를 수정하고 앤에게 진실을 감출 방도를 궁리하기 위해 집으로 돌아갔다.

지은이의 말

　지금도 거의 본래 형태를 유지하고 있긴 하지만, 애초의
『모리스』는 1913년에 시작되었다. 이 작품은 밀소프의 에드
워드 카펜터[1]를 찾아간 경험의 직접적인 산물이었다. 당시
카펜터는 오늘날에는 이해하기 어려운 명성을 얻고 있었다.
그는 시대에 걸맞은 반항아였다. 감상적이면서도 성직자로
사회생활을 시작한 탓에 약간 종교적인 분위기도 있었다. 산
업주의를 배격하는 사회주의자였고, 일하지 않고도 살 만한
수입으로 검소한 생활을 꾸렸으며, 휘트먼 풍의 시인으로 그
의 시에서는 고결함이 힘을 능가했다. 그리고 마지막으로 그
는 친구 사이의 사랑을 믿는 자였는데, 때로는 그런 이들을
천왕성인Uranian이라고 부르기도 했다. 그가 지닌 여러 속
성 가운데 이 마지막 측면이 외로운 나를 끌어당겼다. 짧은
한 시기, 그는 모든 고민의 열쇠를 쥔 사람처럼 보였다. 나는
로스 디킨슨을 통해 그에게 다가갔는데, 그때 내 심정은 마

　1　영국 출신의 시인이자 사상가. 동성애 권리 운동을 펼쳤으며 그 자신
또한 동성애자였다.

치 구원자에게라도 다가가는 것 같았다.

불꽃이 점화된 것은 아마도 그 성소에 두 번째인가 세 번째로 찾아갔을 때일 것이다. 그때 그와 그의 친구 조지 메릴이 함께 내게 깊은 인상을 심어 주면서 창조의 샘을 건드렸다. 조지 메릴은 내 허리를 만지기도 했다. 둔부 바로 위쪽을 부드럽게. 물론 그는 다른 많은 사람들에게도 그런 행동을 했을 것이다. 하지만 그 느낌은 아주 독특했고, 지금도 오래전에 빠진 이의 자리를 기억하듯 그걸 기억하고 있다. 그 느낌은 육체적일 뿐 아니라 심리적인 것이기도 했다. 그것은 사고의 개입 없이 등허리의 작은 부분을 뚫고 들어와서 곧장 창작 아이디어로 전환된 것 같았다. 정말로 그랬다면, 그것은 정확히 카펜터의 요가 신비주의에 따라 움직인 것이고, 바로 그 순간 이 작품이 태동되었다는 증거가 될 것이다.

그 뒤 나는 어머니가 요양하고 계신 해러게이트로 돌아가서 곧바로 『모리스』를 쓰기 시작했다. 내 작품들 가운데 이런 식으로 시작된 것은 없었다. 대략의 구상, 세 명의 인물, 그중 두 사람의 행복한 결말, 그 모든 것이 내 펜으로 밀려들었다. 작품은 처음부터 끝까지 막힘 없이 진행되었고, 1914년에 완성되었다. 내가 원고를 보여 준 남녀 친구들은 모두 좋다고 했다. 하지만 그들은 세심하게 선정된 사람들이었다. 이 작품은 지금까지 비평가나 대중과 맞닥뜨릴 일이 없었고, 나 자신은 너무 깊이 또 너무 오래 여기 빠져 있었기 때문에 판단을 내릴 수 없다.

행복한 결말은 불가피했다. 나는 다른 식으로 쓰려고 고민할 필요가 없었다. 나는 소설에서 어떤 식으로건 두 남자가 사랑하게 하고 소설이 허용하는 범위 내에서 그 사랑을 영원히 지키게 하기로 결심했다. 그런 의미에서 모리스와 알렉은 지금도 푸른 숲을 거닐고 있다. 나는 〈더 행복한 날들〉에 이 작품을 헌정했는데, 결코 빈말이 아니다. 행복이야말로 이 작품의 기조다. 그런데 이것이 뜻밖의 결과를 가져왔다. 그러한 결말 때문에 책의 출판이 더 어려워진 것이다. 울펜든 권고[2]가 법제화되지 않는다면 이 책은 계속 원고 상태로 남아 있어야 할 것이다. 주인공이 교수대에 매달리거나 동반 자살을 하는 불행한 결말을 맺었다면, 노골적인 성애 장면이나 미성년자를 유혹하는 내용이 없으므로 문제될 것이 없을 것이다. 그러나 이 소설의 애인들은 처벌을 피해 달아나기 때문에 결과적으로 범죄를 부추기는 셈이 되었다. 보레니어스 목사는 무능력해서 그들을 붙잡을 수 없고, 사회가 내리는 벌이란 그들이 달갑게 받아들이는 추방뿐이다.

세 남자에 관한 주

나는 모리스를 나 자신, 좀 더 정확히 말하면 내가 생각하는 나 자신과 완전히 다른 인물로 창조하려고 했다. 그는 잘생겼고 건강하고 육체적 매력이 있고 정신적으로 둔하지만 사업 능력이 있고 또 얼마간 속물이다. 이런 복합체 속에 나는 그를 혼란에 빠뜨리고 일깨우고 고통 속으로 내몬 뒤 마

---

2 성인들 간의 합의된 동성애는 처벌하지 말 것을 권고한 1957년의 보고서로, 1967년에 법제화되었다.

침내 구원하는 요소 하나를 떨어트렸다. 그의 주변 환경은 더할 나위 없이 정상적이고 바로 그 점 때문에 그를 좌절시킨다. 어머니, 두 여동생, 안락한 가정, 존경받는 직업은 점차 지옥으로 변모한다. 그가 그것들을 부수지 않으면 자신이 부서지게 되어 있고, 제3의 길이란 없다. 그런 인물을 만들어 내는 것, 그의 앞에 덫을 놓아 그가 때로는 피하고 때로는 걸려들고 마침내 부수게 하는 일은 즐거운 작업이었다.

모리스가 런던 교외 거주자라면 클라이브는 케임브리지인이다. 대학 또는 그것의 한 모퉁이를 잘 알고 있는 나는 큰 어려움 없이 그를 그려 낼 수 있었는데, 최초의 아이디어는 대학 시절 약간 알고 지낸 어떤 사람에게서 얻었다. 침착함, 탁월한 시야, 명철함과 지성, 확고한 도덕적 기준, 금발에 흰 피부, 유약하지 않은 섬세함, 변호사이자 향사로서의 품격, 이런 것이 모두 그에게서 비롯된 것이지만, 클라이브에게 〈그리스적〉 기질을 부여해서 그를 모리스의 애정 어린 품 안으로 던져 넣은 것은 나다. 거기 이른 뒤 그는 주도권을 잡고 그 독특한 관계가 나아갈 방향을 정했다. 그는 플라토닉한 억제를 믿었고 모리스도 그렇게 믿도록 만들었는데, 내가 볼 때 이 일은 그리 개연성이 없지 않다. 이 단계의 모리스는 겸허하고 미숙하며 상대를 흠모한다. 그는 감옥에서 풀려난 영혼이기에, 그 해방자가 순결할 것을 요구하면 거기 복종한다. 그 결과 관계는 3년 동안 지속되다가 — 이 관계는 불안정하지만 이상주의적이고 또 기묘하게 영국적인 것이기도 하다. 어느 이탈리아 청년이 그런 관계를 견디겠는가? — 클라이브가 여자들에게 눈을 돌리고 모리스를 감옥에 되돌려 보냄으로써 파국을 맞는다. 이때부터 클라이브는 점차 타락의 길을 걷고, 그에 대한 나의 태도도 차가워진다. 그는 나를 화나게 했다. 그래서 나는 그를 괴롭히고, 그의 메마름과 정치인 같은 태도와 벗겨지는 머리를 강조했다. 그나 그의 아내나 그의 어머니가 하는 일은 죄다 그릇된 것들뿐이다. 이것은 모리스한테는 다행스러운 일이었다. 그로 인해 모리스는 더 빠른 속도로 지옥으로 추락하고, 거기서 자신을 단련시켜 마지막의 겁없는 상승을 감행하게 되기 때문이다. 하지만 악의가 없던 클라이브에게 — 그는 마지막 장에서 내 마지막 채찍을 맞게 된다 — 케임브리지 시절의 친구가 다름 아닌 펜지 안에서 자신의 사냥터지기와 부정한 일을 저질렀다는 사실은 조금 가혹한 처사인지도 모르겠다.

알렉은 밀소프의 감화력 속에서 생겨났고, 내 허리를 스쳐간 손길이다. 하지만 꼼꼼한 조지 메릴과는 그 이상의 관련이 없고, 많은 면에서 상상력을 통해 빚어졌다 할 수 있다. 나는 그를 만들어 내면서 그를 더욱 잘 알게 되었는데, 개인적 경험이 거기 일조를 했고, 그 경험 중 일부는 유용하게 쓰였다. 그는 점점 친구라기보다는 한 인간이 되었고, 더욱 생생해지고 무거워져서 더 많은 자리를 요구하게 되었으며, 소설에 추가된 부분은 — 소설에서 삭제된 부분은 거의 없다 — 모두 그에 기인한다. 알렉에 선행하는 인물은 그리 많지 않다. 그는 시간상으로 D. H. 로런스 소설에 나오는 성마른 사냥터지기들보다 먼저 태어나서 그들처럼 비교 검토의 이

점을 갖지 못했고, 그가 내 소설 속 인물인 스티븐 워넘(『기나긴 여행』의 등장인물)을 만났을지는 모르겠지만, 두 사람은 맥주 한 잔 이상의 공통점은 없을 것이다. 모리스가 나타나기 전까지 그의 삶은 어떠했을까? 클라이브의 초기 인생은 쉽게 상상할 수 있지만, 알렉의 삶을 그리려고 하면 겉핥기 지식으로밖에 되지 않아서 결국 포기해야 했다. 그가 어떤 것에도 반대하지 않는 사람이라는 것은 분명하다. 누구나 그 정도는 안다. 알렉과 만났을 때 모리스도 그 이상 알지 못했고, 일찌감치 이 작품을 읽어 본 리튼 스트레이치는 그 점이 둘의 사랑을 흔들 거라고 생각했다. 그는 내게 유쾌하고도 심기를 흔드는 편지를 보내서, 호기심과 욕정에 기반한 두 사람의 관계는 6주 정도 지속될 것이라고 말했다. 에드워드 카펜터의 그림자여! 리튼은 그 이름을 들으면 언제나 작은 괴성을 질렀다. 카펜터는 천왕성인들은 영원히 서로에게 충실할 거라고 믿었다. 그리고 내 경험으로 보자면, 영원한 정절을 믿을 수는 없지만 그것을 희망하고 그를 위해 노력하는 것은 언제나 가능하며, 또 그것은 어쩌면 가장 척박한 토양에서 꽃 피어날지도 모르는 일이다. 교외 출신의 젊은이와 시골뜨기 젊은이는 둘 다 서로에게 충실할 수 있는 능력이 있다. 영리한 트리니티 칼리지 학생인 리즐리는 그렇지 않았으며, 리튼이 눈치채고 즐거워했듯이 그는 리튼을 모델로 만들어진 인물이다.

알렉 때문에 덧붙인 대목은 두 곳이다. 아니 좀 더 정확히는 두 부분으로 나뉜다.

첫 번째로, 그가 떠오르는 대목이다. 그는 독자들 앞에 천천히 모습을 드러내야 한다. 그는 모리스가 펜지로 들어갈 때 어렴풋이 스쳐 지나간 남자에서 시작해서, 피아노 옆에 쭈그려 앉은 자, 팁을 거절한 자, 관목 숲을 서성이는 자, 살구를 훔친 자를 거쳐 사랑을 주고받는 애인으로 발전해야 한다. 그는 무에서 희미하게 비롯되어 마침내 모든 것이 되어야 한다. 여기에는 세심한 처리가 필요하다. 너무 많은 암시가 주어지면 독자는 지루해질 것이다. 반대로 암시가 너무 조금 주어지면 독자는 어리둥절해질 것이다. 보레니어스 목사가 떠나고 어두운 정원에서 두 사람이 나눈 대여섯 줄의 대화 — 여기서 그들의 고백이 시작된다 — 를 예로 들어 보자. 이 문장들은 어떻게 구성하느냐에 따라 더 많은 걸 드러낼 수도 있고 더 적은 걸 드러낼 수도 있다. 내가 적절하게 구성했을까? 또는 알렉이 정원을 순시하다가 외로움에 찬 격렬한 외침을 들었을 때를 예로 들어 보자. 그가 당장 응답해야 할까 아니면 내가 최종적으로 결정한 대로 그 소리가 다시 한번 들릴 때까지 기다려야 할까? 이런 문제들에 필요한 기술은 헨리 제임스가 생각하는 것만큼 높은 수준의 것은 아니지만, 마지막 포옹이 절절하게 느껴지려면 꼭 사용되어야 한다.

두 번째로, 알렉이 아래로 내려오는 대목이다. 그는 모험을 감행했고, 모리스와 사랑을 나누었다. 그런 사랑이 지속되리라는 걸 무엇이 보장해 줄까? 아무것도 보장해 주지 않는다. 그래서 그들의 성격, 서로에 대한 그들의 태도, 그들이 치르는 시련이 모두 그 사랑이 지속되리라는 걸 암시하는 방향으로 제시되어야 하고, 따라서 책의 마지막 부분은 애초의 계획보다 훨씬 길어지게 되었다. 대영 박물관을 배경으로 한 장도 길어졌고, 그 뒤에 완전히 새로운 장 하나가 삽입되었다. 정열적이었지만 괴로움을 남긴 그들의 두 번째 밤에 대한 장이 그것인데, 거기서 모리스는 자기 심중을 솔직하게 밝히지만 알렉은 그러지 못한다. 초고에서는 이 모든 것이 암시만 되었다. 마찬가지로 사우샘프턴을 배경으로 한 장 — 알렉도 모리스처럼 모험의 길을 택한 — 이후로 둘이 다시 결합한다는 내용도 쓰지 않았다. 하지만 그들이 서로에 대해 알 수 있는 최대한을 안다는 걸 보여 주려면 이 모든 것을 남김없이 써야 했다. 얼마간의 위험과 위협이 극복되기 전에는 막을 내릴 수 없었다.

이 책은 모리스가 알렉과 다시 만난 뒤 클라이브와 마지막 정리를 하는 장으로 끝나는데, 그 밖에 다른 결말은 불가능했다. 처음부터 그렇게 생각했던 것은 아니고, 다른 이들도 좀 어색하다고 느꼈는지 내게 에필로그를 쓰라고 권유했다. 그것은 얼마간의 세월이 흐른 뒤 키티가 나무꾼 두 사람을 마주친다는 식이었는데, 아무도 마음에 들어 하지 않았다. 역시 에필로그란 톨스토이에게나 어울리는 것이다. 나의 에필로그가 실패한 것은 소설의 시간적 배경이 1912년 무렵이기 때문이기도 했다. 〈얼마간의 세월이 흐른 뒤〉라면 그 배경이 1차 대전으로 변모한 영국이 되었을 것이기 때문이다.

이 책은 분명히 오래되었고, 최근 한 친구는 오늘날의 독자들은 이 책에서 시대적인 흥미만을 느낄 거라고 말하기도 했다. 나는 그렇게까지 생각하지는 않지만, 이 책이 시대에 뒤처진 것은 분명하다. 그것은 단지 끊임없이 등장하는 구시대의 물품들 — 팁으로 주는 반 소버린 금화, 피아놀라 레코드, 노포크 재킷, 경찰 법원 소식지, 헤이그 회담, 자유당원과 급진당원과 지방 수비대, 무지한 의사들, 팔짱을 끼고 다니는 대학생들 — 때문만은 아니다. 거기에는 더욱 핵심적인 차이가 있다. 이 작품의 배경이 되는 영국은 아직도 사람들이 어딘가로 숨어들 수 있는 영국이다. 그러므로 이 이야기는 푸른 숲의 마지막 시기에 속한다. 『기나긴 여행』도 그 시기에 속한 이야기로, 두 작품은 서로 분위기가 비슷하다. 우리의 푸른 숲은 불가피하게 파국을 맞았다. 두 차례의 세계 대전이 사회의 조직화를 요구하고 유증한 뒤 관공서들이 이를 받아들여 확장시켰고, 거기 과학도 힘을 보태서 본래도 넓지 않았던 우리 섬의 황야는 잠깐 사이에 짓밟히고 개발되고 감시받게 되었다. 오늘날에는 도망칠 숲도 산도 없고, 숨어 지낼 동굴도 없으며, 사회를 개혁하거나 타락시킬 아무런 의지도 없이 오직 세상과 떨어져 지내기만을 바라는 사람들을 위한 이슥한 골짜기도 없다. 사람들은 아직도 도망치고 있으며, 밤이 되면 언제라도 영화 속에서 그런 자들을 볼 수 있다. 하지만 그들은 이단자가 아니라 갱스터들이며, 그들이 문명을 피할 수 있는 건 그들 자신이 문명의 일부이기 때문이다.

동성애

마지막으로 지금까지 한 번도 언급되지 않은 단어에 대해 한마디. 『모리스』가 쓰인 이후 이 단어에 대한 대중의 태도는 약간의 변화를 겪었다. 그것은 무지와 공포에서, 익숙함과 경멸로의 변화다. 그것은 에드워드 카펜터가 지향했던 방향의 변화가 아니다. 그는 하나의 감정이 관대하게 인정받기를 바랐고 본원적인 어떤 것이 일상 속에 재통합되기를 바랐다. 그리고 나는 비록 그보다는 덜 낙관적이었지만, 지식이 이해를 낳을 것이라고 예상했다. 우리가 미처 깨닫지 못했던 것은 대중이 동성애와 관련해서 정말로 싫어하는 것은 동성애 자체가 아니라 그것에 대해 생각을 해야 한다는 사실이라는 점이었다. 그것이 아무도 모르는 새 우리 사이로 스며든다면, 또는 하룻밤 새 조그만 글자로 인쇄된 법령에 의해 합법화된다면, 거기에 반대할 사람은 별로 없을 것이다. 하지만 불행히도 동성애는 의회를 통해서만 합법화될 수 있고, 의원들은 어쩔 수 없이 그 문제를 생각해 보거나 생각하는 척해야 한다. 그 결과 울펜든 권고는 무한정 거부될 것이며, 경찰의 기소는 계속되고, 판사석의 클라이브는 피고석의 알렉에게 유죄를 판결할 것이다. 모리스는 처벌을 면할지 모르겠지만.

1960년 9월
E. M. 포스터

작품 평론

에드워드 카펜터와 『모리스』의 이중 구조[1]

로버트 K. 마틴 | 고정아 옮김

『모리스』는 E. M. 포스터의 작품 가운데 가장 인정을 덜 받는 작품인데, 그 주요한 이유는 이 작품이 제대로 이해되

1 이 에세이는 『E. M. 포스터』(뉴욕: 맥밀런, 1995)에 수록된 글을 번역한 것이다. 이 글의 배경과 논점을 간략하게 소개하면 다음과 같다.
남자들 간의 동성애 행위는 1885년에 불법화되었다. 오스카 와일드의 재판은 그 10년 후에 일어났다. 미셸 푸코는 『성의 역사』(1976)에서 개인의 유형을 가리키는 〈동성애자〉라는 범주는 19세기에 출현했고, 이 말 자체도 1870년에 처음 등장했다고 말한다. 젠더 구성 과정에 대한 관심에 영향받은 오늘날의 상당수 비평들은 남성 우정의 토대로서 호모에로티시즘의 중요성을 강조하고 있다. (이것은 가부장제 아래서 좀처럼 인식되지 못하고 〈호모소셜리티〉라는 새로운 명명을 받았지만.) 이브 코소프스키 세지윅의 『남자들 사이에서: 영문학과 남성 호모소셜 욕망』(1985)은 이를 설명한 고전적 저작이다. 롤랑 바르트는 〈동성애 담론〉이라는 책을 쓰려 한 적이 있는데(『롤랑 바르트가 쓰는 롤랑 바르트』, 1977), 그 책의 기본 개념은 이성애 행동이 다양한 특징을 보이듯이 동성애 또한 하나의 동일한 현상이 아니라 여러 종류라는 것이었다.
마틴도 이 글에서 포스터가 동성애의 여러 종류를 구별해서 보여 준다고 말한다. 그는 또한 『모리스』에 보이는, 재산에 토대하지 않은 사랑과 계급에 대한 유토피아적 견해 — 에드워드 카펜터에게서 영향을 받은 — 를 긍정적으로 평가한다. 그러나 어쨌든 동성애에 대한 포스터의 태도는 기본적으로 반발적인 것으로, 동성애자의 주변적 지위를 받아들이며 [모리스가 의사에게 한 말 〈저는 오스카 와일드 같은 불결한 부류예요〉(p. 221)] 자신에 대한

지 못하고 있기 때문이다. 독자들은 포스터가 자신의 동성애
를 드러냈다는 사실에 관심을 쏟느라고, 그의 다른 작품들에
기울였던 것 같은 진지한 관심을 보이지 않았다. 이 작품은
단순히 동성애 작가가 동성애 권리를 탄원한 작품으로 받아
들여졌다. 그리고 이런 목적의식 때문에 이 책은 포스터의
다른 소설들을 특징짓는 섬세함과 아이러니 같은 요소를 결
여하고 있다고 여겨졌다.

포스터 자신이 이 작품을 〈에드워드 카펜터를 찾아간 경
험의 직접적인 산물〉이라고 밝히고 있지만, 독자들은 그 원
천의 중요성을 제대로 파악하지 못했다. 지금까지 제시된 많
은 해석들이 이 작품이 동성애와 이성애를 대립시키고 있으
며, 책 전반부에 클라이브가 제시한 견해가 작가의 견해를
대변한다고 보고 있다.[2] 그러나 실제로 이 소설이 대립시키
는 것은 두 종류의 동성애 — 하나는 클라이브와 케임브리지

대안적 정체성을 구성하거나 고안하는 것은 아니다. 이와 반대로 와일드는
자신의 동성애로 이성애에 도전할 방법을 찾는다. 그래서 와일드는 포스트
모더니스트(깊은 주체성에 대한 믿음을 버리고, 표면을 연마하는 식의)로 여
겨지기도 하는 반면 포스터는 낡은 정체성 문제 — 푸코가 진단하는 — 에
사로잡혀서, 동성애의 진실을 정체성의 최종 실마리이자 정밀한 정의가 가
능한 것으로 받아들이는 것이다.
    2 이런 혼동의 한 가지 예로 글렌 카발리에로의 비판을 들 수 있다. 그는
모리스와 클라이브의 관계가 〈그의 진정한 본성을 드러내기보다 감추었〉지
만, 포스터는 〈그것을 필요 이상으로 인정해 주는 듯하다〉라고 비판한다 (『E.
M. 포스터 읽기』, 1979). 이보다 앞서 제프리 마이어스는 더욱 가혹한 견해
를 보여서, 『모리스』를 〈동성애 옹호를 목적으로 하는 문제 소설〉이라고 평
가했다(『동성애와 문학 1890~1930』, 1977). 『모리스』에 대한 그의 비평은
계속 클라이브의 진술과 모리스의 진술을 착각하는 실수를 범했다 ─ 원주.

의 동성애이고 다른 하나는 알렉과 야외의 동성애 — 로, 동
성애에 대한 클라이브의 견해는 모리스가 거치는 발전의한
단계일 뿐, 작가가 생각하는 최종적 발전 단계를 나타내지는
않는다. 최종 단계의 모리스는 알렉과 만나고 난 뒤에야 성
취된다. 『모리스』는 동성애 권리를 탄원하는 작품이 아니라,
진정한 동성애를 향한 의식의 발전을 탐구하는 작품이다.

이 소설은 크게 볼 때 거의 동등한 짜임새를 갖는 두 부분
으로 나뉜다. 이 두 부분은 다시 각각 둘로 나뉘어서, 포스터
가 구성한 네 개의 부를 이룬다. 책의 전반부는 모리스와 클
라이브의 관계, 교외 지역의 삶, 그리고 케임브리지에 바쳐
져 있다. 책의 후반부는 모리스와 알렉의 관계, 신사 계급과
하인의 대립, 그리고 시골 집 펜지에 바쳐져 있다. 전반부를
지배하는 것은 플라톤, 그리고 간접적으로 존 애딩턴 시먼즈
를 비롯한 〈그리스식 사랑〉의 변증자들[3]이지만, 후반부를 지
배하는 것은 에드워드 카펜터와 그가 해석한 월트 휘트먼의
사상이다. 두 부분은 거의 평행한 구조를 이루고 있다. 1부
는 모리스가 클라이브의 부름에 응답해서 그의 방 창문을 열
고 들어가는 장면으로 끝난다. 3부는 알렉이 그와 비슷한 부
름에 응답해서 모리스의 방으로 들어가는 장면으로 끝난다.
2부는 새벽 여명 속에 끝나지만, 이 기대하던 새 빛은 아이러
니컬하게도 모리스와 클라이브의 사랑의 죽음을 가져온다.

3 시먼즈는 1893년에 카펜터에게 보낸 편지에서 동성애가 사회 계급을
평등하게 만드는 힘이 된다고 찬양했던 사람이다. 동성애를 〈더욱 고상한〉
것으로 보는 것은 〈천왕성인〉들의 가장 두드러진 특징 가운데 하나였다 —
원주.

4부는 일몰 속에 끝나는데, 이때의 어둠은 아이러니컬하게도
생명을 가져오고, 모리스와 알렉의 사랑의 승리를 가져온다.

동성애에 대한 포스터의 개념은 카펜터의 사상을 흡수하
고 나서 비로소 깊이 성숙하지만, 『모리스』에 보이는 어떤
요소들은 이미 10년 전에 모습을 보인 것들이다. 예를 들어,
1902년 또는 1903년에 쓰인 것으로 보이는 단편소설 「앤셀」
은 『모리스』의 중요한 몇몇 주제를 간략한 형태로 다루고 있
다. 앤셀은 『모리스』에서 정원 심부름꾼 소년 조지 — 모리
스의 어머니는 이 소년이 떠난 이유에 대해 거짓말을 한다
— 로 다시 나타나는데,[4] 조지는 다음에 나오는 알렉의 전조
역할도 한다. 이 단편소설을 쓸 무렵 포스터는 이미 계급 장
벽을 뛰어넘는 동성애와 계급에 토대한 전제들(세속적 성공
의 기대 같은)에 대한 의문 제기 사이에 연관성이 존재한다
는 것에 착목했다.[5] 포스터가 휘트먼의 시를 언제 처음 읽었
는지 정확히 알 수는 없지만(확인 가능한 일기 속 최초 언급
은 1907년이다), 이 작품은 〈창포〉 계열[6]에 속한 여러 시와

4 실제 인물 앤셀은 포스터의 소년 시절에 그의 집 정원 심부름꾼으로
일한 소년이다. 『하워즈 엔드』 뒤에 실린 〈루크네스트〉라는 글을 보면, 포스
터와 앤셀이 『모리스』의 모리스와 조지처럼 뛰놀던 추억이 묘사되어 있다.
앤셀은 또한 『기나긴 여행』의 주요 등장인 중 한 명의 이름이기도 하다.
5 「앤셀」, 「포스터의 그리스어: 회구법에서 직설법 현재까지」, 『캔자스
쿼털리』 9호(1977) pp. 69~73 참조. 『모리스』에서 주인공이 스물네 살 때 알
렉을 만난다는 사실을 강조하는 데 주목할 필요가 있다. 포스터는 1903년에
스물네 살이 되었는데, 이 해에 「엔셀」을 쓴 것으로 추정된다 — 원주.
6 휘트먼의 시집 『풀잎』의 한 부로, 동성애를 암시한 48편의 시가 담겨
있다.

유사한 암시를 품고 있다. 특히 개인적 사랑의 충족과 명예의 충족을 대립시킨 점에서 「저물녘에 소식을 들었을 때」라는 시와 유사하다.[7]

자신이 동성애자임을 자각한 초기 시절에 포스터는 동성애 문학 전통의 특징을 이해하는 데 관심을 기울였다. 이의 표지는 1904년에 착상해서 1907년 4월에 출간한 작품 『기나긴 여행』에서 분명히 나타난다. 리키가 〈그리스 최고 시인이라고 평가하는〉[8] 테오크리토스에 대한 언급은 이 소설의 아이러니컬한 대조 — 실현된 전원시이자 〈진정한〉 목동인 스티븐과 후기 빅토리아 시대 영국의 유사 그리스 정신 및 퍼블릭 스쿨 사이의 — 를 강조하는 역할을 한다. 리키는 테오크리토스가 두 남자 사이의 전원적 사랑을 노래하는 시인이라는 사실을 인식하지 못하지만, 독자들은 이 언급을 통해서 리키의 자기 이해 부족과 또 테오크리토스 시대와 현재 시대 사이에 벌어진 간극을 감지한다. 〈우정 사무소 같은 조직이 있어서, 그곳에 진정한 마음의 결합을 등록할 수 있으면 좋겠다〉[9]는 리키의 생각에서 연상되는 셰익스피어 소네트 116편은 리키의 고난을 드높이고 위엄을 부여하며, 동성애 예술이 이성애 사회의 의도에 부합할 수도 있음을 보여준다.

포스터가 동성애 전통을 세운 방법은 지금까지 많은 사람

7 『미국 시의 동성애 전통』(1979) 참조 — 원주.
8 E. M. 포스터, 『기나긴 여행』(1962), p. 14 — 원주.
9 같은 책, p. 97 — 원주.

들이 그러한 것처럼 유명 동성애 작가들의 목록을 작성한 것
이다. 이런 목록 작성은 자신의 본성을 인정하는 동성애자들
이 흔히 맞닥뜨리는 철저한 고독을 완화하기 위한 몸짓의 일
환이다. 또한 그것은 일종의 역사 감각 수립, 다시 말해 다른
사람들은 유사한 상황에서 어떻게 대응했는지를 이해하는
재료가 되기도 한다. 포스터가 목록을 만든 대상은 동성애
예술가에 국한되어 있기 때문에, 그는 동성애를 다룬 작품을
쓸 때 어떤 문제에 부딪힐지를 분명히 인식하고 있었을 것이
다. (이런 작업은 『기나긴 여행』에서 의식적으로 시작되었
다.) 포스터의 목록은(1907년 새해 전야의 일기에 적혀 있
다) 퍼뱅크가 쓴 전기의 각주에 그 일부가 소개되어 있다. 퍼
뱅크는 이것을 〈그 밖의 저자 목록〉이라고 이름 붙였지만,
언뜻 보아도 그 목록의 진정한 목적을 분명히 알 수 있다. 그
이름들은 스터지 무어, A. E. 하우스먼, 시먼즈, 페이터, 셰익
스피어, 토머스 러벌 베도스, 월트 휘트먼, E. 카펜터, 새뮤얼
버틀러, 에드워드 피츠제럴드, 크리스토퍼 말로[10]이다. 이 시
기 포스터의 독서는 동성애 문학의 전통을 찾는 데 바쳐지는

10   P.N. 퍼뱅크, 『E.M. 포스터: 생애』(1978) 1권, p.159. 실제 일기를 살
펴보면 포스터는 스터지 무어 위에 조그맣게 물음표를 해놓았고, 시먼즈, 셰
익스피어, 버틀러 위에는 의미가 분명치 않은 표시들을 해놓았다. 퍼뱅크의
책에는 나오지 않지만 일기에는 이 목록 위쪽에 다른 네 명의 이름이 더 적혀
있다. A. E. W. 클라크, 데스먼드 코크, H. N. 디킨슨, 하워드 스터지스. 모두
남학생 소설의 저자들이다. 주 목록 밑에 〈투케/루카 시뇨렐리, 미켈란젤로,
첼리니/로티〉라는 세 번째 목록이 있다. 시뇨렐리와 첼리니 위에 표시가 되
어 있다. 포스터의 일기는 케임브리지 대학 킹스 칼리지 도서관에 있다 —
원주.

데, 그 당시 그가 발견한 것은 대개 남학생 소설 — 소년들이 나누는 동경에 가득 차고 불가능한 사랑을 찬미하는 — 이 었다. 그리고 그 가운데 적어도 네 권을 잘 알고 있었다. A. E. W. 클라크의 『재스퍼 트리스트럼』, H. N. 디킨슨의 『케디』, H. O. 스터지스의 『팀』(익명 출간), 그리고 데스먼드 코크의 퍼블릭 스쿨 및 대학 배경 소설들(〈벨린다 바인더스〉라는 가명으로 출간)이 그것이다. 그러므로 이 소설들의 기본 정신 일부가 『기나긴 여행』과 『모리스』에 나오는 케임브리지 장면들에 기여한 것도 당연하다. 포스터가 이런 전통을 인식하고 있었다는 사실은 『기나긴 여행』에 나오는 동성애적 비유와 암시들이 의도적이었음을 알려 준다. 남학생 소설들은 가망 없는 사랑을 강조하는 것이 특징인데, 포스터는 그런 관점을 『기나긴 여행』에서는 유지하지만 『모리스』에서는 버린다.

6년 뒤 포스터가 이런 문제를 다시 생각하게 된 계기는 알려진 대로 밀소프에 가서 에드워드 카펜터와 조지 메릴을 만난 것이었다. 이 방문으로 인해 포스터는, 말하자면 『기나긴 여행』을 새로이 쓰기로 마음먹었다. 새로운 작품에서 앤셀은 클라이브가 되고, 스티븐은 알렉이 된다. 그리고 옛 작품과 마찬가지로 새 작품에서도, 케임브리지도 소스턴도 아닌 윌트셔가 주요한 역할을 한다. (펜지는 윌트셔와 서머셋주 경계에 있으며, 소스턴은 교외의 가치를 구현한다는 점에서 앨프리지 가든스와 비슷한 점이 있다.)[11] 영국 농촌은 지방

11   평자가 혼동한 것으로 보이는데, 앨프리지 가든스가 아니라 앨프리스턴 가든스이며, 이 집은 모리스의 집이 아니라 모리스 할아버지의 집이다.

명문가들의 표면적 득세 아래 그리스 농촌과 유사한 전통을 품고 있으며, 그것은 스티븐과 알렉에 의해 구현된다. 카펜터가 끼친 영향에 의해 포스터는 자신이 건설하고 있던 동성애 전통을 재검토하고 수정하게 되었다. 『모리스』의 전반부에는 시먼즈 작품 같은 분위기가 지배한다. 동성애는 고상한 형태의 사랑으로 정의되고 그것의 정신적 우월성은 육체적 교합의 배제에 의해 지켜진다. 책의 후반부에는 카펜터의 영향력 아래 조망된 동성애가 제시된다. 동성애는 육체적 사랑을 포함하는 것이고, 그것이 이성애에 비해 조금이라도 우월하다면 그것은 사회적 결과, 다시 말해서 사회의 중심축을 이루는 자에게도 이단자의 지위가 내려진다는 사실과 관련되어 있다. 모리스의 발전을 이루는 이 두 가지 측면은 포스터가 자신의 인생을 재료로 삼아 묘사한 것으로 보인다. 그는 다른 누구도 아닌 카펜터를 통해서 정신적인 동시에 육체적인 관계의 필요성을 자각하게 되었기 때문이다.

전반부에서 『모리스』는 동성애를 이상화하는 잘못된 비전을 따라간다. 하지만 독자들은 모리스가 여러 혼란을 겪고 클라이브의 품에서 구원처럼 보이는 것을 얻은 다음에야 그것이 잘못임을 깨닫는다. 포스터는 상대적으로 작가의 개입이 좀 많은 편이기는 하지만 대체로 제임스의 〈관점〉과 관련된 서사 기법을 채택해서, 독자들이 모리스의 잘못된 길에 동행하고 그 길이 끝났을 때 함께 고통을 느끼게 한다.

1부는 학교와 대학이 성이라는 세계의 안내자로서 얼마
하지만 앨프리스턴 가든스도 도시(버밍엄)에 있기는 마찬가지다.

나 신뢰할 수 없는 존재인가 하는 것을 보여 준다. 한 예로 1장에서 듀시 선생은 정직하게 성의 진실을 일러 주었다고 단언해 놓고 자신이 모래 위에 그린 성에 대한 그림을 다른 사람들이 볼지 모른다는 생각에 당황하는 경건한 사기꾼으로 그려진다. 모리스는 듀시가 거짓말쟁이에 겁쟁이라는 걸 인식하지만 성에 관한 진실은 알지 못한다. 그렇게 깨우침을 약속해 놓고 아무것도 일러 주지 않는 배신행위는 모리스 앞에 어둠의 세계를 열어 준다. 〈시원부터 있었지만 영원하지는 않은 어둠, 고통스러운 여명 앞에 스러질 어둠이.〉(p. 21) 교사들은 모리스가 원하는 빛을 주지 못한다. 듀시는 모리스에게 10년 후 모리스와 그의 아내를 저녁 식사에 초대하는데, 이것은 모든 사람이 이성애자라는 그의 인습적 관념을 표현해 주는 한편, 이 책의 중심 아이러니 중 하나에 대한 복선을 마련한다. 모리스가 알렉을 만난 것이 정확히 그 10년 후이고, 비록 두 사람이 듀시에게 초대를 받지는 않았지만, 대영 박물관에서 그와 마주치기 때문이다.[12] 듀시는 이때도 모리스를 윔블비로 잘못 부르고, 그러자 모리스는 잠시 알렉의 이름을 빌림으로써 자신의 과거와 이전의 정체성을 부정

12 대영 박물관 장면에서는 아시리아의 황소 상이 다리가 다섯 개라는 농담으로 성에 대한 교사의 무지를 희극적으로 다룬다. 이것은 〈고전적 부속 건물〉에 나오는 것과 유사한 방식의 농담이다. 여기서 포스터는 또 대영 도서관을 〈폭넓다고 알려진〉이라고 표현함으로써 도서관이 카펜터의 저서 『중간적 성』을 장서로 들이기를 거부한 사실을 빗댄다. 이 책은 포스터가 『모리스』를 쓰기 시작한 1913년 불가피하게 장서로 받아들여지기 전까지 도서관 장서에 들어갈 수 없었다 — 원주.

하게 된다. 케임브리지가 더 높은 수준의 지적 완결성을 제공해 주지도 않는다. 학감의 강독 수업 중 한 단락이 〈그리스인들의 입에 담을 수 없는 악덕을 다룬 대목〉(p. 71)이라는 이유로 생략된다. 바로 그 학감이 모리스를 퇴학시킨다. 〈연애 사건은 손쓸 수 있을 때 싹을 잘라 놓는 게〉(p. 110) 자신의 의무라고 보았기 때문이다. 이 부분에서 포스터가 반복적으로 드러내는 아이러니는 이런 태도가 공식적으로는 고전을 구현한다고 표방하는 문화 속에서 이어진다는 것이다. 모리스는 퍼블릭 스쿨 시절 우수 학생 시상식 날 전쟁을 찬양하는 연설[〈그리스어는 형편없었다. 모리스가 상을 받은 건 주제 덕분〉이었다(p. 34)]을 하고, 상으로 그로테의 『그리스 역사』를 받는다. 그리스적인 것에 침윤되어 있고, 그것으로 제국주의와 군국주의의 뒷받침을 삼는 영국은 그러면서 그리스 사회의 가장 특징적인 측면인 동성애 관계를 합법화시킬 생각을 조금도 하지 않는다.

모리스는 교육을 도덕적 안내자로 삼을 수 없다는 걸 인식하면서 자신의 성적 본성에 대해서도 이해하게 된다. 그 본성은 아주 어린 시절의 기억에서부터 나타나고, 두 종류의 꿈으로 표현된다. 하나는 벌거벗은 정원 심부름꾼 소년이 장작더미를 뛰어넘어 달려오는 것이고, 또 하나는 한 얼굴이 보이고 한 목소리가 〈이 사람이 너의 친구다〉(p. 30)라고 말하는 것이다.[13] 이것은 그의 학생 시절 풋사랑에서도 나타나

13 이 꿈과 새벽 이미지의 원천 가운데 하나로 케네스 그레이엄의 『버드나무에 부는 바람』을 꼽을 수 있다. 그레이엄은 나중에 모리스가 뛰어넘는

고, 또 그가 리즐리와 친구가 되고 싶어 할 때 다시 등장한다.
그가 리즐리에게 성적 매력을 느낀 것은 아니지만, 두 사람
에게 무언가 공통점이 있다는 것 — 아직 그것이 무엇인지
정확히 알지는 못하지만 — 은 인식한다. 클라이브는 모리스
더러 『향연』을 읽어 보라고 하지만, 책은 그의 교외 거주자
의 영혼을 변모시키지 못한다. 그러나 그는 클라이브를 거부
하면서 자신을 재검토하게 되고, 자기 본성을 받아들인다. 그
는 자신이 얼마나 자기기만에 빠져 있었는지 깨닫는다. 그의
고뇌는 〈내면으로 파고들어 육체와 영혼이 함께 뻗어 나오
는 뿌리, 그러니까 지금껏 그가 덮어 감추도록 훈련받은 [나]
에까지 가닿았고, 마침내 그걸 일깨운 뒤 갑절의 힘을 얻어
초인적으로 자라났다.〉(p. 82) 이와 같이 사회적 자아 밑에
숨어 있던 개인적 자아를 재발견하면서 그는 다음과 같은 결
심을 한다. 〈앞으로는 — 이것이 시금석이었는데 — 남성에
게만 끌리는 마음을 두고 여자를 좋아하는 척하지 않기로 했
다. 그는 남자를 사랑했고, 예전에도 항상 그랬다.〉(p. 85)[14]
1부는 모리스가 오늘날의 용어로 〈커밍아웃〉을 하는 장면으
로 끝난다. 하지만 그가 받은 교육은 성을 비밀과 침묵의 영

이상화되고 정신적인 동성애자의 한 예다. 그레이엄의 가정적, 예언적 목소
리는 포스터가 『모리스』에서 부분적 패러디로 표현하는 황홀경의 원천일 수
도 있다 — 원주.

14   다시 한번 휘트먼과의 유사성이 두드러진다. 「창포」 부의 많은 시가
사회적 자아 밑에 감추어진 진정한 자아의 발견을 다룬다. 뿌리의 이미지는
창포 자체에 대한 언급일 수도 있다(「창포」 4). 두 번째 「창포」 시에서 휘트먼
이 〈나는 내게 제안된 속임수에서 도망가리라. 나는 나와 내 친구들의 소리
만을 내리라〉라고 결심하는 것을 생각해 보라 — 원주.

역에 몰아 두는 것이었고, 그 때문에 그의 정신적 커밍아웃
은 그와 유사한 육체적 표현을 동반하지 않는다. 클라이브는
그때까지도 그의 유일한 모델이고 클라이브의 모델은 플라
톤이다. 그래서 1부의 거짓된 클라이맥스는 2부의 재난으로
이어질 토대가 된다.

　2부에서 클라이브가 모리스에게 하는 사랑의 표현은
19세기 말 동성애 변호론자들의 언어를 반영한다. 그것은
본질적으로 『향연』에서 비롯된 논리로, 〈너를 향한 내 마음
이 피파가 약혼자한테 느끼는 감정과 똑같다는 걸 말이야.
[……] 육체와 영혼의 특별한 조화라고나 할까? 여자들은 이
런 걸 꿈에도 생각하지 못할 거야.〉(pp. 125~126) 클라이브
에게 이런 고상한 사랑은 육체적 정열에 대한 포기로 이루
어진다. 〈소크라테스가 제자 파이돈에게 품은 사랑, 강렬하
지만 절제된 사랑, 섬세한 성품을 지닌 자만이 이해할 수 있
는 그 사랑이 지금 그의 손이 닿는 거리에 있었고……〉(pp.
137~138) 이런 태도는 명백히 속물적이고, 19세기 말부터
바로 얼마 전까지도 주류를 이룬 동성애 옹호론을 정확히 묘
사한 것이다. 모리스는 클라이브와의 관계에 실패함으로써
이러한 태도를 뛰어넘어 발전할 기회를 얻는다. 클라이브가
표현하고 또 모리스와 클라이브가 함께 실천한 동성애는 감
수성을 고도로 발달시킨 극소수 엘리트들만이 접근할 수 있
는 영역이다. 그것은 동성애자들에게 아무런 변화도 일으키
지 않는다. 또한 여성 혐오를 부추긴다. 포스터가 말하듯이
클라이브는 모리스보다도 더 여성을 혐오한다. 그것은 모리

스에게 〈교외의 전제 군주〉로 사는 것을 허락한다. 그것이 자신에게 허락하는 것은 따로 떼어내서 애인에게 바치는 약간의 시간뿐이다.

하지만 수요일에는 언제나 런던에 있는 클라이브의 작은 아파트에서 잤다. 주말도 마찬가지였다. 식구들은 이렇게 말했다. 「모리스한테 수요일이나 주말을 내달라고 하면 안 돼요. 아주 싫어하거든요.」(p. 142)

모리스는 자신의 기질을 배신하지 않겠다고 결심하지만, 그의 삶은 이성애자들의 삶과 다를 바가 없다. 동성애는 인습적인 삶의 심장부에 자리 잡은 작고 비밀스러운 부도덕일 뿐이다.

클라이브가 〈정상〉 상태로 돌아섬으로써 모리스는 한동안 꿈을 잃지만, 독자들은 이미 모든 것을 통해 이들의 실패를 예견한다. 더없이 긍정적으로 보이는 이미지들도 자세히 살펴보면 아이러니를 담고 있다. 예를 들어 사이드카 여행을 살펴보자. 겉으로는 즐거움에 가득한 것처럼 보이는 이 대목에도 경고가 곳곳에 숨어 있다. 〈둘은 먼지구름이 되고 악취가 되고 굉음이 되었지만, 그들이 호흡하는 공기는 맑았고 그들 귀에 들리는 소음이라고는 길게 꼬리를 끄는 바람의 함성뿐이었다.〉(p. 104) 사랑에 취한 두 사람은 자신들의 행동이 무슨 일을 일으키는지 알지 못한다. 그들이 타고 가는 기계가 먼지와 소음과 악취를 일으킨다는 사실은 포스터가 이 장면을 뒤틀린 방식으로 사용한다는 걸 암시한다. 이들의 짧은 여행은 〈기계가 검은 들판 가운데 멈춰〉 버리면서 끝나고, 포스터는 여기서 〈기계〉라는 차가운 호칭을 씀으로써 산업 사회의 산물과 자연을 대립시킨다. 클라이브가 이 장면을 추억하는 대목은 아이러니를 완성한다. 〈사이드카를 타면 한 덩어리가 되어 움직이기 때문에 그 안에서 그들은 그 어느 곳에서보다 서로에게 가까워진 느낌이었다. 사이드카는 어느새 독자적인 생명체가 되었고, 둘은 그 안에서 만나 플라톤이 가르친 합일을 깨달았다.〉(p. 111) 사이드카를 플라톤적인 알의 이미지로 바라보는 이 기이한 관점은 이런 종류의 이상주의적 〈미화〉를 행동의 안내자로 삼는 것이 얼마나 부적절한가를 경고한다. 그것은 『기나긴 여행』에서 앤셀의 현실주의가 리키의 이상주의에 대한 경고가 되는 것과 마찬가지다.

소설의 2부가 후기 빅토리아 시대 케임브리지 분위기 속의 동성애에 대한 탐구였다면, 3부는 이전의 관계에서 완전히 배제되었던 육체적 욕망에 대한 탐구로 돌아선다. 모리스는 두 가지 사건을 겪으면서 자신의 성적 욕망을 깨닫는다. 하나는 잠든 디키 배리의 몸을 〈햇살이 보듬은 채 어루만지고 있〉(p. 205)는 모습을 본 것이고, 두 번째는 잘생긴 프랑스 고객이 점심 초대를 한 것이다. 두 번째 사건에서 모리스가 초대를 거절한 것은 클라이브와의 관계에서 받은 영향 때문이다. 〈그는 영묘했던 과거로 인해 눈이 멀었고, 지금 그가 꿈꿀 수 있는 최상의 행복은 그 과거로 돌아가는 것이었다.〉

(p. 212) 그 과거는 〈그들의 사랑이 육체를 포함한 것이지만 그것을 충족시켜서는 안 된다〉(p. 211)는 규칙을 포함한 것이고, 그는 자신 앞에 다가오는 가능성을 깨닫지 못한다. 클라이브 또한 이성애를 끌어안지만 성과 관련된 문제에서는 가식적 태도를 유지하고, 그것은 그의 결혼 생활을 피상적으로 만든다. 〈그는 한 번도 앤의 나신을 보지 못했고 그녀도 마찬가지였다. 그들은 생식과 소화 기능 같은 것은 없는 것으로 여겼다[이것은 모리스가 클라이브를 간병할 때 그의 요강을 닦기도 한 일과 대조된다. 그들의 사랑은, 적어도 모리스에게는 품위에 대한 까탈스러운 집착을 넘어서는 웅대한 면모가 있었다. 그러나 클라이브는 숙련된 여자 간호부를 선호한다]. [……] 그는 곧이곧대로 말해야 직성이 풀리는 사람이 아니었고, 육체를 존중했지만 실제 성행위는 시적이지 못한 것이므로 밤의 어둠에 가려지는 것이 최선이라고 생각했다. 남자들 사이의 행위는 용서할 수 없는 것이고, 남녀 간에는 자연과 사회가 인정하기 때문에 행해질 수 있는 것일 뿐, 토론 주제나 자랑거리가 될 수는 없었다.〉(p. 231)

펜지를 방문한 모리스의 행동은 그가 자신의 성적 정체성과 무관한 인생을 살고 있다는 걸 똑똑히 보여 준다. 그는 여전히 지독한 속물로, 그 속물근성을 발휘하는 대상은 아이러니컬하게도 앞으로 그의 애인이 될 남자다. 그의 냉혹함은 그가 겪은 비참함에 대한 반응이다. 그는 자신의 상황을 마주 대하고 싶지 않았기에, 강인함을 철칙으로 삼아 스스로를 방어하고 또 그것으로 세상을 대한다. 그의 주장에 따르면,

가난한 사람을 돕는 것은 그들을 사랑해서가 아니라 빈곤이 사회에 해를 끼칠 수 있기 때문이다. 온화한 종류의 자비는 보레니어스 목사에게 맡긴다. 글렌 카발리에로가 말했듯이 모리스는 〈사회가 인정하는 네 종류의 안내자, 즉 교사, 의사, 과학자, 사제에게 맞선다. 네 사람이 각기 다른 방식으로 모두 그를 비난하고, 그중 한 사람도 그에게 도움을 주지 못한다.〉[15] 사랑을 설파하는 보레니어스 목사가 집을 드나드는 가운데, 모리스와 알렉이 러셋 룸에서 실제로 사랑을 나누게 되는 아이러니는 유쾌하고, 그것은 또 단편소설 「다가오는 생애」의 핵심 아이러니를 예견시킨다. 펜지 자체는 두 가지 기능을 한다. 대저택으로서의 펜지는 영국 중상류층의 가치를 구현한다. 그 가치는 현재 심각한 훼손 상태에 있지만 그들의 생각 없고 억압적인 생활 방식에 의해 지탱된다. 하지만 집으로서의 펜지는 영국 전원의 일부를 이루고, 자연 세계로 돌아가는 길이 된다. 모리스는 달맞이꽃 향기에 이끌려 밖에 나왔다가 우연히 알렉과 부딪힌다. 집으로 돌아간 그의 머리는 꽃가루에 덮여 있다.

3부의 마지막 장면들은 소설의 방향이 크게 바뀔 것을 시사한다. 이미 보았듯이 1부와 2부는 새벽의 이미지가 지배한다. 빛은 긍정적인 것으로 여겨지고 모리스는 그것을 찾아 더듬거리며 나아가지만, 찾아온 새벽은 2부 결말 부분의 새벽, 이성애로 돌아서는 클라이브의 새로운 비전일 뿐이다. 그러다가 알렉과 만나면서 모리스는 새로운 어둠을 알게 된

15 카발리에로, 『E. M. 포스터 읽기』(1979), p. 137 — 원주.

다. 〈가구들 틈에 사람을 가두어 두는 집 안의 어둠이 아니라 사람을 자유롭게 하는 어둠!〉(p. 270) 그것은 모리스의 관능을 깨우는 어둠이고, 알렉을 모리스의 침대로 부르는 어둠이다. 그들이 함께 있는 방에 넘치는 빛은 햇빛이 아니라 달빛이다. 모리스 머리의 꽃가루가 가리키듯이, 모리스의 변화는 부분적으로 아폴로에게서 디오니소스로의 변화이고, 빛에서 어둠으로, 태양에서 달로, 과학에서 예술로, 머리에서 심장으로의 변화이다.

알렉이 일으킨 디오니소스 정신은 모리스 인생의 모든 가치를 전복한다. 그는 펜지의 경험과 케임브리지의 경험을 비교한다. 〈리즐리의 방은 어제의 들장미나 달맞이꽃과 같았고, 사이드카를 타고 늪지를 달린 일은 크리켓 경기의 예고편이었다.〉(p. 291) 하지만 클라이브와 보낸 시간들은 사회의 근본 전제들에 어떤 의문도 제기하지 않았다. 클라이브와의 사랑은 흔한 말로 지나가는 단계였을 뿐이다. 알렉과의 사랑은 훨씬 깊은 영역으로 들어가고 훨씬 더 큰 파괴력을 발휘하는 관계이다.

……그날 밤 내내 그의 몸은 알렉의 몸을 갈망했다. 그는 그 욕망에 〈음탕함〉이라는 간단한 이름을 붙이고, 자신의 직업, 가족, 친구들, 사회적 지위를 거기 맞세웠다. 이 목록에는 당연히 그의 의지도 포함시켜야 했다. 의지가 계급을 초월할 수 있다면 우리가 건설해 온 문명은 산산조각 날 것이기 때문이다.(p. 292)

크리켓 경기는 전날 밤 모리스와 알렉이 함께 뒤집었던 영국의 뿌리 깊은 계급 구조를 다시 세운다. 모리스는 자신이 앞으로 함께할 것은 계급이 아니라 애인임을 깨닫는다. (포스터를 비판할 때 흔히 언급되는 유명한 진술에서 그는 나라보다 친구에게 충성할 거라고 단언한다.) 알렉에 대한 모리스의 사랑은 그를 숨 막히는 영국 중간 계급의 가치에서 해방시키고 그에게 정신적 성장의 가능성을 열어 준다. 국왕 부처 행렬 앞에서 관습에 따라 모자를 벗을 때 그는 이 문제에 부닥친다. 그의 앞에는 회사와 셔우드 숲 사이의 선택이 놓이게 된다. 그에게 숲을 선택할 기회와 용기를 준 것은 알렉이다.[16]

이렇게 해서 작품은 모리스가 발전해 나간 세 단계를 묘사한다. 첫 단계에서 모리스는 동성애를 이상화된 우정이자 순수하고 정신적인 사랑의 표현으로 받아들인다. 두 번째 단계에서는 동성애의 육체적 표현을 통해 욕정을 받아들이는

16   노먼 페이지는 이렇게 비판한다. 〈……만약 포스터가 동성애에 대한 관용이 먼 미래의 일이라고 믿었다면 — 울펜든 권고가 제출된 시기까지도 그랬던 것으로 보이는데 —『모리스』의 내용 가운데 오늘날의 독자들에게 절박함과 현재성을 전달해 주는 것은 아무것도 없다.〉(『E. M. 포스터의 유작 소설』, 1977. p. 84) 페이지는 핵심을 완전히 놓치고 있다. 포스터가 본 것은 동성애자가 〈속이고 살아가는〉 거짓의 세상과 이단자의 세계 사이에 놓인 선택일 뿐이다. 그가 동성애 억압의 철폐가 〈먼 미래의 일〉이라고 생각한 바로 그 이유 때문에, 그의 소설이 정치적 변화의 문제에 주요 관심을 기울이지 않은 것이다. 어쨌거나 페이지는 이 소설이 좁은 의미의 정치가 아니라 개인적 성장에 관심을 기울이고 있음을 놓치고 있다. (그가 초기에 이 작품을 성장 소설이라고 부르기는 했지만.) 이 소설의 〈정치학〉은 모리스가 동성애를 통해 얻은 근본적인 시각 변화에서 나온다 — 원주.

방향으로 움직인다. 마지막 단계에서는 동성애의 사회적 정치적인 결과를 받아들일 결심을 한다. 이 마지막 단계에서 모리스는 동성애자라는 이단자의 처지가 사회를 바라보는 완전히 새로운 시각을 준다는 것을 깨닫는다. 그다지 특별할 것 없는 주인공을 통해서 포스터는 동성애가 가장 인습적인 인물에게도 성장의 기회를 줄 수 있다는 것을 환기시킨다. 포스터가 세 번째 단계의 중요성을 인식한 것은 바로 카펜터의 영향력을 통해서였다. 우리가 보았듯이 포스터는 1907년 또는 그 전에 이미 카펜터를 알았다. 그리고 (개인적 경험에 의해서) 동성애와 민주주의 사이에 연관성이 있을 수 있음을 직관적으로 이해했다. 그런 인식은 포스터가 작품을 쓸 당시에는 결코 흔한 것이 아니었다. 그런 관점을 가진 사람은 거의 휘트먼과 그의 영국 제자인 카펜터 정도에 한정되어 있었다. 포스터는 카펜터를 방문하고 카펜터와 휘트먼의 저작을 읽음으로써, 주인공이 혼돈되고 억압된 동성애에서 행복하고 이상적인 동성애로 나아가는 과정을 묘사하지 않고, 세기말의 유미주의적 동성애에서 휘트먼과 카펜터의 건강한 동성애로 나아가는 훨씬 더 중요한 발전을 제시한다.

『사랑의 성년』을 간략하게 검토해 보면 『모리스』의 탄생에 카펜터가 미친 영향을 짐작해 볼 수 있다. 특히 카펜터의 평문 「자라지 않은 남자」가 관련이 커 보인다. 거기에서 그는 〈영어를 사용하는 유복한 계급의 남자들〉에 대해 이야기한다. 이들은 퍼블릭 스쿨을 마침과 동시에 배움을 멈춘다. 이 남자들은 결혼이 평등해야 하는 이유를 모르는데, 그 이유를 〈우리의 경제 제도가 빈자들의 몸 위에서, 우리 [제국] 의 사업이 야만인들의 몸 위에서 움직이듯이, 우리의 결혼과 사회 제도가 여자들의 몸 위에서 움직이는 것도 자연스러워 보이〉[17]기 때문이라고 말한다. 클라이브라는 인물은 특히 카펜터의 분석에 많은 영향을 받았다. 그는 포스터가 그려 낸 〈자라지 않은〉 남자로, 자기 계급의 가치들에 의문을 제기할 줄 모른다. 『모리스』에 그려진 클라이브의 결혼은 그런 남자의 결혼이다. 소설의 마지막 문장 〈그는 오솔길에 잠시 서서 기다리다가 원고를 수정하고 앤에게 진실을 감출 방도를 궁리하기 위해 집으로 돌아갔다〉(p. 349)는 결혼 자체의 실패가 아니라 불평등과 무지에 토대한 그런 결혼의 실패를 말한다. 그러므로 노먼 페이지가 〈포스터가 동성애를 이성애와 동등한 것으로 받아들이지 못하고 더욱 우월한 것으로 여겨 결혼을 폄훼하는 것은 명백한 한계다〉[18]라고 비판한 것은 공정한 평가가 아니다. 이 소설은 동성애가 우월하다는 관념 — 그것은 클라이브의 것이고 플라톤에게서 나온 것이다 — 을 분명히 거부하며, 다만 동성애가 정신적 각성 수준을 높이는 기회가 될 수 있다고 말한다. 물론 이성애자라고 그런 성장의 가능성을 거부당하는 것은 아니다. 하지만 그들에게는 그것을 향한 충동이 결여되어 있고, 특히 결혼 같은 이성애의 제도들이 성장을 방해한다. 카펜터가 볼 때 결혼은 재

17 에드워드 카펜터, 『사랑의 성년: 양성 관계에 대한 일련의 논고』 (1911). 이 책은 1896년에 처음 출간되었다. 1906년 이후 출간된 판에는 동성애에 관한 글 「중간적 성」이 실려 있다.

18 페이지, 『E. M. 포스터의 유작 소설』, pp. 92~93 —원주.

산과 관련된 일인 반면, 동성애는 계급과 소유의 바깥에 존재한다. 모리스의 깨달음, 〈그들은 연고도 돈도 없이 계급의 울타리 밖에서 살아야 했다. 그들은 죽을 때까지 노동하고 서로에게 충실해야 했다〉(p. 338)는 완전히 카펜터적인 생각이며 더 거슬러 올라가 완전히 휘트먼적인 생각으로,「열린 길의 노래」의 마지막 구절을 떠오르게 한다.

친구여, 네 손을 잡게!
자네에게 돈보다 소중한 내 사랑을 주겠네.
설교나 법보다 먼저 나 자신을 주겠네.
자네도 내게 자신을 주겠나? 나와 함께 길을 떠나겠나?
우리 살아 있는 동안 서로의 곁을 떠나지 않도록 하세.

자라지 않은 중간 계급의 남자에 대립하는 존재로, 카펜터는 상류 계급 사람들에게 결여된 〈연민과 애정〉을 가진 건강한 노동자를 내세운다. 이런 견해의 일부가 알렉을 묘사하는 데 밑바탕이 되었다. 물론 거기는 포스터의 개인적인 신화 [알렉을 겪은 뒤 〈그는 이제 자신이 정원 심부름꾼 소년에게 무엇을 원하는지도 잘 알았다(p. 292)]도 상당히 개재되어 있고, 이 시기 다른 소설들의 신화적 구조(디오니소스나 판 신으로서의 알렉)도 개재되어 있다. 하지만 무엇보다 카펜터는 두 남자 사이의 사랑에 대한 개인적인 증거가 되었다. 그 사랑은 사회의 바깥으로 나감으로써 유지되었고, 중상 계급 출신의 남자로 하여금 동성애 변호론자들이 그려 내는 주류 동성애 이미지에 의문을 제기하게 만들었다.

그렇게 해서 에드워드 카펜터는 동성애 전통에 대한 포스터의 탐색에 종지부를 찍었다. 카펜터 자신이 독자적인 전통을 만들고 있고, 또 동성애자들이 새로운 사회 질서를 건설할 수 있는 세계를 제시한 듯 보였기 때문이다. 클라이브와 모리스가 아름다움에서 욕망이 어떤 역할을 하는지 토론하고 미켈란젤로와 그뢰즈(그뢰즈의 복제화는 배리 박사의 진료실에 메디치가의 비너스와 함께 등장한다)를 대조시키는 중요한 대목에서 포스터는 〈그들의 사랑의 장면이 새로이 얻은 소중한 언어를 통해서 오래도록 펼쳐졌다. 어떤 전통도 이들을 위압하지 못했다. 어떤 관습도 시적인 것과 불합리한 것을 갈라내지 못했다〉라고 쓴다. 페이지는 이 대목이 그리스적인 것들에 대한 언급과 〈반대로 작용〉[19]한다고 비판했다. 하지만 그는 이 소설 전체가 그런 언급과 반대로 작용한다는 걸 무시한 것이다. 그것은 클라이브의 것이지 모리스의 것이 아니고, (모리스가 잠시 그것을 수용하기는 하지만) 마찬가지로 미켈란젤로는 클라이브와 시먼즈의 적절한 열광 대상이다. 휘트먼과 카펜터는 포스터가 그런 전통을 뛰어넘는 수단이었다. 알렉과 모리스의 보트하우스에 다비드 상이 있겠는가? 그들의 사랑에는 그런 식의 권위에 대한 호소가 필요하지 않다. 그것 자체가 그 사랑의 정신 — 두 남자가 오롯이 세상에 맞서고 그들이 원하는 자유로운 삶을 만들어 나가는 — 에 대립하는 것이다. 『모리스』의 혁명적인 부분은

19 같은 책, p. 82 —원주.

동성애가 아니라 바로 그것이고, 카펜터가 포스터에게 축하 편지를 보내 칭찬한 것도 바로 그러한 점이다. 〈장조의 화음 속에 결말을 맺어서 몹시 기쁩니다. 마지막에 스커더를 떠나 보내면 어쩌나 몹시 걱정했습니다. 하지만 당신은 그를 구했고 그럼으로써 이야기를 구했습니다. 그런 결말은 개연성은 적을지라도 불가능한 것은 아니고, 진정한 로맨스의 일편이기 때문입니다. 이해하는 자는 사랑할 것입니다.〉[20] 그 〈장조의 화음〉, 포스터가 〈불가피했다〉고 말한 〈행복한 결말〉은 모리스가 거짓된 클라이브의 가치를 떠나 진정한 알렉의 가치로 성장했다는 것을 보여 준다. 포스터는 결혼 소설의 관례를 성공적으로 변화시켜서, 제인 오스틴 소설의 등장인물 같은 주인공이 연애를 통해 지혜를 얻게 하고, 결혼을 통해 도덕적 성장을 갈무리하게 한다. 이런 〈새로운〉 동성애관에 확신을 심어 주고, 동성애에 대한 포스터의 이중적 관점의 바탕을 제시해 준 것이 카펜터였다.

---

20 카펜터가 포스터에게 보낸 미출간 편지(1914년 8월 23일)는 킹스 칼리지 도서관에 보관되어 있다. 카펜터는 오늘날 우리가 보는 결말이 아니라 에필로그가 있는 결말을 염두에 둔 것 같다. (필립 가드너, 「E. M. 포스터의 『모리스』의 진화」, 『E. M. 포스터: 백년의 혁명들』, 주디스 슈어러 허츠, 로버트 K. 마틴 편집, 1982, pp. 204~221) 어떤 경우건 포스터는 알렉을 〈구하고〉 소설을 〈장조의 화음〉 속에 끝낸다 — 원주.

옮긴이의 말

작가의 유작에 대해서는 생전의 발표작과는 다른 관심을 품게 되는 경향이 있다. 더군다나 그것이 작가의 알려지지 않은 개인사와 연관되고 또 사회적으로 금기시하는 일에 닿아 있다면, 관심은 호기심의 수준에 이르기도 한다. 이 작품 『모리스』도 그런 운명을 피해 가지 못했다. 기사 작위까지 제안받을 정도로 (포스터는 작위를 거절했지만) 사회적 명망을 누리던 작가가 쓴 동성애 소설이라니. 이 작품에 쏟아진 관심은 대개 그런 식이었다.

포스터가 『모리스』를 쓴 것은 1913~1914년이었다. 이때 포스터는 1905년부터 1910년까지 5년 동안 장편소설을 네 편이나 발표하며 왕성한 창작력을 발휘했고, 그중 마지막 작품인 『하워즈 엔드』를 통해서 영국 문단의 중요 작가로 급부상해 있었다. 하지만 『하워즈 엔드』 이후 그는 좀처럼 새 작품을 쓰지 못했고 아예 더 이상 글을 못 쓸지도 모른다는 회의와 두려움에 빠져 있었다.

작가로서 많은 이야기를 했지만, 자기 실존의 가장 중요한 대목에 대해서 침묵하고 있다는 게 그를 갑갑하게 만든 것일까? 무력함에 빠져 있던 그는 1913년 선구적 동성애자 에드워드 카펜터를 만났고, 거기에서 새로운 소설에 대한 영감을 얻은 뒤, 그 스스로 〈이런 식으로 쓰인 작품이 없었다〉고 말할 만큼 단숨에 『모리스』를 완성했다. 포스터의 전기 작가인 퍼뱅크의 말대로 이 작품은 오랜 세월 동안 〈태어나기를 요구하고 있었〉던 것이다.

하지만 포스터는 집필 당시에도 그 후에도 이 작품을 출판할 수 있다고 생각하지 않았다. (플로렌스 바저에게 보낸 편지에서 〈내가 죽거나 영국이 죽기 전에는 출판할 수 없다〉고 말한 일은 유명하다.) 그가 가장 절실하게 원한 것은 스스로에게 더없이 진실한 이 감정과 판단을 작품의 형태로 완성해서 자기 확신과 위안을 얻으려는 것이었기 때문이다. 하지만 작가로서의 〈목소리〉는 약간이나마 출구를 원했기에, 그는 생전에 이미 여러 친구에게 작품을 보이고 의견을 구했다. 에드워드 카펜터를 포함한 많은 친구들이 호평을 했다. 1960년대에 동성애 행위가 법적 처벌 대상에서 벗어나자 친구들은 『모리스』의 출판을 권유하기도 했다. 하지만 이것이 일으킬 소동을 예견한 포스터는 끝까지 출판을 거절했고, 결국 작품은 그가 죽은 다음 해에 세상의 빛을 보게 되었다.

하지만 애초의 의도야 어쨌건 포스터가 지닌 통찰력과 창조력은 이것을 〈자기 고백과 외침〉의 수준에 머물게 하지 않았다. 작품이 그의 경험을 많이 반영하는 것은 사실이지만, 그렇다고 그의 실제 경험과 일대일 대응을 이루는 것은 아니고, 『모리스』는 독립적 작품으로도 온전한, 그것도 매우 높은 가치를 지니고 있다.

　그의 실제 경험은 작품의 앞쪽, 그러니까 모리스와 클라이브 부분에 집중적으로 반영되어 있다. 모리스는 구체적 세부 사실들 ─ 정신적 둔감함, 육체적 강건함 ─ 에서는 포스터와 정반대에 가까운 인물이지만, 그가 걷는 고뇌의 길은 포스터의 심리의 행로를 반영했다고 볼 수밖에 없다. 그리고 클라이브는 포스터가 〈대학 시절 약간 알고 지낸 사람〉에게서 아이디어를 얻었다고 말했지만, 실제로는 케임브리지 시절 그와 〈육체관계가 배제된 사랑을 나눈〉 H. O. 메러디스를 모델로 하고 있다. (메러디스는 포스터가 『전망 좋은 방』을 헌정한 사람이기도 하다.)

　하지만 클라이브와 관계가 끝나는 대목부터 작품은 그의 실제 경험과 무관해진다. 포스터가 일생 동안 사회 계급이 다른 이들과 여러 차례 사랑을 나누기는 했지만, 그것은 대체로 『모리스』를 쓴 다음의 일이고, 또 그 관계들은 모리스와 알렉의 관계처럼 행복한 결말을 이루지도 못했다. 기실 그러한 결말은 개연성도 가능성도 그리 높지 않을 것이다. 그러나 내게는 바로 그 점이 이 작품을 감동적으로 만들어 주는 핵심 요소가 되었다. 고뇌하고 갈등하다가 〈사회가 명령하는 대로〉 비극적 결말을 짓는 것은 보이는 것을 그리는 능력만으로도 이룰 수 있을 것이다. 하지만 억압 너머를 보는 눈을 가지지 않고는 1910년대의 숨 막히는 분위기 속에서 이런 〈강인한 낙관〉을 그려 낼 수 없었을 것이다.

그래서 이 작품에서 그의 경험인 것도 경험이 아닌 것도 내게는 모두 감동적이었다. 자신의 고통스러운 경험을 담아낸 〈진실성〉도 뭉클했고, 이렇게 고통스러운 현실이 얼마나 잘못된 것인지를 주인공들의 〈가능할 법하지 않은〉 행복을 통해서 역설적으로 공격하는 통렬함도 서늘했다. 게다가 모리스와 알렉이 나누는 사랑의 장면들은 얼마나 로맨틱한가. 많은 사람들이 포스터의 가장 로맨틱한 작품으로 『전망 좋은 방』을 꼽지만, 나는 이 작품을 꼽고 싶을 정도다.

　그들의 고통, 그들의 승리, 그들의 사랑이 내 무딘 손끝에서 행여 빛을 잃었으면 어쩌나 걱정이 자못 크지만, 그래도 이 작품을 내 손으로 번역했다는 기쁨을 감출 수는 없을 것 같다. 힘들었지만 행복한 작업이었다. E. M. 포스터와 함께 보낸 지난 시간을 앞으로 자주 그리워하게 될 것 같다.

고정아

E. M. 포스터 연보

1879년 출생 1월 1일 에드워드 모건 포스터, 영국 런던에서 태어남. 아버지 에드워드 모건 루엘린 포스터Edward Morgan Lewellyn Forster는 케임브리지 대학 트리니티 칼리지에서 공부했지만, 아서 블룸필드 경에게서 건축 수업을 받고 건축가가 되었음. 그 직후 큰 이모 메리앤 손턴을 통해 앨리스 클라라 위첼로Alice Clara Wichelo를 만나 1877년 초에 결혼했음. 메리앤 손턴은 앨리스가 아버지를 여읜 직후인 열두 살 무렵 양가의 주치의를 통해 그녀를 알게 되었고, 그 후 가난한 위첼로 집안을 대신해 사실상 그녀를 키우다시피 했음. 에드워드와 앨리스 사이의 첫째 아이는 사산되었고, 둘째 아이가 에드워드 모건 포스터임. 평생 미혼으로 산 메리앤 손턴은 부유한 손턴 집안의 우두머리 역할을 함과 동시에 포스터 집안과 위첼로 집안에도 큰 힘을 발휘했고, 포스터의 인생에도 중대한 영향을 미쳤음.

1880년 1세 10월 아버지가 폐결핵으로 요양지인 본머스에서 사망.

1883년 4세 3월 어머니와 함께 하트퍼드셔의 스티브니지에 있는 집 루크네스트로 이사. 이 집이 『하워즈 엔드*Howards End*』에 나오는 집 하워즈 엔드의 모델이 되었음.

1887년 8세 메리앤 손턴이 사망하면서 포스터에게 8천 파운드의 유산을 남김. 포스터는 나중에 이러한 〈재정적 구원〉을 통해 여행을 하고 글을 쓸 수 있게 되었다고 말함.

1890년 11세 이스트본의 예비 학교 켄트 하우스에 입학해서 기숙사 생활을 시작. 학교생활에 적응하지 못하고 집에 대한 향수에 시달림. 겨울에 학교 근처의 언덕을 산책하다가 중년의 변태 성욕자를 만나 성추행을 당함.

1893년 14세 봄 켄트 하우스 졸업. 여름 학기 동안 그레인지라는 기숙학교에 들어갔지만 심각하게 괴롭힘을 당해 곧 그만둠. 그 뒤 어머니와 함께 톤브리지로 이사해서 톤브리지 스쿨에 통학생으로 입학. 톤브리지 스쿨은 『기나긴 여행*The Longest Journey*』에 나오는 소스턴 스쿨의 모델로, 포스터는 이곳에서 극도로 불행한 시절을 보냈음. (〈학창 시절은 내 인생의 가장 불행한 시기였다.〉 —『스펙테이터』지 1933년 7월호)

1897년 18세 라틴어 시(「트라팔가」)와 영문 에세이(「기후와 신체 조건이 국민성에 미치는 영향」)로 학교에서 상을 받음. 가을에 케임브리지의 킹스 칼리지에 입학해서 J. E. 닉슨과 너대니얼 웨드의 지도 아래 고전을 공부함. 특히 형식과 권위를 파괴하고 유미주의에 반대하는 너대니얼 웨드의 영향을 많이 받음.

1898년 19세 어머니가 턴브리지 웰스로 이사. 턴브리지 웰스는 톤브리지 못지않게 영국 교외 생활의 억압적이고 속물적인 성격을 보여 주었고, 포스터는 이를 『천사들도 발 딛기 두려워하는 곳*Where Angels Fear to Tread*』과 『기나긴 여행』에 나오는 소스턴의 모델로 삼았음. 골즈워디 로스 디킨슨과 가까워짐. 휴 메러디스와 친해져서, 그를 따라 기독교 신앙을 버림.

1900년 21세 『케임브리지 리뷰』와 『베실리오나』(킹스 칼리지 잡지)에 여러 편의 글을 실음. 6월 고전 전공 우등 졸업 시험을 2급으로 통과하고, 메러디스와 함께 4학년을 다니면서 역사를 공부함. 너대니얼 웨드의 권유로 소설을 쓰기 시작함.

1901년 22세 2월 메러디스의 추천을 통해 〈사도회*Apostles*〉 회원으로 뽑힘. 〈사도회〉는 케임브리지 대학에서 가장 배타적인 지적 동아리로, 그 토론 풍경은 『기나긴 여행』의 첫 장면에 묘사되어 있음. 6월 역사 전공 우등 졸업 시험을 2급으로 통과. 10월 턴브리지 웰스의 집을 처분하고 어머니와 함께 유럽 대륙 여행을 떠남. 밀라노를 거쳐 피렌체에서 5주 동안 머무름. (이때 머문 펜션 시미가 『전망 좋은 방*A Room with a View*』의 펜션 베르톨리니의 모델이 됨.)

1902년 23세 나폴리에서 피렌체를 배경으로 한 『전망 좋은 방』을 착상. 5월 라벨로에서 단편소설 「목신을 만난 이야기The Story of a Panic」를 씀. 스스로 작가라는 확신을 얻음. 다시 북쪽으로 여행하면서 토스카나 지방의 소도시들을 다님. (이때 들른 산 지미냐노가 『천사들도 발 딛기 두려워하는 곳』의 몬테리아노의 모델이 됨.) 귀국 후 노동자 대학에서 라틴어를 가르치기 시작함.

1903년 24세 겨울 사이에 휴 메러디스와 애인 사이가 됨. (두 사람의 사랑은 『모리스*Maurice*』에 그려진 모리스와 클라이브의 관계처럼 육체적인 면을 배제한 것이었고, 메러디스는 클라이브의 모델이었음.) 4월 그리스 여행. 이탈리아를 거쳐 8월 귀국. 11월 케임브리지 친구들이 주축이 되어 만든 월간지 『인디펜던트 리뷰』에 에세이 「마콜니아 상점들Macolnia Shops」을 발표하면서 작가로 데뷔. 이후 이 잡지가 발간되던 4년 동안 주요 필자 중의 한 명으로 활동.

1904년 25세 『전망 좋은 방』을 간헐적으로 작업하면서, 새 소설 『천사들도 발 딛기 두려워하는 곳』 집필 시작. 디킨슨을 도와 덴트 클래식 판 『아이네이스』 편집 작업. 케임브리지 대학 로컬 렉처 보드에서 이탈리아 문화에 대한 여러 강의를 함. 8월 『인디펜던트 리뷰』에 단편소설 「목신을 만난 이야기」 발표. 9월 월트셔의 솔즈베리에 머무는 동안 피그스베리 링스를 방문, 『기나긴 여행』을 착상. 어머니와 함께 웨이브리지의 하넘이라는 집으로 이사. 이후 이 집에서 20년 동안 거주함.

1905년 26세 4~7월 독일 나센하이데의 아르님 백작 가에서 가정교사로 일함. 근처의 독일 풍경이 『하워즈 엔드』에 나오는 포메라니아의 묘사에 사용됨. 10월 5일 『천사들도 발 딛기 두려워하는 곳』 출간, 상당한 호평을 받음.

1906년 27세 6월 메러디스 결혼. 포스터는 자살 충동에 시달림. 옥스퍼드 대학에 입학하기 위해 영국에 온 인도 청년 사이드 로스 마수드를 만나 라틴어 개인 교습을 함. 둘은 곧 친구가 되고, 포스터는 차츰 그를 사랑하게 됨.

1907년 28세 4월 16일 『기나긴 여행』 출간, 호평을 받음.

1908년 29세 10월 14일 『전망 좋은 방』 출간, 역시 큰 호평을 받음.

1909년 30세 12월 프라이데이 클럽에서 발표한 「문학에서 여성적 어조The Feminine Note in Literature」라는 논문이 호평을 받아 블룸즈버리 그룹의 확고한 일원이 됨.

1910년 31세 10월 18일 『하워즈 엔드』 출간하여 큰 호평을 받음. 이후 포스터는 차츰 사회적으로 주목받는 인사가 됨.

1911년 32세 1월 외할머니 루이자 위첼로 사망(루이자는 『전망 좋은 방』의 허니처치 부인의 모델). 이후 어머니가 만성적인 우울증에 빠짐. 5월 소설집 『천국의 합승 마차Celestial Omnibus』 출간.

1912년 33세 10월 7일 로스 디킨슨과 함께 인도로 감. 귀국해 있던 마수드를 알리가르에서 만나 환대를 받음. 12월 인도레에서 데와스 토후국의 마하라자 토쿠지를 만남.

1913년 34세 1월 반키포르에서 마수드와 재회해서 바라바르 언덕을 방문. 반키포르와 바라바르 언덕은 『인도로 가는 길A Passage to India』의 찬드라포르와 마라바르 동굴의 모델이 됨. 4월 귀국. 인도를 주제로 한 소설을 착상하고 집필 시작했으나 몇 달 만에 중단. 9월 밀소프의 에드워드 카펜터를 방문. 『모리스』를 착상하고 집필 시작.

1914년 35세 6월 『모리스』 완성. 그러나 출판을 시도하지는 않음. (〈내가 죽거나 영국이 죽기 전에는 출판할 수 없다〉 — 플로렌스 바저에게 보낸 편지.) 7월 1차 대전 발발. 1912년부터 쓰기 시작한 『북극의 여름Arctic Summer』 중단, 미완성으로 남김. 마수드 결혼.

1915년 ^{36세} 블룸즈버리 그룹과 연대가 깊어지고, 특히 버지니아 울프와 친해져서 봄에 울프의 처녀작 『출항』이 출간되자 『데일리 뉴스』에 서평을 씀. 11월 비전투 인력으로 적십자에 지원, 이집트의 알렉산드리아로 가서 〈실종 병사 탐색〉 일을 함. 3개월 예정이었으나 일정이 연장됨.

1916년 ^{37세} 3월 영국에서 징병제를 실시해서 전투 가능 연령의 남자들에게 〈입대 선서〉를 하게 했으나, 포스터는 이를 거부. 친구들의 노력과 군의 호의로 입대 선서를 하지 않게 됨.

1917년 ^{38세} 그리스 시인 C. P. 카바피와 알게 되어 그의 시를 영국에 소개함. 시내 전차의 차장 모하메드 엘 아들을 만나 친해지고 애인 사이로 발전함. 처음으로 정신적 육체적으로 모두 충족된 사랑을 경험함.

1918년 ^{39세} 『이집션 메일』을 비롯한 이집트 잡지에 글을 기고. 10월 모하메드 결혼. 11월 1차 대전 종료.

1919년 ^{40세} 1월 귀국. 1920년까지 『애시니엄』지를 비롯한 여러 신문 잡지에 백 편가량의 서평과 에세이를 씀. 그러나 소설가로서는 창작력이 고갈됐다고 느낌.

1920년 ^{41세} 3월 노동당 기관지인 『데일리 헤럴드』의 문학 편집자가 되지만 2개월 만에 그만둠.

1921년 ^{42세} 3월 두 번째 인도 방문, 데와스 토후국 마하라자인 투코지의 비서가 됨. 마하라자의 각별한 신임 아래 임무를 수행하면서 힌두 문화를 관찰함.

1922년 ^{43세} 1월 귀국. 5월 모하메드 폐병으로 사망. 『인도로 가는 길』 집필 시작. 12월 『알렉산드리아: 역사와 안내 *Alexandria: A History and a Guide*』 출간.

1923년 ^{44세} 5월 15일 이집트 신문 잡지에 기고한 글을 모아서 『파로스와 파릴론 *Pharos and Pharillon*』 출간.

1924년 ^{45세} 5월 고모 로라 포스터가 죽으면서 애빙거 해머의 집 웨스트 해커스트를 유산으로 물려줌. 6월 4일 『인도로 가는 길』 출간, 문단의 열렬한 호평과 더불어 처음으로 상업적으로도 성공함.

1925년 46세 조 애컬리를 통해서 알게 된 경찰관 해리 데일리(당시 24세)와 연애(~1928 무렵).

1927년 48세 1~3월 케임브리지 대학 트리니티 칼리지에서 8회에 걸쳐 클라크 연례 강연을 함. 강연은 대성공을 거두었고, 강연 내용은 10월 20일 『소설의 양상 *The Aspects of the Novel*』으로 출간됨. 킹스 칼리지의 3년 계약 특별 연구원이 됨.

1928년 49세 3월 27일 소설집 『영원의 순간 *The Eternal Moment and Other Stories*』 출간. 7월 래드클리프 홀의 여성 동성애 소설 『고독의 우물 *Well of Loneliness*』이 판매 금지를 당하자 버지니아 울프와 함께 맹렬히 항의 활동. 국제 펜클럽 활동에 적극 나서서 〈청년 펜 Young P.E.N.〉 지부의 초대 회장이 됨.

1929년 50세 6월 바저 부부와 함께 영국 학술 협회가 마련한 남아프리카 크루즈 여행에 참가.

1930년 51세 조 애컬리의 파티에서 경찰관 밥 버킹엄(당시 28세)을 만남. 이후 둘은 평생토록 반 연애 상태로 친밀하게 지냄.

1931년 52세 펜클럽 탈퇴.

1932년 53세 7월 로스 디킨슨 사망. 8월 밥 버킹엄 결혼. 극심한 우울증에 빠짐.

1933년 54세 3월 밥 버킹엄의 아들 로버트 모건 출생. 포스터가 대부가 됨.

1934년 55세 4월 19일 전기 『골즈워디 로스 디킨슨』 출간. 파시즘이 대두되면서 공적 활동 시작. 시민 자유를 위한 국민 평의회 NCCL의 의장이 됨. 〈치안 유지 법안〉 반대 운동을 펼쳤으나, 11월에 법안 통과됨. 『타임 앤드 타이드』 지에 〈길 위의 메모 *Notes on the Way*〉라는 제목의 정치 사회 칼럼 4편 기고.

1935년 56세   3월 제임스 핸리의 『소년Boy』이 음란물 판정을 받아 출판사가 벌금을 내는 사건이 발생하자 NCCL을 통해서 항의 운동 전개. 6월 파리에서 열린 국제 작가 회의에 참석, 〈영국의 자유〉라는 제목의 연설을 함.

1936년 57세   3월 19일 에세이집 『애빙거 하비스트*Abinger Harvest*』 출간.

1937년 58세   7월 마수드 사망. 12월 마하라자 투코지 사망.

1938년 59세   뉴욕의 『네이션』지에 「내가 믿는 것What I Believe」 개재. (〈조국을 배신하는 것과 친구를 배신하는 것 가운데 하나를 선택하라면, 나는 조국을 배신할 용기를 갖기를 원한다〉라는 유명한 구절이 들어 있음.) NCCL의 일원으로 〈공무 비밀법〉 6항 수정 운동 전개, 이의 적용을 엄격히 제한시키는 데 성공. 3월 독일이 오스트리아를 병합. 9월 뮌헨 협정.

1939년 60세   2차 대전 발발 후 정치적 발언을 점점 더 강력하게 수행.

1941년 62세   BBC에서 인도를 대상으로 방송. 12월 태평양 전쟁 발발.

1942년 63세   NCCL이 공산주의 편향이라는 비난을 막기 위해 다시 의장이 됨.

1943년 64세   조 애컬리가 편집하는 『리스너』지에 여러 서평을 실음. 미국의 평론가 라이어넬 트릴링이 포스터에 대한 연구서 출간.

1944년 65세   8월 밀턴의 『아레오파기티카』 출간 3백 주년을 기념해서 열린 런던 펜클럽 대회에서 회장으로 활동.

1945년 66세   3월 11일 어머니 사망. 8월 2차 대전 종결. 10월 인도 펜클럽의 초대를 받아 세 번째로 인도 방문.

1946년 67세   킹스 칼리지의 명예 특별 연구원으로 선임되어 11월 킹스 칼리지로 이주.

1947년 ⁶⁸세 4월 하버드 대학의 초청으로 미국 방문. 〈예술에서 비평의 존재 이유〉 강연.

1948년 ⁶⁹세 3월 NCCL의 공산주의적 경향에 항의하여 사직.

1949년 ⁷⁰세 3월 벤저민 브리튼의 오페라 「빌리 버드Billy Budd」의 리브레토 작업. 5월 미국 재방문. 예술원에서 〈예술을 위한 예술〉 강연. 해밀턴 대학에서 명예학위를 받음. 기사 작위를 제안받았으나 거절.

1950년 ⁷¹세 케임브리지 대학에서 명예 학위를 받음.

1951년 ⁷²세 11월 1일 에세이집 『민주주의에 만세 이창*Two Cheers for Democracy*』 출간. 12월 「빌리 버드」 상연.

1953년 ⁷⁴세 2월 명예 훈위 받음. 10월 데와스 토후국 생활을 기록한 『데비의 언덕*The Hill of Devi*』 출간.

1956년 ⁷⁷세 5월 전기 『메리앤 손턴*Marianne Thornton: A Domestic Biography*』 출간.

1960년 ⁸¹세 11월 『채털리 부인의 연인』의 형사 소송에 변호인 측으로 증언.

1964년 ⁸⁵세 11월 뇌일혈로 입원. 이후 입원과 퇴원을 반복함.

1969년 ⁹⁰세 1월 메리트 훈장 받음.

1970년 ⁹¹세 5월 22일 킹스 칼리지 방에서 쓰러짐. 6월 2일 밥 버킹엄의 집으로 옮겨져 그곳에서 7일 새벽 사망, 화장됨.

1971년 10월 『모리스』 출간.

1972년 소설집 『다가오는 생애*The Life to Come and Other Stories*』 출간.

1980년 미완성 소설 『북극의 여름』 출간.

1984년 데이비드 린 감독이 「인도로 가는 길」 영화화.

1985년 제임스 아이보리 감독이 「전망 좋은 방」 영화화, 아카데미 각색상을 수상함.

1987년 1924~1968년 사이에 쓴 『비망록』 출간. 제임스 아이보리 감독이 「모리스」 영화화, 클라이브 역을 맡은 휴 그랜트가 베니스 영화제 남우주연상을 수상함.

1991년 찰스 스터리지 감독이 「천사들도 발 딛기 두려워하는 곳」 영화화.

1992년 제임스 아이보리 감독이 「하워즈 엔드」 영화화, 마거릿 슐레겔 역의 엠마 톰슨이 골든 글로브와 아카데미 여우주연상을 수상함.

열린책들 세계문학 **244** 모리스

옮긴이 고정아 1967년 서울에서 태어나 연세대학교 영문과를 졸업했다. 현재 전문 번역가로 활동 중이다. 지은 책으로는 『똑똑한 아이가 되는 일곱 가지 사고력』, 『슈바이처』, 『숲 속의 날씨 이야기』, 『교과서 속 세계 인물 100』 등이 있으며, 옮긴 책으로는 E. M. 포스터의 『하워즈 엔드』, 『기나긴 여행』, 『천사들도 발 딛기 두려워하는 곳』과 대실 해밋의 『몰타의 매』, 이디스 워튼의 『순수의 시대』, 캐롤라인 냅의 『술, 전쟁 같은 사랑의 기록』 등이 있다. 2012년 제6회 유영번역상을 수상했다.

지은이 E. M. 포스터 **옮긴이** 고정아 **발행인** 홍지웅 · 홍예빈
발행처 주식회사 열린책들 **주소** 경기도 파주시 문발로 253 파주출판도시
전화 031-955-4000 **팩스** 031-955-4004 **홈페이지** www.openbooks.co.kr
Copyright (C) 주식회사 열린책들, 2005, 2019, *Printed in Korea.*
ISBN 978-89-329-1244-8 04840 **ISBN** 978-89-329-1499-2 (세트)
발행일 2005년 12월 15일 초판 1쇄 2008년 12월 30일 초판 4쇄 2019년 10월 30일
세계문학판 1쇄 2022년 12월 10일 세계문학판 5쇄

이 도서의 국립중앙도서관 출판예정도서목록(CIP)은 서지정보유통지원시스템 홈페이지(http://seoji.nl.go.kr)와 가자료공동목록시스템(http://www.nl.go.kr/kolisnet)에서 이용하실 수 있습니다.(CIP제어번호: CIP2019040935)

열린책들 세계문학
Open Books World Literature